AS Ravens

KASS MORGAN
& DANIELLE PAIGE

As Ravens

A irmandade das bruxas

São Paulo

2021

Grupo Editorial
UNIVERSO DOS LIVROS

Diretor editorial	**Tradução**
Luis Matos	Vitor Martins
Gerente editorial	**Preparação**
Marcia Batista	Marina Constantino
Assistentes editoriais	**Revisão**
Letícia Nakamura e Raquel F. Abranches	Alessandra Miranda de Sá e Alline Salles
	Arte
	Renato Klisman

Dados Internacionais de Catalogação na Publicação (CIP)
Angélica Ilacqua CRB-8/7057

M846r
Morgan, Kass
  As Ravens : a irmandade das bruxas / Kass Morgan,
Danielle Paige ; tradução de Vitor Martins. —— São Paulo :
Universo dos Livros, 2021.
  416 p. (As Ravens ; 1)

  ISBN 978-65-5609-102-0
  Título original: The Ravens

1. Literatura infantojuvenil 2. Ficção norte-americana 3.
Bruxas – Ficção I. Título II. Paige, Danielle III. Martins, Vitor

21-1917   CDD 028.5

Universo dos Livros Editora Ltda.
Avenida Ordem e Progresso, 157 - 8° andar - Conj. 803
CEP 01141-030 - Barra Funda - São Paulo/SP
Telefone/Fax: (11) 3392-3336
www.universodoslivros.com.br
e-mail: editor@universodoslivros.com.br
Siga-nos no Twitter: @univdoslivros

Para minha mãe, Marcia Bloom, que me ensinou o melhor tipo de bruxaria: como enxergar a beleza ao meu redor e encontrar magia em lugares inesperados.
— Kass

Para Andrea Siena, Fiona e o resto do meu coven. E para minha mãe, Shirley Paige, cuja magia sempre estará comigo.
— Danielle

PRÓLOGO

Abruxa olhou para a garota loira encolhida no chão e com os olhos arregalados de medo.

— Não me olhe assim. Eu já disse que não queria fazer isso — falou a bruxa enquanto desenhava o círculo, acendia as velas e conferia os ingredientes no caldeirão borbulhante. A faca, já afiada, cintilava sobre o altar, ao lado da sua oferenda.

A garota respondeu com um gemido, as lágrimas escorrendo pelo o rosto. Sua boca estava atada, mas as palavras soavam cristalinas na mente da bruxa.

Lembre-se de quem eu sou. Lembre-se de quem você é. Lembre-se das Ravens.

O coração da bruxa se endureceu. Sem dúvida, a garota percebera uma oportunidade no tom arrependido de sua sequestradora. Uma chance de convencê-la a parar. Uma chance de ter esperança. Uma chance de sobreviver.

Já era tarde demais. A magia não argumentava. Ela dava e tomava de volta. Esse era o dom. Esse era o preço.

A bruxa se ajoelhou ao lado da garota e testou as amarras uma última vez. Firmes, porém não o bastante para cortarem a circulação. Ela não era um monstro.

Os gritos da garota recomeçaram, perfurando a mordaça em sua boca.

A bruxa rangeu os dentes. Preferiria que a garota estivesse inconsciente, no entanto, o ritual que havia pesquisado era muito específico. Para que aquilo funcionasse, deveria fazer tudo perfeitamente. Senão...

Ela fechou os olhos. Não conseguia sequer pensar naquela possibilidade. Simplesmente *tinha* que funcionar. Não havia outra forma.

Pegou a faca e começou seu encantamento.

Por fim, surpreendeu-se com quão fácil havia sido. Um corte e um banho vermelho, seguido da inconfundível crepitação da magia sangrando pelo ar.

Magia que agora lhe pertencia.

Capítulo
Um

Vivi

— Vivian. — Daphne Devereaux estava parada à porta do quarto de sua filha, o rosto contorcido em uma angústia exagerada. Mesmo com o calor imperdoável de Reno, vestia um roupão preto com franjas douradas que tocava o chão, e um lenço de veludo cobria seu cabelo escuro e rebelde. — Você não pode ir. Tive uma premonição.

Vivi encarou a mãe, segurou um suspiro e voltou a fazer as malas. Ela partiria para a Universidade Westerly, em Savannah, naquela tarde, e tentava fazer sua vida caber em duas malas e uma mochila. Por sorte, Vivi tinha a experiência de uma vida inteira. Sempre que Daphne Devereaux tinha uma de suas "premonições", elas partiam na manhã seguinte, sem se importarem com o aluguel a pagar e os pertences que não tinham cabido na mudança.

— Recomeçar é saudável, docinho — Daphne disse certa vez, quando a Vivi de oito anos implorou para que voltassem para buscar Philip, seu hipopótamo de pelúcia. — Não carregue aquela energia ruim com você.

— Deixe-me adivinhar — a Vivi do presente respondeu, colocando vários livros em sua mochila. Daphne também estava de mudança, trocando Reno por Louisville, e Vivi não esperava que a mãe levasse seus livros. — Você viu uma escuridão poderosa vindo em minha direção.

— Você não estará a salvo naquele... *lugar*.

Vivi fechou os olhos e respirou fundo, esperando que aquilo a acalmasse. Sua mãe não conseguia dizer a palavra *faculdade* há meses.

— Chama-se Westerly. Não é uma palavra amaldiçoada.

Longe disso. Era a salvação de Vivi. Ela ficara chocada quando recebera uma bolsa de estudos integral para Westerly, uma universidade que considerava estar muito além do seu alcance. Vivi sempre foi boa aluna, mas fez o ensino médio em três escolas diferentes — em duas delas, começou no meio do ano — e seu histórico tinha desistências e notas máximas em quantidade equivalente.

Daphne, por outro lado, era completamente contrária à ideia.

— Você vai odiar Westerly — dizia com uma convicção surpreendente. — Eu nunca colocaria o pé naquele campus.

Foi isso que fez Vivi bater o martelo. Se sua mãe o odiava tanto, era claramente o lugar perfeito para Vivi recomeçar a vida.

Enquanto Daphne permanecia à porta, quase de luto, Vivi olhou para o calendário de Westerly que havia pregado na parede amarelada, a única decoração que havia se dado ao trabalho de ter dessa vez. De todos os lugares onde elas haviam morado nos últimos anos, esse era o de que menos gostava. Era um apartamento de dois quartos com paredes de estuque que ficava em cima de uma loja de penhores em Reno, e o lugar inteiro cheirava a cigarros e desespero. Assim como todo o estado empoeirado de Nevada. As fotos no calendário, homenagens de acabamento brilhante aos prédios cobertos por heras e carvalhos cheios de musgo, haviam se tornado sua luz no fim do túnel. Eram um lembrete de que havia algo melhor, um futuro que poderia moldar com as próprias mãos — longe de sua mãe e seus maus presságios.

No entanto, quando viu as lágrimas nos olhos da mãe, Vivi sentiu sua frustração dar uma trégua, só um pouquinho. Embora Daphne fosse uma atriz extremamente competente — uma necessidade quando sua sobrevivência dependia de arrancar dinheiro de estranhos —, ela nunca conseguiu fingir o choro.

Vivi deixou as malas para lá e deu alguns passos no quarto bagunçado em direção à sua mãe.

— Vai ficar tudo bem, mãe — disse Vivi. — Não vou ficar longe por muito tempo. O Dia de Ação de Graças vai chegar mais rápido do que você pode imaginar.

Sua mãe fungou e esticou o braço pálido. A pele de Vivi era tão clara quanto a da mãe, o que significava que se queimava depois de apenas quinze minutos sob o sol quente do deserto.

— Veja a carta que eu tirei para você.

Era uma carta de tarô. Daphne ganhava a vida "lendo a sorte" de todas as pessoas tristes e miseráveis que a procuravam e desembolsavam um bom dinheiro em troca de qualquer baboseira banal: *Sim, seu marido preguiçoso vai encontrar um emprego em breve; não, seu pai caloteiro não o odeia — na verdade, ele também está tentando encontrá-lo.*

Quando criança, Vivi amava ver sua linda mãe encantando os clientes com sua sabedoria e glamour. Mas, conforme crescia, ver a forma como ela lucrava com a dor dos outros começou a deixar Vivi com a pulga atrás da orelha. Não suportava ver as pessoas sendo usadas, embora não houvesse nada que pudesse fazer a respeito. As leituras de Daphne eram a renda da família, a única forma de pagar o aluguel do apartamento de merda e as compras com desconto.

Não mais. Vivi havia finalmente encontrado uma saída. Um novo começo, longe da impulsividade da mãe. Do tipo que as obrigava a mudar completamente de vida o tempo inteiro baseada em nada além das "premonições" de Daphne.

— Deixa eu adivinhar — anunciou Vivi, arqueando a sobrancelha para a carta de tarô na mão de sua mãe. — A Morte?

O semblante de Daphne ficou sombrio e, quando falou, sua voz normalmente melódica saiu assustadoramente afiada e baixa.

— Vivi, sei que não acredita em tarô, mas, só desta vez, me escute.

Vivi pegou a carta e a virou. Como esperava, um esqueleto carregando uma foice a encarava. Seus olhos eram buracos vazios e a boca estava curvada em um sorriso quase malicioso. Mãos e pés decepados saíam do chão argiloso enquanto o sol se punha em um céu vermelho-sangue. Vivi sentiu um estranho tremor de vertigem, como se estivesse à beira de um precipício, olhando para baixo em direção a um grande vazio, em vez de estar de pé no próprio quarto, cuja única vista dava para uma placa de um amarelo fluorescente, do outro lado da rua, que dizia COMPRAMOS OURO.

— Eu avisei. Westerly não é um lugar seguro. Não para pessoas como você — sussurrou Daphne. — Você tem a habilidade de enxergar além do véu. Isso a torna um alvo para as forças sombrias.

— Além do véu? — Vivi repetiu, cansada. — Achei que você não ia mais dizer esse tipo de coisa.

Durante toda a infância de Vivi, Daphne tentara levar a filha para o mundo do tarô, das sessões espíritas e dos cristais, alegando que Vivi tinha "poderes especiais" esperando para serem liberados. Ela havia até ensinado Vivi a fazer leituras simples para os clientes, que ficavam encantados ao ver uma pequena garotinha se comunicando com espíritos. Mas, eventualmente, Vivi descobriu a verdade — ela não possuía poder algum; era apenas mais uma peça no jogo de sua mãe.

— Eu não controlo qual carta vou puxar. É estupidez ignorar um aviso como este.

Do lado de fora, uma buzina soou, seguida por alguém gritando um palavrão. Vivi suspirou e balançou a cabeça.

— Mas você mesma me ensinou que a Morte é um símbolo de transformação. — Vivi tentou devolver a carta para sua mãe, porém os braços de Daphne permaneceram imóveis ao lado de seu corpo. — Obviamente, é isso que a carta representa. A faculdade é o meu recomeço.

Já bastava de mudanças aleatórias no meio da noite para uma cidade nova. Ou de ter que desaparecer toda vez que estava finalmente fazendo amizades de verdade. Pelos quatro anos seguintes, Vivi poderia se reinventar como uma estudante universitária normal. Faria amigos, teria vida social, talvez se inscreveria em atividades extracurriculares — ou, pelo menos, descobriria de que tipo de atividade gostava. Elas haviam se mudado tantas vezes que Vivi nunca tivera a chance de ser boa em alguma coisa. Foi forçada a largar as aulas de flauta depois de três meses e a abandonar o *softball* no meio da temporada, e já havia desistido de Introdução ao Francês tantas vezes que tudo que sabia dizer era *Bonjour, je m'appelle Vivian. Je suis nouvelle.*

Sua mãe balançou a cabeça.

— Na leitura, a Morte veio acompanhada do Dez de Espadas e da Torre. Traição e violência inesperada. Vivian, estou com uma sensação terrível...

Vivi desistiu e guardou a carta na mala, depois se aproximou e segurou as mãos de Daphne.

— É uma mudança grande para nós duas. Tudo bem ficar triste. Só me diga que vai sentir saudades, como qualquer mãe normal faria, em vez de transformar isso tudo em um sinal do mundo dos espíritos.

A mãe apertou suas mãos com força.

— Sei que não posso tomar essa decisão por você...

— Então pare de tentar. Por favor. — Vivi entrelaçou seus dedos com os de sua mãe, do jeito que costumavam fazer quando ela era criança. — Não quero passar nosso último dia juntas brigando.

Os ombros de Daphne desabaram como se tivesse finalmente entendido que não poderia ganhar aquela batalha.

— Me prometa que vai tomar cuidado. Lembre-se, nem tudo é o que parece ser. Até uma coisa que parece boa pode ser perigosa.

— É o seu jeito de dizer que sou secretamente malvada?

A mãe lançou-lhe um olhar seco.

— Apenas fique esperta, Vivi.

— Isso eu consigo, com certeza. — O sorriso de Vivi se abriu o bastante para fazer Daphne revirar os olhos.

— Criei uma filha egocêntrica. — Mas a mãe se inclinou para abraçá-la, no fim das contas.

— A culpa é sua e de todo aquele papo de "você é mágica e pode fazer qualquer coisa" — disse Vivi, soltando sua mão para terminar de fechar a mala. — Vou tomar cuidado, prometo.

Ela falava sério. Sabia que coisas ruins poderiam acontecer na faculdade. Coisas ruins aconteciam em qualquer lugar, mas Daphne estava enganando a si mesma se achava que uma leitura boba de tarô poderia significar algo. Essa coisa de magia não existia.

Pelo menos era o que Vivi achava.

Capítulo
Dois

Scarlett

Você não escolhe suas irmãs. A magia escolhe, a babá de Scarlett Winter, Minnie, havia dito anos antes de Scarlett se juntar à Kappa Rho Nu. Ela se lembrou daquelas palavras enquanto sua mãe dirigia através dos portões de ferro forjado do campus da Universidade Westerly, passando por alguns grupos de garotas. Algumas seguravam suas malas, parecendo jovens e nervosas; outras observavam o campus com um olhar faminto, como se estivessem prontas para conquistá-lo. Em algum lugar no meio daquele oceano de meninas estava a nova turma de recrutas da Kappa. Uma nova turma de Ravens, como as irmãs se chamavam em referência aos corvos, que, se tudo desse certo — e se a magia permitisse —, seria liderada por Scarlett dali a um ano.

Assim que passaram pelos portões, ela se sentiu mais livre e mais forte. Como se estivesse saindo da sombra de sua família em direção à luz. Não fazia sentido, na verdade, porque sua mãe, Marjorie, e sua irmã mais velha, Eugenie, estavam por toda parte na Casa Kappa. A imagem delas estava nas fotos em grupo penduradas nas paredes; seus nomes, na boca das integrantes mais velhas da irmandade. Já haviam deixado sua marca ali, antes dela. Contudo, apesar do peso das expectativas, Scarlett estava determinada a mostrar para todo mundo que a melhor Winter ainda estava por chegar. Seria presidente, assim como as duas, porém seria melhor, mais inteligente, mais forte e mais inesquecível do que elas. Aquela era a beleza de chegar por último: ainda poderia superá-las. Ao menos era o que dizia a si mesma.

— Você deveria ter vindo com o vestido vermelho — disse Marjorie, franzindo o cenho para a filha através do espelho retrovisor. — É mais presidencial. Você precisa transmitir poder, bom gosto, capacidade de liderança...

Scarlett observou seu reflexo atrás do da mãe no retrovisor. Scarlett, Eugenie e Marjorie tinham a pele em tons diferentes de marrom. Cada uma era deslumbrante à sua maneira, mas Eugenie era idêntica à mãe, enquanto a aparência de Scarlett era única, distinta das outras com seu nariz pontudo e os olhos grandes. Quando era pequena, Scarlett sempre invejara Eugenie e sua mãe por serem tão parecidas, compartilhando até o mesmo nariz perfeito.

Scarlett alisou seu vestido cinturado verde.

— Mamãe, duvido que Dahlia vai escolher a próxima presidente da Kappa com base no vestido que estiver usando no primeiro dia de aula. Além disso, usar vermelho quando você se chama Scarlett é um pouquinho óbvio demais.

A expressão de Marjorie ficou mortalmente séria.

— Scarlett, *tudo* é levado em conta.

— Ela está certa, sabe — acrescentou Eugenie do banco do passageiro.

— Escute sua irmã. Ela foi presidente por dois anos seguidos — Marjorie comentou com orgulho. — E agora é sua vez de continuar com a tradição da família.

Eugenie deu um sorriso malicioso.

— A não ser, é claro, que você esteja satisfeita em ficar de lado, apenas observando.

— Claro que não. Sou uma Winter, não sou?

Scarlett endireitou as costas e encarou a irmã. Não sabia por que Eugenie havia insistido em acompanhá-las até Westerly; ela sempre se gabava sobre como era ocupada com seu cargo de advogada júnior no escritório de advocacia da mãe delas. Mas, como sempre, Eugenie aproveitava qualquer oportunidade para colocar Scarlett em seu devido lugar. Inclusive ficar de copiloto na volta às aulas de Scarlett, enquanto a própria Scarlett fora jogada para o banco de trás.

Sua mãe assentiu, afiada.

— Nunca se esqueça disso, querida.

Ela se virou para observar Scarlett, que sentiu o cheiro de seu perfume, um leve aroma de jasmim que a lembrava do jeito como a mãe costumava entrar de fininho em seu quarto depois de um longo dia de trabalho para dar um beijo em sua testa. Scarlett sempre fingia estar dormindo, porque a mãe se esforçava muito para não a acordar. Contudo, a filha não ligava de ser acordada. Aquilo a lembrava de quanto sua mãe se importava com ela, algo que Scarlett nem sempre sentia durante o dia.

E o que mais importava para sua mãe era que as duas filhas seguissem seus passos, tornando-se presidentes da Kappa. Scarlett cresceu escutando: *Uma presidente da Kappa não pode ser apenas uma coisa, Scarlett. Ela precisa ser tudo. Inteligente, estilosa, gentil. O tipo de garota que provoca inveja e respeito na mesma medida. O tipo de garota que coloca suas irmãs em primeiro lugar — e é poderosa o bastante para mudar o mundo.*

Desde que se entendia por gente, Scarlett sabia que era uma bruxa e que a Kappa era seu destino. Ser aceita na irmandade era uma obrigação; tornar-se presidente por seu próprio esforço era a menor das expectativas. E foi por isso que Minnie, que antes havia sido a babá da mãe de Scarlett, passara a maior parte de sua aposentadoria treinando as habilidades mágicas de Scarlett, assim como fizera com sua irmã e sua mãe.

Toda bruxa tinha sua própria magia: Copas, o signo da Água; Ouros, o signo da Terra; Espadas, o signo do Ar; e Paus, o signo do Fogo. Cada signo estava associado a um naipe do baralho de tarô, o que sempre agradara Scarlett. Os pessimistas tratavam o tarô como uma ferramenta de charlatões e vigaristas, mas, na realidade, não tinham a menor ideia de quanto o tarô estava próximo da realidade.

Scarlett era uma Bruxa de Copas, o que significava que era mais forte quando trabalhava com o elemento Água. Com Minnie, aprendera que, se segurasse o símbolo certo e repetisse as palavras certas, poderia realizar feitiços capazes de transformar o mundo em um lugar melhor.

Minnie não fora uma Raven; sua família encontrara a bruxaria por conta própria, com segredos e feitiços transmitidos de geração em geração. Mas conhecia as Winter desde sempre e entendia a pressão que a família de Scarlett colocava sobre a garota melhor do que ninguém. Foi Minnie quem sempre acreditou nela — quem a apoiava quando ela sentia a decepção da mãe e o desdém de Eugenie. Foi Minnie quem disse a Scarlett que ela poderia ser a bruxa mais poderosa do mundo se acreditasse em si mesma e confiasse na magia.

Quando Minnie morreu de velhice, na primavera anterior, Scarlett chorou tanto que começou a chover ao seu redor. Scarlett ainda sentia um vazio no peito toda vez que pensava em Minnie, mas sabia que o que Minnie mais queria era sua felicidade, o que a deixava mais determinada do que nunca a provar para sua família — e para todas as Ravens — que era poderosa o bastante para ser a próxima presidente da irmandade.

Fracassar não era uma opção.

Marjorie estacionou em frente à Casa Kappa, e o coração de Scarlett acelerou. A casa da irmandade era linda; tinha as paredes de um cinza-claro que lhe conferia uma atmosfera francesa, sacadas com gradil de ferro forjado em todos os andares e um terraço onde as irmãs geralmente recitavam seus feitiços. Algumas irmãs entravam na casa, carregando malas e luminárias, abraçando umas às outras depois de um longo verão afastadas. Lá estavam Hazel Kim, uma segundanista que era a estrela do time de corrida da faculdade; Juliet Simms, uma veterana brilhante em química e poções; e Mei Okada, sua colega de terceiro ano, que conseguia mudar de aparência como quem troca de roupa.

Marjorie desligou o motor e analisou o ambiente como uma comandante analisando um campo de batalha.

— Onde está o Mason? Quero ouvir tudo a respeito de suas viagens.

— Ele só chega amanhã — respondeu Scarlett, tentando conter seu sorriso bobo.

Ela não via Mason há quase dois meses. Era o maior período que os dois tinham ficado separados desde que começaram a namorar, dois anos antes. Mason decidira por impulso fazer um mochilão pela Europa depois de ir ao casamento de um amigo da família na Itália. Ele escapara do trabalho como estagiário no escritório de advocacia do pai — e de todos os planos que Scarlett fizera para os dois. Enquanto Scarlett estagiava no escritório da mãe, dando duro com uma série de processos e planejando o calendário social das Ravens com suas irmãs Kappas, ela esperava as fotos e mensagens breves e esporádicas do namorado para deixá-la a par da viagem — *Acabei de nadar no Lago de Como, queria que estivesse aqui; você precisa ver a água de Capri. Vou trazer você aqui depois da formatura.* Não era do feitio de Mason escapar das obrigações familiares ou fazê-la esperá-lo durante todo o verão. De maneira geral, Scarlett não esperava nada nem ninguém, mas Mason valia a pena.

— Leve-o lá para casa assim que puder — Marjorie exigiu, sua voz parecendo mais carinhosa do que nunca. Eugenie estava inquieta no banco da frente, deslizando agressivamente os dedos no celular enquanto lia seus e-mails de trabalho.

Scarlett escondeu um sorriso presunçoso. Mason era a única área onde Scarlett havia superado Eugenie. Mason era um *complemento*. Era a palavra que as irmãs usavam para descrever aqueles que eram dignos de uma Raven. E, para se tornar um complementar, as exigências eram inacreditavelmente altas. Apenas os melhores conseguiam, e Mason era o melhor. Ele não apenas tinha o melhor histórico — era filho do segundo advogado mais proeminente do estado da Geórgia, depois de Marjorie, claro, e era o presidente da própria fraternidade — como também um bom futuro. Ele era o melhor de sua turma, atlético, incrivelmente sexy — e totalmente dela. A cereja no topo do bolo: Marjorie o amava.

— Obrigada pela carona, mamãe — disse Scarlett, já com as mãos na porta do carro.

— Ah! Aqui — anunciou sua mãe como se, de repente, tivesse se lembrado de alguma coisa. Ela estendeu uma caixa embrulhada em direção ao banco de trás.

A expressão de Scarlett se iluminou enquanto pegava a caixa. Não se lembrava de sua mãe ter dado um presente de volta às aulas para Eugenie, e precisou se controlar para não rasgar o papel enquanto desembrulhava o pacote.

Era um baralho de tarô com desenhos lindos. Uma mulher com um sorriso sábio e um vestido feito de penas praticamente piscava para ela do verso de cada carta.

— Esse baralho era seu? — indagou Scarlett, perguntando-se se aquelas eram as cartas que sua mãe e Eugenie usavam quando foram eleitas à presidência e, se sim, emocionada por ser incluída em uma tradição familiar.

— É novinho. Encomendei de uma Bruxa de Copas poderosa, com um cargo muito alto no Senado. Ela pintou as cartas à mão — Marjorie gabou-se.

O peito de Scarlett ficou apertado pela decepção. Por mais que a jovem amasse a realeza política, por que sua mãe havia lhe dado aquele presente agora?

— São adoráveis, mamãe, mas já tenho as cartas de Minnie. — Scarlett não entendia como sua mãe poderia conhecê-la tão pouco. Jamais substituiria as cartas de Minnie por um baralho novinho em folha.

— Um novo ano, um novo começo — respondeu sua mãe. — Sei quanto Minnie significava para você; ela também era muito especial para mim. Mas consigo ver que você ainda está de luto, e Minnie não gostaria de vê-la carregando toda essa tristeza para um ano novo. Você sendo uma Raven, e se tornando presidente, significaria muito para ela.

Significaria muito para VOCÊ. Scarlett guardou as cartas no bolso, inclinou-se sobre o banco e beijou a mãe na bochecha.

— Claro, mamãe. Obrigada — murmurou, embora não tivesse a menor intenção de usá-las.

Depois de um beijo por obrigação em Eugenie e de outro em sua mãe, Scarlett abriu o porta-malas e pegou suas duas malas, que, mais cedo, havia enfeitiçado para que ficassem mais leves que o ar. Ela acenou, esperando até que o carro desaparecesse rua abaixo. Quando deu um passo para trás em direção à calçada, esbarrou em um corpo forte e musculoso.

— Ei. Olhe por onde anda. — Ela bufou.

Uma voz indignada soou atrás dela.

— Foi você quem esbarrou em mim.

Scarlett se virou, deparando-se com Jackson Carter, que estivera em sua turma de Filosofia no ano anterior, levemente sem fôlego, vestindo shorts de corrida e fones de ouvido. O suor escorria por sua pele escura, e a camiseta ensopada estava colada no corpo musculoso. Seus lábios se contorceram para baixo em uma carranca.

— Eu nem deveria me surpreender mais. Vocês, Kappas, acham que este lugar é só de vocês.

— Este lugar *é* só nosso — Scarlett rebateu de supetão. Aquela era a primeira interação dos dois que não tinha nenhuma relação com filósofos mortos e parecia muita falta de educação da parte dele começar a conversa com um insulto. — Você está parado na frente da nossa casa.

Jackson não era de Savannah. Nem de perto. Ela conseguia perceber pela ausência de boas maneiras e falta de respeito — sem contar a falta de articulação. Suas consoantes teimosas não tinham movimento, diferente das dela, que se alongavam para dar efeito às frases. Um cavalheiro se ofereceria para carregar as malas para ela. Mas, para começo de conversa, um cavalheiro não a teria repreendido por estar parada na própria calçada.

Jackson se inclinou em sua direção.

— Então, as Kappas perdem a alma aos poucos ou é tudo de uma vez, como arrancar um curativo?

Scarlett se arrepiou. Sabia como ele a enxergava, e sabia o motivo. Havia um milhão de filmes que retratavam garotas que integravam irmandades como bruxas metidas e indolentes, e não do tipo que usa magia. E, infelizmente, havia muitos vídeos e histórias reais que confirmavam aquela imagem. Scarlett quase morreu de vergonha alheia com um vídeo no YouTube que havia viralizado recentemente, no qual uma garota de irmandade escrevia uma carta aberta a suas irmãs detalhando todas as coisas que ela odiava sobre elas. No entanto, Scarlett tinha certeza de que, para cada uma daquelas histórias horríveis, existiam dezenas de outras sobre garotas de irmandade que faziam parte dos grupos por bons motivos, que se importavam com a irmandade. E a Kappa oferecia muito mais do que irmandade; a casa oferecia proteção, era um lugar seguro onde o coven poderia aprender e praticar magia. Não que pudesse explicar aquilo para Jackson.

— Tudo de uma vez — respondeu Scarlett. — Fico surpresa que você não tenha percebido isso olhando aí do alto para nós, garotas de irmandade pobrezinhas e desprovidas de moral.

— Pelo menos nisso a gente concorda. — Jackson cruzou os braços, os olhos castanhos brilhando.

— Se você tem tantos problemas com a gente — disse Scarlett, a todo vapor —, talvez devesse escolher melhor o lugar onde faz sua corrida.

— Isso é uma ameaça? — Ele arqueou uma das sobrancelhas, parecendo notá-la sob uma nova perspectiva. — Porque, de acordo com o que ouvi por aí...

De repente, seu olhar ficou perdido e vazio, enquanto seus olhos focavam em algo que estava levemente acima dela. Era como se ela tivesse simplesmente desaparecido. Ele virou a cabeça para o lado e, sem mais nenhuma palavra, voltou a correr.

Scarlett se virou em direção à Kappa. Da porta de entrada da casa, saíam Dahlia Everly, a presidente Kappa, e Tiffany Becket, a melhor amiga de Scarlett. Elas andavam lado a lado, sendo o rabo de cavalo loiro de Dahlia um tom mais escuro que o cabelo platinado de Tiffany. Dahlia deu uma piscadinha, deixando claro quem havia acabado de enfeitiçar o garoto.

— Obrigada por isso. — Scarlett jogou as malas no chão e lançou um último olhar para a imagem de um Jackson em fuga. Ela não tinha a menor ideia de qual era o problema dele, ou o motivo pelo qual parecia odiar tanto as Kappas. Provavelmente, alguma das irmãs havia dado um fora nele no semestre anterior. Certos caras conseguiam ser frágeis e mesquinhos assim.

— Que drama foi esse? Você parecia estar a um passo de lançar um feitiço de nível três — comentou Dahlia.

— Até parece. Não vale a pena ficar ensopada por um garoto como ele.

— Para começo de conversa, por que estava falando com ele? — Dahlia torceu o nariz. Ela era a presidente de irmandade consumada; qualquer um que não fizesse parte do sistema grego de fraternidades não valia seu tempo.

— Não estava. Foi ele quem entrou no meu caminho, literalmente.

Tiffany apenas riu e esticou os braços.

Scarlett se afundou no abraço da melhor amiga, apertando-a com força — mas não forte o bastante para amassar a blusa de seda que Tiff vestia.

— Senti tanta saudade.

— Eu também. — Tiffany se virou para dar um beijo em sua bochecha. Seu batom vermelho-escuro não deixou nenhuma marca. A maquiagem de uma Raven nunca borrava.

— Como está sua mãe? — perguntou Scarlett.

Uma sombra passou pelo rosto de Tiffany. Dahlia se movimentou desconfortavelmente.

— Estamos tentando um novo tratamento. Teremos notícias em breve.

Scarlett abraçou Tiffany de novo. Sua amiga havia passado o verão em Charleston com a mãe, que estava lutando contra um câncer. No ano anterior, Tiffany havia pedido a Dahlia que fizessem um feitiço de cura em grupo para sua mãe; toda Raven era uma bruxa por conta própria, mas o coven unido era muito mais forte do que qualquer uma individualmente. Como presidente, cabia a Dahlia escolher quais feitiços o grupo iria realizar, uma tarefa que apreciava descaradamente. Sendo uma debutante de Houston, Dahlia amava estar no controle, ser aquela em quem todas as outras irmãs se espelhavam. Sua confiança a tornava uma ótima presidente, mas, às vezes, Scarlett sentia que Dahlia priorizava sua autoridade ou seu legado em vez das necessidades das outras garotas da casa.

E, de acordo com Dahlia, a história das Kappas era cheia de rituais de cura daquela magnitude que tinham falhado.

— Algumas coisas estão simplesmente além do nosso poder — Dahlia havia dito.

Tiffany nunca havia perdoado Dahlia por ter negado seu pedido, suspeitando de que a presidente se preocupava muito mais com a repercussão e os possíveis riscos do feitiço do que com sua mãe. Scarlett, que enxergara o medo nos olhos azuis de sua melhor amiga, geralmente tão destemida, também não estava satisfeita com a decisão de Dahlia, e havia conversado com Minnie sobre aquilo. O que Scarlett não sabia naquela época era que Minnie também estava próxima da morte.

— Se houvesse uma cura para a morte, nós não seríamos bruxas. Seríamos imortais... Os únicos feitiços que interferem na morte nos afetam de volta na mesma medida — Minnie havia alertado com um sorriso triste.

Agora Tiffany se desprendia do abraço com um sorriso luminoso que Scarlett sabia ser falso. Ela piscava rápido, claramente secando as lágrimas que Scarlett percebia estarem sempre prestes a emergir, embora Tiffany fosse de Espadas, não de Copas.

— Como estão os preparativos para o primeiro dia? — Scarlett mudou de assunto, liberando Tiffany da carga emocional e olhando para o prédio.

— Hazel e Jess estão decorando a casa agora — respondeu Tiffany, sem dúvida agradecida por não ser mais o centro das atenções.

Scarlett assentiu. A tradição ditava que as segundanistas deveriam decorar a casa para o recrutamento. O tema daquele ano era bares da época da Lei Seca; ela estava ansiosa para ver o que suas irmãs tinham inventado.

— Você trouxe as velas de faíscas? — perguntou Dahlia.

— Estão aqui — Scarlett respondeu, batendo em uma de suas malas. — Eu as enfeiticei ontem à noite.

Minnie sempre dizia que era a magia quem escolhia, e estava certa — na maioria das vezes. Todas as garotas cresciam com magia dentro de si, sabendo disso ou não. Mas a força da magia era o que importava. Enquanto era apenas um sussurro para algumas, quase ausente, outras podiam conjurar ventanias com a força de um tornado. As velas de faíscas que as Kappas distribuíam na festa de recrutamento mostravam quem estava no patamar necessário para ser uma Raven. Mas não era *só* ter habilidade. As Ravens tinham de ser exemplares. Tinham que ter personalidade, linhagem familiar distinta, inteligência e sofisticação. E, acima de tudo, ser uma boa irmã.

— Mal posso esperar para conhecer a nova leva de candidatas a irmãs — anunciou Tiffany, batendo palmas com um sorriso.

— Apenas as melhores vão conseguir, é claro — comentou Scarlett. Encontrar bruxas poderosas entre as novatas de Westerly era como procurar diamantes em um mar de pedras de zircônia. Ela não queria um bando de segundanistas desgovernadas quando se tornasse presidente.

— Claro — repetiu Dahlia, com uma carranca estragando seu rosto perfeito. — Temos que proteger a Kappa. A última coisa que queremos é outra garota como a Harper.

O estômago de Scarlett se revirou e ela cuidadosamente evitou o olhar de Tiffany. *Outra garota como a Harper.* Algo sombrio e impronunciável passou entre Scarlett e Tiffany. Algo no qual Scarlett nunca se permitia pensar a respeito.

Algo que poderia arruinar tudo que tinha se esforçado tanto para conseguir.

Capítulo
Três

Vivi

Vivi ajustou a alça da mochila, contorcendo-se levemente quando a ponta de um dos livros de capa dura acertou sua coluna com tudo. Assim que atravessou os portões de ferro, Vivi soltou sua mala e alongou os dedos com cãibras. O ponto de ônibus ficava a menos de um quilômetro da Universidade Westerly, mas carregar suas malas abarrotadas até lá tinha levado mais de uma hora e deixado suas mãos ardendo. Ainda assim, Vivi respirou fundo o ar surpreendentemente aromático, com uma pontada de empolgação que espantava o cansaço. Ela havia conseguido. Depois de dezoito horas cansativas — ora, depois de dezoito *anos* cansativos —, estava finalmente sozinha, livre para fazer suas próprias escolhas e começar a viver de verdade.

Ela parou para dar uma olhada no mapa em seu celular e depois para o quarteirão coberto de grama à sua frente. Do outro lado, havia um edifício de pedra coberto de heras com uma faixa pendurada nas janelas do segundo andar que dizia sejam bem-vindos, novos alunos. *Quase lá*, disse a si mesma enquanto se arrastava adiante, ignorando a dor nos ombros. Quando seus olhos encontraram a multidão de pais e alunos, porém, o estômago de Vivi se revirou levemente. Aquele tipo de situação não era novidade para ela. Tendo estudado em seis escolas de ensino fundamental e frequentado três colégios durante o ensino médio, Vivi havia sido a garota nova durante toda a sua vida.

Mas agora tudo era diferente. Vivi passaria quatro anos em Westerly, mais tempo do que já havia ficado em qualquer lugar. Não seria automaticamente a garota nova e estranha. Poderia ser quem quisesse.

Só precisava descobrir quem exatamente gostaria de ser.

Vivi arrastou suas malas até a mesa dobrável onde alguns voluntários distribuíam pacotes de orientação.

— Bem-vinda! — uma garota branca com cabelos longos, lisos e ruivos cantarolou quando Vivi se aproximou. — Qual é o seu sobrenome?

— Devereaux — respondeu Vivi, analisando a garota de blusa rosa e impecável e seu delineador perfeitamente aplicado. Normalmente, aquele tipo de elegância soava como um dom raro para Vivi, algo a ser admirado, mas não necessariamente invejado, como a habilidade de tocar o próprio nariz com a língua ou plantar bananeira. Porém, uma breve olhada pelo quarteirão logo deixou claro que aquele nível de cuidado era a norma. Vivi nunca havia visto tantas unhas bem-feitas ou camisetas em tons pastel em toda a sua vida e, pela primeira vez, começou a se perguntar se sua mãe não estava certa sobre aquele lugar. Talvez aquela não fosse a faculdade ideal para Vivi, afinal.

— Devereaux — repetiu a garota ruiva, folheando o conteúdo de uma pasta grossa à sua frente. — Você está no Edifício Simmons, quarto trezentos e cinco. O Simmons é esse prédio logo ali. Aqui está sua pasta de orientações… e sua carteirinha de identificação. Ela também é sua chave, então não a perca.

— Obrigada. — Vivi se aproximou para pegar a pasta. Mas a garota não a soltou. Ela ficou congelada no lugar, encarando algo atrás de Vivi.

Olhando em volta, Vivi percebeu que todos estavam virados para a mesma direção. O ar no pátio se movia sutilmente, como o despontar de eletricidade antes de uma trovoada.

Vivi se virou seguindo o olhar de todos. Três garotas cruzavam o gramado verde e aveludado na parte central do quarteirão. Mesmo à distância, ficava claro que elas não eram recém-chegadas. Em parte, por causa das roupas; a garota negra no meio usava um vestido verde-menta com a saia rodada rodopiando em torno das suas pernas longas de bailarina, e suas amigas — ambas brancas e loiras — vestiam saias de tweed quase combinando e um tipo de blusa de seda cor de creme que, até então, Vivi só havia visto em mulheres ricas nos filmes. Entretanto, mesmo que estivessem com calças de moletom furadas, as garotas teriam chamado a sua atenção. Elas se moviam como uma certeza lânguida, como se confiassem no seu direito de ir aonde quisessem na velocidade que desejassem. Como se não tivessem medo de ocupar espaço neste mundo. Para alguém como Vivi, que passara a maior parte da vida tentando se enturmar, havia algo inebriante em observar aquelas garotas tão à vontade ao se destacarem.

Ela observou o trio se aproximar do prédio de tijolos vermelhos onde uma multidão de alunos esperava para entrar. No momento que as garotas chegaram ao prédio, a multidão se partiu ao meio; todas as pessoas se afastaram para o lado sem protestar para que as garotas pudessem entrar.

— Elas são Kappas — disse a ruiva, lendo a pergunta nos olhos de Vivi. — Uma das irmandades do campus. Todos as chamam de Ravens. Não sei o porquê. Talvez seja porque são misteriosas e cheias de segredos, como os corvos.

— Desculpe — disse Vivi, corando, envergonhada de ter sido flagrada encarando.

— Tudo bem. Elas causam esse efeito em todo mundo. Se quiser vê-las em ação, apareça na festa de recrutamento hoje à noite. É um momento raro, quando estão procurando novas irmãs em potencial. — Deu de ombros, fingindo não se importar, embora seus olhos brilhassem com um desejo óbvio. — Você deveria dar uma passada lá, nem que seja só para conhecer a casa da irmandade. É a única época do ano em que elas permitem a entrada de pessoas de fora, e o lugar é espetacular.

— Ah, sim, talvez — murmurou Vivi, secretamente empolgada porque alguém tinha achado que ela era o tipo de garota que poderia "dar uma passada" em uma festa. Ninguém em nenhuma das suas últimas três escolas a havia convidado para uma festa. Não tinha certeza se a festa das Kappas era a melhor forma de começar, mas quem sabe? Talvez a Vivi da faculdade estivesse disposta ao desafio.

— Tudo certo, então. Bem-vinda a Westerly!

Vivi respirou fundo, invocando sua última reserva de forças para carregar as malas pelos três degraus de pedra antes da porta de madeira, que estava aberta. Ela encarou a escada estreita, arrastando sua bagagem de forma desajeitada atrás de si. Torceu para que conseguisse chegar ao segundo andar sem ter que parar para descansar, mas, depois de alguns degraus, seus braços cederam.

— Merda — resmungou, ofegando, enquanto suas malas escorregavam pela escada e caíam com dois baques surdos.

— Precisa de uma mãozinha?

Vivi se virou e deu de cara com um garoto branco de cabelo escuro e cacheado parado ao pé da escada, olhando para cima com um sorriso divertido.

Ela queria poder dizer que tinha tudo sob controle, no entanto, se deu conta de como aquilo soaria ridículo, levando em consideração que ele fitava as malas que Vivi acabara de derrubar.

— Obrigada. Se não for te dar trabalho...

— De forma alguma. E, ainda que desse, eu faria mesmo assim. — Ele tinha um leve sotaque sulista que alongava suas sílabas.

O garoto levantou as duas malas ao mesmo tempo e saltou escada acima, ultrapassando Vivi de raspão.

— Parece que as boas maneiras do sul são mesmo reais — afirmou Vivi, contorcendo-se imediatamente, arrependida de suas palavras bregas e desajeitadas.

— Ah, isso não é uma questão de boas maneiras — respondeu o garoto, levemente sem fôlego. — É uma questão de segurança pública. Você poderia matar alguém ali na escada.

Vivi sentiu as bochechas se enrubescerem.

— Vamos, me deixe carregar uma — pediu ela enquanto corria para alcançá-lo.

Eles chegaram ao segundo andar, mas o garoto não soltou as malas.

— Impossível — ele respondeu, empolgado. — Meu amor pelo cavalheirismo e pela segurança pública torna fisicamente impossível que eu solte essas malas antes que elas estejam fora de uma zona de risco. Qual é o número do seu quarto?

— Trezentos e cinco. Mas você não precisa fazer isso. Eu consigo me virar pelo restante do caminho.

— Nem pense nisso — o garoto rebateu.

Vivi o seguiu com uma mistura de culpa e empolgação em seu peito. Nenhum garoto havia carregado suas coisas antes.

Quando chegaram ao terceiro andar, o garoto virou à direita e, com um gemido, deixou as malas em frente à porta.

— Prontinho. Quarto trezentos e cinco.

— Obrigada — declarou Vivi, sentindo-se ainda mais sem graça. Será que deveria perguntar o nome dele? O que estudava? Como pessoas normais faziam amigos?

— O prazer é todo meu. — Ele sorriu e, por um momento, Vivi não conseguiu focar em nada exceto a covinha que aparecera em sua bochecha esquerda. Mas, antes que pudesse pensar no que dizer em seguida, ele se virou e começou a descer pelo corredor.

— Tente não matar ninguém! — exclamou ele por sobre os ombros, desaparecendo escada abaixo.

— Não vou prometer nada. — Ela tentou soar divertida e sexy, mas não fazia sentido. Ele já havia ido embora.

Vivi abriu a porta, preparada para conhecer sua colega de quarto, mas o cômodo estava vazio. Havia apenas duas camas de solteiro compridas, duas escrivaninhas de madeira arranhadas e um espelho de corpo inteiro atrás de um guarda-roupa. Para um dormitório, era até legal — espaçoso, iluminado e arejado. O exato oposto do apartamento minúsculo e sufocante em Reno.

Ela arrastou uma das malas até uma cama e a abriu, perguntando-se quando sua colega de quarto chegaria e qual seria o protocolo para escolher seu lado do quarto. Antes que pudesse tirar qualquer item da mala, a janela se abriu e uma rajada de ar quente e perfumado invadiu o espaço, espalhando todos os papéis da sua pasta de orientações pelo ar. A janela estava trancada quando ela entrou no quarto.

Vivi recolheu os papéis com um suspiro, tentando acreditar que a diferença significativa de temperatura entre o ar de fora e o de dentro poderia criar pressão suficiente para abrir a janela. Aquele fenômeno era apenas mais um entre tantos que Vivi havia memorizado ao longo dos anos para explicar as situações estranhas que sempre pareciam acontecer ao seu redor.

Foi quando reparou na carta de tarô cuidadosamente posicionada no topo do colchão, como se tivesse sido colocada ali por uma mão delicada.

Era a carta da Morte que sua mãe havia lhe entregado.

O esqueleto a observava com um sorriso macabro e, por um momento, quase pareceu que seus olhos emitiram um brilho vermelho. Vivi sentiu calafrios, embora soubesse que não passava de um efeito da luz. *Eu avisei. Westerly não é um lugar seguro, não para pessoas como você*, a voz de Daphne sussurrou nos ouvidos de Vivi.

Uma porta bateu no corredor e o som das risadas no pátio flutuaram através da janela. Vivi balançou a cabeça, voltando à realidade. Ali estava ela, livre de sua mãe por um dia e já buscando sinais do universo. Daphne quase ficaria orgulhosa.

Com uma bufada desdenhosa, enfiou a carta da Morte na gaveta de sua escrivaninha e a fechou com força. Vivi não precisava de sinais. Não precisava de magia. Não precisava da voz de sua mãe em seus ouvidos. Ela só precisava viver uma vida normal ali.

Começando pela festa da irmandade.

Capítulo Quatro

Scarlett

A Casa Kappa havia sido transformada. O moderno papel de parede cinza metalizado havia se desbotado até ficar do mesmo rosa pálido que decorara as paredes no passado, e o sofá baixo de veludo havia se transformado em uma espreguiçadeira dourada. O lugar estava praticamente irreconhecível. Apenas a música que saía de uma caixa de som sem fio revelava que elas ainda estavam no século 21. A festa de recrutamento começaria em duas horas e todas as irmãs tinham muito trabalho a fazer — as estudantes do segundo ano eram responsáveis pela decoração; as do terceiro, pelas comidas e bebidas; e as do último ano corriam de um lado para o outro se certificando de que qualquer sinal de magia estivesse devidamente fora de vista.

Depois que terminaram de instruir a equipe do bufê, Scarlett e Tiffany subiram as escadas para colocarem seus vestidos. O quarto de Tiffany ficava duas portas depois do de Scarlett e a amiga deu uma espiadinha enquanto passava.

— Ai, meu Deus, não acredito que você ainda tem isso — exclamou Tiffany, entrando no quarto e pegando um elefante de três pernas decrépito sobre a cômoda de Scarlett.

— Eu deveria esconder isso antes que a festa comece. — Scarlett riu.

— A primeira impressão é a que fica — concordou Tiffany.

Scarlett e Tiffany se conheceram em sua própria cerimônia de recrutamento, dois anos antes. Embora fosse nascida e criada para ser uma Kappa, Scarlett estava com medo — medo de ser considerada incapaz, medo de decepcionar sua família. E então Tiffany parou ao seu lado, gesticulou em direção ao nariz perfeito de Dahlia e sussurrou:

— Aposto todo o meu dinheiro que aquele nariz é um encantamento.

Scarlett não riu, embora quisesse muito. De repente, a presidente da irmandade não parecia mais tão imponente, e os medos de Scarlett se desmancharam. No fim das contas, Tiffany não tinha muito dinheiro, bem longe disso, mas era rica em magia, espontaneidade e irreverência. Scarlett não sabia quanto precisava daquelas duas últimas características até conhecer Tiffany.

Naquele ano, o tema fora baile em preto e branco, e elas dançaram a noite inteira com seus vestidos longos, pouco se importando com o fato de que, ao amanhecer, as bainhas brancas estariam manchadas de sujeira. Depois, naquela mesma manhã, Scarlett levara Tiffany em uma de suas lojas de antiguidades favoritas no centro da cidade, uma que os turistas e as outras bruxas ainda não haviam descoberto. Caminhavam por corredores cheios de mobílias e luminárias empoeiradas, pequenos bibelôs e livros de mesa antigos, quando Tiffany parou na seção infantil com a empolgação de uma aluna do jardim de infância.

— Animais de pelúcia e bonecas são as melhores coisas, têm tanta energia pura. Tanto amor puro — declarou.

Scarlett pegou um elefante que havia perdido uma perna.

— Tanta *qualquer coisa* pura — retrucou com uma risada, e Tiffany se juntou a ela. Mas Scarlett sabia o que a garota queria dizer.

— Obrigada por compartilhar seu cantinho comigo — declarou Tiffany com a voz suave, abraçando uma pelúcia do Elmo que parecia ter sido amada por muita gente.

Voltaram para casa com dezenas de objetos perfeitos para feitiços, e se tornaram inseparáveis desde então. Tiffany era a irmã que Scarlett sempre sonhara em ter. Elas se complementavam tão bem. Scarlett era fiel às normas da magia, enquanto Tiffany gostava de se divertir com seu dom. O lema das Kappas era "Irmandade. Liderança. Fidelidade. Filantropia.", e Scarlett sempre acreditou que seu significado era que elas deveriam governar e salvar o mundo. Tiffany, porém, não vias as bruxas apenas como super-heroínas.

— Qual é a graça de ser uma bruxa se você não pode usar sua mágica para fazer a fila do Starbucks andar mais rápido? — sempre dizia.

Scarlett entendia o lado da amiga; qual é a vantagem de ajudar o mundo se você não pode se ajudar também?

Os olhos azuis de Tiffany reluziam sempre que ela tinha uma de suas ideais brilhantes ou quando usava sutis toques de mágica para equilibrar as pequenas injustiças do dia a dia, como derrubar magicamente a bebida de um garoto de fraternidade que encarava uma de suas irmãs por muito tempo ou dar soro da verdade para um professor sexista que só dava notas altas para os homens. Ela era inteligente, engraçada e maquiavélica na medida certa. Tiffany era a única pessoa capaz de arrancar Scarlett dos próprios pensamentos e lembrá-la das alegrias, e não apenas das obrigações, de ser uma bruxa. Em geral, quando estavam juntas, Scarlett se sentia ao mesmo tempo à vontade e empolgada para fazer qualquer coisa.

O tarô poderia explicar a conexão — Copas e Espadas fazem amizade com rapidez —, mas Scarlett gostava de acreditar que ela e Tiffany teriam se conectado com ou sem magia. Naquele momento, porém, sentiu-se repentinamente distante da amiga.

Scarlett respirou fundo, lembrando-se do que Dahlia havia dito mais cedo.

— Tiff, você costuma pensar na Harper?

Tiffany se enrijeceu.

— Nós havíamos combinado de nunca mais falar sobre isso.

— Eu sei, mas se um dia isso vazar e...

— Como poderia vazar? Somos as únicas que sabem — rebateu Tiffany.

Entretanto, aquilo não era totalmente verdade. Gwen, outra garota que havia sido recrutada com elas, também sabia tudo sobre o que realmente acontecera. Mas Gwen já estava longe dali, e elas haviam se certificado de que a garota jamais contaria qualquer coisa.

— Está tudo bem, Scarlett. Acredite, estamos em segurança — afirmou Tiffany, guardando o elefante no closet de Scarlett e alisando seu vestido.

— Toc, toc — entoou uma voz grave.

Scarlett virou-se rapidamente.

— Ai, meu Deus, Mason! Pensei que você só chegaria amanhã!

— Voltei mais cedo — anunciou ele com um sorriso.

Se ele não fosse o namorado dela, sua beleza seria irritante. Sua boca era levemente curvada de um lado, como se estivesse sempre prestes a gargalhar. Sua pele tinha um bronzeado escuro e dourado. Seu cabelo estava mais comprido do que o normal, cacheando nas pontas sobre suas têmporas, e sua camiseta não escondia os músculos bem definidos.

Tiffany pigarreou.

— Vou deixar vocês a sós... Te vejo lá embaixo, Scar — disse, balançando as sobrancelhas.

Assim que Tiffany saiu, Mason diminuiu a distância entre os dois, entrelaçando seus braços ao redor de Scarlett e a puxando para um beijo longo e intenso. Assim que os lábios se encontraram, ela fechou os olhos e se afundou dentro dele. Mesmo depois de dois meses, seu gosto ainda era o mesmo: de dias quentes de verão.

Certa vez, a mãe de Scarlett dissera que não existia amor à primeira vista , mas amor à primeira piada, sim. Seu pai havia conquistado a mãe com seu senso de humor seco, e até hoje, depois de trinta anos de casamento, Marjorie Winter conseguia olhar para o marido e lembrar imediatamente por que o amava — ainda que, no momento, ela o odiasse.

Por outro lado, Mason Gregory havia conquistado Scarlett duplamente: tinha sido amor à primeira vista *e* à primeira piada.

Eles se conheceram em uma confraternização entre a Kappa e a Pi Kappa Rho, conhecida como Pikiki, na qual toda garota Kappa vestia uma saia havaiana sobre o biquíni, enquanto os garotos PKs usavam apenas a saia. Os PKs colocavam um colar de flores nas Kappas pelas quais se interessavam enquanto passeavam pela Casa PK decorada como uma ilha, com palmeiras de verdade e um tobogã inflável que descia do telhado até a piscina. Com uma piada boba, porém charmosa, sobre não se dar bem com tanta frequência, Mason se recusara a dar seu colar de flores para Scarlett; em vez disso, ele lhe entregou apenas uma única flor de frangipani. Delicadamente, ela exigiu o resto, mas explicou uma das tradições da ilha.

— A garota coloca a flor atrás da orelha direita se está disponível e interessada, e atrás da esquerda se o cara não tiver chance nem no inferno.

Ela riu, colocando a flor atrás da orelha direita. Os dois estavam juntos desde então.

Scarlett tinha sua própria teoria a respeito do amor; para ela, era algo que ia além do senso de humor, além da aparência. O amor possuía um ritmo, da mesma forma que os feitiços. E Mason e Scarlett o haviam encontrado desde o primeiro instante em que se conheceram. Não havia nada que Scarlett tivesse tanta certeza na vida quanto de seu lugar ao lado de Mason. Ou melhor, o lugar de Mason ao lado dela.

Ele interrompeu o beijo, recuando para poder passar os olhos por ela, demorando-se onde os botões encontravam a renda branca do sutiã e onde a saia envolvia suas coxas.

— Você está incrível, como sempre. Como consegue? Sério, nunca vi você nem com o cabelo despenteado.

— Mágica, é claro. — Ela deu uma piscadinha.

Ele não sabia que não era brincadeira. Ravens juravam segredo. Apenas integrantes e ex-integrantes, como a mãe e a irmã de Scarlett, sabiam que eram, na verdade, uma irmandade de bruxas. Mason era apaixonado por História e, em outras circunstâncias, teria adorado descobrir mais sobre as tradições das bruxas que cercavam suas ancestrais. Seu quarto na fraternidade era cheio de biografias, e a maioria nem era leitura obrigatória de nenhuma aula. Ele adoraria saber quanto a magia forjara o mundo e quais figuras históricas foram bruxas que sutilmente conduziram a civilização adiante. Mas as regras eram claras; ele jamais poderia saber. Havia momentos em que o segredo se firmava entre os dois como uma estaca de aço, mas, por mais que Scarlett amasse Mason, por mais que desejasse que ele pudesse conhecê-la por inteiro, ela jamais poderia trair a confiança de suas irmãs.

— Você também não está nada mal. Tão bronzeado. Me deixe adivinhar: ficou preso no iate do Jotham de novo? — questionou ela.

Jotham era outro PK e o melhor amigo de Mason. Também era o motivo pelo qual Mason ficara preso do outro lado do oceano. Jotham convidara Mason para o casamento do irmão, e o resto era apenas uma história de verão. Ela lembrou a si mesma de jogar um feitiço em Jotham mais tarde, como castigo.

Mason balançou a cabeça.

— Não. Pulei o iate dessa vez. Acabei descobrindo que Portugal tem uma cena de surfe inacreditável.

— Eu não sabia que você era um aspirante a rato de praia.

— Scarlett manteve a voz suave, porém estava irritada. Não fazia ideia do interesse de Mason por surfe. Por que ele não dissera nada daquilo em suas mensagens? As últimas semanas haviam sido tão caóticas que os dois mal tinham se falado. Para Scarlett, porém, ter se afogado de trabalho no estágio era bem diferente de ele estar ocupado *surfando*.

Mason abriu um sorriso largo.

— Jotham foi de iate para Ibiza com uma garota que ele conheceu no casamento. Eu não queria ficar segurando vela. Não sei o que me deu, mas pulei no trem e viajei pela Europa. Até dormi em um *hostel* por algumas noites.

As sobrancelhas dela foram às alturas.

— Você ficou em um *hostel*? Em vez de em um *iate*?

O iate da família de Jotham era praticamente um cruzeiro.

— Nem foi tão ruim assim.

— Tem certeza de que não trouxe percevejos para casa? — Ela o encarou desconfiada, o que o fez cair na gargalhada.

— Queria que estivesse lá comigo. Você teria gostado.

Scarlett franziu o nariz.

— Em um hostel? É, acho que não.

— Falando sério, Scar, me senti em um daqueles filmes legendados de que você gosta — comentou Mason.

— Você odeia filmes com legenda — ela protestou delicadamente. Ele sempre dizia que, se quisesse ler, pegaria um livro.

Ele ficou sério.

— Foi diferente de todas as viagens de férias em família ou com amigos que nós já fizemos. Sem passeios turísticos, sem bailes de gala, sem iates, sem expectativas... Nada disso. Fiz meu próprio roteiro. Organizei minha própria rotina. Decidi quem eu queria ver e aonde eu queria ir. Me senti... livre. — Ele falava rapidamente, como sempre fazia quando ficava empolgado. Só que, na maioria das vezes, ele ficava empolgado com Kant, ou com a *Ilíada*, ou com o índice Dow Jones. Se não o conhecesse tão bem, acharia que ele fora enfeitiçado.

— Pelo jeito como você fala, parece que gostaria de ter ficado por lá — acusou ela.

Mason ficou com a expressão pensativa.

— Parte de mim queria ter ficado. Mas só se você estivesse comigo, é claro — acrescentou ele de imediato. — Tudo aqui parece tão... predeterminado. Entende o que eu quero dizer?

Scarlett arqueou a sobrancelha.

— Não. Do que você está falando?

Mason gemeu.

— Todos os estágios, papeladas e pós-graduações. Meu pai tem certeza de que eu vou querer seguir seus passos e me tornar um advogado.

— Achei que você quisesse essas coisas. — *Achei que nós quiséssemos essas coisas.* Uma das coisas que amava em Mason era sua ambição. Quase competia com a dela. Os dois tinham tudo planejado desde o primeiro mês de namoro: fariam a mesma especialização em Direito, de preferência em Harvard, voltariam para os estágios na empresa dos pais, e, então, quando tivessem experiência suficiente, abririam um escritório juntos.

— Eu sei... Também pensei que eu quisesse. Mas talvez... — Ele pausou e soltou um suspiro, como se procurasse as palavras certas. — Sei lá. Existem, tipo, um milhão de outras carreiras e *startups* por aí em que tudo o que você precisa ter é um computador e acesso à internet. Você nunca pensou em mandar um "foda-se" para os nossos pais e para Westerly e deixar isso tudo para trás?

Scarlett estreitou os olhos. Uma *startup*? Ele era o Mark Zuckerberg agora?

— Tudo o que eu sempre quis está aqui. A Kappa. Você. Nossas famílias. Perambular pelo mundo é coisa de gente que não sabe o que quer da vida. Nós não somos assim.

Mason deu de ombros, brincando com uma pulseira de corda desfiada no braço que Scarlett nunca havia visto antes.

— Mason, está tudo bem? — Ela ficou quieta enquanto o encarava. Às vezes, o silêncio era mais poderoso do que qualquer palavra. Algumas pessoas não conseguiam suportá-lo, e Mason era uma delas. Ele precisava preencher o silêncio como uma vela precisava preencher a escuridão.

Finalmente, ele levantou a cabeça e sorriu para ela.

— Claro que estou bem. Estou com você. — Ele se inclinou e a beijou de novo, então balançou a cabeça levemente. — Desculpe se estou meio esquisito. Ainda estou me ajustando ao fuso horário e minha cabeça ainda está nas ondas.

Ele entrelaçou seus dedos nos dela e a puxou para mais perto.

Ela sentiu a energia reconfortante que o toque dele sempre causava. Scarlett fechou os olhos por um segundo e tentou acreditar no que ele dissera sobre o fuso horário. Sentira-se muito esgotada depois de alguns longos dias de trabalho no escritório da mãe. Entendia sobre expectativas familiares como ninguém. Ele só precisava entrar no clima de Westerly novamente. E, depois que os dois passassem um tempo juntos, ele voltaria ao normal. Ele tinha que voltar.

— Senti saudades, Scar — ele declarou. — Você pode escapar daqui para compensarmos o tempo perdido?

Por um momento, tudo o que Scarlett queria era ir com ele até a Casa PK. Então se lembrou do horário e murmurou um palavrão.

— Mason, não posso. Hoje é noite de recrutamento — ela o lembrou.

— Eu sei, mas tudo parece estar sob controle. — Ele deslizou os dedos pelo cabelo dela. — Será uma volta de uma hora, qual é o problema?

Ela apoiou a mão sobre o peito dele.

— É um *grande* problema. Não posso abandonar minhas irmãs antes da iniciação. O que elas iriam achar?

Ele franziu o cenho.

— Quem se importa com o que elas acham? A gente não se vê há meses...

— E de quem foi essa escolha? — Scarlett rebateu.

— Você poderia ter ido comigo, sabe — Mason argumentou. — Teria sido tão divertido. Dois meses juntos, sem planos, sem se preocupar com mais ninguém além de nós dois...

— Bom, diferentemente de você, eu não queria decepcionar minha família — comentou Scarlett, sentindo-se de repente exausta. — Eu não sou o tipo de pessoa que consegue simplesmente fazer as malas e sumir por dois meses sem aviso-prévio. — *E pensei que você também fosse assim*, quase acrescentou.

Um vinco se formou entre as sobrancelhas de Mason e, mais uma vez, Scarlett não pôde deixar de acreditar que havia algo errado. Aquela não era exatamente a volta às aulas que imaginara. Alguns segundos antes ela se sentira tão próxima dele e, num piscar de olhos, sentia um abismo se formando entre os dois. Primeiro Tiffany e agora Mason. Aquele deveria ser o ano *dela*. Por que não se sentia assim? E o que estava acontecendo com ele?

Desde que conhecera Mason, Scarlett sabia que ele seria seu — que ela faria o que fosse preciso para tê-lo. Ela evitava, porém, usar seus dons com ele, fazendo o que qualquer Raven faria: deixava sua pele mais luminosa; seu cabelo, mais brilhante; seus dentes, mais brancos; e sua risada, mais melódica. Mas em nenhum momento o havia tocado. Nem sua cabeça, nem seu coração. Uma das regras, claro, era não *mudar* os sentimentos do coração de ninguém sob nenhuma circunstância, mas as regras não diziam nada sobre espiar.

Tiffany sempre olhava. Para ela, era algo que ficava entre a ciência e a poesia.

— Como temos sorte de poder olhar o coração humano — dissera certa vez.

Na época, Scarlett tinha negado, mas, agora, pela primeira vez, sentia-se tentada. Que mal provocaria se fizesse isso só uma vez, apenas para entender o que Mason estava pensando e sentindo?

Scarlett se aproximou e passou a mão pelo cabelo dele. Enquanto invocava sua magia, sentiu aquela vibração com a qual já estava familiarizada — desta vez, porém, não era amor ou empolgação, e sim medo. Medo do que poderia encontrar. E se encontrasse menos amor do que esperava?

Não, Scarlett não poderia arriscar. Não poderia invadir a privacidade de Mason daquele jeito. Ela não era assim. Mas poderia lembrá-lo de como era bom quando os dois estavam juntos. Ela baixou a mão, passando-a pelo pescoço dele, descendo pelas costas e então por sua coxa.

— Não consigo sair por uma hora, mas tenho cinco minutos — sussurrou.

Mason arregalou os olhos.

— Aqui? — Eles nunca haviam se pegado na Casa Kappa; parceiros não eram permitidos na casa durante a noite.

Ela lançou um olhar longo e penetrante sobre os ombros enquanto cruzava o quarto para trancar a porta.

— Scar — Mason começou a falar.

Mas ela já estava no comando. Aproximou-se, cruzando os braços em volta do pescoço dele, puxando o rosto do namorado em sua direção. Toda a resistência que sentira por parte dele mais cedo desapareceu com seu toque, e o beijo ficou quente, firme. Ele a pressionou contra a parede, um braço envolto na cintura e o outro enterrado nos cabelos dela.

Ela sorriu contra a boca dele, as mãos deslizando sobre seu peitoral musculoso. *Aquele* era o Mason que conhecia. Era assim que as coisas funcionavam entre os dois. Em um momento, ele se esqueceria da ideia de deixar tudo para trás e viajar pelo mundo. Ele iria lembrar que os dois estavam exatamente onde deveriam estar. Que deveriam ficar ali, juntos.

— Meu tempo acabou — alertou ela alguns minutos depois, afastando-se. Ele estava sem fôlego enquanto ela o guiava em direção à porta.

— Scar, assim você me mata — protestou ele com um gemido.

— Me encontre aqui amanhã de manhã depois da cerimônia de seleção. Assim podemos terminar o que começamos. — Ela escondeu um sorriso enquanto ele a beijava pela última vez antes de se virar, relutante, para descer as escadas.

Viu só? Nenhuma magia foi necessária. Ele já estava sob seu feitiço.

Capítulo Cinco

Vivi

Vivi levou apenas quinze minutos para se dar conta de que ter ido para a festa tinha sido um erro terrível.

Assim que atravessou a porta da Casa Kappa, ficou momentaneamente deslumbrada com o seu esplendor. O tema da festa era bares clandestinos da época da Lei Seca, o que combinava naturalmente com o papel de parede rosa-claro da casa e as cadeiras de mogno com almofadas de veludo. Todos usavam smokings ou vestidos de melindrosa; até mesmo os garçons servindo bebidas em xícaras delicadas de porcelana vestiam roupas dos anos 1920.

Todos estavam de acordo com o tema — exceto Vivi, que usava um vestido azul-marinho com estampa de girassóis, o único vestido que havia trazido consigo. Seu calendário social vazio em Reno não requeria, particularmente, trajes formais. Ela puxou a bainha, que, conforme percebeu só naquele momento, estava manchada, e observou as risadas e danças dos outros jovens em uma combinação de admiração e inveja. A semana dos calouros havia começado há apenas doze horas. Como tantas pessoas já tinham feito amizades? E como todas as garotas sabiam que deveriam colocar um vestido de melindrosa na mala? Do outro lado do salão lotado, avistou duas garotas que reconhecia de seu dormitório, mas elas sorriam e pareciam sussurrar segredos, e os muitos anos sendo a garota nova ensinaram a Vivi o que acontece quando você tenta se meter no meio de uma conversa daquelas.

Até o momento, as coisas em Westerly não estavam indo exatamente de acordo com o planejado. Sua colega de quarto, Zoe, havia finalmente aparecido e prontamente fizera uma divisão com fita adesiva no meio do quarto para separar o seu espaço do de Vivi. Ela também havia levado dezenas de velas, cada uma com um diferente aroma forte que não combinava com o das outras, o que deixara o quarto com cheiro de uma mistura doce e enjoativa de patchuli com baunilha. E, quando Vivi finalmente havia tomado coragem de perguntar a Zoe se ela queria conhecer o refeitório, a menina mal tirou os olhos do celular antes de murmurar um "Foi mal, já tenho outros planos".

Quanto mais tempo Vivi permanecia no salão agitado da Casa Kappa, mais quentes suas bochechas ficavam. Ela passara tanto tempo sonhando com a faculdade, convencida de que seria um recomeço, e, no fim das contas, acabara ficando tão excluída como sempre. Talvez sua solidão crônica não tivesse nada a ver com o fato de ser sempre a garota nova. Talvez fosse apenas muito desajeitada, muito esquisita para fazer amigos.

Ela se virou, pronta para sair pela porta, mas alguém bloqueou seu caminho. O estômago de Vivi virou do avesso do mesmo jeito que costumava acontecer quando, durante o breve tempo em que morara em Los Angeles, encontrava uma celebridade no shopping grã-fino de Calabasas. Era a garota do vestido verde-menta que havia visto atravessando o pátio com as outras duas Ravens.

Ela agora usava um vestido de contas branco deslumbrante, e seus olhos castanhos-escuros pareciam brilhar de alegria debaixo de seus cílios longos, como se soubesse algo que mais ninguém sabia e adorasse guardar o segredo.

— Olá — disse a garota, erguendo as sobrancelhas de leve enquanto inspecionava o vestido de Vivi.

— Oi — foi o que Vivi conseguiu responder. Aquela era a primeira palavra que dissera desde sua conversa com Zoe, horas antes.

A garota segurava algo — uma vela de faíscas, Vivi notou.

— Muito obrigada por ter vindo — disse. — Espero que não se sinta desconfortável com essa sua roupa fofinha. Não tem problema não respeitar o tema. Afinal, não é todo mundo que consegue sustentar a silhueta dos anos 1920.

As bochechas de Vivi coraram.

— Não pensei que fosse precisar de um vestido de festa quando estava fazendo as malas — Vivi se justificou, estendendo o braço em direção à vela de faíscas.

O sorriso falso da garota ficou ainda mais largo.

— Uma candidata a Kappa deve estar pronta para qualquer coisa.

— Ah, não, eu não sou uma... Quer dizer, não estava planejando me candidatar. — Era uma mentira, claro. Ela adoraria participar do processo seletivo. Mas, depois de cinco minutos ali, Vivi se deu conta de como toda aquela ideia não passava de uma ilusão. O melhor que poderia esperar era torcer para que a garota entendesse que Vivi reconhecia que estava bem abaixo do nível das outras.

— Entendo — disse a Kappa, franzindo os lábios.

— Sem querer ofender nenhuma de vocês, claro. A Kappa parece ótima. Eu só não sou... — *Boa o bastante*, Vivi pensou, contorcendo-se enquanto tropeçava nas palavras de forma desajeitada.

— Geralmente quando as pessoas dizem "sem querer ofender", elas acabaram de dizer algo ofensivo. — A garota voltara a sorrir, mas seu olhar ficou mais severo. — Posso dar um conselho?

Se você não pretende se candidatar à Kappa, não desperdice o tempo de ninguém. Mas, se *está* considerando, eu não iria embora ainda, se fosse você.

Ela girou na ponta dos pés, as franjas brancas do vestido assobiando uma espécie de adeus enquanto se movia para o jardim dos fundos. Vivi a encarou, perguntando-se como aquela garota sabia que ela estava prestes a ir embora e por que ela se importava. Mas, independentemente daquilo, decidiu ficar por mais alguns minutos, apenas para evitar a humilhação, e perambulou pela Casa Kappa em meio ao corredor principal lotado, seguindo para o jardim.

Era como estar em um reino de fadas. O gramado era rodeado por uma cerca de ferro coberta de heras, e cordões de luzes se balançavam nos musgos dos carvalhos, suspensos por fios que Vivi não conseguia enxergar. Velas imponentes decoravam as pequenas mesas redondas, espalhadas por toda a grama, emitindo um brilho lisonjeiro sobre as feições excepcionalmente atraentes dos convidados. Uma fila se formara no bar, onde um garçom servia uma espécie de ponche em uma grande tigela de cristal.

Seu olhar encontrou duas garotas inacreditavelmente lindas dançando, rindo enquanto se moviam ao som da música.

— Meio intimidadoras, não é?

Vivi se virou e viu outra garota impressionante ao seu lado. Com seu cabelo preto ondulado, pele marrom impecável e olhos enormes de cordeirinho, ela era tão bonita quanto a Kappa que a havia esnobado minutos antes, mas o sorriso genuíno em seu rosto a tornava infinitamente mais amigável.

— Sim, tipo isso — comentou Vivi, surpresa e aliviada ao perceber que até mesmo uma garota que possuía o visual ideal de uma Kappa estava nervosa. — Como todo mundo tem roupa para uma festa assim? — perguntou, olhando em volta pelo jardim.

— O recrutamento é um evento importante. Candidatas sérias vêm preparadas para qualquer coisa. Algumas até contratam consultores para ajudá-las a passar pela seleção. Minha mãe também estudou em Westerly, então eu meio que sabia o que esperar — respondeu, apontando para o próprio vestido de franjas.

— Você quer se candidatar? — perguntou Vivi.

— Sim, se eu receber uma oferta — a garota respondeu em um tom melancólico, soando como alguém que queria a última fatia do bolo, mas era educada demais para pegar. — Mas não vou criar muitas expectativas. A Kappa é a irmandade mais seletiva do campus, e também a menor.

Até mesmo para uma novata no sistema grego de casas como Vivi, era evidente que as irmandades ocupavam um lugar especial em Westerly. Ela ainda não havia conhecido oficialmente nenhuma Kappa — a garota do vestido branco não havia se apresentado —, mas era fácil identificá-las em meio à multidão. Diferentemente das aspirantes a candidatas, cujo nervosismo transparecia em seus sorrisos grandes, as Kappas se moviam com graça e confiança. Vivi observava com admiração descarada quando uma garota asiática em um vestido de contas vermelho parou para tomar um gole delicioso de sua bebida. Seu cabelo preto e brilhante cortado suavemente na altura do queixo e seus lábios de um carmesim intenso pareciam pertencer a uma estrela dos clássicos de Hollywood. Ela era facilmente a pessoa mais glamorosa que Vivi já havia visto em carne e osso, mas foi sua compostura que a cativou. Ela observava e aproveitava a festa sozinha, sem pressa alguma de encontrar alguém para conversar. Como a eterna garota nova, Vivi estava acostumada com a solidão, mas nunca ficava mais fácil. Sempre notava as pessoas a observando, perguntando-se por que estaria sozinha.

— Me chamo Vivi — apresentou-se, voltando a atenção para a recém-conhecida. Ela estendeu a mão que não estava segurando a vela de faíscas.

— Ariana — respondeu a garota, dando a Vivi uma das duas xícaras que havia acabado de pegar com um garçom de passagem.

— Aparentemente, a Kappa é a única irmandade que consegue servir álcool em eventos de recrutamento e se safar disso, então eu aproveitaria ao máximo.

Vivi tomou um gole, rezando para que não fizesse nada que entregasse que aquela era a primeira vez que bebia. Era difícil ser uma aluna rebelde que frequentava festas quando nunca tinha tido amigos que a convidassem para festas. Vivi se preparou para uma sensação de queimação, mas o coquetel cor-de-rosa era deliciosamente doce.

— Como a Kappa consegue quebrar todas as regras?

Ariana deu de ombros.

— Ouvi dizer que elas recebem vários tratamentos especiais.

— Oi. — Vivi se virou e encontrou uma garota negra com um vestido azul justo e sofisticado: ela sorria para as duas. — Me chamo Jess. Vocês estão se divertindo?

Vivi congelou, sem saber como responder depois de seu último encontro com uma Kappa. Deveria tagarelar sobre como aquela era a melhor festa de todas? Ou seria melhor fingir costume e parecer desinteressada?

— Com certeza — respondeu Ariana, que, felizmente, conseguia conversar com estranhos sem surtar por completo. — Vocês realmente se superaram. Os garçons estão vestindo ternos *vintage*?

Jess assentiu.

— Existe um certo prazer em forçar universitários desleixados a se vestirem direito — comentou, observando a multidão. — Mas só exijo três coisas de um homem: que ele seja bonito, insensível e burro.

— Como assim? — indagou Ariana enquanto Vivi ria.

— Dorothy Parker, né? — perguntou Vivi.

— Desculpe, é impossível não citar Dorothy Parker quando você está bebendo coquetéis em xícaras de chá. — Ela deu uma piscadinha para Vivi e se retirou.

— Aquilo foi um pouco esquisito — sussurrou Ariana depois que Jess já havia ido embora.

— Mas foi meio incrível — afirmou Vivi com um sorriso.

Quando estava no sétimo ano, Vivi encontrara uma coleção de poemas e ensaios de Dorothy Parker na biblioteca e, para ela, tinha sido quase como fazer uma amiga. Nunca havia escutado alguém de sua idade mencionar Parker, e certamente não esperava escutar aquilo em uma festa de irmandade, mas aquela acabou sendo apenas a primeira de muitas conversas surpreendentes com outras Kappas ao longo da noite. Uma estudante branca de bioquímica chamada Juliet contou a Vivi a respeito de sua pesquisa sobre hormônios do amor, depois Vivi se pegou no meio de uma discussão fascinante sobre política chinesa com uma estudante de História chamada Etta e algumas de suas colegas de classe. Era um assunto do qual sabia muito pouco, então ficou a maior parte do tempo apenas escutando, mas sem nunca se sentir sem graça ou deslocada. Levando em conta o fato de que nenhuma das alunas mais velhas a conhecia, elas pareciam perfeitamente felizes em deixar Vivi se juntar à conversa. Quando encontrou Ariana novamente, Vivi estava quase flutuando. Uma combinação desconhecida de alívio e felicidade a preenchia calorosamente. Sua primeira festa na universidade era um sucesso.

Ariana estava conversando com a garota de vestido de contas vermelho que havia visto mais cedo. Quando Vivi se aproximou, a garota abriu um sorriso amigável, revelando dentes mais brancos do que as pérolas ao redor de seu pescoço. Ela deu um longo gole em sua bebida e, quando abaixou o copo, seu batom ainda estava intacto. Não havia nenhum sinal de mancha na borda do copo branco.

— Me chamo Mei — a garota se apresentou, estendendo a mão. — É um prazer co...

Sua voz foi engolida pelo som repentino de jazz que atravessou o jardim. Vivi se virou e encontrou cinco músicos bem-vestidos com ternos pretos tocando uma música que lhe soava familiar.

— Aah, o Charleston! — gritou Mei. Sem largar sua xícara, ela rodopiou sobre os tornozelos enquanto movia os braços em um ritmo perfeito. — Vamos! — Ela sorriu, pegando Vivi pela mão.

— Não, não consigo — protestou Vivi, dando um passo para trás. Nunca havia dançado em público. E não conseguia se lembrar de já ter dançado sozinha. Ela era tão ruim que passaria vergonha mesmo se não tivesse ninguém por perto.

Mei soltou sua mão educadamente e, menos de um segundo depois, foi puxada por um dos músicos de terno preto. Vivi observou admirada enquanto os dois dançavam em uma sincronia tão perfeita que se perguntou se aquilo tudo não havia sido coreografado antes.

— Queria saber dançar assim — Vivi sussurrou para Ariana, que também observava impressionada.

— Sua vez — anunciou Mei com alegria. Ela se afastou do garoto e acenou para Vivi.

— Não, é sério. Não consigo. — Vivi deu mais um passo para trás enquanto seu coração batia alarmado.

Mas o garoto, ainda sob o encanto de Mei, não seria deixado de lado. Vivi só teve tempo de entregar a xícara e a vela de faíscas para Ariana antes que o garoto a pegasse pela mão e começasse a dançar com ela no ritmo da música. Por um momento, tudo que conseguiu fazer foi encarar horrorizada e se balançar desengonçada. Não sabia o que fazer com os pés ou com a mão livre. Seu rosto começou a queimar. Quantas pessoas a estavam encarando naquele momento?

Entretanto, assim que pensou que seria dominada pelo pânico, seus pés começaram a se mover quase por conta própria. Seus quadris balançavam de um lado para o outro enquanto ela alternava o peso do corpo entre os dois pés. O garoto sorriu para ela e, sem pensar, ela sorriu de volta. Independentemente de como ele se movia, ela o acompanhava perfeitamente, como se os dois estivessem conectados por um fio.

— Eu sabia que você era capaz — disse Mei com uma mistura de orgulho e satisfação.

Vivi estava se divertindo tanto que nem parou para pensar sobre como conseguia escutar o sussurro de Mei acima da música. Ou por que a voz da garota parecia estar dentro da sua cabeça. Porque, quando Vivi espiou por sobre os ombros, Mei havia sumido.

A canção terminou, dando lugar a uma outra, mais lenta. O garoto entortou a cabeça para o lado e sorriu, um convite silencioso para que Vivi se juntasse a ele em mais uma dança, mas ela não queria abusar da sorte.

— Tenho que procurar minha amiga — disse. — Mas obrigada. Isso foi... — Corou, interrompendo a frase. — Obrigada.

— Aquilo foi incrível — Ariana gritou quando Vivi se aproximou. — Queria que eles ensinassem o Charleston na *minha* escola de dança. — Ela olhou para o jardim à sua volta, suspirou e devolveu a xícara e a vela de faíscas para Vivi. — É difícil não ficar esperançosa por um convite, não é mesmo?

Vivi assentiu, sentindo-se do mesmo jeito. Nunca havia se imaginado fazendo parte de uma irmandade, mas também nunca soubera da existência de irmandades como a Kappa. Aquelas garotas eram inteligentes, curiosas e apaixonadas — assim como as pessoas que Vivi sempre tinha sonhado em conhecer na faculdade. Mas não seria arrogância presumir que as Kappas teriam interesse por *ela*? Só porque havia conseguido passar algumas horas sem passar vergonha, não significava que pertencia à irmandade mais glamorosa e exclusiva de Westerly.

Um burburinho atravessou a multidão e, logo depois, uma corrente de eletricidade fez as pontas dos dedos de Vivi estremecerem. A vela ganhou vida em suas mãos, enviando faíscas azul-acinzentadas pelo ar.

Vivi perdeu o ar. Ariana a observou desacreditada enquanto sua própria vela de faíscas também ganhava vida e brilhos vermelhos caíam sobre seus pés. Por todo o jardim, as velas se acendiam, uma por uma.

Mas nem todas pegaram fogo.

— Acho que a minha veio com defeito — uma garota à esquerda de Vivi reclamou, balançando o palito e depois tentando acendê-lo em uma vela que estava por perto. Outra garota, que usava um vestido prateado, batia o palito contra a palma da sua mão, como se desejasse que acendesse.

— Mas nós nem mesmo as acendemos — sussurrou Ariana para Vivi, balançando suas faíscas no formato de um oito.

— Deve ser algum truque de festa ou qualquer coisa assim — comentou Vivi, embora aquilo não explicasse a eletricidade que ainda corria pelos seus dedos.

— Ai, meu Deus, tomara que eu receba um convite — Ariana desejou, suspirando.

Vivi sentiu sua nuca formigar e olhou por cima do ombro. A garota linda que havia lhe entregado a vela a encarava. Em seu rosto havia um olhar estranho, quase desafiador. Mas, em vez de desviar, Vivi manteve o contato visual com a garota.

— Eu também — disse, finalmente, dando-se conta de que estava falando sério.

Capítulo Seis

Scarlett

Scarlett estava de pé no terraço da Casa Kappa observando o campus silencioso. A festa de recrutamento havia acabado horas atrás e as outras garotas já estavam dormindo. A noite estava escura e sem estrelas, a única luz vinha das antigas lamparinas a gás que oscilavam em torno do caminho até a casa. Corvos sobrevoavam um lugar mais à frente, e uma coruja piava à distância. Uma brisa suave balançava as árvores na floresta que ficava no limiar do quintal.

Scarlett não sabia por que estava ali. Ela mal se lembrava de ter subido até o terraço. Um crocitar ecoou do aviário atrás dela. Ao se virar, viu os pássaros alinhados, as penas farfalhando enquanto dormiam. Os corvos eram seus familiares e por muito tempo foram mantidos nos quartos das garotas para que vigiassem as irmãs. Todavia, conforme o tempo passou, decidiram que era crueldade mantê-los confinados na irmandade. Eles ainda conseguiriam servir seu propósito estando livres para circular por aí. Agora eles viviam no aviário, e podiam ir e vir conforme desejassem. Mas eles sempre voltavam.

Um dos corvos arregalou os olhos e a encarou. Os olhos amarelos brilhavam no escuro. Scarlett tinha certeza de que era seu favorito, Harlow.

De repente, escutou pés se arrastando atrás de si.

— Olá? — chamou. — Tem alguém aí?

Não encontrou nada além de silêncio.

Ela virou-se mais uma vez e notou um pentagrama desenhado no chão, aos seus pés, o círculo contornado com sal grosso. Em cada ponta da estrela, havia uma vela branca cônica. Aquele ritual parecia familiar, mas Scarlett nunca o havia usado. Branco era usado em expulsões e amarrações — para se livrar de coisas negativas na vida ou prevenir ataques dos inimigos. Será que uma de suas irmãs havia realizado o ritual ali em cima e se esquecera de limpar tudo depois? Parecia improvável. A inquietação de Scarlett se intensificou.

Foi quando o canto começou. Não reconhecia as palavras. Pareciam grego antigo, mas não era nenhum dos cantos de bênçãos que havia memorizado. Era outra coisa, algo sombrio. As palavras soavam guturais. Quem quer que as estivesse entoando, praticamente aspirava cada sílaba.

— Qual é o problema, Scarlett? — uma voz rouca arranhou seus ouvidos. — Esqueceu as palavras?

Scarlett se virou, horrorizada. Uma criatura encapuzada havia aparecido no terraço, bloqueando a porta de volta para a casa. A figura se aproximou vagarosamente, deixando um rastro de pegadas de sangue. Scarlett abriu a boca para perguntar o que estava acontecendo, porém se engasgou com a própria língua. Ela tentou correr, mas seus músculos estavam congelados, amarrados por magia para que se tornasse apenas uma estátua aterrorizada.

— Ou será que é outra coisa? — disse a voz rouca.

O canto havia se tornado um rosnado. O vento ficou repentinamente mais forte, balançando os cachos escuros de Scarlett sobre seu rosto e bloqueando sua visão.

A figura se inclinou sobre Scarlett, tão perto que ela conseguia sentir o hálito quente em sua bochecha. Então a criatura arrancou o capuz e Scarlett engasgou.

Harper.

Seu cabelo estava embaraçado sobre o rosto branco e pálido. Seus olhos pareciam piscinas escuras sem fundo, selvagens e arregalados. Uma lágrima escorria por sua face, deixando um rastro vermelho de sangue. Ao redor de seu pescoço estava o colar com pingente de coração que sempre usava.

— A culpa ainda vai te matar, irmã — sussurrou.

Sem pestanejar, ela empurrou Scarlett. Com força. Scarlett tropeçou para trás, caindo por cima da grade. Gritando, sentiu-se caindo em queda livre por quatro andares em direção ao chão, com o coração na boca e…

— Scarlett! — gritou Tiffany. — Acorda.

Scarlett se sentou com um pulo na cama, encharcada de suor. Ao seu lado, Tiffany parecia preocupada.

— Você estava gritando enquanto dormia.

Scarlett se afundou na cama com um suspiro de alívio. Levou um minuto para que seu coração voltasse ao ritmo normal. Ela pressionou a mão contra o peito, fechando os olhos contra a luz que entrava através da cortina translúcida. *Foi só um pesadelo*, disse a si mesma.

— Obrigada por me acudir. Espero não ter acordado a casa inteira.

— Parece ter sido um sonho ruim — comentou Tiffany, empoleirando-se na beirada da cama.

— Foi pior que ruim. — Scarlett balançou a cabeça.

— Bom, já passou. Você está bem — disse Tiffany, esfregando a palma das mãos ansiosamente. — Todo mundo já está de pé se preparando para a cerimônia de seleção.

Os olhos de Tiffany pousaram sobre a mesa de cabeceira de Scarlett, onde ela havia deixado as cartas de tarô de Minnie na noite anterior; o baralho que tinha ganhado da mãe estava guardado na gaveta da escrivaninha.

— Eu sempre amei essas cartas — anunciou Tiffany, abrindo o baralho e admirando as gravuras simples, porém notáveis. As cartas eram velhas, mas estavam bem conservadas, e eram únicas. — A Minnie tinha muito bom gosto.

— Tinha mesmo — respondeu Scarlett. — E eu estou tão feliz que Eugenie não ficou com elas.

— Sério. Acho que tenho sorte de ser filha única. Não vai ter ninguém para disputar as cartas da minha mãe comigo quando ela falecer. — Os olhos de Tiffany lacrimejaram.

— Tiff... — chamou Scarlett com delicadeza, apoiando a mão no braço da amiga.

— Estou bem! — Tiffany anunciou com uma empolgação artificial, piscando para secar as lágrimas enquanto devolvia as cartas educadamente. — Agora, de pé! É hora de escolhermos nossas próximas vítimas.

Depois que Tiffany saiu do quarto, apressada, Scarlett gemeu e se forçou a levantar da cama. *Lembrete mental: ser uma irmã melhor,* pensou enquanto abria as cortinas e a janela para deixar o ar fresco entrar, torcendo para que isso a acordasse. Da sacada do quarto, conseguia ver os prédios de tijolos vermelhos que quase formavam um quadrado em torno do pátio, com a torre do sino bem no meio. Na direção oposta havia as árvores antigas e grossas que marcavam o início da floresta do campus. Um dos corvos do aviário mergulhou em direção às árvores, saindo do seu campo de visão.

Tudo parecia reconfortantemente normal, exatamente como deveria. Exceto por uma coisa. Havia um leve brilho metálico na hera que cobria a treliça de ferro da sacada. Scarlett se aproximou e afastou algumas das folhas para alcançar o objeto com seus dedos. No ano anterior, este quarto pertencera a uma veterana chamada Lyric; ela havia se mudado para Nova York para trabalhar em uma

ONG de justiça social. Talvez tivesse deixado algo para trás por acidente. Scarlett arrancou algumas das heras para enxergar melhor. Puxou o objeto mais uma vez, e ele saiu facilmente, caindo sobre a palma de sua mão. Scarlett o encarou por um bom tempo enquanto seu pulso acelerava. Era um colar de prata. A corrente estava embolada e embaraçada, o pequeno coração de prata estava manchado.

Dois anos já haviam se passado, mas Scarlett reconheceria aquele colar em qualquer lugar. Era exatamente como o que Harper costumava usar.

As irmãs estavam sentadas em círculo no gramado ao sul. Dahlia pegou uma garrafa de bolhas de sabão, do tipo com que todas elas haviam brincado quando crianças, e soprou algumas bolhas pelo ar. Era um feitiço de distração, para evitar que o resto do campus percebesse o que elas estavam fazendo. Cada garota segurava um Livro Kappa sobre o colo. De longe, elas pareciam apenas um grupo de estudos como qualquer outro. Mas, de perto, estavam decidindo o destino da próxima turma de Ravens.

— Diante de vocês estão os perfis completos de cada garota com habilidades fortes o bastante para produzirem faíscas na noite de ontem — orientou Dahlia. — Vamos começar a analisar nossas candidatas.

Scarlett estava sentada entre Mei e Tiffany, sem prestar muita atenção, enquanto o livro aberto sobre seu colo cintilava, as páginas em branco se transformando para mostrarem as imagens das calouras que tinham ido à festa de recrutamento na noite anterior.

— A primeira garota se chama Starla. É a mais velha de três irmãs...

Scarlett encarava o rosto de uma garota branca com cabelo castanho ondulado e, por um momento, foi quase como se Harper a estivesse olhando de volta. Scarlett perdeu o ar. Mas, depois de piscar os olhos, a imagem se reconfigurou. O cabelo da garota era alguns tons mais claros do que o de Harper, seu nariz era maior e os lábios, mais largos.

Scarlett balançou a cabeça de leve. Ela só estava assustada por causa do sonho. Mas não passava daquilo. Um sonho.

Será?

Um sonho não justificava o colar. Mas, de qualquer forma, existiam milhões de colares como aquele por toda a parte. Até mesmo Scarlett tinha um parecido, guardado em sua caixa de joias em casa, um presente que ganhara dos pais no aniversário de dezesseis anos. Não havia provas de que aquele colar um dia pertencera a Harper. Provavelmente estava enrolado na treliça há eras. Scarlett tê-lo encontrado naquela manhã não passava de uma coincidência.

Certo?

Terra chamando Scarlett, a voz de Tiffany ecoou na mente de Scarlett, e ela sentiu um leve cutucão em sua coxa.

Scarlett levantou os olhos, assustada ao perceber que o círculo inteiro a encarava. Uma das sobrancelhas perfeitas de Dahlia estava arqueada como se a garota estivesse esperando.

— Hum, sim. Concordo — Scarlett comentou incerta, torcendo para que a pergunta fosse se ela estava de acordo com a primeira potencial irmã.

Dahlia assentiu, aparentemente satisfeita.

— Hora de votar.

Ela abriu uma caixa com penas de corvo-branco e as distribuiu, uma pena para cada uma das vinte irmãs. As pessoas geralmente pensavam que os corvos eram um sinal de má sorte ou má intenção, mas, assim como a bruxaria em si, a história era muito mais complicada. Desde os tempos da Grécia Antiga, eles eram associados às profecias, escolhidos para manter os segredos das divindades e compartilhar sua sabedoria. As bruxas entendiam os segredos do universo assim como os corvos, e ambos carregavam uma má reputação por conta disso.

Foi por isso que, há centenas de anos, as fundadoras do coven decidiram se chamar Ravens. Elas continuaram a se chamar assim mesmo depois de transformarem o coven em uma irmandade, escondendo-se sob a proteção do sistema grego de fraternidades. Não havia jeito melhor de se camuflarem enquanto recrutavam novas bruxas e as iniciavam no coven.

Para aprovar uma nova Raven, era preciso simplesmente mudar a cor da pena de branca para preta, uma tela em branco transformada pelo conhecimento e habilidade. Pelo *poder*. Quando Scarlett era criança, sonhava com o dia em que as penas se transformariam para ela.

Agora Scarlett se forçava a se concentrar na tarefa. Uma por uma, começando com a de Dahlia, as penas farfalhavam, como se tocadas por uma mão invisível, o branco lentamente sendo tomado por um preto intenso e brilhante.

Em teoria, a cerimônia das penas não passava de uma formalidade — era apenas o primeiro passo; a seleção real aconteceria durante a primeira noite de testes, quando as irmãs podiam conferir como era o grupo com o qual estavam lidando naquele ano. Se tivessem sorte, encontrariam pelo menos uma garota de cada naipe, o que deixaria a casa equilibrada. Bruxas de Paus, como Dahlia, faziam feitiços de fogo. Em geral eram curandeiras e atléticas. Bruxas de Espadas, como Tiffany, eram especialistas em ar, como literalmente o vento, e também em coisas relacionadas a memória, controle da mente e influência. Bruxas de Ouros, como Mei, trabalhavam com a magia da terra, como encantamentos que alteravam a aparência das coisas no plano físico. Elas geralmente tinham talento para cuidar de plantas também.

Uma Bruxa de Copas, como Scarlett, dava-se melhor com feitiços de água — clarividência, manipulação de pequenas quantidades de água, alteração da composição química de líquidos (incluindo bebidas). Segundo os rumores, Bruxas de Copas também tinham uma vantagem quando se tratava de lançar feitiços de amor, embora Scarlett nunca tivesse precisado de um.

Cada naipe possuía um arcano menor — feitiços fáceis para o dia a dia — e um arcano maior. Este último representava as coisas que cada bruxa poderia fazer apenas em casos extremos, ou gastando uma grande quantidade de energia. Uma Bruxa de Copas poderia criar uma tempestade como a que Scarlett havia conjurado quando Minnie morreu; uma de Espadas poderia invocar um tornado ou um furacão; uma de Paus poderia queimar uma floresta até as cinzas se desejasse; e, teoricamente, uma Bruxa de Ouros poderia iniciar um terremoto, embora, até onde Scarlett sabia, nenhuma nunca havia feito aquilo.

Mas o motivo pelo qual a escolha das novas Kappas importava tanto era porque as Ravens haviam descoberto como combinar as magias umas das outras. Toda noite de lua cheia, elas praticavam um ritual de união com a casa inteira, que permitia que as Ravens usassem o arcano menor de todos os naipes, não apenas do seu próprio. Era isso que as tornava o coven mais poderoso do mundo.

E essas não eram as únicas decisões sendo tomadas naquele dia. Era também a reunião em que Dahlia designaria os trabalhos de cada uma das principais candidatas à presidência. Scarlett estava torcendo para ser nomeada líder da comissão. Todas sabiam que era o trabalho mais importante — a sortuda em questão teria que acompanhar as novas irmãs durante o processo de iniciação, basicamente monitorando a nova turma de bruxas. Se a líder da comissão fizesse um bom trabalho, quase sempre assumia a presidência da casa.

E, se Scarlett conseguisse a função que queria, já sabia a maneira perfeita de comemorar. Iria se encontrar com Mason para matar as saudades... presumindo que conseguiria reorganizar as ideias depois de tudo que tinha acontecido durante a manhã.

Dahlia encerrou a votação para uma garota chamada Kelsey; apenas algumas penas mudaram de cor. Em seguida, era a vez de uma garota sul-asiática deslumbrante com cabelo na altura do queixo e olhos castanhos penetrantes.

— A mãe de Sonali, Aditi Mani, foi uma Raven — explicou Dahlia. — E, embora nós não favoreçamos legados, é algo a se considerar, já que sabemos que habilidades mágicas tendem a passar entre membros da mesma família, e a mãe dela era uma Bruxa de Copas extremamente poderosa. Sim, Etta?

Ao lado de Dahlia, Etta estava descalça e esparramada no gramado, vestida, como de costume, como se estivesse prestes a fazer um teste para o papel de fada em uma montagem de *Sonho de uma noite de verão*. Sua pele branca como leite brilhava sob o sol.

— Você disse que ela tem interesse em entrar para a política. Estamos falando de algo como a Reese Witherspoon em *Eleição*... ou Elizabeth Warren em 2020?

As outras garotas do círculo se inclinaram para a frente, interessadas. A preocupação de Etta era válida. Bruxas com inclinações políticas sempre eram observadas com mais cautela. Ravens que misturavam poder com política precisavam estar acima de qualquer suspeita.

— Hazel, você conversou com ela mais do que eu — apontou Dahlia. — O que você percebeu?

Do outro lado do círculo, Hazel, uma segundanista de ascendência coreana da Flórida e, assim como Dahlia, também uma Bruxa de Paus, levantou os olhos de seu livro. Ela vestia calças legging e uma camiseta de corrida, mas, a julgar pelo coque perfeito e a ausência de suor em seu rosto, Scarlett imaginou que ela planejava correr depois da reunião, não que tivesse acabado de voltar da corrida. De qualquer forma, tratando-se de Hazel, era difícil ter certeza. Ela era a estrela do time de corrida de Westerly, e tinha um recorde de tempo que fazia com que Scarlett se sentisse terrivelmente fora de forma. Também sempre conseguia deixar o visual esportivo elegante de alguma maneira, até mesmo durante as reuniões, enquanto Scarlett se sentia malvestida com roupas de ginástica, inclusive na academia.

— Ela é esperta, ambiciosa, mas ainda assim escrupulosa. É mais idealista do que encantadora.

— Eu sou totalmente a favor de uma Raven na Casa Branca, — Etta assentiu e relaxou.

— E o nome dela será Scarlett Winter — provocou Tiffany, abrindo um sorriso para Scarlett.

Scarlett sorriu de volta, feliz por sempre poder contar com o apoio de Tiffany.

— Mas Etta tem razão, temos que ficar de olho nessa — acrescentou Jess, chefe de reportagem da *Gazeta*, em um tom que Scarlett reconhecia como "deixa que eu vou fundo nessa história". A suspeita de Jess fez com que Scarlett torcesse pela nova bruxa política. Ela sabia, agora, qual seria a cor da sua pena.

— Faça o seu pior, Lois Lane — brincou Dahlia. — Todas a favor de fazermos um convite à Sonali?

Cada garota no círculo segurou a própria pena. Scarlett pegou a sua, que havia caído ao seu lado. Novamente as penas farfalharam e mudaram de tom, ficando escuras como a meia-noite. Com uma ordem sussurrada, a de Scarlett mudou de cor também, tornando a escolha unânime. Ela observou as outras Ravens no círculo, suas irmãs, cheia de orgulho. Eram garotas que, certa vez, haviam passado pelo mesmo processo. Independentemente dos defeitos de cada uma, elas estavam unidas por algo muito além da magia. As Ravens eram uma irmandade. Uma linda e diversa irmandade construída com amor e poder. As garotas aprovadas agora se tornariam suas Irmãs Mais Novas, a próxima geração. Garotas que, um dia, continuariam seu legado.

— A próxima é Reagan Ostrov, que tem um histórico muito interessante.

A imagem de uma garota de cabelos ruivos flamejantes apareceu na página e, conforme Dahlia falava, palavras apareciam contando a história de Reagan e seus possíveis futuros. Havia um burburinho entre as Ravens.

— Ela é uma bruxa, embora sua família seja descendente de um outro coven, em Nova Orleans. Tem total conhecimento sobre seus poderes, mas o seu nível de controle ainda não é claro. Houve um incêndio em sua antiga escola. As chamas foram descobertas rapidamente, e por sorte ninguém se machucou. — O sorriso de Dahlia era impiedoso. — Começou no teatro, onde *coincidentemente* Reagan tinha acabado de ser rejeitada para o papel principal na peça da escola. Foram precisos quatro caminhões de bombeiros para apagar o fogo.

— Parece que temos uma do signo de Fogo nas nossas mãos — comentou Mei.

— Obviamente, ela é poderosa, porém representa um risco. Esse tipo de magia não pode ser feito em público.

— Você está sugerindo que a gente não a convide? — perguntou Scarlett, surpresa. Scarlett sempre acreditara que, na Kappa, a irmandade era tão importante quanto a magia, mas Dahlia enxergava as coisas de um jeito um pouquinho diferente. Queria que a Kappa fosse a *melhor* — a melhor irmandade *e* o melhor coven. E, para ela, aquilo significava iniciar as bruxas mais poderosas.

Dahlia balançou a cabeça.

— Só estou dizendo que devemos tomar cuidado com ela.

Antes que Dahlia pudesse terminar de falar, todas as penas se transformaram. Reagan Ostrov foi aceita e, inevitavelmente, Scarlett pensou em como as Ravens mereciam tudo que conquistavam.

— Muito bem — disse Dahlia.

O estômago de Scarlett revirou-se quando todas viraram a página e ela viu, encarando-a de volta, a garota branca de cabelos castanhos insuportavelmente ingênua para quem havia entregue a vela de faíscas na noite anterior. *Vivian Devereaux*, dizia a página.

— Ela me disse que não queria se candidatar — disse Scarlett antes que qualquer uma pudesse se manifestar. — Para que considerar convidar alguém que nem mesmo gosta da gente?

— Ela de fato *disse* que não gosta da gente? — Mei arqueou suas sobrancelhas perfeitamente traçadas. Seus cabelos, que estavam curtos e afiados na festa de seleção, hoje já estavam na altura da cintura com as pontas tingidas de um tom lavanda.

Scarlett acenou com desdém.

— Disse que não é do tipo de garota que faz parte de irmandades, o que não deixa de ser verdade, inclusive. Para que desperdiçar uma vaga?

Dahlia observou-a estreitando os olhos.

— Geralmente você quer convidar o máximo de garotas possível. Qual foi mesmo o seu argumento no ano passado? "Nós nunca saberemos a força de alguém se não a testarmos antes"?

Dahlia tinha razão. Era algo que Minnie sempre lhe dissera.

Tiffany se inclinou para a frente.

— Eu estou com a Scarlett. — Scarlett lançou um sorriso de gratidão em direção à amiga. — Além do mais, isso é tudo que sabemos sobre essa garota?

Ela apontou para a página em branco no Livro Kappa.

Mãe: Desconhecida.

Pai: Desconhecido.

Histórico: Desconhecido.

— Ela se mudou bastante — comentou Dahlia. — Encontramos registros de sua escola mais recente, em Nevada, mas frequentou as aulas por apenas quatro meses. Antes disso, estudava em casa em uma cidade do norte da Califórnia...

— Acho que ela tem potencial — opinou Mei. — Ela ainda nem sabe que é uma bruxa. Eu gostaria de ver do que é capaz.

— Scarlett. — Dahlia a olhou. — A escolha é sua.

Scarlett piscou em choque. Geralmente decisões como aquela eram tomadas pela presidente. Mas entendia o que Dahlia estava dizendo nas entrelinhas: *Se você vai liderar a Kappa no ano que vem, precisa ser capaz de tomar decisões pelo grupo, não apenas para si mesma.*

Depois de um longo suspiro, Scarlett assentiu.

— Você tem razão, Mei. Nós deveríamos lhe dar uma chance.

Mei abriu um sorriso. Etta sorriu também. Mas Scarlett permaneceu com a expressão neutra enquanto segurava sua pena para tingi-la mais uma vez. Só porque havia escolhido ser magnânima, não significava que precisava *gostar* da decisão.

Elas terminaram de votar nas candidatas restantes: uma garota chamada Ariana Ruiz e outra chamada Bailey Kaplan, que também não sabiam que eram bruxas, além de irmãs gêmeas e uma descendente cuja vela havia produzido poucas faíscas tímidas. Scarlett duvidava de que ela passaria do primeiro ritual.

Ao terminarem, Dahlia pigarreou.

— Antes de irem embora, tenho mais assuntos pendentes.

Scarlett ajustou a postura, dando um sorriso empolgado para Tiffany.

— Tiffany. Scarlett. Mei. — Dahlia olhou para cada uma delas. — Vocês são minhas três bruxas mais fortes do terceiro ano.

Nós somos suas únicas *bruxas do terceiro ano, graças ao desastre que foi nosso primeiro ano*, pensou Scarlett, e então empurrou o pensamento para longe.

— Para garantir que teremos uma turma incrível de novas irmãs este ano, estou designando um papel especial para cada uma de vocês. O desempenho de vocês nessas tarefas irá nos ajudar a decidir nossa próxima equipe de administração.

Quer dizer, ajudar você a decidir quem vai entrar no seu lugar.
Scarlett fixou seu olhar em Dahlia. Precisava garantir que seria a escolhida a qualquer custo.

— Tiffany, você será responsável pela administração social. A organização de todos os nossos eventos é seu trabalho agora.

Ao lado de Dahlia, Tiffany assentiu com determinação.

— Vou dar o meu melhor.

— Mei, você será nossa representante no conselho pan-helênico. Fará conexões com as outras organizações gregas do campus e cuidará do nosso relacionamento com as ex-integrantes.

Scarlett não invejava o papel da amiga. Aquilo significava lidar com mulheres poderosas como sua mãe, que tinham opiniões fortes sobre como Westerly no geral e a Kappa especificamente deveriam ser administradas. Ela deu um olhar de compaixão para Mei, que retribuiu com um sorriso corajoso.

— Scarlett.

Ela se aprumou.

— Você será a líder da comissão. Irá organizar os testes em grupo da Semana do Trote, analisar nossas novas recrutas e treiná-las em feitiços básicos, não apenas durante o Trote, mas ao longo do ano inteiro, assim que selecionarmos as novas irmãs.

Sim. Scarlett curvou a cabeça para esconder o sorriso enorme e repentino que crescia em seu rosto. Pelo canto do olho, observou o sorriso de Mei se desfazendo. Aquela era a função mais importante, e todas sabiam disso.

— Não irei decepcioná-la.

— Sei disso. — Assentiu Dahlia. — Lembrem-se, irmãs: a Semana do Trote e todo o processo de seleção não têm nada a ver com torturar as pessoas. Trata-se de encontrar talentos raros e extraordinários entre o oceano de mediocridade desta universidade. Temos que encontrar garotas que irão carregar nosso legado. Que, assim como nós, sejam ambiciosas, talentosas, determinadas, inteligentes e poderosas. Ravens de verdade.

Ela fechou seu livro com um baque e, com um aceno, conjurou o feitiço de distração. Scarlett e Tiffany se levantaram, já com os sons do pátio invadindo o círculo novamente.

— Pronta para um pouquinho de competição, mana? — perguntou Tiffany.

— Manda ver — disse Scarlett, cruzando seu braço com o da melhor amiga.

Tiffany sorriu enquanto sua voz ecoava dentro da cabeça de Scarlett. *Que vença a melhor bruxa.*

CAPÍTULO
SETE

Vivi

Pela primeira vez em anos, Vivi acordou sorrindo. A luz dourada do sol entrava pela fresta da cortina que se esquecera de fechar, mas ela não se importava. A árvore próxima à janela enchia o quarto com um aroma de orvalho e, à distância, o sino da torre tocava.

A primeira atividade de orientação só começaria em uma hora, então Vivi rolou para o lado e se aninhou no travesseiro. Repassou os eventos da noite anterior. A música. A dança. As faíscas. Sua primeira festa não havia sido apenas um sucesso — fora como um sonho. As pálpebras de Vivi pesavam e ela estava prestes a voltar a dormir quando algo chamou a sua atenção, um envelope cor de lavanda sobre a cômoda vazia. Piscando de sono, esticou-se e pegou o envelope, voltando a se sentar na cama. Ele era surpreendentemente pesado e não tinha nenhuma informação a não ser seu nome escrito em letra cursiva e um selo de cera com um formato esquisito no verso — uma estrela de cinco pontas invertida.

Ela reconheceu o símbolo e franziu o cenho. Ele estava nas cartas de tarô de sua mãe, embora geralmente com a ponta para cima.

— Alguém deixou isso para você — anunciou uma voz seca que fez com que ela se encolhesse sob as cobertas.

Certo. Zoe. Em seu deslumbre pós-festa, conseguira se esquecer da existência de sua colega de quarto por algumas horas. Agora ela apertava os olhos para a garota do outro lado do quarto, que já estava de pé e, aparentemente, pintando as unhas, a julgar pelo cheiro forte que emanava de sua escrivaninha.

— Quem? — Vivi bocejou enquanto se forçava a sentar e, então, a se levantar.

— Não sei. Estava aí hoje de manhã quando voltei do banho. Quem quer que seja, avise para nunca mais entrar no nosso quarto sem permissão.

Vivi soltou um ruído evasivo enquanto deslizava o dedo sob o selo e removia o cartão cor de creme de dentro do envelope. Havia uma mensagem escrita à mão:

Vivian,

Foi um prazer recebê-la ontem à noite. Nós adoraríamos conhecê-la melhor e convidá-la oficialmente para se inscrever na seleção da Kappa Rho Nu. Esperamos você na Casa Kappa na noite de terça-feira, às oito.

Cordialmente,
Presidente Dahlia Everly

Confusa, Vivi encarava o cartão.

— É da Kappa. Me convidaram para a seleção.

Até Zoe pareceu surpresa, encarando-a com um olhar calculista, como se procurasse em Vivi algo que passara despercebido no primeiro encontro das duas.

Vivi não a culpava. Ela também tinha a mesma desconfiança.

— Não tenho a menor ideia do que eu possa ter feito para causar uma boa impressão.

— A cavalo dado não se olha os dentes — comentou Zoe, parecendo impressionada e irritada ao mesmo tempo. — Além do mais, se você for aceita, sabe que vai poder se mudar daqui para a Casa Kappa, não sabe?

De repente, Vivi tinha mais um bom motivo para querer ser parte da irmandade.

Seu estômago roncou, um lembrete de que era finalmente a hora de desbravar o refeitório. No dia anterior, havia almoçado batatas da máquina de salgadinhos e, à noite, havia uma "festa de boas-vindas com pizza" na área comum do dormitório, mas não conseguiria evitar a ida ao refeitório por muito mais tempo. Ela sempre odiava ir à cantina pela primeira vez em suas novas escolas. Nunca ficava claro o bastante quanta comida você poderia pegar e o que deveria fazer com sua bandeja depois que terminasse. Mas não poderia deixar sua falta de jeito vencer desta vez. Recusava-se a virar um meme na internet do tipo "Garota Passa Sete Minutos Tentando Entender Como A Máquina De Leite Funciona".

Tomou um banho rápido no banheiro compartilhado e voltou ao quarto para buscar o celular e a carteirinha de identificação. De última hora, pegou o convite da Kappa sobre sua cama. Talvez se ela o relesse depois do efeito do café, faria um pouco mais de sentido. Enquanto vestia calças de moletom, Vivi quase podia *sentir* o olhar de desdém de Zoe, mas não se importava. Vivi não tinha nenhuma roupa que impressionaria sua colega de quarto estilosa, e não fazia sentido perder tempo fingindo o contrário.

Assim que botou os pés para fora do dormitório, um prédio elegante de tijolos aparentes cobertos de heras, Vivi sentiu um pouco de sua ansiedade se desfazendo. Ela estava de fato *morando* ali, em um dos campi mais bonitos do país. Simplesmente sabia que em breve já estaria se sentindo em casa.

— Pelo jeito, você é a próxima vítima da Kappa, certo? — Assustada, ao se virar, Vivi se deparou com uma garota com jeans justos e uma camiseta preta rasgada sentada de pernas cruzadas no gramado. Ela arqueou a sobrancelha, indicando o envelope cor de lavanda nas mãos de Vivi.

Instintivamente, Vivi guardou o envelope em sua bolsa. Não sabia muito bem como aquilo funcionava. Tinha permissão para contar a outras pessoas que havia sido convidada? Ou será que era segredo? Ela se fez de desentendida.

— Ainda não sei muito bem sobre isso.

A garota lançou um olhar penetrante para Vivi que fez os olhares de Zoe parecerem amigáveis em comparação, e então sorriu e se levantou.

— Tenha cuidado com elas — a garota disse, mais para si mesma do que para Vivi, antes de partir.

Que esquisito, pensou Vivi enquanto continuava o caminho em direção ao refeitório. Talvez a garota estivesse com inveja? Kappas eram seletivas, e havia muitas pessoas naquela festa competindo por um convite, o que fez Vivi se perguntar mais uma vez por que justo ela havia sido escolhida. Não estava vestida de forma adequada e mal sabia dançar. As Kappas que havia conhecido foram gentis, mas elas estavam sendo acolhedoras com todo mundo. O que Vivi havia feito para chamar a atenção delas?

Zoe tem razão, pensou pela primeira e, provavelmente, última vez. *Não questione. Apenas fique feliz porque uma coisa boa finalmente aconteceu com você.*

Antes que pudesse ficar nervosa por entrar no refeitório sozinha, Vivi encontrou Ariana acenando para ela a alguns metros de distância.

— Está indo tomar café da manhã? — perguntou Ariana.

— Graças a Deus! Eu estava com medo de ter que comer sozinha.

— Ela mordeu os lábios. — Desculpe, quer dizer, não tem problema se você for encontrar outras pessoas. Não quero obrigar você a comer comigo.

— Eu adoraria — Vivi respondeu com um sorriso, aliviada ao perceber que compartilhava as mesmas preocupações até mesmo com garotas como Ariana.

— Como está se sentindo depois da noite de ontem? — perguntou Ariana enquanto as duas subiam os degraus de pedra. — Acho que bebi muitos daqueles coquetéis nas xícaras de chá; minha cabeça está *martelando*.

— Nada que um café não possa resolver — comentou Vivi. Ela hesitou por um momento, pensando no envelope que havia guardado na bolsa. — Então, encontrei uma coisa na minha cômoda hoje de manhã... — Por um segundo, arrependeu-se de ter dito aquilo, no caso de Ariana não ter recebido um convite também.

Mas, para seu alívio, Ariana abriu um grande sorriso.

— Você recebeu o convite? Eu também. Empolgante, né? — A expressão de Ariana tornou-se de preocupação novamente, quase de imediato. — Ai, meu Deus, o que eu vou vestir? Elas não deram nenhuma orientação. Será que vai ser um encontro sofisticado, tipo uma festa? Ou algo mais, tipo, reunião de negócios, talvez...

Vivi sentiu o pânico aumentando enquanto Ariana tagarelava sobre todas as possibilidades, até que o barulho do toque de um celular a interrompeu.

— Putz. — Ariana parou no meio da escada para o refeitório, encarando a tela do aparelho. — Minha colega de quarto ficou trancada do lado de fora. Tudo bem se eu pular o café da manhã? Desculpe abandoná-la assim. Você vai ficar bem?

— Vou, sim — respondeu Vivi, torcendo para que fosse verdade.

— Você é a melhor. Ah, me passa seu número, mando uma mensagem mais tarde.

Vivi ditou seu número e depois observou Ariana se afastar, os cachos soltos saindo de seu coque e balançando para a frente e para trás do topo de sua cabeça. Alguns segundos depois, o celular de Vivi vibrou com uma nova mensagem.

NÚMERO DA ARIANA RUIZ!

Vivi sorriu enquanto guardava o telefone no bolso. Teria que encarar o refeitório sozinha, mas, ao menos, uma nova amizade parecia estar acontecendo.

Ela respirou fundo e continuou subindo pelos degraus amplos. O prédio enorme de pedra parecia mais uma igreja do que um refeitório, e, quando Vivi empurrou a porta pesada, viu-se em um espaço amplo e diferente de tudo que havia visto antes. Vigas de madeira expostas flutuavam sobre o teto, e janelas com três metros de altura enchiam o ambiente de luz solar, que cintilava em todos os vasos de vidro no centro de cada mesa redonda. Era como se a Martha Stewart tivesse redecorado Hogwarts.

Não havia nenhuma fila no bufê, onde Vivi, muito alegre, encheu seu prato com ovos mexidos e panquecas. No entanto, quando começou a andar em direção a uma das muitas mesas vazias, percebeu que havia cometido um erro terrível. Havia um quiosque de waffles. O que estava fazendo perdendo tempo com panquecas quando havia um quiosque de *waffles*? Ela colocou sua bandeja sobre o balcão cuidadosamente e começou a despejar massa de waffles sobre a prensa. Foi quando ouviu um chiado alto e, assustada, deu um pulo para trás, enquanto a massa queimada escorria pela lateral da prensa e se esparramava sobre a mesa.

— Merda — sussurrou, sem saber o que fazer.

Seria possível incendiar um lugar usando apenas massa de waffle?

— Você realmente é uma ameaça à segurança pública, não é mesmo?

Vivi perdeu o fôlego quando notou o garoto que havia carregado suas malas no dia anterior sorrindo em sua direção.

— Estou só brincando — disse ele. — Dá para perceber que você tem tudo sob controle, mas acho que vai precisar virar isso aí a qualquer momento. Aqui, permita-me. — Ele se aproximou e assumiu a máquina de waffles.

— Isso é tipo um hobby esquisito seu? — Vivi conseguiu dizer, retomando um pouco de sua compostura. — Você anda pelo campus procurando qualquer garota passando vergonha só para que possa aparecer e ser o herói?

— O herói? — repetiu ele, pensativo. — Quer saber? Gostei disso. Mason Gregory, o herói do café da manhã. — Ele estendeu a mão. — Salvando garotas inocentes da tragédia que é comer waffles com formatos esquisitos. Com licença. O dever me chama. — Ele se esgueirou por trás de Vivi, abriu a prensa, removeu o waffle dourado cuidadosamente e o colocou sobre o prato dela. — *Voilà, mademoiselle.*

— *Vous êtes trop gentil, monsieur.*

Ele arqueou a sobrancelha.

— Ah, você é chique, então? Neste caso, me deixe preparar a especialidade da casa, waffles à la Mason. — Ele começou a colocar coberturas sobre o waffle de Vivi, morangos primeiro, seguidos por gotas de chocolate e, por fim, chantilly.

— Tá bem, isso já é o bastante — Vivi comentou com uma risada, pronta para pegar o prato.

— *Non, non, mademoiselle* — disse ele com um sotaque francês horrível enquanto segurava o prato dela no ar. — Ainda não está pronto. — Ele carregou o prato até a bancada de cereais e salpicou um pouco de flocos de milho.

— O quê? Não! — exclamou Vivi enquanto tentava pegar seu prato.

Ele se esquivou e conseguiu acrescentar uma porção de cereais coloridos com sabor de frutas antes que ela pudesse pegar seu café da manhã de volta.

— Isso é nojento — disse ela, olhando para a mistura.

Ele parecia ofendido.

— Você está duvidando das minhas habilidades culinárias? Dê apenas uma mordida. Vai explodir sua mente.

— Pode deixar que eu envio o relatório depois. A não ser que... Você está com alguém? — Ela esperou um momento enquanto seu coração acelerava, da forma como sempre acontecia quando fazia algo que poderia acabar dando errado. — Quer se sentar comigo?

Tão logo as palavras saíram de sua boca, Vivi se arrependeu. Eles tiveram uma interação divertida e agora ela tinha estragado tudo sendo esquisita.

— Seria uma honra — respondeu ele com um sorriso. — Me chamo Mason, caso você não tenha percebido.

— Vivi — apresentou-se.

— Vivi — repetiu Mason. — Gostei.

Ela o seguiu até uma das mesas redondas e apoiou sua bandeja delicadamente, tomando cuidado para não deixar o café ou o suco de laranja escaparem pela borda dos copos.

— Ah, novatas — apontou Mason. — Tão inocentes, tão inexperientes na arte de segurar bandejas. — Ele colocou sua bandeja sobre a mesa com um floreio exagerado.

— Você está no segundo ano? — perguntou Vivi.

— No último.

— Então como ainda não aprendeu a fazer um waffle comestível até agora?

Mason fingiu um suspiro ofendido.

— Como ousa dizer isso? Você ainda nem experimentou. — Sem pedir permissão, ele se esticou e pegou um pedaço para si.

Por um momento, os braços de Mason e Vivi se esbarraram e ela sentiu uma faísca ao toque.

Ela ignorou o rubor em suas bochechas causado pela intimidade daquele gesto e estava prestes a cortar um pedaço para si mesma quando ele engoliu sua porção e fez uma careta.

— Ah! Viu só? — provocou ela, abaixando o garfo e a faca para cortar um pedaço de bacon em vez disso.

Ele abriu um sorriso bobo.

— Então, além de atacar pessoas com malas de viagem e queimar waffles, o que mais você gosta de fazer? É uma daquelas calouras que tem os próximos quatro anos planejados ou do tipo que muda de curso três vezes?

— A segunda opção, provavelmente. Passei a vida inteira sem poder planejar nem mesmo a semana seguinte, que dirá anos, no plural.

— Sério? — perguntou ele, observando-a com mais interesse. — Como assim?

Ela deu um gole no café para ganhar tempo. A última coisa que queria conversar com um garoto fofo era sobre sua mãe complicada.

— Minha infância foi um pouco... diferente. Nós nos mudávamos bastante, às vezes sem nenhum aviso-prévio.

Ela se preparou para receber um olhar confuso — ou, pior, de pena — e ficou surpresa ao encontrar um traço de melancolia no rosto dele.

— Me parece legal, poder começar do zero de vez em quando.

— Acredite, ser a garota nova fica cansativo bem rápido.

— Sim, mas se as coisas não derem certo em uma escola, você pode tentar algo completamente diferente na próxima. Pode escrever poemas dramáticos com o grupo dos góticos, se juntar à equipe de esgrima ou decidir usar uma cartola e um monóculo todo dia.

Vivi inclinou a cabeça e franziu o cenho.

— Talvez... se você for o aluno novo da escola em 1894.

Mason riu.

— Justo. Mas acho que há algo de interessante em fazer amigos que não sabem da sua vida inteira e acham que conhecem você melhor do que você mesma.

Vivi levou isso em conta. Por um lado, daria tudo para ter um grupo de amigos que a conhecesse tão bem assim. Mas, por outro, era libertador poder fazer mudanças radicais, como se inscrever em uma irmandade e não ter ninguém para julgá-la por isso.

— O que você faria se nada disso tivesse importância?

— Não tenho certeza — respondeu ele enquanto colocava seus talheres sobre a mesa e passava os dedos pelo cabelo cacheado. — Acho que esse é o problema. — Ele sorriu e balançou a cabeça. — Desculpa, essa conversa é profunda demais para o café da manhã.

— Isso conta como conversa profunda? — perguntou Vivi. — Parece mais uma conversa fiada de nível avançado.

— Você tem muito a aprender sobre o sul, amorzinho — ele disse, exagerando o sotaque sulista. Embora soubesse que ele a estava apenas provocando, a palavra *amorzinho* fez seu peito formigar. — Os únicos assuntos permitidos no café da manhã são o calor e o placar das partidas esportivas.

— Bem, não está tão quente assim e eu não entendo nada de esportes, então acho que vamos ter que ficar em silêncio. — Ela fez uma pausa. — Ou talvez conferir se não é tarde demais para eu pedir transferência para Oberlin.

Ele riu.

— Mas e você, Novata? Quem pretende ser em Westerly?

— Essa é... uma boa pergunta. — Em qualquer outra circunstância, ela encaminharia a conversa para um assunto menos íntimo, mas Mason a olhava com tanto interesse e sinceridade que parecia rude não responder honestamente. — Acho que quero encontrar alguma coisa pela qual eu seja apaixonada. Algo real.

— Como assim, *real*?

— Algo que vá me ajudar a entender o mundo, tipo ciência ambiental, história ou psicologia. — Ela fez uma pausa, esperando que ele a provocasse por ser pretensiosa demais, mas ele simplesmente assentiu, incentivando-a a continuar. — Passei tempo demais cercada de pessoas que se recusavam a aceitar a realidade. Não quero ter medo da verdade. Faz sentido?

— Sim — respondeu ele, assentindo lentamente, embora sua expressão tenha ficado séria.

Talvez ela tivesse passado dos limites e ele estava pensando em como sair daquela conversa. Estava considerando fingir que tinha recebido uma mensagem de Ariana, só para deixar Mason livre para ir embora, quando foi salva pela chegada de alguém se juntando a eles na mesa. Ao menos foi o que Vivi pensou até que a pessoa em questão apoiou a mão sobre o ombro de Mason.

— Aí está você — disse uma garota com a voz arrastada. — Achei que a gente fosse se encontrar no pátio.

Era a garota da festa de seleção que havia lhe entregado a vela de faíscas. Ela se curvou para beijar Mason na bochecha, e o estômago de Vivi virou do avesso como se ela tivesse acabado de pisar em falso em uma escada. *Ops.*

— Putz, desculpe. Perdi a noção do tempo. — A cadeira de Mason rangeu sobre o chão enquanto ele se levantava abruptamente e pegava a bandeja. — Deixa só eu devolver isso aqui. Já volto.

— Tudo bem — a garota disse de maneira doce enquanto Mason se afastava com pressa. Ela se virou para Vivi. — Me chamo Scarlett. Você é a Vivian, certo?

— Sim. Vivi.

— Então, Vivi, parece que você conheceu o meu namorado.

A palavra a atingiu com força, lançando ondas de vergonha e decepção sobre ela. *Namorado*. É claro que Mason era comprometido. E com uma Kappa, obviamente.

— Sim. Ele me ensinou a usar a máquina de waffles — Vivi respondeu rapidamente. — Cozinhar não é muito o meu forte.

— Sempre um cavalheiro — comentou Scarlett, a doçura desaparecendo de sua voz. — Você é tão corajosa de vir tomar café da manhã vestida desse jeito. — Scarlett gesticulou em direção às calças de moletom de Vivi. — Queria eu ser tão... desinibida.

Vivi corou e, para sua irritação, ainda estava pensando em uma resposta à altura quando Mason voltou e segurou a mão de Scarlett.

— Fique longe de encrencas, Vivi — ele aconselhou antes de seguir Scarlett para fora do refeitório.

Tarde demais. Ela já estava enfiada em uma até os joelhos.

CAPÍTULO OITO

Scarlett

Enquanto Mason caminhava com Scarlett rumo à aula, as nuvens se juntavam no horizonte, escuras e baixas. Não tinha certeza se quem estava formando aquela tempestade era ela ou a Mãe Natureza.

— Desculpa por ter perdido nosso café da manhã, Scar — ele disse mais uma vez. Mason a estava enchendo de pedidos de desculpa desde que tinham deixado o refeitório. — Me deixe compensá-la por isso. Por que não matamos aula? Podemos ir até a Miss Deenie para comermos comida de verdade.

— Eu até iria, mas um de nós claramente já está satisfeito — rebateu Scarlett com frieza.

— Scar, foi só um café da manhã.

Mas não era *só* coisa nenhuma. *Tem gente que não mata aula. Tem gente que se importa. Tem gente que aparece na hora marcada em vez de ficar preparando waffles para calouros deslumbrados.* Não era só o fato de ele ter sido pego bancando o cozinheiro de waffles com aquela bruxinha novata infeliz. Mason normalmente honrava seus compromissos.

— *Eu* não posso matar aula — disse ela com firmeza.

— Scar... — implorou ele. Mas, quando se deu conta de que ela já estava de cabeça feita, ele suspirou, deu um breve selinho em seus lábios e seguiu em frente, os ombros levemente caídos.

Depois que ele desapareceu na neblina que havia descido repentinamente como uma cortina, Scarlett não conseguiu se arrastar até o auditório onde teria aula. Em vez disso, deu a volta no campus em direção à Casa Kappa, cerrando os punhos com tanta força que suas unhas deixaram marcas na palma das mãos.

Quem diabos essa tal de Vivi pensa que é?

Como Mason fora capaz de furar com ela por causa daquela garota irritante na qual Scarlett nem queria ter votado para entrar na Kappa? Ela estava abaixo deles, com suas roupas horríveis e sua inocência infantil. Era sobre isso que Mason estava falando quando perguntou se ela nunca havia pensado em mandar tudo se danar e sair pelo mundo? Que se danasse *isso*. Trovões soaram à distância, e se forçou a respirar devagar e com calma. *Não* podia usar sua arcana maior ali. Não com tantas testemunhas. Mas sentia a magia coçando em suas veias, implorando para ser liberta.

Não seria preciso muito esforço. Não com seus nervos à flor da pele como estavam.

— Acho melhor você entrar logo — disse uma voz grosseira.

Ótimo. Jackson a alcançara correndo pelo pátio.

— Por quê? — respondeu ela friamente.

— As bruxas não derretem na chuva?

Scarlett quase tropeçou, mas forçou-se a manter uma expressão calma, indiferente. Forçou-se a evitar analisá-lo de soslaio com tanta atenção.

— Parece que alguém anda lendo fantasia urbana demais.

O rapaz manteve o ritmo ao lado dela.

— Só estou falando sobre o que eu vejo.

— Jackson. Eu não estou no clima.

— Nem vem, Scarlett. É só uma piada.

Ela finalmente se virou para ele, o cabelo esvoaçando conforme a tempestade ganhava força.

— *Me deixe em paz* — rosnou.

Se não fosse pela tempestade crescente que sugava todo o seu poder, já teria lançado um feitiço de distração para mandá-lo embora. Contudo, seu autocontrole deveria ser minucioso agora. Por mais irritante que ele fosse, Scarlett não queria cometer um erro e acabar machucando-o. Ela não poderia passar por aquilo mais uma vez.

Jackson travou a mandíbula. Por um momento, ela pensou que ele se recusaria. No entanto, com um trovão ensurdecedor, a chuva começou e ele fechou a cara, vestiu o capuz da sua blusa de moletom e saiu correndo.

A bruxa o observou se afastando, sentindo a tensão em todos os seus músculos. Em seguida cruzou os braços, atravessou o pátio e caminhou em direção à floresta que margeava o campus. Era uma caminhada ligeiramente mais longa até a Casa Kappa, mas as árvores ofereciam certa proteção contra a chuva.

Geralmente neste horário, o caminho estaria lotado de alunos que moravam em outras partes do campus. Naquele momento, graças à chuva, estava abandonado. Com as nuvens escuras no céu, tudo parecia quase como um pesadelo. Scarlett apertou o passo através da escuridão, de cara fechada.

Ao menos o clima combinava com seu humor.

Vivi. O que diabos faria com a garota? Scarlett sabia que ela não era boa o bastante para a Kappa desde o momento em que botara os olhos nela. Era rude, nada estilosa e havia flertado com o namorado de Scarlett bem na frente dela.

Claro, Mason havia se desculpado por ter dado um bolo nela. Entretanto, tinha notado a maneira como os olhos dele observavam aquela tal de Vivi enquanto eles saíam do refeitório. Ou o jeito como ele estava sorrindo e gargalhando quando Scarlett se aproximara da mesa...

E o jeito como ele havia parado de sorrir e gargalhar quando assumira o lugar de Vivi.

É só a distância. Passar o verão separados havia sido um erro. Ela não se esqueceria disso dali para a frente. Porque eles seguiriam, sim, em frente. Já tinham a vida inteira planejada. Aquilo? Não passava de um deslize. Mal valia a pena se preocupar, na verdade.

Diz isso para essa tempestade, pensou ironicamente, atravessando um pequeno parque arborizado que dava na vizinhança de outra irmandade. Outro trovão ecoou, seguido por um estalo, como se alguém houvesse pisado em um galho.

Ela se virou, porém o caminho continuava vazio. Sombrio. Escuro demais para enxergar pouco mais que alguns metros à sua frente. Sua respiração começou a acelerar.

Outro estalo.

Atrás dela, novamente. Ela se virou, mais devagar desta vez, fixando o olhar nas árvores. *Ali.* Uma sombra desfocada à distância. Magra, alta. Scarlett começou a sussurrar um encantamento de proteção. No entanto, a maior parte de sua magia já havia sido drenada pela tempestade, e o que sobrou mal seria suficiente para acender uma vela, que dirá protegê-la...

Do quê?

Ela estava em Westerly. A alguns passos da casa de sua irmandade. Sinceramente, o que mais poderia estar ali, observando-a através da floresta?

Mas sabia melhor do que ninguém que coisas ruins poderiam acontecer em Westerly. Jamais se esqueceria do que tinha acontecido com Harper. Aquilo iria assombrá-la para sempre. Mas Harper se fora. Gwen também. E, por mais que bruxas fossem reais, fantasmas não eram...

Ainda assim, olhou para trás mais uma vez e então...

— Bu!

Scarlett gritou e rodopiou de volta, encontrando Tiffany ao seu lado. Com o coração ainda acelerado, lançou um olhar feio para a amiga.

— Não teve graça nenhuma.

Tiffany abriu um sorriso bobo.

— Não, é? — Bastou uma olhada na expressão de Scarlett para que ela ficasse séria. — Desculpe. Não resisti. Você parecia tão tensa.

— Pensei ter escutado... — Scarlett olhou novamente em direção às árvores. Não havia ninguém. — Deixe pra lá. — Ela balançou a cabeça, desejando que sua pulsação desacelerasse. — O que você está fazendo aqui fora nessa chuva?

— Vim te procurar, é claro. — Tiffany apontou para o céu. — Imaginei que alguma coisa não estava bem. O que aconteceu?

Scarlett se apressou em meio às árvores, em direção à Casa Kappa, grata por ter a melhor amiga ao seu lado. Pelo menos isso a impediria de se assustar com qualquer sombra.

— Foi só... o Mason. — Scarlett suspirou.

— Vou precisar machucar o garoto bonitinho do campus por ter brincado com os sentimentos da minha amiga? — Tiffany arqueou a sobrancelha.

Scarlett quase sorriu. Quase.

— Ainda não. Mas preciso da sua ajuda para dissecar o que está acontecendo.

— Tudo bem. — Tiffany enganchou o braço no de Scarlett. — Conte comigo. Mas saiba que também estou disponível para dissecação de verdade.

Scarlett gargalhou, sentindo uma onda de gratidão por aquela amizade.

— Estou falando sério, Scar. Ontem à noite, ajudei a Dahlia a dissecar algumas pelotas de coruja para um feitiço no qual ela está trabalhando. — Tiffany franziu o nariz. — Acho que ela ficou irritada porque eu não tive tanto nojo, mas se esqueceu de que cursei algumas aulas de Biologia no primeiro ano.

— Não passou pela sua cabeça a possibilidade de dar essa tarefa para a sua Mais Nova? — provocou Scarlett enquanto elas contornavam o caminho, virando em direção à Casa Kappa.

— Você sabe como é. Se a Dahlia manda... — Tiffany cutucou Scarlett. — Mas agora, falando sério, você está bem? Porque, se Mason precisar de um lembrete de que ele conseguiu conquistar a mulher mais inteligente, engraçada e gostosa desse campus inteiro, conte comigo. Você merece o melhor e eu não quero saber de ninguém a tratando...

Tiffany parou repentinamente assim que a casa apareceu.

— Ai, meu Deus — ofegou Scarlett.

Pregadas na porta, à vista de todos, havia quatro cartas de tarô. A Rainha de Espadas, a Rainha de Paus, a Rainha de Copas e a Rainha de Ouros.

E, sobre cada uma delas, havia um X inscrito em vermelho-sangue.

Capítulo Nove

Vivi

Na terça-feira, enquanto subia pelo caminho estreito de tijolinhos em direção à Casa Kappa, Vivi se deu conta de que nunca havia de fato aceitado o convite para se candidatar. Não havia nenhum rsvp no cartão. Nenhum e-mail ou telefone para contato. Uma chama de rebeldia se acendeu dentro dela, levando-a a parar no meio do caminho. Nunca havia ouvido falar daquela irmandade até alguns dias atrás — por que iriam automaticamente presumir que gostaria de se juntar a ela? Quando encarou a casa elegante da irmandade, porém, soube que não voltaria atrás.

Apesar de os últimos dias terem sido um turbilhão de atividades de orientação, aulas, festas e reuniões com vários tutores, ela não havia conseguido parar de pensar no convite. Ele pairava em sua mente durante a primeira aula de neurociência, para cuja participação obtivera uma permissão especial mesmo sendo caloura. Sentia calafrios de empolgação na biblioteca de livros raros que mais parecia um museu e que, para a alegria de Vivi, era liberada para qualquer pessoa. A única coisa que ameaçava sabotar seu entusiasmo era a lembrança de como havia sido boba com Mason durante aquela manhã no refeitório. Um garoto fofo havia sido legal com ela por cinco minutos e, de alguma forma, conseguiu se convencer de que ele estava interessado. Seu estômago se revirou enquanto ela lembrava do olhar de Scarlett quando tinha se aproximado da mesa, com seu sorriso condescendente e enjoativo de tão doce. Ela já não tinha gostado de Vivi desde o começo, e aquilo, sem dúvida, não iria ajudar. A questão era quanto iria diminuir suas chances de entrar na irmandade.

A casa cinza de quatro andares das Kappas ficava afastada da rua, aninhada entre carvalhos que projetavam sombras extensas durante o pôr do sol. As lâmpadas que ela acreditava terem sido colocadas apenas para a festa de seleção ainda estavam penduradas nas árvores, embora criassem um efeito diferente sem o barulho da música e das risadas.

Trepadeiras se enrolavam pelas sacadas de ferro que adornavam cada andar, e Vivi não conseguia evitar imaginar como seria sentar-se em uma daquelas varandas bebendo um julepe de menta, seja lá o que fosse isso.

Enquanto esperava Ariana, com quem havia combinado de se encontrar do lado de fora, Vivi olhava as casas da vizinhança. Apesar de todas serem enormes, eram completamente diferentes das supermansões sem graça, padronizadas e sem vida que constituíam a vida luxuosa em Reno. Havia casas em estilo vitoriano por todos os lados, algumas imponentes, que adotavam a arquitetura georgiana, e uma que revivia o estilo grego, com colunas de mármore. Todas tinham as sacadas de ferro que Vivi começara a associar a Savannah. A maioria tinha pelo menos uma de suas paredes coberta por heras, e a pintura de algumas já descascava, mas, enquanto aqueles detalhes poderiam parecer sinal de abandono em outras vizinhanças, ali eles apenas intensificavam a sensação da passagem do tempo. As casas faziam Vivi se lembrar dos aristocratas britânicos excêntricos sobre os quais havia lido, aqueles que usavam roupas de grife com botas cheias de lama e deixavam suas extraordinárias pinturas a óleo desbotarem nos sótãos entulhados.

— Desculpe a demora — disse uma voz sem fôlego.

Ao se virar, Vivi encontrou Ariana apertando o passo, parecendo apressada porém deslumbrante com seu vestido de festa preto que ela havia visto naquela manhã. Na noite anterior, quando Vivi confessou não ter trazido nenhum vestido formal, Ariana insistiu que ela fosse até seu quarto de manhã para pegar uma roupa emprestada — a garota tinha meia dúzia de vestidos de festa que tinham sobrado das festas de debutante de suas primas.

— Acredite, eu não estava com pressa alguma para entrar — confessou Vivi. — Bom, será que devemos bater à porta?

— Acho que sim. — Ariana espiou a porta com cautela.

— Esse não me parece o tipo de lugar onde se pode entrar sem bater — comentou Vivi. Todas as cortinas estavam fechadas, e não havia nenhum barulho de qualquer atividade vindo lá de dentro.

Enquanto as duas garotas encaravam a porta, ela se abriu repentinamente, revelando um saguão vazio.

— Quem fez isso? — perguntou Ariana.

— Deve ter sido o vento — explicou Vivi, perguntando-se por que o vento sempre insistia em se comportar de um jeito estranho ao seu redor. Ela e Ariana trocaram um olhar de consentimento e entraram na casa.

A festa de recrutamento acontecera basicamente no jardim, e Vivi percebeu que não havia dado uma boa olhada no interior da casa. Havia pinturas alinhadas nas paredes; algumas mostravam mulheres com roupas antigas enquanto outras retratavam paisagens lindas porém levemente melancólicas: uma floresta cercada por neblina, um corvo empoleirado numa árvore seca em um campo solitário. Ainda assim, a casa em si esbanjava elegância e aconchego, desde a luz de velas tremulando sobre várias superfícies até os diversos vasos cheios de flores espalhados pelo ambiente.

— Uau — suspirou Ariana. — Olha isso. — Apontava para um corredor que levava até uma estufa interna. A luz do luar era filtrada pelo vidro, iluminando um emaranhado de plantas, árvores envasadas e trepadeiras subindo pelas paredes.

— Acho que as Kappas curtem jardinagem — comentou Vivi.

O ruído de uma conversa emanava de outro cômodo. Vivi gesticulou para que Ariana a acompanhasse e elas seguiram o som até a sala de estar, onde duas garotas estavam sentadas frente a frente em um par de sofás. Jess, a Kappa que havia citado Dorothy Parker na festa, estava inclinada para a frente, ouvindo atentamente. Usava óculos de aros grossos que acentuavam suas maçãs do rosto delicadas e vestia uma blusa de seda branca e elegante que Vivi jamais conseguiria manter limpa. Naquela noite, suas tranças estavam puxadas para trás, presas com um grampo.

A garota branca que estava conversando com ela, claramente uma candidata, enrolava ansiosamente uma mecha do seu longo cabelo preto com os dedos enquanto tagarelava.

— É claro que fiquei muito aliviada quando eu e meu namorado fomos aceitos em Westerly. Mas aí, no último minuto, quer dizer, tipo, quatro horas antes do fim do prazo, ele decidiu ir para a Vanderbilt. Minha matrícula já estava paga, então não tinha nada que eu pudesse fazer. A gente vai tentar o tal do namoro à distância, mas estou muito preocupada porque ele postou uma foto no Instagram ao lado de uma garota *muito* bonita com a legenda "As vantagens de fazer novas amizades", o que pode significar várias coisas, mas ainda assim...

Vivi queria sinalizar para que a garota parasse de falar. Não conseguia acreditar na quantidade de informações que ela compartilhava com uma total estranha, especialmente uma estranha que a estava avaliando para a irmandade. Jess se virou para Vivi e Ariana.

— Que bom ver vocês duas de novo. Sentem-se. — Ariana abriu um sorriso nervoso para Vivi e correu para se sentar ao lado da outra novata, deixando o lugar ao lado de Jess para Vivi. — Vocês são Ariana e Vivian, certo?

— Vivi — corrigiu Vivi, tentando se lembrar de quando havia dito seu nome para Jess durante a festa.

— Vivi. Claro. Está gostando de Westerly até o momento?

— Sim. As aulas têm sido ótimas, e todos que conheci foram muito legais comigo. — *É assim que se faz*, pensou Vivi. Educada, animada, mas sem balbuciar cada pensamento.

— De onde você veio?

— Ah, de vários lugares. É um pouco complicado — respondeu Vivi com um aceno, planejando encerrar a conversa por ali.

Jess assentiu.

— Imagino. — Ela olhava para Vivi com uma mistura de curiosidade e compreensão, enchendo-lhe o peito com um calor estranho.

— Nunca fiquei em nenhum lugar por mais de dois anos — continuou Vivi.

Quanto mais Jess a encarava, mais difícil era se manter calada; era como se as palavras estivessem sendo arrancadas de dentro dela por uma força misteriosa. Mas ela não se importava. Sentia-se bem em conversar com uma garota simpática de olhos gentis que parecia genuinamente interessada em conhecê-la melhor. Vivi estava prestes a começar a falar sobre sua mãe quando outras quatro garotas entraram na sala.

— Bem-vindas à Kappa — disse uma delas rispidamente. Era alta, loira e bonita de um jeito notável e angular. — Eu sou a Dahlia, presidente da Kappa Rho Nu. Essa é a Scarlett Winter, mentora das candidatas. — O estômago de Vivi virou do avesso. Scarlett era mentora das candidatas. Ótimo. — E esta é a Mei, que cuida da relação com as ex-integrantes. — Vivi levou um tempo para reconhecer Mei. Seu cabelo não estava mais curto; agora batia na altura da cintura e tinha as pontas roxas. Mas como era possível? Vivi tinha 99,9 por cento de certeza de que Mei não estava usando uma peruca na festa, e era evidente que não usava extensões agora. — E esta é Tiffany, da administração social. — Uma garota com o olhar simpático e cabelos loiros platinados acenou e sorriu.

Nos minutos seguintes, uma dezena de garotas já enchia a sala, incluindo uma ruiva alta que Vivi havia visto dançando em cima de uma mesa durante a festa, e uma branca de cabelos castanhos, rosto redondo e óculos descolados parecendo tão nervosa que Vivi temia que ela pudesse vomitar a qualquer momento.

— Parece que já estamos prontas para começar — anunciou Dahlia. — Vocês podem se sentar em qualquer lugar.

Vivi se espremeu contra Jess, abrindo espaço no sofá, enquanto outras Kappas pegavam poltronas de veludo e pufes para formarem um círculo.

— Espero que isso aqui não dure uma eternidade — sussurrou Jess para a Kappa sentada ao seu outro lado. — Tenho que enviar meu artigo para a *Gazeta* antes da meia-noite.

Vivi não ficou surpresa ao descobrir que Jess escrevia para o jornal estudantil de Westerly. Ela parecia ter o dom de fazer as pessoas confessarem seus segredos.

Alguém apagou as luzes. As velas e a lua cheia brilhando através da janela enorme proviam iluminação o bastante. Dahlia se curvou sobre a mesa de centro no meio do círculo e acendeu a última vela restante. Por fim, uma chama apareceu, mas Vivi não viu nenhum isqueiro ou fósforo nas mãos de Dahlia.

— Bem-vindas, irmãs e novas integrantes — disse Dahlia. Sua voz aos poucos foi ficando mais baixa, porém Vivi não tinha dificuldade alguma em escutá-la na sala silenciosa. — As que estão se juntando a nós pela primeira vez vão reparar que a Kappa é uma irmandade muito pequena. Somos as mais seletivas de Westerly, e talvez até mesmo de todo o país. Isso se dá porque procuramos algo raro e especial em nossas candidatas, qualidades que nos destacam. Encontramos algumas dessas qualidades em todas vocês, e é por isso que estão aqui esta noite.

Vivi sentiu um formigamento de ansiedade. Sinceramente, não conseguia pensar em uma única "qualidade" sua que pudesse atrair as Kappas — a não ser que elas quisessem candidatas que só tiravam a nota máxima em Biologia e fossem severamente alérgicas a frutos do mar. Ela correu o olhar pela sala, perguntando-se quem mais ali estaria sentindo a mesma mistura de dúvida e confusão. Ariana parecia igualmente nervosa, assim como a maioria das outras candidatas esperançosas. Mas algumas das candidatas — incluindo a ruiva — trocavam sorrisos empolgados e confiantes.

— A Kappa não tem um processo de recrutamento comum — continuou Dahlia. — Se alguém nos impressionar hoje à noite, está dentro. Mas não se acomodem. — Ela fuzilou cada uma das garotas com seu olhar. Vivi não conseguiu evitar sentir um calafrio quando seus olhos encontraram os de Dahlia. — Só iniciamos aquelas que derem seu melhor para a irmandade. Historicamente, pelo menos uma das novas integrantes em potencial não consegue passar do corte final. Às vezes, nenhuma consegue.

A sala inteira parecia estar prendendo o fôlego até que Dahlia sorriu novamente.

— Mas o teste desta noite é bem simples.

— Que tipo de teste? — questionou Ariana. Seus olhos se arregalaram de surpresa depois que ela falou, como se as palavras tivessem simplesmente escapado de sua boca por vontade própria.

Entretanto, Vivi ficou feliz por Ariana ter feito a pergunta, pois estava se perguntando a mesma coisa.

— Vocês descobrirão em instantes. Mas não se preocupem, não há nada que pudessem ter feito para se preparar, e nada do que façam pode prejudicá-las. Ou você é uma Kappa ou não é.

Dahlia assentiu para Mei, que posicionou uma pilha de cartas na mesa de centro, ao lado da vela comprida sobre um candelabro de prata cheio de ornamentos que Dahlia havia acabado de acender. Vivi e Ariana se entreolharam. As Kappas tomavam suas decisões baseadas em um jogo de cartas?

Dahlia fez um leque com as cartas viradas para baixo sobre a mesa.

— Vejamos… quem começa? Bailey, por favor, puxe uma carta. — Ela fez uma pausa. — Bailey?

A garota de óculos grossos olhava ansiosa de Dahlia para as cartas.

— Desculpe, estou um pouco confusa. O que estamos fazendo, exatamente?

Dahlia sorriu.

— Apenas relaxe e confie. Puxe uma carta, por favor.

Bailey se inclinou para a frente, deixando seus dedos pairarem por um momento, e pegou uma das cartas do leque. No momento em que sua mão se fechou sobre a carta, a sala se escureceu. A chama de todas as velas se enfraqueceu, tornando-se pequenas cintilações, exceto a da vela na mesa de centro, que cresceu, mais forte e brilhante, projetando uma sombra estranha sobre o rosto da garota.

— Ai, meu Deus — sussurrou, quase soltando a carta.

— Segure — Dahlia ordenou com calma, parecendo satisfeita.

A chama cresceu e dançou até ficar tão alta quanto o candelabro de prata. Então o fogo se dividiu em dois, como se o pavio tivesse se multiplicado. No momento seguinte, as duas chamas se dividiram novamente e começaram a rodopiar pelo ar, parecendo fios de cabelo feitos de fogo. Ariana murmurou algo bem baixinho, mas Vivi não olhou para ela. Não conseguia tirar os olhos das chamas dançantes que, para seu choque e confusão, pareciam estar formando uma imagem. Um pássaro brilhante vermelho-alaranjado flutuava pela escuridão sobre a vela, que já havia se apagado. Uma fênix, Vivi concluiu. Ela bateu as asas de fogo, começou a subir em direção ao teto e desapareceu em uma porção de faíscas que caíram sobre o círculo de garotas.

É um holograma, pensou Vivi, tentando se convencer. *Ou uma projeção. Só um truque para deixar a coisa toda mais divertida.* Entretanto, até em sua mente as palavras pareciam falsas.

— Por favor, coloque sua carta sobre a mesa, virada para cima — orientou Dahlia.

Com as mãos trêmulas, Bailey obedeceu, revelando a imagem de uma mulher linda com cabelo longo e escuro e um sorriso misterioso. Havia um pássaro grande e laranja pousado sobre o ombro dela e, nas mãos, segurava um objeto de madeira longo e esguio.

Aquele não era um baralho de jogos, notou Vivi enquanto um calafrio descia por suas costas. Eram cartas de tarô. No entanto, não se pareciam em nada com as cartas extravagantes e coloridas que sua mãe costumava usar com os clientes. A imagem na carta lembrava uma pintura desbotada nos fundos de uma igreja sombria — uma obra-prima esquecida, perdida no mundo.

— A Rainha de Paus, o signo de Fogo — disse Dahlia com um sorriso. — Seja bem-vinda à Kappa Rho Nu, Bailey.

O que acabou de acontecer? Bailey foi aceita porque sua carta tinha uma semelhança sobrenatural com a imagem formada pelas chamas da vela? Como aquilo era possível? E como algo tão extraordinário assim poderia acontecer mais de uma vez?

— Sonali, sua vez — orientou Dahlia. Uma garota sul-asiática vestida de forma elegante, que passara o tempo inteiro rodopiando ansiosamente sua pulseira de ouro desde o momento em que as garotas se sentaram, assentiu com uma segurança inesperada. Assim que ela escolheu sua carta, a chama da vela reapareceu e começou a crescer, da mesma forma como acontecera antes. Mas, agora, em vez de uma fênix, as chamas formaram uma nuvem brilhante que deslizou pela escuridão em direção ao teto.

Isso é impossível, pensou Vivi, piscando rapidamente. Mas, independentemente de quantas vezes tentasse ajustar a visão, a imagem brilhante continuava a mesma. Depois de alguns segundos, um raio feito de chamas atravessou a nuvem, transformando-a em uma chuva de faíscas.

— Coloque sua carta sobre a mesa, Sonali — Dahlia disse calmamente.

A garota virou a carta e Vivi conteve uma exclamação. Nela havia outra mulher linda, porém vestida de branco e segurando uma espada azul. No tarô, cada naipe está conectado a um dos elementos. O naipe de espadas é associado ao ar, por isso a nuvem de tempestade aparecera. Mas como alguém teria conseguido preparar aquilo? Mesmo que a vela fosse algum tipo de holograma, como as Kappas sabiam quais cartas as garotas iriam escolher?

— A Rainha de Espadas, o signo do Ar. Seja bem-vinda à Kappa Rho Nu, Sonali.

O coração de Vivi acelerou, e ela se preparou para mais uma onda de medo. Mas, para sua surpresa, uma pontada de empolgação tomou conta de seu peito. Seus dedos estavam praticamente coçando para escolher uma carta.

A garota tagarela de cabelo escuro que estivera conversando com Jess era a próxima. Hesitante, ela escolheu uma carta, e Vivi se inclinou para poder ver melhor. Mas a chama não apareceu quando a garota tocou a carta. Nada aconteceu.

Depois de um longo momento de tensão, Dahlia rompeu o silêncio.

— Bem, que pena. — Ela se levantou, praticamente arrancou a carta das mãos da garota e a jogou para Mei. — Venha comigo, querida.

Em transe, a garota se levantou trêmula e se deixou ser guiada por Dahlia para fora da sala. Vivi olhou para Mei e para as outras Kappas, mas nenhuma delas parecia particularmente preocupada. Um minuto depois, Dahlia retornou e se sentou.

— Quem é a próxima?

— O que aconteceu com ela? — perguntou Bailey.

— Não se preocupe — disse Dahlia com rispidez. — Assim que botar os pés para fora da porta, irá perder todas as lembranças desta noite. Não saberá de mais nada. Agora, vamos continuar... Vá em frente, Ariana.

Ariana parecia paralisada pelo medo até que Vivi a cutucou e sussurrou:

— Você consegue fazer isso. — Embora não tivesse a menor ideia do que diabos "isso" significava.

Ariana escolheu uma carta com os dedos trêmulos. Alguns segundos se passaram até que a chama cresceu e formou a crista de uma onda.

— A Rainha de Copas, o signo de Água — Dahlia disse depois que Ariana virou sua carta. — Seja bem-vinda à Kappa Rho Nu, Ariana.

O processo se repetiu por mais três vezes com garotas que não conseguiram acender a chama. Cada vez que uma delas saía, Vivi sentia sua empolgação e seu medo crescendo na mesma medida.

— Sua vez, Vivi — disse Dahlia, assentindo para ela.

Vivi encarou as cartas sobre a mesa sem mexer os braços. Não queria ser despejada noite afora, deixando tudo aquilo para trás. Não queria esquecer o que havia visto. *Mas isso é impossível*, disse para si mesma. *A presidente de uma irmandade não pode apagar a memória de uma pessoa.* Respirou fundo, estendeu a mão em direção à mesa e deixou seus dedos pairarem sobre as cartas.

Ela hesitou, incerta de como escolher. Mas então sentiu algo abraçando seu punho com tanta força que pensou que alguém a tivesse agarrado. Vivi levantou a cabeça, mas todas as garotas continuavam em seus lugares. Ninguém havia se movido.

Vivi relaxou, permitindo que a força a puxasse como um ímã até que seus dedos roçaram em uma carta. No momento em que ela a tocou, a pressão sobre o punho desapareceu. Com as mãos tremendo, Vivi pegou a carta pela ponta e a puxou para fora do leque.

Um segundo depois, uma chama subiu pelo pavio da vela, quase tocando o teto. Vivi suspirou enquanto sua pele começava a vibrar. Era como se uma corrente de energia estivesse passando pelo seu braço, quase como se estivesse sendo eletrocutada. Mas não sentia dor. Muito pelo contrário. Sentia-se poderosa, viva.

No entanto, aquela energia não estava tomando seu braço. Era o oposto, percebeu. A energia fluía *dela*. Vivi suspirou novamente enquanto as chamas se dividiam em cinco feixes que dançavam e rodopiavam pelo ar antes de formar uma estrela de cinco pontas.

Desta vez, aquela imagem excepcional não a deixou confusa. Vivi se sentiu envolvida por uma onda de calma, desatando todos os nós de ansiedade e insegurança que nem sabia que possuía.

— Coloque sua carta sobre a mesa — pediu Dahlia. Um tom presunçoso de satisfação havia aparecido em sua voz.

Vivi virou a carta e se pegou olhando para outra mulher. Não a descreveria como linda, exatamente. Seu rosto pálido era levemente alongado; sua expressão, destemida demais. Mas Vivi não perdeu um segundo se preocupando, afinal, o que era a beleza comparada ao poder daquela mulher? Uma de suas mãos segurava um disco dourado com uma estrela de cinco pontas entalhada. Em seu outro braço enrolavam-se trepadeiras e flores, e estava claro que era a mulher quem as fazia crescer. Estava cercada de criaturas de todos os tipos — pássaros, cobras, veados —, criaturas magníficas atraídas por seu poder.

— A Rainha de Ouros, o signo da Terra. Seja bem-vinda à Kappa Rho Nu, Vivi.

Vivi sentiu Ariana apertando sua mão, mas estava atônita demais para retribuir com mais do que um sorriso vago antes de voltar a prestar atenção no ritual. Outra garota foi rejeitada, e a ruiva, que se chamava Reagan, do signo de Fogo, foi a última candidata a ser aceita.

Depois que todas as candidatas fizeram o teste e as que falharam foram escoltadas para fora, Dahlia recolheu as cartas e as colocou de volta em uma pilha organizada.

— Bem-vindas, candidatas, à mais antiga, mais prestigiada e mais poderosa irmandade do país. Nós estávamos aguardando vocês. Quer saibam, quer não, seu destino as trouxe até Westerly e até a Kappa Rho Nu.

— O que vocês são? — perguntou Ariana com a voz rouca.

— *Nós* somos bruxas — Dahlia respondeu, sorrindo.

Bruxas. A palavra foi sendo absorvida por Vivi de forma lenta e doce como a fala arrastada do sotaque de Dahlia. *Bruxas.* Por um momento, pareceu mais reconfortante do que estranho, como se parte dela sempre soubesse disso. Mas Vivi se forçou a voltar à realidade. Aquilo só podia ser uma pegadinha elaborada, parte do trote ou, pior, algum tipo de encenação para ser postada no YouTube. Vivi passara a vida inteira observando charlatãs como sua mãe, mas, ainda assim, não era fácil imaginar como as Kappas haviam conseguido elaborar um truque como aquele.

— Vocês já nasceram bruxas — continuou Dahlia. — Mas esta noite deram o primeiro passo para se tornarem algo ainda mais importante: uma irmã. A Kappa Rho Nu é muito mais do que uma irmandade; é o coven de bruxas mais antigo e mais poderoso do país. Foi fundado no século dezessete para ajudar mulheres perseguidas e, ao longo dos anos, se tornou uma das organizações mais influentes do mundo. — Ela correu o olhar pelo círculo, com uma expressão emocionada. — Bruxas são poderosas sozinhas, mas, juntas, somos imbatíveis. Durante os próximos quatro anos, vamos ensiná-las como domar e controlar sua magia, como desbloquear habilidades que vocês não imaginam nem em seus sonhos mais absurdos. Mas vocês precisam se esforçar por isso. — Encarou cada uma das novas integrantes, uma após a outra. — Para se tornarem Kappas de verdade, precisarão sobreviver à Semana do Trote. Aí, precisarão continuar impressionando suas irmãs nas semanas seguintes. Possuir magia não é o suficiente; vocês precisam se tornar uma de nós.

Vivi sentiu calafrios ante a palavra *magia*. Menos de uma hora atrás, ela zombaria só da ideia. Mas não conseguia pensar em um termo melhor para descrever o que acabara de testemunhar, o poder que havia sentido se desdobrar dentro de si.

Será que ela era mesmo uma *bruxa*? Aquele pensamento era, ao mesmo tempo, tão inebriante e preocupante que ela não conseguiu evitar fazer uma pergunta:

— Alguém que não é da Kappa sabe o que vocês... Quer dizer, o que *nós* somos? — perguntou, pensando em sua mãe. Seu coração batia forte. Aquilo significava que Daphne também era uma bruxa?

— Definitivamente, não — Mei respondeu, balançando a cabeça. — A não ser quem também já foi uma Raven.

— Mas havia muita gente de fora aqui durante a festa... Isso não é meio arriscado? — questionou Vivi. Ela conseguia quase *sentir* a magia estalando pelo ar, uma tensão elétrica como a dos momentos que precedem uma tempestade. Perguntou-se como nunca havia sentido isso. — E se alguém notar algo estranho?

Dahlia se pronunciou novamente.

— Bruxas têm se escondido de todos por séculos. As Ravens são apenas um dentre os muitos covens espalhados pelo país. Mas a maioria das pessoas é incapaz de abrir seus olhos para a verdade. Quanto mais nos comportamos como uma irmandade comum, sem nada a esconder, mais provável é que nos deixem em paz. Foi por isso que nos tornamos uma irmandade universitária, para começo de conversa; era a fachada perfeita para um coven. — Ela olhou para as novas integrantes à sua volta. — Realizar magia não é fácil e, se vocês não forem extremamente cuidadosas, pode ser bastante perigoso. É por isso que cada uma de vocês será designada a uma Irmã Mais Velha, assim como nas outras irmandades. A diferença é que as responsabilidades da Mais Velha de vocês vão muito além de garantir que usem o tom de verde certo em uma festa. Elas vão lhes ensinar magia e garantir que nenhuma de vocês irá explodir Westerly ou a si mesmas. — Dahlia fez uma pausa enquanto as garotas soltavam risadinhas dissimuladas. — Sonali. — A garota levantou a cabeça e assentiu. — Sua Mais Velha é a Mei.

Mei se levantou com um sorriso acolhedor, acenando para que Sonali fosse para o seu lado.

Dahlia continuou formando os pares até chegar em Vivi.

— Vivi, sua Mais Velha é a Scarlett.

O coração de Vivi ficou pesado. Mas é *claro* que Scarlett, a única garota que parecia não gostar dela, seria sua Irmã Mais Velha. Pela primeira vez desde que pisara na sala, Scarlett retribuiu o olhar de Vivi. O sorriso fechado em seus lábios não se refletia em seus olhos.

Mas, antes que qualquer uma das duas pudesse dizer alguma coisa, uma forte batida ecoou da porta da frente.

CAPÍTULO DEZ

Scarlett

Aconversa cessou e todas se viraram em direção à porta. Com uma carranca manchando seu lindo rosto, Dahlia olhou para Scarlett.

— Mande embora quem quer que seja. As portas estão fechadas hoje.

Scarlett assentiu, chateada por perder a chance de saborear o terror na expressão de Vivi ao descobrir que seria sua Mais Nova. Assim como a magia escolhia as irmãs, também escolhia as duplas de Mais Velha-Mais Nova. As cartas possuíam seu próprio senso de justiça poética; torturar Vivi como sua Mais Nova agora seria um direito sancionado de Scarlett.

Ela abriu um sorriso para Vivi, que estava pálida, e saiu em direção à entrada principal. Elas haviam diminuído a luz do corredor e acendido algumas velas para dar um certo ar místico à casa na primeira noite das candidatas ali. Scarlett deslizou os dedos pela parede enquanto seus olhos se ajustavam à escuridão, os sons da sala de estar se abafando até se tornarem um sussurro. As velas projetavam sombras tremeluzentes sobre as paredes que lembravam um castiçal com pendentes de metal que havia ganhado de Minnie no seu aniversário de oito anos. Ele possuía delicadas estrelas e luas douradas que giravam lentamente em torno da vela, um pouquinho de magia antes que Scarlett fosse capaz de dominar a sua própria.

Bang.

A batida à porta ecoou novamente, mais alto dessa vez. Antes que Scarlett pudesse avisar que já estava indo, a maçaneta começou a girar. Então a porta se escancarou, batendo com força contra a parede. Uma ventania forte e anormal ricocheteou pelo corredor, deixando apenas duas velas ainda acesas.

Scarlett ofegou.

Havia uma garota parada na entrada. Seus olhos eram pretos e severos. Seu cabelo solto balançava na altura da cintura, porém estava emaranhado e embaraçado. Ela vestia um par de jeans velhos e um moletom preto e largo que parecia estar há semanas sem ser lavado. Em sua mão esquerda havia cinco anéis de prata, um em cada dedo: uma caveira, uma serpente, um pentáculo, uma rosa, uma espada. Sua outra mão estava erguida, de punhos cerrados, como se tivesse acabado de abrir a porta com um soco. Sua boca se contorcia em uma carranca irritada.

Era alguém que Scarlett jamais esperava ver novamente. Mas não era Harper, a garota que vinha assombrando seus sonhos. Era a melhor amiga de Harper.

Gwen.

Por um segundo, Scarlett se perguntou se aquilo não era um pesadelo. Não via Gwen desde aquela noite, muito tempo atrás. Gwen fora entubada; seu corpo surrado e machucado respirava com ajuda de aparelhos que a mantinham viva. Depois de finalmente receber alta do hospital, ela havia largado a faculdade e voltado para casa, em Nashville. Ninguém nunca mais tivera notícias suas. Ela não poderia estar de volta.

Scarlett se forçou a inspirar. E então a expirar. A *respirar.*

— Puta merda, Gwen — Scarlett conseguiu dizer quando recuperou a voz. — O que você está fazendo aqui?

Gwen apenas a encarou, o fogo das duas velas restantes se refletindo em seus olhos escuros.

— Me responda — exigiu Scarlett.

Gwen permaneceu quieta, respirando com dificuldade, como se apenas estar ali já exigisse muito esforço de sua parte.

— Não pode ficar aqui. Você tem que ir embora — disse Scarlett, dando um passo para trás. E mais um. Ela ouviu vozes. Depois uma exclamação e, então, passos. Ao se virar, encontrou Tiffany atravessando o corredor em sua direção. Atrás dela, um grupo de outras Ravens veteranas (Etta, Hazel e Jess) reuniu-se, espiando com curiosidade a porta de entrada.

Tiffany parou ao lado de Scarlett, e, sem emoção, disse:

— O que você está fazendo aqui?

— Diga alguma coisa, Gwen — ordenou Scarlett, encorajada pela presença de sua irmã.

Gwen abriu a boca como se fosse falar... e começou a engasgar. Sua garganta emitia um som grave, horrível e gutural. Ela agarrou o próprio pescoço e caiu de joelhos, ofegante.

Merda.

— Ai, meu Deus — gemeu Jess.

— Temos que chamar uma ambulância. Ela es-está engasgando — gaguejou Scarlett, correndo para ajudar Gwen. O rosto da garota estava vermelho, saliva escorria de sua boca e suas mãos arranhavam o chão.

— Não, ela não está engasgando — disse uma voz fria. Dahlia abriu caminho entre as garotas. — É a magia.

— O quê? — questionou Scarlett.

— Garotas, deem as mãos — ordenou Dahlia, acenando para que todas se juntassem a ela nos degraus de entrada da casa.

Scarlett deu as mãos para Tiffany e Jess, completando o círculo com suas irmãs. Geralmente, sentia-se mais poderosa, mais completa, quando estava de mãos dadas com o coven. Mas naquele momento, enquanto assistia Gwen se debater e se engasgar, o rosto contorcido pela dor, Scarlett não se sentiu poderosa. Apenas... assustada. Assustada com o lado sombrio do poder delas. Assustada com o que ele havia causado.

— Scar, se concentre — comandou Dahlia, como se pudesse sentir a hesitação da irmã. Enquanto Scarlett expirava em pânico, Dahlia começou a sussurrar um feitiço. Scarlett deixou sua magia fluir através de suas irmãs, o poder de todas se unindo conforme o feitiço encontrava seu alvo.

O ronco de Gwen cessou, como uma tevê sendo desligada. O brilho enfurecido em seu olhar se apagou. Seus ombros caíram, como uma marionete cujos fios foram cortados. A ira havia passado, mas era como se Gwen tivesse desaparecido com ela. O fogo havia sido drenado de seus olhos, deixando apenas um olhar apagado e vazio.

— Boa noite, Gwen — anunciou Dahlia.

Sem mais nenhuma palavra, Gwen se levantou e começou a marchar pelo caminho de entrada, afastando-se da casa.

Assim que ela sumiu de vista, Scarlett se virou para Dahlia.

— O que diabos foi isso?

— O feitiço de amarração — explicou Dahlia. — A magia é muito específica justamente por causa disso.

— Como assim? — perguntou Scarlett, seu estômago se revirando ainda mais.

— Nós não apenas tiramos os poderes dela. Nós a proibimos de falar sobre magia pelo resto da vida. Caso tente, essa é a consequência.

— Por que ela voltou? E, mais importante, *como* ela voltou? Ela foi banida — disse Mei, olhando para suas irmãs.

— Foi banida do coven, não da casa — sussurrou Scarlett.

— Mas o que ela quer com a gente? — perguntou Mei.

Scarlett encarou o chão, tomando cuidado para não olhar para Tiffany. Concentrou-se apenas em sua respiração. O jeito como Gwen a tinha olhado... era como se quisesse matá-la.

— Noite de lua cheia — comentou Vivi delicadamente. Scarlett pulou de susto. Não havia escutado a novata se aproximar. Com desânimo, deu-se conta de que sua Mais Nova havia presenciado toda aquela confusão. — Minha mãe sempre diz que isso faz as pessoas agirem de modo estranho.

Scarlett sabia melhor do que ninguém que Gwen não precisava da lua cheia. Ela já tinha motivos suficientes para agir daquele jeito. Não que fosse da conta de Vivi. Scarlett sentiu uma nova onda de irritação com a invasão de sua Mais Nova em sua casa, em sua vida.

— Ser minha Mais Nova não significa que você precisa ser minha sombra, Vivi — resmungou Scarlett. — Quem te deixou sair?

— Volte para dentro, Vivi, e fique com suas irmãs. Nós voltaremos em breve — disse Dahlia. Sua voz era mais gentil do que a de Scarlett, mas também havia uma certa rigidez atrás de cada palavra.

Vivi olhou para cada uma das garotas, um muxoxo inclinando sua boca para baixo, como se quisesse dizer mais alguma coisa. Mas, alguns segundos depois, obedeceu às ordens de Dahlia, voltando à sala de estar.

— Temos que voltar lá. Essa é uma noite importante para recepcionar as garotas novas na casa. Não quero ouvir mais nenhuma palavra sobre isso até elas irem embora — ordenou Dahlia, batendo palmas.

As irmãs mais velhas assentiram de imediato e voltaram para dentro, sussurrando entre si. Scarlett segurou Dahlia antes que ela pudesse voltar para o saguão.

— Dahlia — sussurrou. — As cartas de tarô na porta... Foi coisa da Gwen, não foi?

Antes da cerimônia de seleção, Scarlett havia mostrado para Dahlia as cartas que ela e Tiffany haviam encontrado pregadas na porta da frente. Scarlett queria ter feito um encantamento para descobrir quem as deixara ali — e por que Scarlett acreditava que elas eram uma mensagem, uma ameaça —, mas Dahlia simplesmente havia deixado para lá, acreditando ser apenas uma pegadinha estúpida, e insistira para que Scarlett se livrasse das cartas antes que as novatas chegassem.

— Não queremos assustá-las antes mesmo de serem aceitas — disse. — Não transforme isso em algo maior do que realmente é.

No fim das contas, como Dahlia apontara, a festa de recrutamento do ano anterior tivera temática de tarô; provavelmente uma garota ainda estava irritada por não ter sido escolhida. As pessoas sempre invejavam as Ravens. Dahlia prometera que o segredo estaria a salvo.

Agora, Scarlett já não tinha mais tanta certeza.

Dahlia, entretanto, não parecia preocupada. Apenas irritada. Sempre odiava quando as irmãs desafiavam sua autoridade.

— Vamos jogar um feitiço de proteção na casa assim que as novatas partirem. Avise às outras. Precisaremos de todas para o ritual.

Scarlett assentiu, ainda um pouco insegura para voltar a falar. Ela soltou o braço de Dahlia e fechou a porta da frente.

Havia acabado de chegar na sala de estar quando escutou outra batida alta. Tomando coragem, Scarlett atravessou o corredor e escancarou a porta novamente.

— Gwen, nós já falamos, você não pode...

Ela congelou. Não havia ninguém à porta. Sons de rap vinham da Casa Psi Delta Lambda, que ficava mais adiante. Cigarras cantavam, camufladas na grama. Mas a rua estava completamente vazia. Havia apenas alguns carros estacionados e uma bicicleta comunitária vermelha e esfarrapada apoiada no tronco de um carvalho.

Foi quando ela o viu. Algo pequeno e prateado brilhava na calçada. Era um dos anéis de Gwen, a caveira de prata. Devia ter caído enquanto ela arranhava o chão. Scarlett se aproximou para pegá-lo e seu pé tocou algo macio. Ela olhou para baixo e soltou um grito agonizante. Aos seus pés havia um enorme corvo preto com o pescoço torcido em um ângulo anormal. Reconheceu-o do aviário no terraço. O coração de Scarlett batia acelerado. Aquele era um sinal claro. Só poderia significar uma coisa.

Morte.

Capítulo Onze

Vivi

Já haviam se passado quase vinte e quatro horas desde a cerimônia, mas o coração de Vivi ainda estava acelerado. Ela se sentia quase hipnotizada pela combinação de poder e vertigem, como se tivesse pulado de um trampolim e agora estivesse em queda livre, sem saber o que aconteceria quando atingisse a água. Ou se cairia na água. Tudo que acreditava saber sobre o mundo estava errado. Magia era real. Ela era uma bruxa. E não era a única.

Na breve caminhada de seu dormitório até a Casa Kappa, Vivi pegou o celular e ligou para sua mãe pela terceira vez naquele dia. Novamente, a chamada foi direto para a caixa-postal. Nunca havia se importado com quando sua mãe sumia do mapa, mas aquela era uma emergência. Ela precisava descobrir quanto Daphne sabia sobre aquilo. Ela também era uma bruxa? Suas leituras de tarô eram de verdade? Ou será que era ingênua como Vivi, ignorante de que magia era algo muito, muito real?

Magia. Não parava de pensar no pentáculo se formando a partir da chama da vela. Na vibração em seus dedos. Queria senti-la novamente. Entender. Ver o que ela havia perdido durante todos aqueles anos. Descobrir como aquilo iria mudar o resto de sua vida.

Usou sua chave recém-conquistada para entrar na Casa Kappa, mas parou na soleira, maravilhando-se com o fato de que o interior parecia completamente diferente do que em suas últimas duas visitas. Hoje, estava cheio de móveis modernos de madeira clara e aconchegantes almofadas cor-de-rosa que tornavam os ambientes etéreos e convidativos.

Vivi começou a caminhar em direção à sala de estar para aguardar as outras, porém mal conseguiu dar dois passos antes que uma mão a agarrasse pelo ombro, impedindo-a de se mover.

— Cuidado!

Era Mei. Ela estava de frente para Vivi, apontando para uma linha de sal rosa-acinzentado no chão, na qual Vivi quase pisara. Mei segurava o que parecia ser uma jarra de ervas amassadas flutuando em óleo. Vivi lembrou-se do azeite de oliva com alecrim que sua mãe gostava de usar para cozinhar.

— Desculpe, eu não tinha visto isso — justificou Vivi, olhando para o sal antes de voltar sua atenção para Mei. Em vez das pontas roxas que tinha na noite passada, seu cabelo agora estava preto como azeviche, com um corte curto e angular que ressaltava suas maçãs do rosto. — Gostei do seu cabelo. Foi você… Quer dizer, isso é… — atrapalhou-se, percebendo que nem tinha o vocabulário para fazer aquela pergunta.

Mei sorriu, colocando o cabelo atrás das orelhas.

— Chama-se deslumbramento. É um tipo de feitiço bem fácil para Bruxas de Ouros, como nós.

As palavras *como nós* deram a Vivi um calafrio de empolgação.

— E o que isso significa, exatamente? — Conhecia os naipes do tarô, é claro. Era impossível ter crescido ao lado de Daphne Devereaux e não ter conhecimentos básicos sobre os arcanos maiores e menores, mas queria saber o que aquilo significava para ela, exatamente. Para sua magia.

— Nossos poderes vêm do signo da Terra. Isso significa que, para nós, é um pouco mais fácil influenciar ou manipular a natureza, sejam árvores, animais ou... — ela balançou o cabelo e fez uma pose exagerada de modelo — nossa beleza natural.

Mei pegou seu celular do bolso e inclinou a cabeça, como se estivesse se preparando para tirar uma *selfie*, mas, enquanto apertava os lábios, seu cabelo liso ganhou ondas de praia e seu batom *nude* escureceu para um bordô.

— Você pode me ensinar a fazer isso? — pediu Vivi, maravilhada.

— Claro — disse Mei, encarando o celular enquanto postava a foto em sua conta verificada no Instagram. Naquela manhã, Vivi havia pesquisado no Google todas as Ravens das quais tinha conseguido se lembrar, e sabia que Mei, originalmente de São Francisco, era uma blogueira de beleza incrivelmente popular, com quase um milhão de seguidores. — Embora você devesse começar se concentrando no que Scarlett decidir ensiná-la.

Vivi reprimiu uma careta enquanto imaginava o sorriso falso e debochado de Scarlett.

— Minha Mais Velha não deveria ser você, já que somos do mesmo naipe?

— O que torna as Ravens especiais é como nossa magia se complementa. Não é o que temos em comum, mas, sim, as nossas diferenças, os pontos fortes de cada uma, que nos tornam poderosas. Parece meio brega, mas é verdade. Você tem muito mais a aprender com alguém diferente. Faz sentido?

— Entendi. E essa jarra é para quê? — perguntou Vivi.

Mei apontou para a porta da frente.

— Estou ungindo os pontos de entrada da casa. Um pouquinho de proteção extra contra aqueles que nos querem mal.

Vivi assentiu, sua mente a levando de volta para a noite anterior. Estivera em um êxtase tão grande depois da cerimônia que mal tivera tempo para processar a comoção causada pela garota de cabelos escuros. Quanto mais pensava a respeito do ocorrido, porém, mais perturbador ele parecia. Vivi pensou que poderia ter sido a mesma garota que a parara no pátio para alertá-la sobre as Ravens, mas sua expressão estava tão distorcida pela dor e pela raiva que era difícil ter certeza.

— Quem era aquela garota?

Mei pressionou os lábios e espiou por sobre os ombros, porém Vivi não conseguia dizer se estava procurando ajuda ou apenas checando se alguém poderia escutá-las.

— Ela era uma Raven. Nós a expulsamos alguns anos atrás, depois que ela quebrou nossa regra mais importante.

— Qual? — perguntou Vivi, imediatamente preocupada com as regras implícitas que já poderia ter quebrado.

No entanto, Mei apenas abriu um sorriso vago.

— Não se preocupe. Scarlett é sua mentora, ela vai explicar tudo que você precisa saber em suas aulas. Está esperando você na estufa.

— Tudo bem, obrigada.

Vivi percebeu que Mei não queria mais falar sobre o acontecimento, mas não conseguia simplesmente apagá-lo de sua mente, não conseguia esquecer a expressão frenética da garota ou o jeito como se contorcia pelos degraus da entrada, tentando se arrastar para dentro da casa.

Tudo que sabia é que não queria terminar do mesmo jeito, olhando tudo pelo lado de fora.

Vivi nunca havia passado muito tempo em estufas, mas sabia que aquela era extraordinária. Apesar das paredes de vidro, o ambiente era surpreendentemente escuro. E, para onde quer que olhasse, havia plantas enormes esticando-se para fora dos vasos de barro, suas folhas grandes projetando uma infinidade de sombras. Ela respirou fundo, notando a combinação incomum de aromas: lavanda, pimenta, menta, frutas maduras, sálvia e um toque de decomposição.

Outras quatro novatas já estavam sentadas em torno de uma mesa redonda no meio da estufa: Ariana, Bailey, Sonali e Reagan. Vivi levou um minuto para alcançá-las, já que não havia um caminho aberto entre as plantas; ela precisou se curvar sob diversas trepadeiras, e as folhas cobertas de orvalho roçaram sua nuca.

Deslizou para o lugar vago entre Sonali e Bailey no mesmo momento em que Scarlett apareceu segurando uma cesta de palha coberta com um lenço roxo transparente.

— Sejam bem-vindas, meninas — disse Scarlett animada enquanto retirava alguns itens da cesta e os colocava sobre a mesa.

Algumas velas vermelhas achatadas. Uma travessa de prata entalhada. Uma pena preta como a meia-noite. Diante de Vivi, Ariana estremeceu quando Scarlett posicionou o último item — um crânio humano —, mas Vivi quase pulou de empolgação. Era isso. Depois de passar a vida inteira à margem, finalmente aprenderia o segredo mais poderoso e bem guardado do mundo: como fazer magia de verdade.

— Vocês cinco foram convidadas para integrar a Kappa porque nós as achamos promissoras. — O olhar de Scarlett pairou sobre cada uma delas, repousando por mais tempo em Vivi. Por algum motivo, Vivi não achou isso reconfortante. — Mas a habilidade natural não é a única coisa que importa quando o assunto é bruxaria. Magia exige disciplina. Ela pode ser sua melhor amiga. Pode abrir portas, literalmente. Ou pode transformá-las em um perigo para si mesmas e para todos ao seu redor.

Como se para ilustrar o argumento, todas as plantas na estufa começaram a balançar e farfalhar, movidas por um vento invisível. Vivi se assustou ao sentir algo se arrastando sobre seu pé. Ela olhou para baixo e saltou para o lado enquanto algo longo e verde-escuro rastejava à sua frente.

— É apenas uma trepadeira — sussurrou Bailey, observando com os olhos arregalados.

Scarlett estalou os dedos e todas as plantas congelaram.

— Mas, antes de seguirmos adiante, é essencial que vocês entendam e se comprometam com as nossas leis. A primeira é nunca interferir no livre-arbítrio de ninguém... Não muito.

— O que isso significa, exatamente? — perguntou Bailey, piscando por trás dos óculos.

— Significa que feitiços de distração e influência são permitidos, dentro do razoável. Mas nós não usamos feitiços de controle da mente ou qualquer outro que faça uma pessoa se comportar de uma maneira que possa mudar o rumo de sua vida ou machucá-la de alguma maneira — explicou Scarlett. — A próxima lei é que nós não causamos nenhum dano físico a ninguém, a não ser que seja em legítima defesa. E, é claro, a terceira e mais importante lei...

— Nunca trair as outras Ravens — completou Sonali rapidamente.

Scarlett assentiu.

— Essa regra não é apenas sobre magia. Nós protegemos umas às outras, haja o que houver. Essas garotas são suas irmãs. Quando elas precisarem, você as ajudam. Vocês andam em pares à noite, se cuidam durante as festas. Nunca deixem uma irmã voltar para casa sozinha à noite depois de ter bebido e nunca, sob nenhuma circunstância, entrem em um quarto privado durante uma festa de fraternidade. Lembrem-se de que o álcool confunde a razão *e* nossas habilidades mágicas, e sua segurança está acima de tudo.

Scarlett fez uma pausa para que as garotas assimilassem a mensagem e, então, continuou.

— A maior parte da nossa magia vem de feitiços. Vocês irão começar aprendendo os feitiços dos seus próprios arcanos menores, que são feitiços simples, cotidianos. Vamos deixar seus arcanos maiores, feitiços grandes e complexos, para etapas posteriores do treinamento. A primeira coisa de que vão precisar é de um baralho de tarô. — Scarlett tirou oito baralhos de dentro da cesta e os colocou sobre a mesa. — Escolha aquele que mais a atraia.

Alguns dos baralhos eram familiares para Vivi por causa das leituras de sua mãe, com ilustrações sinistras e brilhantes e figuras em poses exageradas. Ela se esticou para tocar um baralho com o verso lilás e ilustrações delicadas em preto e branco. Mas, antes que pudesse pegar as cartas e examiná-las com mais atenção, percebeu algo cintilando pelo canto do olho. Era uma pilha de cartas marrons com desenhos de folhas douradas que brilhavam como joias, embora mal houvesse luz para ser refletida no ambiente. Ela alisou o topo da carta com a ponta dos dedos e expirou enquanto uma sensação estranha e tranquilizadora se espalhava pelo seu corpo, como a de afundar em uma cama surpreendentemente macia.

— Embaralhem as cartas e coloquem as duas do topo sobre a mesa, viradas para baixo — ordenou Scarlett. As garotas obedeceram. — Podem virá-las para cima agora.

Com a mão levemente trêmula, Vivi virou suas cartas e revelou O Louco e A Imperatriz.

— Puta merda — murmurou Bailey ao seu lado.

Vivi espiou para o lado e viu as mesmas duas figuras diante da garota. As novatas trocaram olhares empolgados e nervosos enquanto notavam o que havia acabado de acontecer. Todas elas haviam tirado exatamente as mesmas cartas.

— O Louco representa um ser inocente e ingênuo no início de sua jornada. Essas são vocês agora — disse Scarlett, claramente nem um pouco impressionada com o acontecimento. — A Imperatriz é a deusa encarnada. Essas são as duas forças dos arcanos maiores que vocês precisarão canalizar para realizarem seus primeiros feitiços, mas eu darei desafios diferentes para cada uma, dependendo dos seus respectivos naipes.

— Nós sempre precisaremos das cartas para realizar um feitiço? — perguntou Bailey, ainda hipnotizada com seu novo baralho.

— Não — respondeu Scarlett. — As Ravens mais poderosas podem invocar a magia de qualquer naipe. E, com a prática, todas vocês serão capazes de realizar feitiços dos seus próprios naipes sem as cartas. Pelo menos as que se tornarem Ravens por direito. — Lançou um olhar para Vivi. — Porque algumas, provavelmente, não chegarão tão longe assim. — Ela se virou para Sonali. — Certo, Sonali, você é a primeira. Por favor, vire sua terceira carta.

Sonali obedeceu, revelando a Rainha de Espadas, a mesma carta que ela havia retirado na noite passada.

— Pronta para conjurar a magia de uma Bruxa de Espadas? — perguntou Scarlett. — Repita comigo: "Eu invoco a Rainha de Espadas, sábia que sabe julgar. Dê-me seu poder para o ar conjurar".

Com a voz levemente trêmula, Sonali repetiu as palavras. Nada aconteceu.

— Tudo bem — disse Scarlett, com uma gentileza incomum. — Elas ainda são apenas palavras. Para transformá-las em um feitiço, você precisa dizê-las com mais do que seus lábios e o ar dos pulmões. Precisa sentir as palavras saindo do seu coração. — Era algo que Vivi conseguia imaginar Daphne dizendo para tentar engabelar um dos seus clientes, mas ali, na Casa Kappa, era o bastante para fazer a pele de Vivi formigar.

Sonali respirou fundo e, ao repetir as palavras, sua voz estava firme e alta.

— Eu invoco a Rainha de Espadas, sábia que sabe julgar. Dê-me seu poder para o ar conjurar. — A temperatura na estufa pareceu cair e o ar ficou mais pesado, como nos instantes que antecedem uma tempestade. Vivi poderia jurar que sentiu uma brisa em sua nuca, mas era impossível; todas as janelas da estufa estavam trancadas.

Ainda para a surpresa de Vivi, as plantas ao seu redor começaram a balançar enquanto um vento suave, porém inquestionável, soprava através da estufa, ganhando forças aos poucos até esvoaçar os cabelos de Sonali.

Ninguém falou mais nada. Nem mesmo respiraram até Scarlett sorrir e dizer:

— Muito bem, Sonali. — Como se ela tivesse acabado de defender um saque difícil de tênis, em vez de distorcer as leis da natureza. — Bailey? Por favor, vire sua terceira carta.

Era a Rainha de Paus, do signo de Fogo, que Bailey havia retirado em seu primeiro teste.

— Por séculos, Bruxas de Paus iniciaram seu treinamento mágico com um feitiço simples de invocação do fogo — explicou Scarlett. — Agora concentre sua energia em uma das velas e repita comigo: "A Rainha de Paus eu vou invocar. Use seu poder para iluminar".

Bailey respirou fundo e repetiu:

— A Rainha de Paus eu vou invocar. Use seu poder para iluminar. — A última palavra mal havia terminado de sair de sua boca quando uma fumaça começou a sair do pavio e, momentos depois, a chama da vela à sua frente ganhou vida. Bailey encarou, desacreditada, e abriu um enorme sorriso. — Não acredito que funcionou. Como eu vou encarar as aulas de Física depois disso?

Enquanto Scarlett passeava em volta do círculo de novatas, o coração de Vivi começou a bater tão forte que até respirar estava difícil. Estava desesperada para tentar seu primeiro feitiço e com um medo terrível de que ele não funcionasse, de que descobrissem que era uma fraude, forçando as Ravens a apagarem sua memória.

Ela não poderia voltar à sua vida normal depois de vivenciar algo tão extraordinário.

Quando a vez de Vivi finalmente chegou, sua terceira carta revelou a Rainha de Ouros. Embora já fosse esperado, o poder das cartas ainda a surpreendia.

Scarlett pegou a cesta e tirou de lá um pequeno vaso cheio de terra.

— Você é uma Bruxa de Ouros, logo, sua magia está enraizada na natureza — disse Scarlett, entregando o vaso a Vivi. — Eu plantei uma semente aqui. Quero que você a faça crescer repetindo: "Da Rainha de Ouros eu invoco o conhecimento. Mostre-nos seu poder sobre a morte e o renascimento".

— Tudo bem — disse Vivi, tentando controlar os nervos. — Da Rainha de Ouros eu invoco o conhecimento. Mostre-nos seu poder sobre a morte e o renascimento.

Nada aconteceu.

— Tente de novo — ordenou Scarlett. — Sem pressa. Você está lançando um feitiço, não pedindo um lanche no McDonald's.

Vivi respirou o mais fundo que seus nervos permitiam e repetiu as palavras lentamente. A terra permaneceu absolutamente parada.

Scarlett cruzou os braços, parecendo irritada.

— Você sabe como é a sensação de conectar-se com sua própria magia?

Vivi se lembrou do momento em que a vela de faíscas ganhou vida, da energia que fluiu em suas veias. Outra lembrança apareceu em sua mente de fininho, sem ser chamada. O toque de Mason em seu braço. A mesma faísca. Com a garganta apertada, preocupada que Scarlett talvez fosse capaz de espiar sua mente e encontrar seus pensamentos de traição, Vivi se forçou a assentir.

— Então invoque este sentimento de novo.

Vivi fechou os olhos, tentando não se importar se iria parecer ridícula. Ela acessou a memória das faíscas mais uma vez. Lembrou-se da forma como seus dedos tinham formigado. Da mesma forma como fizeram quando tocara as cartas de tarô na noite anterior.

Parecia eletricidade estática, ou como quando ela acidentalmente encostara na cerca elétrica em volta do lago perto da casa onde morava no Oregon. Isso fez sua cabeça coçar. A coceira desceu pelo pescoço, espalhando-se pelos braços e pela coluna, como um milhão de calafrios ao mesmo tempo.

— Agora, concentre-se — comandou Scarlett. Sua voz parecia vir de um lugar muito, muito distante. — Pense no que você quer ver acontecer. *Acredite* que irá acontecer.

Vivi sentiu algo vibrando em seu peito e, quando começou a falar, sua voz saiu imponente e poderosa.

— Da Rainha de Ouros eu invoco o conhecimento. Mostre-nos seu poder sobre a morte e o renascimento.

O vaso estremeceu levemente, e Vivi o segurou com mais força. Ela conseguia quase sentir um pulsar fraco, como a batida de um coração, e uma imagem apareceu em sua mente: uma semente trêmula com raízes delicadas se desenrolando.

Vivi abriu os olhos. Suas mãos tremiam, sua energia fora sugada. Era como se tivesse acabado de correr uma maratona. Mas, diante dela, havia um brotinho, da altura de um dedo mindinho, com uma única folha verde no topo. Uma planta que ela fizera crescer com magia.

Vivi estava tão radiante depois da primeira aula que levou horas até que finalmente parasse de sorrir. Nem mesmo a atitude fria de Scarlett conseguia reduzir seu astral. Alguém dizer que você é uma bruxa era uma coisa. Realizar magia verdadeira era outra completamente diferente. Seu sorriso bobo ficou ainda maior enquanto ela imaginava o que poderia fazer com seus poderes. Poderia preparar pratos sofisticados sem nunca ter que aprender a cozinhar? Transformar seu dormitório em uma cobertura de luxo? Deixar sua colega de quarto invisível?

Mas, naquele momento, sentada na biblioteca de ciências com as outras garotas às três da manhã, ela sentiu sua empolgação começando a se dissipar. Para a segunda parte do treinamento, Scarlett ordenou que estudassem livros de feitiços que haviam sido encantados para que parecessem livros de química orgânica maçantes e cheios de orelhas aos olhos de pessoas comuns.

— Vocês têm vinte e quatro horas para memorizar cada feitiço deste grimório — havia dito Scarlett. — Amanhã à noite, no mesmo horário, me encontrem aqui para o próximo teste.

Diferentemente do resto do campus histórico, a biblioteca de ciências era moderna e sem alma, um retângulo de catorze andares. Cada andar era pintado de uma das cores da escala de pH. Elas estavam em uma mesa no primeiro andar, e eram as únicas estudantes à vista. Ninguém mais precisava virar a noite estudando durante a primeira semana de aulas. Até o bibliotecário já havia ido embora.

— É humanamente impossível decorar tudo isso em uma noite — disse Reagan, fechando o livro, frustrada.

— É muito mais divertido do que química orgânica de verdade, acredite — comentou Bailey, estudando o grimório com admiração. Ela apontou para um feitiço impresso em tinta dourada acima de um trio de cartas de tarô reluzentes que lembravam a Vivi um manuscrito medieval iluminado. — Esse é o feitiço para silenciar a voz de um inimigo. Já pensou nisso?

— Queria poder usá-lo na minha colega de quarto — disse Reagan, inclinando-se para poder ver melhor. — Ela liga para o namorado no Texas toda noite e passa horas contando os detalhes banais da sua vida sem sentido.

— Isso é meio cruel, não acha? — pontuou Sonali.

Reagan a encarou.

— Ela conta tudo o que comeu naquele dia para ele. Literalmente *tudo*, tipo, "Fui até o refeitório e comi cereal com meia banana, e no almoço eu fui naquela loja de bagels, mas eles não tinham o de canela com passas, daí eu".

— Meu Deus, chega — Sonali a interrompeu enquanto massageava as têmporas. — Você tem razão. É insuportável.

— Eu nem sei que língua é essa — Ariana disse, sonolenta, enquanto franzia o cenho para o grimório. — É grego antigo?

— Acho que sim — respondeu Sonali, aproximando-se para ver melhor. Diferentemente das outras, ela parecia ficar mais pilhada conforme a noite passava, sussurrando para si mesma enquanto se debruçava sobre os feitiços. — Minha mãe foi uma Raven, mas nunca comentou nada sobre ter que memorizar um livro de feitiços inteiro em uma noite. Talvez tenha bloqueado isso da memória?

— Ou talvez não quisesse te deixar com medo de se candidatar? — comentou Bailey enquanto fechava os olhos e movia os ombros para trás algumas vezes.

Sonali soltou uma risada.

— Acho difícil. Isso era, tipo, o assunto número um das nossas conversas. Ela sempre deixou bem claro que, se eu não recebesse um convite, seria deserdada.

— Isso é perda de tempo, acredite — disse Reagan, bocejando. Ela se espreguiçou, fazendo com que sua blusa curta subisse ainda mais. — Minha mãe e minhas tias são bruxas brilhantes, e acho que elas nunca memorizaram nenhum feitiço. Uma vez que você aprende a controlar sua magia, nem precisa mais olhar para um livro.

— Como foi crescer entre bruxas? — perguntou Bailey, repentinamente alerta de novo.

Reagan deu de ombros.

— Eu não sei como é a vida de outro jeito.

De repente, o celular de Vivi vibrou, pegando-a de surpresa. Ninguém nunca ligava para ela. Principalmente no meio da noite. Mas, quando viu o nome na tela, agarrou o celular e correu para uma fileira de cadeiras do outro lado da sala.

— Mãe? — sussurrou, enquanto corria para longe da mesa e entrava em um corredor escuro. — Está tudo bem?

— Querida, acabei de ver suas mensagens. — Havia um som crepitante do outro lado da linha que soava como ondas. — Desculpe por não ter ligado antes. Estou tentando uma técnica nova de meditação imersiva que...

— Mãe — interrompeu Vivi. — Por que você nunca me contou que eu sou uma bruxa?

Uma longa pausa se arrastou.

— Mãe, você ainda está aí? — Vivi se aproximou de uma janela, esperando que o sinal do celular melhorasse. Aquele lado da biblioteca dava para um emaranhado de árvores e um pequeno pátio cercado por prédios administrativos.

— Eu contei, Vivi. Você só não estava pronta para escutar.

Você é especial, Vivi. Você é cheia de magia. Daphne havia passado toda a infância de Vivi repetindo frases assim. Vivi apenas não sabia que era *verdade*.

— Isso significa que você também é uma bruxa?

— Eu tenho algumas... habilidades elevadas, mas meus poderes não são nada se comparados com os seus, querida.

— Por que você escondeu esse segredo de mim? — rebateu Vivi, tremendo de frustração repentinamente. — Tem uma irmandade inteira aqui cheia de bruxas, e talvez eu não passe no teste porque não sei o que diabos estou fazendo.

Daphne ficou em silêncio por tanto tempo que Vivi pensou que sua mãe tivesse desligado.

— Mãe? Tá aí?

— Vivian, me escute: existem muitas formas de ser uma bruxa. Não caia no truque de achar que só existe um caminho a seguir.

— O caminho delas parece muito melhor do que o seu. — Vivi sabia que aquilo iria magoá-la, mas estava irritada demais para se importar. — Essas garotas são incríveis. Elas vão comandar o mundo um dia. Acho que algumas delas já estão fazendo isso.

Houve outra pausa longa.

— Precisa tomar muito cuidado, Vivi. Não sabe o que o poder faz com as pessoas. Eu já vi. Você não pode confiar em nenhuma dessas tais bruxas de irmandade.

Vivi sentiu uma onda de fúria atravessando seu nevoeiro de exaustão.

— Pelo menos tiraram um tempo pra me contar que eu *sou* uma bruxa. Agora, me parece que são elas que estão cuidando de mim.

Enfurecida, ela desligou.

As Ravens não eram o problema. Daphne era, como sempre fora.

Vivi estava prestes a se juntar às outras novatas quando algo do lado de fora arranhou a janela. Assustada, ela se virou e curvou a cabeça para olhar mais de perto, mas não encontrou nada além das sombras dos galhos de árvore.

Alguns segundos depois, o barulho se repetiu, mas não havia sinal de movimentação nos galhos.

— Que diabos é isso? — murmurou.

Ela estava quase se aproximando mais um pouco quando algo bateu contra o vidro em um baque macabro. Vivi pulou para trás, com o coração acelerado. Assustada, percebeu que era uma mariposa, a maior que já havia visto. Ela batia as asas furiosamente contra o vidro, com tanta força que os batentes tremiam. Suas asas eram marrom-claras, com uma forma branca no meio.

Uma forma que parecia exatamente uma caveira sorrindo.

Vivi engasgou e derrubou o celular, que patinou pelo chão liso. Antes que pudesse alcançá-lo, as luzes fracas no teto piscaram e se apagaram, afogando o corredor em uma escuridão total.

— Merda. — Com um gemido, Vivi se abaixou e começou a tatear o chão, torcendo para que seus dedos tocassem algo que poderia ser o celular. — Sonali? Ariana? — chamou. — Vocês estão aí?

Talvez as garotas tivessem passado tempo demais paradas, e os sensores de movimento tivessem se desativado. No entanto, as janelas enormes também estavam escuras; as luzes no pátio haviam se apagado, assim como as que iluminavam a torre do sino. Uma sensação estranha tomou conta de Vivi enquanto ela esperava seus olhos se ajustarem. Mas a escuridão era intensa demais, completa demais; era como se estivesse trancada em uma sepultura debaixo da terra.

— Ariana! — gritou.

Uma cadeira se arrastou à distância.

— Vivi? — chamou Ariana. — Onde você está?

— No corredor. Eu... Eu acho que não estamos sozinhas — Vivi gritou de volta com a voz trêmula. Ela se lembrou da garota que havia aparecido na Casa Kappa, da loucura em seus olhos arregalados. — Deixei meu celular cair e não consigo enxergar nada.

— Fique aí. Estamos indo!

Mas, antes que as garotas pudessem alcançá-la, a porta de entrada da biblioteca abriu com um estrondo.

— Quem está aí? — gritou Vivi, encostando-se contra a parede. — O que você quer? — Ela tateou desesperadamente, tentando mapear os arredores. Então seus ombros foram agarrados bruscamente por um par de mãos, e Vivi gritou a plenos pulmões.

— Feliz Semana do Trote, bruxas! — um coral de vozes gritou em seus ouvidos.

As luzes se acenderam, todas de uma vez. Scarlett, Tiffany, Mei e Dahlia estavam diante dela, ao lado das outras estudantes mais velhas da irmandade. Todas estavam rindo enquanto Vivi e as outras novatas, que tinham acabado de chegar no corredor, ficaram bestas, piscando para as luzes fortes.

— Esta semana, ordenaremos que façam coisas impossíveis — disse Scarlett. Desta vez, seu sorriso era brilhante e genuíno. Contagiante.

Apesar do seu pulso ainda acelerado, Vivi também abriu um sorriso.

— Se vocês não aguentarem, nunca mais poderão sequer falar sobre magia. — O olhar de Scarlett se fixou em Vivi. — Mas, se sobreviverem a esta semana, talvez já estejam prontas para se tornarem bruxas.

Capítulo
Doze

Scarlett

— Você quer que eu faça *o quê?* — Vivi perguntou, boquiaberta.

Scarlett a observou calmamente e explicou.

— O reitor Sanderson repreendeu Hazel por ter protestado contra o fato de que só haverá palestrantes homens na programação do Seminário de Boas-Vindas.

— Isso é horrível, mas não me parece um motivo para... Quer dizer, a gente não pode simplesmente pintar o prédio da administração de rosa? Boicotar o Seminário? — questionou Vivi.

Scarlett fez uma pausa dramática, e em seguida acabou com a discussão.

— Nós protegemos nossas irmãs acima de tudo. E é por isso que eu quero que você me traga o coração do reitor.

— Mas pensei que não deveríamos machucar ninguém — Vivi disse, cuidadosamente, observando Scarlett com olhos atentos, como alguém que tem medo de irritar um assassino perigoso.

Scarlett não conseguiu evitar. Os cantos de sua boca tremeram até se abrirem em um sorriso fraco.

Vivi suspirou enquanto suas bochechas coravam.

— Ah. Era só uma piada.

Scarlett caiu na gargalhada.

— Você tinha que ter visto a sua cara. — Ela nunca havia encontrado uma bruxa tão inocente. E, pelo que parecia ser a milésima vez, perguntou-se como alguém que sempre parecia tão assustada poderia ter feito Mason se esquecer do seu compromisso. Em parte, Scarlett sabia que estava sendo injusta, mas algo naquela garota não lhe descia, e não só por tê-la visto conversando com Mason. De certa forma, ela era muito ansiosa. Muito inocente, muito... livre. Passara a vida inteira sem o peso da expectativa. Tudo aquilo era novo e empolgante para ela. Scarlett não sabia dizer se a invejava ou a odiava por isso. Tudo que sabia é que aproveitaria cada segundo da Semana do Trote.

Scarlett apontou para a escada.

— Segundo andar, terceira porta à esquerda. Faça um trabalho impecável.

— O quê?

— Nosso banheiro. Essa é a sua tarefa.

A vergonha na expressão de Vivi se desfez, dando lugar a um olhar penetrante.

— Me deixe adivinhar: vou ter que limpar tudo usando apenas uma escova de dentes?

Scarlett encarou a garota, séria e descontente.

— Não, Vivian, você deve usar magia.

Vivi ficou ali por mais um segundo, hesitante.

— Não se preocupe, a Murta Que Geme não vai estar lá — disse Scarlett. Viu uma pontada de preocupação atravessar o rosto de Vivi, como se realmente esperasse que a fantasma que vive no banheiro de Hogwarts estivesse morando na casa da irmandade.

Ela esperou até que Vivi marchasse escada acima para trocar sorrisos com Tiffany, que estava jogada ao seu lado no sofá. Tiffany a aplaudiu lentamente.

— Você é cruel — comentou.

— Por que acha que somos amigas?

Tiffany deu um soquinho no ombro dela.

— O que aguarda a nossa garotinha, aliás? Você preparou sangue ou insetos? — perguntou Tiffany, olhando para a escada.

— Mofo — respondeu Scarlett, sentindo-se envergonhada por ter pegado tão leve. Se Gwen não tivesse aparecido na noite de terça-feira, Scarlett provavelmente teria criado um feitiço assustador em vez de um tão sem graça, tipo fazer algo do qual Vivi tivesse medo que rastejasse para fora da privada. Mas, levando em conta tudo que acontecera naquela noite, ela simplesmente... não conseguira.

Tiffany torceu o nariz, julgando-a.

— Não me diga que você está ficando boazinha, Winter.

— Jamais. Eu só quero fazer com que ela se sinta segura antes de começar a atacar. — Tiffany assentiu, sem parecer totalmente convencida. — Onde está sua Mais Nova? — Scarlett ainda não vira Ariana naquele dia.

As outras novatas estavam ocupadas demais cumprindo tarefas para suas Mais Velhas — todas elas, exceto Bailey, que dera sorte de ter Etta como sua Mais Velha. As duas tinham passado o dia inteiro juntas na cozinha, cochichando e misturando uma poção de relaxamento capilar que Etta estava ansiosa para testar.

— Mandei que ela enfeitiçasse os garotos da Alpha Tau Pi.

— Isso vai deixar a Dahlia furiosa — comentou Scarlett. Dahlia era o tipo de presidente que gostava de saber (e controlar) tudo que acontecia na casa. Se alguém planejava sair do roteiro, era sabido por todas que deveria contar para ela primeiro. — A não ser que eles tenham feito alguma coisa e você só esteja dando o troco...

— Relaxa. O feitiço que eu passei para ela é uma pegadinha. — Tiffany sorriu. — Ele só vai fazê-la alucinar acreditando que suas mãos estão cobertas de sangue durante a próxima hora.

Scarlett soltou uma risada.

— *Você* que é cruel.

Sua melhor amiga assumiu uma expressão inocente.

— Só estou tentando ensinar minha Mais Nova sobre a importância das leis da magia. Se amaldiçoa alguém, quase sempre algo voltará para você.

Scarlett suspirou.

— Quando você toca o mal, ele também a toca de volta. — Ainda conseguia escutar a voz de Minnie em sua mente, mesmo depois de tanto tempo.

Tiffany correu o olhar pela sala. Elas estavam sozinhas.

— Scar, você precisa parar de ficar obcecada com isso. Já ficou no passado — murmurou.

— Não ficou, não, Tiff. Está no presente e bem aqui, neste campus. A Gwen *voltou*. Eu não consigo parar de pensar no rosto dela naquela noite. Ela parecia tão descontrolada, tão desesperada. — Scarlett franziu o cenho. Pensou em todas as coisas estranhas que haviam acontecido desde que retornara ao campus. O colar na sacada. Os passos a seguindo na floresta. As cartas de tarô na porta. Seria possível que Gwen estivesse por trás de tudo aquilo?

— Depois do... *surto* que ela teve, não há nenhuma chance de se atrever a chegar perto da gente de novo — afirmou Tiffany. Ela apertou seu rabo de cavalo. — Nunca vou entender como ela foi aceita na Kappa, para começo de conversa. Qualquer um conseguia ver que ela era uma piranha.

Mas as palavras de Tiffany só deixaram a carranca de Scarlett ainda maior. Scarlett realmente havia gostado de Gwen no começo. Ela não possuía os anos de treinamento que Scarlett tivera. E seu estilo era mais casual do que refinado, mas ela era inteligente, poderosa e tinha uma língua ácida que sempre fazia Scarlett morrer de rir — até ela se virar contra a melhor amiga de Scarlett. Gwen também era de Espadas, e ela e Tiffany sempre estiveram em uma espécie de competição implícita para decidir quem seria a Espadas mais forte na casa. A coisa ficou muito feia no final.

— Não consigo parar de pensar naquela imagem; era quase como se ela estivesse sendo estrangulada. — Scarlett se contorceu.

— Nossa magia fez aquilo.

— Você se lembra do que ela fez comigo, né? — resmungou Tiffany.

— Eu sei, Tiff.

— Se nós não a tivéssemos impedido, vai saber o que ela teria feito, quem mais poderia ter machucado? — Tiffany segurou as mãos de Scarlett. — Scar, o que aconteceu com a Harper foi horrível, mas graças a Deus ninguém mais se machucou.

A mente de Scarlett correu de volta para o seu primeiro ano de faculdade, durante uma festa qualquer na Psi Delta. Para o dia sobre o qual tentava nunca pensar. O dia em que Harper morrera. Havia começado como qualquer outra festa. Gwen estava na sacada observando o quintal da fraternidade e Harper se juntou a ela.

Tudo aconteceu rápido demais. Havia muita magia. Muito terror. E de repente...

Tudo que ela lembrava era do rosto de Harper. Seu grito tenebroso. O medo em seus olhos enquanto a sacada despencava até o chão.

No minuto seguinte, já estava morta.

E a culpa era de Scarlett e Tiffany.

— Foi um acidente, Scarlett — sussurrou Tiffany. — Nada poderia trazer Harper de volta. E nós garantimos que Gwen nunca mais machucasse ninguém.

E nunca contasse para ninguém o que nós fizemos.

Scarlett suspirou.

— É só que... Às vezes eu não consigo deixar de pensar que... — *Quando você toca a morte, ela a toca de volta.* — Talvez a gente devesse tê-la mantido aqui — completou.

Tiffany lhe lançou um olhar incrédulo.

— Onde? Trancada no porão? Você é mesmo muito cruel, irmã.

— Não, quer dizer, a gente poderia ter lançado outro feitiço, banido-a do campus. Ou...

— Se lançássemos ainda mais magia sobre ela, acho que não teria sobrevivido — interrompeu Tiffany.

— Mas e se o que nós criamos for pior do que o que ela era antes? — perguntou Scarlett, verbalizando seus medos.

— Impossível — Tiffany afirmou. — Você se preocupa demais, Scar. Talvez seja você quem deveríamos enfeitiçar.

— O quê? — Scarlett levantou o rosto prontamente.

— Você está tendo pesadelos — disse Tiffany em um tom gentil. — Talvez um pequeno feitiço de esquecimento possa ajudá-la a se acalmar.

Scarlett balançou a cabeça. Por mais que quisesse esquecer, não gostaria de ser pega de surpresa. Se Gwen aparecesse novamente, Scarlett precisava estar preparada.

— Tudo pronto — anunciou Vivi gritando do topo da escada.

Scarlett se assustou — havia se esquecido completamente de sua Mais Nova — e se levantou de um pulo.

— Vamos ver.

Ela lançou um olhar para Tiffany, que já estava se levantando. Provavelmente para limpar o sangue mágico das mãos de sua Mais Nova.

— Ei, Scarlett. Tente relaxar, certo? Nada irá nos atingir.

Scarlett assentiu brevemente para Tiffany antes de subir as escadas para se juntar a Vivi. Para sua surpresa, a Mais Nova não estava brincando. O banheiro estava impecável, de cima a baixo. A banheira brilhava; os pés e a torneira, reluzentes como ouro. A pia não tinha mais as manchas de produtos de beleza em torno da bacia e até mesmo o espelho havia sido polido de maneira que o reflexo de Scarlett parecia brilhar.

— E aí? — Vivi se balançava de nervosismo com os cotovelos dobrados, como se esperasse um tapinha nas costas ou uma recompensa.

Scarlett não daria nenhuma das duas coisas.

— Você esqueceu uma mancha — disse Scarlett.

— Onde? — perguntou Vivi, assustada.

Mas Scarlett já estava concentrando sua força, tocando a magia de Ouros da irmã. Com um sussurro, ela passou a mão por toda a parede de azulejos ao lado da banheira, e o mofo verde e gosmento se espalhou por debaixo de sua palma. Ele seguia o caminho traçado pela mão de Scarlett por todo o cômodo, até a porta.

— Quando terminar, arrume-se para a festa na PK hoje à noite — avisou Scarlett por cima do ombro. — E me faça um favor: não dê as caras parecendo uma apresentadora de programa infantil. Chega um ponto em que uma pessoa é tão fofa que você tem vontade de matá-la, sabe? Use magia para tentar subir o nível, certo?

Tecnicamente, era função de Scarlett arrumar Vivi para a festa, cujo tema era James Bond, o que significava smokings para os garotos e glamour para as garotas. Algumas Mais Velhas vestiam suas Mais Novas como se fossem suas Barbies, e Scarlett sabia que era sua responsabilidade garantir que Vivi fosse para a festa se parecendo bem menos, bom, com ela mesma. Mas, no fundo, tudo o que queria era fazer Vivi desaparecer. Uma voz no fundo de sua mente — a voz de Minnie — sabia que aquilo não era certo. Sabia que aquela não era a forma como a própria Scarlett fora tratada quando ainda era uma novata. Sabia que não era a atitude de uma líder de verdade.

Quando Scarlett era uma caloura, Dahlia a levara para o seu quarto no andar de cima e a arrumara para sua primeira festa. Dahlia havia levantado a mão e a abaixado rapidamente.

— Não conte a ninguém que eu lhe disse isso, mas eu não mudaria nada em você. As Winters são realmente tudo o que dizem. Perfeitas. — E, logo depois, acrescentou: — O tempo nos dirá se você é tão poderosa quanto é bonita.

Se ao menos ela soubesse.

Scarlett deixou Vivi no banheiro e foi para o seu quarto, aproximando-se do pequeno altar que havia organizado debaixo da janela. Independentemente do que Tiffany dissesse, havia algo por trás daquele retorno de Gwen. Ela deveria ter um motivo para tentar voltar à Casa Kappa. E Scarlett não conseguia parar de pensar em seus horríveis ganidos de engasgo.

O que ela estava tentando dizer? Será que estava tentando… contar?

Scarlett pegou de seu altar a tigela de vidência feita de puro ônix preto. Ao lado, mantinha uma jarra de água coletada do córrego que passava atrás da casa, energizada sob a lua cheia. Encheu a tigela e se sentou de pernas cruzadas em frente ao altar, de olhos fechados, inspirando pelo nariz e expirando pela boca, enquanto visualizava uma luz dourada limpando o ambiente.

Depois de mais algumas respirações, ela abriu os olhos e observou o interior da tigela aninhada em suas mãos. O objeto de ônix lentamente se aquecia sob seu toque, e a superfície da água ondulava com sua respiração.

— A Rainha de Espadas e a Estrela vou invocar — sussurrou para a magia em suas veias, e o ar estalou. — Para, de longe, os pensamentos de minha inimiga revelar.

Por um segundo, nada aconteceu.

Então, todas de uma vez, as luzes no quarto se apagaram. A claridade atravessando a janela era suficiente apenas para que Scarlett pudesse ver as coisas terríveis que estavam acontecendo.

Algo se esgueirou sobre suas mãos, que seguravam a tigela.

Com um grito, ela a derrubou, entornando um líquido viscoso que sujou o carpete. Parecia escuro e sangrento, visceral. Enquanto observava, a coisa se espalhava, escorrendo pelo carpete, manchando as paredes, suas mãos, seus braços.

Ela foi tomada por uma sensação horrível e gélida. A coisa agarrou seus pulsos, arrastando-se profundamente em suas veias. Por mais assustada que estivesse, Scarlett reconhecia a sensação. Já havia esbarrado naquilo antes, embora nunca tão ferozmente. Era pior que raiva, pior que ódio.

Era *repulsa*. Pura e simplesmente.

— O que é isso? — perguntou Vivi, sua voz maravilhada e assustada ao mesmo tempo.

Scarlett ofegou e lutou contra a magia, rompendo-a. A ilusão se estilhaçou. De uma vez, as luzes cintilaram sobre elas. O frio se desfez, e Scarlett estremeceu. As manchas de sangue no carpete e em suas mãos também desapareceram, revelando apenas a água límpida de primavera encharcando o chão. E à porta estava Vivi, que, aparentemente, vira tudo.

— Você está bem? — Vivi se aproximou com as sobrancelhas franzidas de preocupação. — Quer que eu busque ajuda?

— Estou bem — respondeu Scarlett com a voz rouca, quase como um rosnado. Ela tossiu e balançou a cabeça, tentando se limpar. Não deveria ter sido tão impaciente. Deveria ter esperado Vivi ir embora antes de tentar o feitiço. Era a segunda vez que a novata havia visto algo que não deveria. E, desta vez, a situação poderia ter sido evitada. Não cometeria o mesmo erro novamente. Scarlett se virou.

— Anda. Vai se arrumar — comandou.

— Scarlett...

Ao se virar, viu que Vivi ainda permanecia ali com uma expressão preocupada. Por algum motivo, aquilo enfureceu Scarlett mais do que todo o resto. Talvez porque a expressão de Vivi beirava a *pena*.

— Eu disse *fora*!

CAPÍTULO
TREZE

Vivi

A Casa PK correspondia com exatidão à imagem que Vivi fazia de uma casa de fraternidade. O exterior era basicamente feito de tijolos vermelhos, com colunas brancas grossas e letras gregas proeminentes estampadas sobre o pórtico. No quintal havia um banco verde, pintado com tinta spray, uma mesa de pingue-pongue detonada no gramado, e o que parecia ser uma cueca embolada nos arbustos que cercavam a frente da casa. O ar que exalava da porta aberta tinha um leve cheiro de cerveja quente e garotos, e a música pulsava através das janelas.

Vivi respirou fundo e enrijeceu a postura. Ela já havia passado por sua primeira festa oficial, mas esta era a primeira com garotos da universidade. Reunia membros das quatro irmandades e fraternidades mais importantes: Psi Delta Lambda, Kappa Rho Nu, Theta Omega Xi e PK, que Vivi descobrira ser a fraternidade de Mason. Só a ideia de poder vê-lo novamente fez seu estômago se revirar em uma combinação de empolgação e vergonha. Será que ele havia percebido que ela usara suas táticas patéticas para tentar flertar com ele? Era por isso que ele agira de forma tão estranha e apressada quando Scarlett chegara? Por um momento, a ideia de entrar na Casa PK parecia mais assustadora do que realizar magia pela primeira vez — se ela não conseguia conversar com um único garoto sem passar vergonha, o que faria em uma casa cheia deles?

Ainda que aquela fosse sua primeira festa mista, era também a primeira vez que chegava em algum lugar com todas as outras Kappas. No momento em que Vivi botou os pés no ambiente com suas novas irmãs, ela entendeu como era se sentir poderosa de verdade. A festa inteira parou e todos os olhares se voltaram para elas. Mas não eram olhares raivosos ou desconfiados. Estes Vivi já estava acostumada a receber, sendo a eterna garota nova. As pessoas as olhavam com desejo. Como se estivessem dispostas a fazer qualquer coisa para *ser* uma delas.

Scarlett havia tomado um chá de sumiço durante os preparativos para a festa, então, antes de saírem da Casa Kappa, Mei havia puxado Vivi para o seu quarto para examiná-la minuciosamente.

— É um caso perdido? — perguntou Vivi, nervosa, olhando para a roupa que havia escolhido depois de pedir ajuda a Ariana. — Faça sua mágica. Me dê o que eu preciso.

Mei sorriu.

— Não está tão horrível assim. Acredite.

Vivi a olhou desconfiada.

— Claro, contanto que eu não fique parada ao seu lado em nenhum momento esta noite.

Mei fechou os olhos e sua maquiagem elaborada e penteado desapareceram, deixando-a com o rosto ainda lindo, porém limpo e sem nenhum encantamento.

— Essa é a minha pele natural — disse enquanto se aproximava para tocar o braço de Vivi. — Essa é a *sua* pele natural. Aceite-a. Domine-a. Mude-a, se você quiser. É seu instrumento, mas não algo que a define. Você é quem a define, a escolha é sua. É isso que significa ser uma Raven.

No fim, Mei lhe deu uma leve "polida", como ela chamou, usando encantamentos simples para alongar os cílios de Vivi, adicionar um brilho extra ao seu cabelo e alterar sua calça jeans para que ela ficasse mais justa nos quadris e nas pernas. Não era nada que Vivi não conseguiria alcançar sozinha, gastando bastante no salão de beleza e na costureira, mas ela nunca tivera o dinheiro ou a vontade para fazer qualquer coisa daquele tipo. Sem contar que também nunca tivera um lugar para ir ou uma companhia que justificasse o trabalho. Mas as pequenas mudanças foram o bastante para que Vivi se sentisse uma pessoa completamente diferente. Em vez de perambular de cabeça baixa, tentando evitar chamar atenção, Vivi entrou na festa de cabeça erguida.

Duas novatas da Theta que Vivi reconheceu das aulas de Biologia sorriram e acenaram com os olhos brilhando de esperança. Quando Vivi sorriu e acenou de volta para elas, as duas riram e sussurraram entre si, como se tivessem sido cumprimentadas por uma celebridade. Ao seu lado, Reagan estava fingindo ignorar os membros da PK que a secavam do sofá enquanto ela dava um espetáculo, jogando os cachos longos e ruivos sobre os ombros.

Os olhos de Bailey brilhavam por trás dos óculos, e até mesmo Sonali, que normalmente era mais reservada, parecia relaxada enquanto as garotas caminhavam pelo local.

— Vou ficar mal-acostumada — sussurrou para Vivi enquanto começava a mexer os quadris no ritmo da música.

— Eu também — respondeu Vivi, tentando ignorar uma pontada de insegurança. — Se eu for reprovada na Kappa, espero ainda lembrar como me senti descolada por uma semana.

— Ah, sem essa — rebateu Reagan com um sorriso irritado. — Você *não vai* ser reprovada.

— Não sei, não. Scarlett parece estar determinada a me fazer desistir.

— Não é nada pessoal. É só a Semana do Trote. Tiffany me fez alucinar com sangue — Ariana comentou, tremendo levemente.

— Queria saber como ela fez isso — comentou Bailey, curiosa. A revelação da existência de magia havia dado um curto-circuito em seu cérebro de cientista e ela parecia estar tratando todo o processo de iniciação como um grande experimento.

— Como estão as coisas para você, Reagan? — perguntou Vivi. Das suas quatro amigas novatas, Reagan era a que Vivi mais tinha dificuldade de se aproximar. Ela era de uma família renomada de bruxas do Sul que nunca haviam estudado em Westerly, porém carregavam um poder notável.

— Tudo bem — respondeu dando de ombros enquanto analisava o ambiente, claramente mais interessada nos garotos da fraternidade do que em falar sobre seu treinamento. — Eu comecei a fazer esse tipo de feitiços desde que aprendi a andar.

— Sorte a sua. Scarlett jogou todo o mofo do banheiro em cima de mim. — Vivi hesitou ao se lembrar do que havia acontecido no quarto de Scarlett. Ela não conseguia apagar a imagem do rosto apavorado de Scarlett enquanto a mancha esquisita se espalhava pelos braços dela. Só de pensar, sua nuca já se arrepiava da mesma forma como quando Daphne a deixara sozinha na casa vitoriana caindo aos pedaços que elas tinham alugado certa vez em Baton Rouge e Vivi havia escutado barulhos estranhos vindos do sótão.

— Eu vi uma coisa um pouco... estranha. Scarlett estava fazendo um feitiço e acho que ele se voltou contra ela ou alguma coisa assim. Algo que parecia sangue estava se arrastando pelos braços dela.

Sonali arregalou os olhos.

— Tem certeza? Isso me parece magia perversa.

Magia perversa. As palavras descreviam perfeitamente o que Vivi havia sentido no quarto de Scarlett, a estranha combinação de ameaça e poder, como se milhares de cobras invisíveis pairassem no ar, esperando a hora de dar o bote.

— Não sei. Será que Scarlett realmente faria magia perversa? — perguntou Vivi. Sua Mais Velha certamente tinha um jeito de menina malvada, mas o fato de ser uma implicante que se esforçava mais em arrumar o cabelo do que em treinar sua Mais Nova não significava que fosse cruel.

— Só se for para ganhar um desconto no shopping — disse uma voz falsamente doce.

Scarlett. *Merda.*

Como sempre, ela estava absolutamente perfeita. Sua pele marrom brilhava como ouro. Seu cabelo caía em ondas sobre o rosto. O vestido de renda rosado era perfeitamente acinturado. Ela segurava uma taça de coquetel de verdade, diferente dos copos de plástico vermelho em que todas as outras pessoas bebiam.

— Não, você tem razão, sinto muito — disse Vivi, voltando atrás imediatamente. — Eu só não tenho muita certeza do que vi.

— Hummm. — Scarlett entortou a cabeça para o lado. — Bom, é melhor manter os assuntos da irmandade *na* irmandade, a não ser que você jogue um feitiço de distração antes. O que, obviamente, ainda não sabe fazer.

As bochechas de Vivi começaram a queimar.

— Certo, sim, entendi. Não vai se repetir.

— Muito bem. — Com isso, ela passou pelas novatas e foi se juntar a Dahlia e Tiffany, que conversavam com um grupo de rapazes que as admiravam.

Incluindo Mason.

Vivi desviou os olhos antes que ele pudesse notá-la encarando.

— Ai — grunhiu enquanto se voltava para as outras. — Não acredito que acabei de fazer isso.

— Nem foi tão ruim assim — afirmou Ariana.

Reagan gargalhou.

— Desculpe, mas ela acabou de acusar a Mais Velha dela de praticar magia perversa. Foi bem ruim.

Vivi enterrou o rosto nas mãos.

— Vamos lá. Você precisa de uma bebida — encorajou Bailey, entrelaçando seu braço com o de Vivi. — E eu preciso conversar com aquele sósia do Drake perto da mesa de pingue-pongue.

Vivi deixou que Bailey a arrastasse até a área dos drinques. Ela estava esperando uma mesa de madeira maltratada e cheia de garrafas de vodca barata, mas a Casa PK tinha um bar de verdade, feito de carvalho reluzente, que cercava uma das quinas na sala. Havia várias torneiras de cerveja, dezenas de garrafas de licor e bebidas coloridas das quais Vivi nunca havia ouvido falar. O único vestígio de que estavam em uma festa de fraternidade, e não em um bar no centro de Savannah, eram os copos plásticos vermelhos. Três calouros comandavam o bar e, conforme Vivi percebeu, serviram quantidades mais generosas para Hazel e Etta do que para duas garotas bonitas da Casa Theta.

— O que você vai querer? — Um garoto fofo de pele marrom e olhos castanhos se inclinou sobre o balcão e sorriu para Vivi.

Vivi não tinha a menor ideia. Nunca havia pedido bebida.

— Cinco doses de tequila — respondeu Reagan com um sorriso malicioso.

— Reagan, não — resmungou Ariana.

— A gente precisa disso. É nossa primeira festa. Praticamente um ritual de passagem.

— O quê? Ficar bêbada e passar mal? — apontou Sonali.

— Ainda bem que eu já sou especialista na arte de limpar banheiros — brincou Vivi.

— Vamos querer cinco julepes de menta — disse Ariana, ignorando Reagan, que revirava os olhos, enquanto entregava um copo plástico para cada uma das garotas e o barman preparava os drinques.

Quando pegou seu copo, Vivi deu um gole hesitante e fez uma careta.

— Tá bom, desculpe, mas isto aqui tem gosto de solvente.

— Espere um segundo — disse Ariana, levando todas elas para um canto onde vários remos estavam pendurados na parede, cada um com um ano entalhado, a partir do início do século 20. — Não dá para confiar nos garotos quando se trata de sabor. Vou tentar uma coisa que Etta me ensinou. — Ela posicionou a mão sobre o copo de Vivi e sussurrou: — Eu invoco a Rainha de Paus e o Ás de Copas. Mostre que é poderosa consertando essa bebida horrorosa.

— Você tá de brincadeira que isso é um feitiço de verdade — comentou Bailey.

Ariana arqueou uma sobrancelha quando o copo começou a tremer levemente, depois assentiu para Vivi.

— Prove.

Vivi se preparou para mais um gole ardido mas, desta vez, a mistura espumosa estava doce e refrescante.

— Uau — exclamou, surpresa, enquanto subia seu olhar do copo até Ariana, que abrira um sorriso presunçoso.

— Só tenha cuidado — Ariana recomendou, alegre. — Tenho quase certeza de que ainda tem a mesma quantidade de álcool que o solvente.

— Minha vez! — disse Reagan, segurando sua bebida. Ariana enfeitiçou o copo de todas.

— Todos os feitiços têm que rimar? — Bailey perguntou para Sonali, que deu de ombros, tomando um longo gole de sua bebida.

Com os drinques novos e melhorados em mãos, as novatas caminharam pela festa, deslizando entre outras Ravens aglomeradas. Era fácil encontrá-las, sempre cercadas por uma enxurrada de fãs ou sendo admiradas à distância.

Elas acabaram em um canto da festa ao lado de Jess e sua namorada, Juliet.

— Vamos! — Jess segurou a mão de Juliet. — Dance comigo.

— Alguém precisa ficar de olho — disse Juliet, olhando em volta com atenção.

— Ah, relaxa. Não precisamos de guarda-costas hoje. Mas *eu* preciso de alguém para dançar comigo ou serei obrigada a perder meu tempo com algum garoto de mãos bobas da PK.

Relutante, Juliet seguiu Jess até o meio do salão, mas, quando ela envolveu Jess em seus braços e começou a balançar, a rigidez em seus ombros já havia desaparecido. Não demorou muito para que a multidão se dividisse e se reagrupasse ao redor delas, criando uma pista de dança improvisada enquanto outros casais se juntavam. Apesar do impulso dado pelo encantamento de Mei, Vivi não conseguia se imaginar confiante o bastante para ser a primeira pessoa a dançar em uma festa. A expressão séria de Juliet se transformou em um sorriso enquanto ela balançava em um ritmo perfeito com Jess, e a admiração de Vivi se tornou inveja quando sentiu uma pontada de desejo que nunca havia sentido. Como seria ter alguém que olhasse para *ela* como se fosse a única pessoa no mundo? Ela se virou, sem querer se intrometer no que estava começando a parecer um momento íntimo e, de repente, percebeu-se olhando para Mason.

Ele estava conversando com dois garotos que pareciam ser seus irmãos de fraternidade, um garoto lindo e confiante de pele marrom e um garoto branco e magro com o intrigante cabelo ressecado e acinzentado de um nadador profissional. Em vez de smoking, como todos os outros garotos, Mason vestia jeans e uma camisa branca perfeitamente ajustada com o primeiro botão aberto, revelando um pouco do seu peito bronzeado de verão.

Como se fosse capaz de sentir que estava sendo observado, Mason se virou. Os dois trocaram um olhar e ele sorriu, mandando uma corrente elétrica através do corpo dela, não muito diferente do que ela sentia quando estava trabalhando com magia.

Antes que Vivi pudesse decidir se iria sorrir, acenar ou fingir que não o vira, Scarlett se materializou ao lado de Mason. Com o coração a mil, Vivi deu as costas, tomando algumas goladas de sua bebida, e estremeceu. Ariana podia ter melhorado o sabor, mas o álcool ainda era forte o bastante para queimar sua garganta. Enquanto ela estava com as outras novatas, escutando sem prestar muita atenção uma história de Reagan sobre uma conhecida bruxa que participara do *The Bachelor*, o salão lotado começou a ficar um pouco desfocado, dando-lhe uma sensação reconfortante de aconchego no peito. De repente, a pista de dança parecia bem menos assustadora — quase convidativa.

Vivi observou os arredores até que seus olhos pararam no barman fofo. Ela esperou um momento para ver se ele olharia para cima, porém ele estava concentrado demais preparando bebidas, e até mesmo a versão levemente embriagada de Vivi não era corajosa o bastante para atravessar a sala e puxar assunto com um desconhecido. Foi aí que se lembrou de um feitiço que havia lido no grimório sobre como chamar a atenção de alguém que estava distraído com outra coisa. Era um dos muitos feitiços em idiomas estrangeiros, porém o francês de Vivi era bom o suficiente para que entendesse o básico.

— *J'en appelle à la Reine d'Épées et invoque la Force. Que ma volonté soit exaucée* — sussurrou baixinho.

Ela sentiu uma pressão crescente enquanto o calor em seu peito começou a se espalhar por todo o corpo, apertando sua pele como se quisesse sair. Um segundo depois, o garoto levantou o rosto e fixou seu olhar no dela em meio à multidão.

Vivi inclinou a cabeça em direção à pista de dança e arqueou uma sobrancelha de maneira provocativa, um gesto que nem sabia ser capaz de realizar, depois sentiu uma empolgação enquanto ele sorria e assentia. Os dois se encontraram no meio do salão e, sem dizer nada, ele envolveu a cintura dela com os braços, puxando-a para mais perto. Aquele era o máximo de contato físico que já tivera com um garoto desde o ensino fundamental, quando tivera um namorado por exatamente uma semana e, durante esse período, eles conversaram três vezes e se beijaram uma. E, embora o toque do garoto lhe fosse pouco familiar, era definitivamente muito bem-vindo.

O peso das mãos dele fazia sua pele formigar enquanto a guiava de um lado para o outro no ritmo da música. Mas embora ele fosse, sem dúvida, o cara mais atraente que já havia demonstrado interesse nela, Vivi não conseguia deixar de sonhar que ele fosse outra pessoa. Alguém que absoluta e definitivamente não podia querer.

Alguém que, mesmo assim, continuava querendo.

Uma hora depois, Ariana pegou Vivi pela mão e a puxou para fora da pista de dança, onde ela estava dançando com um segundo garoto — alguém que se aproximara dela sem a influência de nenhum feitiço. A festa já havia esvaziado um pouco, mas os casais e grupos de amigos na pista continuavam mandando ver, cantando em voz alta a música da Lizzo que estourava as caixas de som.

— O que foi? — perguntou Vivi, levemente sem fôlego. Ela estava suada de tanto dançar, e, embora não tivesse bebido mais nada, o mundo girava levemente ao seu redor.

— Nico quer nos mostrar a sala de jogos — disse Ariana com uma risada solta, guiando-a para uma escadaria nos fundos da casa onde Reagan, Bailey e Sonali as esperavam.

— Quem é Nico? — questionou Vivi.

— O cara que estava dançando comigo. Você não viu? Não se faz garotos assim de onde eu vim. Os caras de Savannah sabem como arrasar usando smoking. Agora, vamos. — Ariana agarrou o braço de Vivi. — Ele e os amigos estão nos esperando lá embaixo.

Vivi estava alterada pela bebida, mas não o bastante para ignorar o alarme soando em sua cabeça.

— Não acho uma boa ideia. Scarlett nos disse para não deixarmos a área principal da festa sob nenhuma circunstância.

— Ah, sem essa — rebateu Reagan, soando ao mesmo tempo alegre e levemente irritada. — Eles não são desconhecidos. São da fraternidade vizinha.

— Ela não está dizendo que é perigoso — Sonali comentou, lançando um olhar nervoso para Vivi, e depois para as outras. — Está dizendo que não deveríamos desobedecer a Scarlett.

— Acreditem, vocês não vão querer vê-la irritada — alertou Vivi, com um arrepio.

— Que seja. Eu vi a Dahlia, a Tiffany e a Mei desaparecerem no andar de cima meia hora atrás — disse Ariana. — Nem elas seguem as próprias regras.

— Garotas, vocês vêm? — perguntou um cara fofo com cabelo loiro e bagunçado. Ele passou por elas e desapareceu escada abaixo.

— Sim — afirmou Ariana; ela segurou a mão de Sonali e a puxou atrás de Reagan, que já estava descendo as escadas.

— O que você acha? — Vivi sussurrou para Bailey.

— Não sei — respondeu ela, apreensiva. — Não gosto que a Scarlett me diga o que fazer, e jogar bilhar por alguns minutos lá embaixo nem me parece grande coisa. Mas também nunca a irritei antes.

A escadaria dava em um cômodo sem janelas e coberto de azulejos encardidos onde alguns garotos da PK jogavam *beer pong*. O estômago de Vivi se revirou ao perceber que um deles era Mason.

Ele a observou por um momento e sorriu antes de voltar-se para o jogo.

Vivi franziu o cenho. Alguma coisa em sua expressão parecia estranha. Aquele sorriso não parecia pertencer ao garoto doce e divertido que havia carregado suas malas e a ajudado a fazer waffles. Seus olhos pareciam mais severos, e a risada que ela escutava vindo do outro lado da sala tinha quase uma pontada de crueldade. Então sua boca se abriu, contorcendo-se em um formato bizarro, como se seu maxilar estivesse deslocado. Vivi observou aterrorizada enquanto a pele dele começava a derreter como cera quente — assim como o rosto dos outros garotos.

— Que porra é essa? — murmurou Bailey, suas palavras sendo abafadas pelo grito de Ariana.

O rosto e o corpo dos garotos continuaram derretendo e se refazendo até que, alguns momentos depois, Tiffany, Scarlett, Dahlia e Mei tomaram seus lugares. Dahlia olhava para elas com reprovação, de braços cruzados, enquanto Mei abria um sorriso malicioso conforme fingia estar conferindo suas unhas. A coisa toda devia ter sido um dos encantamentos de Mei, Vivi se deu conta, embora não soubesse que a magia de Ouros era forte o bastante para transformar Ravens elegantes em garotos de fraternidade.

— Como já devem ter percebido — disse Scarlett —, isso foi um teste. E vocês não passaram.

— Eu *avisei* — murmurou Sonali.

— Vocês são bruxas — continuou Scarlett. — São mais poderosas do que podem imaginar. Com esse poder, vem a responsabilidade de protegerem a si mesmas e às suas irmãs. Se nós falamos para ficarem unidas, junto do resto do grupo, então é isso que vocês têm que fazer. Não importa quem está tentando convencê-las, um grupo de garotos charmosos ou um demônio milenar acidentalmente invocado por um feitiço malfeito.

— Peraí. Demônios existem também? — perguntou Bailey.

— Você vai descobrir muito em breve — respondeu Tiffany, com um sorriso que beirava a crueldade. — Todas vocês ficarão responsáveis pelas tarefas do cemitério.

— O que isso significa? — perguntou Ariana, ainda trêmula por causa das transformações grotescas.

As quatro garotas mais velhas trocaram olhares de cumplicidade.

— Ah, vocês vão ver — cantarolou Mei.

Scarlett balançou os dedos para as novatas e subiu as escadas com as outras garotas.

— Espero que não tenham medo do escuro — avisou. — Ou dos mortos.

Capítulo Catorze

Scarlett

Na manhã seguinte, Scarlett estava esparramada no gramado principal, com a cabeça apoiada no peito de Mason. Outros alunos passavam ao redor deles, apressados para as aulas ou para encontrar outros amigos. Um grupo de garotos jogava um *frisbee* de um lado para o outro. Um grupo de mulheres pendurava uma faixa anunciando a inauguração próxima de uma exposição de arte estudantil. Scarlett se confortava com a normalidade de tudo aquilo. Ficar deitada ouvindo o som constante e calmo das batidas do coração de Mason em seus ouvidos era exatamente do que precisava naquele momento.

Ela mal conseguira dormir na noite anterior. Não conseguia parar de pensar no feitiço que explodira em seu quarto antes da festa. Ela nunca havia visto a magia reagir daquela forma. A magia possuía uma energia própria e efervescente. Podia deixar uma pessoa exausta, mas nunca pareceria como se algo a estivesse devorando de dentro para fora. Quando o feitiço dela tinha explodido, fora como se uma força faminta e furiosa tentasse invadir seu corpo. Ela passara a noite inteira preocupada com o que aquilo significava, mas, ali, sob a luz brilhante do dia ensolarado e com os dedos de Mason entrelaçados nos seus, era difícil acreditar que qualquer coisa sinistra circulava pela Universidade Westerly.

Além do mais, a noite passada não fora tão ruim assim. Tinha se divertido com o choque das novatas quando ela e as outras irmãs se transformaram em garotos da PK. O olhar aterrorizado de Vivi fora o bastante para ainda fazê-la sorrir.

— Está rindo do quê? — perguntou Mason, e seu peito ressoou sob a cabeça de Scarlett.

— Só lembrando da festa de ontem. Foi divertida, né?

— Acho que sim — comentou ele. Ela o sentiu dando de ombros.

— Não foi divertida o bastante para você, senhor Gregory?

— Bom, foi uma festa. É a mesma merda de sempre. O Jotham passou metade da noite tentando reconquistar a Molly e a outra metade pegando uma das melhores amigas dela. O Benjamin vomitou na piscina depois que todo mundo foi embora. E juro que os novatos são clones da nossa turma. Os mesmos caras com uma camisa polo de cor diferente. É entediante.

— Que jeito bacana de falar sobre a festa da sua casa. — Scarlett franziu o cenho. Ela fizera questão de puxar Mason para a pista de dança para que os dois pudessem passar um tempo juntos. Ele parecia estar se divertindo, mas será que ela interpretara tudo errado? Será que o interpretara errado? Claro, ele não estava de smoking, como deveria, mas, segundo ele, esquecera de colocar nas malas depois da viagem, e ela havia acreditado. Entretanto, agora, via algo diferente. Talvez ele tivesse *escolhido* não se vestir daquele jeito. E, sim, talvez houvesse garotos até demais pedindo seu drinque "batido, não mexido". Mas aquilo era apenas parte da vida em uma fraternidade, rir de piadas bobas e previsíveis com seus amigos. Com o retorno de Gwen, Scarlett queria que o tédio fosse o pior dos problemas das Kappas.

— Sinceramente, não sei se aquela será minha casa por muito mais tempo — confessou Mason.

Scarlett franziu a sobrancelha.

— Do que está falando?

— Quando foi a última vez em que você leu um livro por diversão?

Scarlett ficou tensa. Aquilo parecia um teste. E os dois já deveriam ter passado da fase do "Será que somos certos um para o outro?" há tempos.

— Por quê?

Ele suspirou, seu olhar estava distante.

— O Jotham me encheu o saco por meia hora só porque eu li um livro que não estava no programa de estudos.

— Isso é só o Jotham sendo o Jotham.

— Isso é a PK sendo a PK — corrigiu ele.

— Não acho que você esteja sendo justo com seus irmãos.

— A questão é essa: eles não são meus irmãos. Na verdade, não são nem meus amigos. Fico me perguntando se eu seria próximo deles se não fosse por causa da fraternidade e, sinceramente, não tenho certeza.

Scarlett apertou os olhos por causa do sol.

— De onde veio isso? Você adora o Jotham.

— E continuaríamos amigos com ou sem a PK.

— Sem a PK? — questionou ela, completamente alarmada agora.

Ela sentiu o peito dele subir e descer em um suspiro.

— Estou pensando em abandonar a PK.

— *O quê?* — Scarlett se sentou abruptamente e se virou para encarar o namorado. Ele se espreguiçou e se sentou também, passando os dedos pelos cachos bagunçados.

— Que foi? *Não* é tudo isso.

— Mason, e seus irmãos? E seu pai? Todos os homens das últimas três gerações da família Gregory pertenceram à PK.

Masou riu, aproximando-se para segurar a mão dela.

— Scar, eu admiro sua lealdade, mas você leva essa coisa de sistema grego muito mais a sério do que eu já levei. Sei que a Kappa é muito especial para você, e respeito isso. Mas... "irmãos", "candidatos"... — Ele deu de ombros. — A PK é só um clube social. É legal para fazer contatos, acho, conhecer pessoas. Mas só me juntei à casa porque meu pai queria e, ontem à noite, quando estávamos lá conversando com as mesmas pessoas sobre as mesmas merdas de sempre, só me senti... entediado. Tipo, será que é assim que eu quero passar minhas noites durante o resto da faculdade?

— Quer dizer com seus melhores amigos e sua namorada? — apontou Scarlett. Ela se lembrou da primeira vez em que os dois tinham se visto. Da festa Pikiki. Da flor que recebera. A PK era parte da história deles. E agora ele estava cagando para tudo.

— Scar, nosso relacionamento não depende da minha filiação a uma fraternidade. — Sua expressão ficou séria. — Ao menos não deveria.

— Claro que não depende. Eu só não entendo. Aconteceu alguma coisa? Você arrumou briga com outro membro da PK?

Mason balançou a cabeça.

— Não, nada disso.

— Qual é o problema, então?

— Eu só... — Ele suspirou mais uma vez, evidentemente frustrado. — Você nunca quis tentar algo novo? Jogar fora todas as regras e planos e descobrir o que a vida *poderia* ser se parasse de dizer como ela *deveria* ser?

Scarlett encarou seu namorado. De onde vinha tudo aquilo? Por que ele estava tão mudado, tão repentinamente? Em sua mente, surgiu a imagem de Vivi e Mason rindo no refeitório, a facilidade com que ele apoiara a mão no ombro dela. Os dois não haviam se falado na festa da noite anterior — Scarlett havia se certificado disso —, mas houve um momento, tão breve que quase se perguntou se havia apenas imaginado, em que pensou ter visto algo rolando entre os dois.

Mason abriu os braços.

— O mundo é maior que a PK. Maior que a Kappa. Somos maiores que todos eles. Queria que você pudesse enxergar isso.

— Eu enxergo isso. — Mas ele a julgava por permanecer leal às suas irmãs? E, se não a julgava, será que o faria no futuro? Seria esse o primeiro passo antes que lhe pedisse para escolher entre ele ou elas?

Uma onda de emoções indesejadas atingiu Scarlett, e ela se levantou antes que Mason pudesse ver a dor em seus olhos.

— Não se esqueça do jantar com meus pais hoje à noite — disse, evitando o olhar dele. — A não ser que esse também seja um dos planos que você quer jogar pela janela.

Mason disparou um olhar dolorido para ela.

— Scarlett, não faça assim. Fique aqui.

— Não tem que ir para o seu grupo de estudos de sociologia agora? Você tem que ir. Sua prova está chegando.

Mason hesitou. Scarlett sabia que ele queria conversar mais, porém ela sentia um nó em sua garganta e seus olhos ardendo. Recusava-se a perder o controle ali, no gramado principal, onde todo mundo poderia ver. Ravens não choravam em público. Ela invocou sua magia, a ardência em seus olhos indo para a ponta dos dedos. *Vá embora*, ordenou-lhe. *Agora*.

— Tenho que ir para o grupo de estudos agora, Scar — disse Mason repentinamente, respondendo ao seu comando subliminar mágico. Ele a beijou na bochecha e se virou para ir embora. E, embora tivesse sido ela quem o mandara sair, seu coração se partiu ao vê-lo se afastar.

CAPÍTULO
QUINZE

Vivi

— Você vai vestida assim hoje à noite? — perguntou Vivi, encarando a hot pant de Reagan enquanto as duas descansavam sob a sombra das dezenas de carvalhos à beira do pátio principal de Westerly. Ela e Reagan estavam na mesma turma de astronomia e à noite tinham a primeira visita em um observatório fora do campus, um prédio novinho em folha fundado por uma ex-Kappa bem-sucedida. Vivi não sabia muito bem quanto tempo aquela tarefa levaria, por isso decidiu estudar o máximo possível durante a tarde. As aulas só estavam começando, mas, de alguma forma, ela já estava atrasada com as leituras. Costumava ser muito mais fácil manter os estudos em dia antes, quando ela não tinha amigas.

— Você acha que vou escandalizar os telescópios? — questionou Reagan, deitando-se de barriga para baixo e fechando os olhos, claramente sem intenção de gastar a tarde livre estudando.

Pelo que Vivi havia concluído, Reagan era extremamente inteligente, porém completamente desinteressada em atividades acadêmicas. Ariana havia contado que Reagan fora expulsa de três colégios internos de prestígio. Vivi tinha a sensação de que as Ravens haviam mexido alguns pauzinhos para que ela entrasse em Westerly apesar de suas notas medianas, provavelmente para ganharem o favor das bruxas poderosas que sua mãe e tias eram. Ainda era meio perturbador imaginar bruxas vivendo em todos os cantos do país, todos os cantos do mundo. Mulheres cujas ancestrais haviam usado magia para moldar a História... e que, em alguns casos, tinham precisado pagar um preço mais alto.

— Estou mais preocupada com os mosquitos que podem morder sua bunda — disse Vivi, parecendo mais brincalhona do que se sentia de verdade. — Aparentemente, o observatório é perto de um grande pântano.

— Esse é um argumento excelente, Devereaux. — Reagan rolou para o lado e se levantou. — Acho que vou me trocar antes do jantar. Vejo você hoje à noite.

Reagan foi embora saltitando, e Vivi abriu seu livro de matemática, mas não conseguiu ler muita coisa antes que uma sombra cobrisse as páginas.

— Investindo tempo em uma leitura leve, imagino.

Quando olhou para cima, encontrou Mason de pé com um sorriso amigável. Ela levantou o livro e olhou para a capa, com curiosidade.

— É só um livro de cálculo. Uma leitura muito leve, eu diria.

— Comparada com o quê? Neurocirurgia avançada?

— Comparada com as aulas de Álgebra Não Linear a que eu estou assistindo como ouvinte. Oficialmente, calouros não podem pegar essa matéria.

— Olha só, temos aqui uma superdotada. — O sorriso de Mason se abriu ainda mais, revelando aquela covinha que fazia o coração de Vivi palpitar.

Toma jeito, ela disse a si mesma. *Ele namora sua irmã. Não seja uma canalha.*

— Não tente bancar o cara descolado demais para estudar — disse Vivi, tentando soar simpática sem parecer estar flertando, embora ela fosse a primeira a admitir que não sabia muito bem como diferenciar um estado do outro. Ela apontou para o livro que aparecia pela fresta da bolsa transversal de couro dele, um exemplar gasto de *O amor nos tempos do cólera* coberto de post-its coloridos. — Está lendo esse para uma aula?

— Só por diversão — disse ele, levemente tímido.

— Então você é tão nerd quanto eu.

— Ah, eu sou *muito mais nerd*, acredite. Vem comigo. Quero mostrar uma coisa para você. — Ele estendeu a mão para ajudá-la a se levantar, mas Vivi hesitou. Ela queria acompanhá-lo, mas não sabia o que Scarlett acharia se passasse um tempo a sós com o namorado da irmã.

— Desculpe — disse Mason, abaixando o braço de forma desengonçada. — Eu sei que você é perfeitamente capaz de se levantar sozinha. As aulas de etiqueta que tive com minha mãe estão um pouquinho datadas.

— Não, está tudo bem — respondeu Vivi, levantando-se rapidamente. — Eu só estava pensando no horário, mas tenho um tempinho sobrando. O que você quer me mostrar?

A expressão dele se iluminou. Vivi não se lembrava de ter conhecido alguém cujas emoções ficavam tão evidentes no rosto.

— É bem ali. Mostro em um segundo.

Mason a guiou através do pátio, pelo caminho arborizado que levava à biblioteca mais famosa de Westerly, a Hewitt, que, segundo o guia do tour que ela havia feito nos primeiros dias de aula, guardava a coleção de artefatos raros da universidade.

— Nós temos permissão para entrar? — perguntou Vivi. — O guia disse que era apenas para alunos de pós-graduação e professores visitantes.

— Para ver o acervo é preciso uma permissão especial, mas o museu é de graça e aberto ao público.

— Tem um museu no campus?

— Tsc... tsc... — Mason balançou a cabeça. — Ou o seu guia era relapso ou você não estava prestando atenção. Não sei qual dos dois cenários me parte mais o coração.

Enquanto eles subiam os degraus de mármore branco em direção às colunas da fachada, Vivi analisou Mason com um sorriso.

— Se o seu coração se parte tão facilmente assim, a vida vai ser bem difícil para você.

Ele apoiou a mão sobre o peito.

— Você nem imagina, senhorita Devereaux.

— Como sabe meu sobrenome?

— Você quase me matou no seu primeiro dia no campus. Eu lhe disse, preciso ficar de olho em você por motivos de segurança pública.

Vivi arqueou a sobrancelha. Ao menos era o que ela esperava estar fazendo. Não era um gesto que costumava fazer, e havia uma grande chance de que ela estivesse meramente contorcendo o rosto de um jeito estranho. Ele abriu a porta para ela e, ainda que Vivi tivesse certeza de que ele fazia aquilo para todas as mulheres, o gesto educado fez seu peito palpitar.

— O acervo fica para lá — disse Mason, apontando para uma porta dupla de madeira. Ao lado, havia uma mesa rebuscada, ocupada por uma mulher autoritária de cabelos grisalhos e óculos com aros de metal. — Lá é onde eles guardam a maior parte da coleção. O museu, que só tem capacidade para exibir uns dez por cento, fica para cá. — Ele se aproximou da mesa e sorriu. — Como você está, senhorita Irma? Precisa ver nossas identidades?

— Sem problemas, Mason — respondeu a mulher, suavizando a expressão severa. — Podem entrar.

Ele guiou Vivi até uma sala longa e estreita, cercada de mostruários.

— Que tipo de museu é esse, exatamente? — perguntou Vivi enquanto seus olhos viajavam de um casco de tartaruga coberto de joias e de um cachimbo antigo até algo que parecia ser um instrumento musical feito de presas de elefante.

— Acho que o nome oficial é Coleção Hewitt de Esquisitices e Curiosidades, mas, basicamente, é só uma mistura de coisas estranhas e valiosas que as pessoas doaram ao longo dos anos.

Vivi deu alguns passos em direção a um diorama de ratos empalhados vestidos para a hora do chá.

— Não acredito que alguém quis se desfazer disso.

— Há muitas coisas boas aqui, acredite. Vem comigo, vou mostrar minha peça favorita. — Ele a levou a passos rápidos pelo corredor do meio até uma vitrine no canto dos fundos, onde um livro pequeno encadernado com tecido verde repousava sobre uma almofada vermelha.

Vivi se inclinou e apertou os olhos, tentando decifrar as letras douradas na capa.

— Uma coletânea de poemas da Emily Dickinson.

Mason assentiu.

— Foi encontrado no bolso de um soldado que morreu na França algumas semanas antes do fim da Primeira Guerra Mundial.

— Isso é tão triste — disse ela, delicadamente, sentindo-se triste pelo garoto que nunca conseguira voltar para casa. — Por que é seu favorito?

— Eu amo o fato de ele ter levado um livro de *poesia* para a guerra. Depois de presenciar tanta morte e destruição, ainda conseguia encontrar beleza e sentido nas palavras. Acho isso muito inspirador. — Por seu olhar melancólico, estava claro que Mason falava sério.

— Deviam chamar *você* para ser o guia — disse Vivi, com medo do que ela poderia dizer se não voltasse a brincar imediatamente.

— Ah, já me chamaram. Sou um dos guias mais populares do campus.

— Por que não estou surpresa? — perguntou Vivi enquanto eles caminhavam em direção à saída. Ela olhou as horas no celular e soltou um gritinho. — Putz, preciso ir. Desculpa. Tenho que cuidar das tarefas do cemitério amanhã à noite e isso bagunçou meu cronograma inteiro.

— Ah, sim, tarefas do cemitério. As garotas sempre dizem isso quando querem se livrar de mim.

— Sério. É uma coisa da Kappa. Preciso correr. Vejo você depois?

— Eu espero que sim — disse ele, com uma expressão que ela não conseguia decifrar.

O coração de Vivi acelerou e ela se virou rapidamente para esconder a expressão no rosto *dela* — que, sem dúvida, ele não teria dificuldade alguma em decifrar.

Uma nuvem enorme apareceu no céu, projetando sombras longas sobre a grama. O pátio havia se esvaziado: não havia ninguém nos bancos ou descansando sob os carvalhos. Vivi pulou os degraus, flutuando pela empolgação efervescente que havia tomado conta dela durante sua conversa com Mason.

Enquanto corria pelo caminho que a levaria até o portão principal, avistou uma figura solitária, do outro lado do pátio. Uma pessoa completamente imóvel, com os olhos fixos em Vivi.

Era Gwen.

Sob a luz que diminuía rapidamente, ela parecia quase uma visão sobrenatural, com seu cabelo escuro e o rosto surpreendentemente pálido, e encarava Vivi com um olhar que a garota nunca recebera antes.

Um olhar de puro ódio.

Capítulo
Dezesseis

Scarlett

S carlett estava sentada na biblioteca Kappa, sem ler o livro de psicologia aberto à sua frente. Aquele era seu cômodo favorito da casa. As quatro paredes estavam cobertas do chão ao teto com livros antigos encadernados em couro, alguns do início do século 16, muito antes de as Ravens serem oficialmente um coven. Intercaladas com os livros, gavetas de boticário guardavam cristais, ervas e papéis amarelados com feitiços pela metade escritos por irmãs do passado. O teto era pintado de um tom de lápis-lazúli com constelações gravadas com folhas de ouro. No centro da sala havia uma bússola redonda em que os pontos cardeais não eram representados por letras, mas pelos símbolos dos elementos Fogo, Ar, Água e Terra. Estar ali era como voltar no tempo, um lembrete de todas aquelas que tinham vindo antes dela — um lembrete de que seus problemas eram pequenos e passageiros em relação à História, em relação ao universo como um todo. Um lembrete doloroso do qual precisava naquele momento.

Ela voltara para casa cerca de uma hora atrás, depois de um típico jantar com os Winter. Sua mãe bajulara Mason. Seu pai o pressionara para saber os planos de pós-graduação e as notas dos exames. Eugenie se gabara de sua montanha de trabalho enquanto fazia perguntas diretas sobre o provável convite de Scarlett para a presidência da Kappa. E Mason encantara a todos eles, como sempre fazia. Ele também pedira desculpas a Scarlett pela briga que tinham tido mais cedo e lhe dera uma flor de frangipani, como aquela que havia retirado de seu colar de flores na noite em que haviam se conhecido.

Ela deveria estar se sentindo bem, ótima até. Mas tudo ainda parecia... estranho. Mesmo estando com as pessoas que, supostamente, mais a amavam no mundo, ela se sentira sozinha. Como se fosse a única a perceber que o chão abaixo de todos estava se movendo sutilmente. De qualquer forma, o lugar em que mais sentia saudades de Minnie era na casa dos pais, onde todos os espaços que sua antiga babá costumava ocupar agora estavam visivelmente vazios.

Assim como a Casa Kappa naquela noite, o que não a ajudava a melhorar seu humor. Todas estavam fora, ou estudando, ou nos bares.

Ela suspirou, abriu seu caderno de psicologia e, de repente, soltou uma gargalhada rouca. Alguém havia desenhado um boneco de palitos no canto da página e o enfeitiçado para que dançasse. Quase parecia a dança do fio dental. Scarlett sorriu ao se lembrar de todas as noites que ela e Tiffany passaram criando coreografias, algumas das quais, às vezes, a amiga reproduzia em público só para animar Scarlett depois de um dia ruim. Tiffany deveria ter feito aquele desenho em seu caderno mais cedo; ela sempre parecia saber quando Scarlett precisava de um incentivo. Scarlett daria tudo para ter sua melhor amiga ao seu lado agora, em vez de estar sozinha naquela casa silenciosa.

Ela olhou pela janela e viu um dos corvos do aviário empoleirado no galho de uma árvore, rígido como uma estátua. A lua estava no início do quarto minguante, o melhor momento para realizar feitiços para mudar e melhorar a si mesma, como Minnie sempre dizia. Uma lua de recomeços.

Talvez querendo ou não.

Scarlett tirou a flor de frangipani de trás da orelha e a colocou sobre a mesa à sua frente. Mais tarde ela a colocaria em seu Livro Kappa, junto à flor original, que ela havia prensado dois anos antes. Mas essa flor não tinha o mesmo significado que a outra. A primeira era uma promessa do que estava por vir. Agora, parecia que ela e Mason estavam lutando para se lembrarem daquela promessa.

O som de vozes e risadas subiu pela escada e, momentos depois, Dahlia, Mei e Tiffany entraram na biblioteca.

— Oi, meninas — disse Scarlett, fingindo um sorriso. — Onde vocês estavam?

— Ai. Reunião de orçamento do Baile de Boas-Vindas — respondeu Tiffany, revirando os olhos. A Kappa era a casa responsável por organizar o evento anual para todo o campus, incluindo ex-alunos. Todo ano, o comitê se surpreendia com o fato de as Kappas conseguirem ficar abaixo do orçamento para a decoração. Havia um equilíbrio delicado entre o que elas reportavam para o conselho grego e o que elas resolviam por conta própria usando magia.

— Você tinha que ouvir o que a Maria disse. Ela estava tentando convencer o conselho de que a Theta deveria assumir o Baile de Boas-Vindas e deixar a Kappa com o Baile de Inverno — comentou Mei.

— Típico — respondeu Scarlett. Maria era a presidente da Theta, a casa que vinha há anos tentando competir com a Kappa pelo título de melhor irmandade. Como se elas tivessem a mínima chance. — Ninguém nem vai ao Baile de Inverno.

— Foi exatamente isso que eu disse — retrucou Tiffany, jogando-se na poltrona de couro ao lado de Scarlett. *Está tudo bem?*, a voz da amiga ressoou em sua cabeça. *Você parece triste.*

Era papel da sua melhor amiga enxergar exatamente como ela estava se sentindo. Scarlett usou um pouco da magia de Espadas de Tiffany para responder: *Mais tarde eu conto*.

Tiffany assentiu, apertando levemente o braço de Scarlett.

— Imaginem o que nossas mães diriam se perdêssemos o Baile de Boas-Vindas — disse Tiffany.

— Elas morreriam — comentou Dahlia, balançando a cabeça.

Mei deu risada, mas Tiffany ficou quieta de repente e seus olhos marejaram.

— É, literalmente, no caso da minha mãe — disse.

Dahlia ficou pálida.

— Ai, meu Deus, Tiffany. Sinto muito. Eu não quis dizer que... Eu não pensei que...

Mas, antes que pudesse concluir seu pensamento, um rangido ecoou, quase como um tiro de pistola. Seguido por um estouro e outro rangido.

— Que diabos foi isso? — disse Tiffany.

As garotas se entreolharam confusas.

— Vocês estão sentindo cheiro de queimado? — perguntou Mei, torcendo o nariz.

— Ah, se for a Sigma Tau soltando fogos de artifício de novo... — Scarlett empurrou seu livro para o lado, levantou-se e foi até a janela que dava para a frente da casa, na rua das fraternidades. Mas não havia fogo de artifício algum.

Lá embaixo, alguém havia fincado quatro estacas de madeira na grama do quintal delas. Amarrado em cada uma delas havia um espantalho usando uma capa e um chapéu pontudo de bruxa.

E eles estavam pegando fogo.

Por um segundo, Scarlett não conseguiu fazer nada além de observar, então soltou um grito e as garotas partiram para a ação. Ela disparou escada abaixo para o primeiro andar e saiu correndo da casa para a noite abafada, seguida por suas irmãs.

Os espantalhos queimavam. As chamas saltavam e dançavam enquanto consumiam a palha, e o tecido das capas derretia e se deformava. De perto, Scarlett teve um breve momento para reparar que os bonecos tinham um olhar malicioso e sorrisos enormes desenhados com caneta vermelha. No minuto seguinte, os rostos derreteram, devorados pelo fogo.

Scarlett levantou os braços e, instintivamente, buscou sua magia, invocando água para apagar as labaredas.

— Scarlett, não! — sibilou Dahlia.

Foi quando Scarlett se deu conta de que uma pequena multidão se reunira. Alguns garotos bêbados da Sigma Zeta Tau observavam de um dos lados, segurando suas cervejas boquiabertos. Um grupo de garotas da Beta Beta Beta com shorts de pijama e chinelos sussurravam entre si. Duas da Theta correram para fora de sua casa de mãos dadas, com olhares assustados.

— Fogueira! — gritou um dos caras da Sigma Tau, levantando o punho cerrado para o alto.

— Vocês estão bem? — perguntou outro garoto, pulando de sua bicicleta e correndo para perto delas.

— Esses espantalhos eram... *bruxas?* — disse uma garota que Scarlett reconheceu como a presidente da Gamma Theta Rho.

— Parece que alguém exagerou na Semana do Trote este ano — disse Scarlett rapidamente quando mais alunos se aproximaram com expressões curiosas e preocupadas. Alguém parecia ter começado a gravar um vídeo com o celular.

— Se outra casa fez isso com vocês, deveríamos levar o caso para o conselho pan-helênico. Que inferno, a gente deveria ligar para a polícia — disse uma das Triplo Beta, cujos olhos refletiam as chamas alaranjadas, enquanto pegava seu telefone.

— Não queremos meter outra casa em encrenca, mesmo que for merecido — anunciou Scarlett, tentando controlar a situação. Ela olhou para Dahlia em pânico. Dahlia sussurrou algo bem baixinho, e Scarlett sentiu o zumbido que indicava magia. Imediatamente, as Triplo Beta desviaram o olhar, e toda a multidão foi controlada. As Triplo Beta deram meia-volta e retornaram para casa, e o resto dos alunos se dispersou também, levantando as bicicletas que haviam deixado no chão e retomando seus caminhos.

— Puta merda — ofegou Scarlett, ainda trêmula, assim que todos já haviam partido. Então, sem um segundo de hesitação, ela invocou sua magia. A eletricidade crepitou em suas veias e seus dedos queimaram. Ela estendeu as mãos, aplicando cada vez mais e mais força até sentir que todas as gotas de água da atmosfera cantavam para ela, presas em sua teia crescente. Ela entrelaçou as moléculas com força e as soltou com um estrondo final. Imediatamente, um temporal começou a cair. As chamas chiaram e estalaram antes de se apagarem completamente. Scarlett caiu de joelhos, exausta.

A palha carbonizada as encarou de esguelha até que Mei jogasse um feitiço para transformá-la em pó, depois fez as marcas chamuscadas na grama desaparecerem com um encantamento.

— Isso poderia ter acabado muito mal — disse Mei, ofegante devido ao esforço.

— Isso é pouco. — Scarlett balançou a cabeça enquanto se levantava. — Dahlia, tem alguma coisa muito errada acontecendo — disse, dando voz à crescente inquietude que havia tomado seu corpo desde que avistara as labaredas. — Primeiro foram as cartas de tarô, e agora isso. Não acho que sejam coincidências ou pegadinhas inocentes. Alguém está nos atacando, e está ficando cada vez mais ousado.

Scarlett esperava que Dahlia discordasse dela, mas a veterana apenas assentiu.

— Não parece mais uma coincidência aleatória. Alguém quer nos machucar. Ou nos expor.

— Então precisamos nos proteger — afirmou Tiffany. — Somos bruxas. Somos poderosas. É nosso dever manter nossas irmãs, e nosso segredo, a salvo.

— E a tarefa de amanhã à noite no cemitério? — Scarlett perguntou a Dahlia. — Não seria melhor pensarmos em outra coisa? Nós podemos mandar as segundanistas prepararem um cemitério de mentira no quintal dos fundos *pra já*.

Dahlia pensou na proposta por um momento, tamborilando suas unhas feitas à perfeição contra a palma da mão.

— Não, a tarefa continua de pé. É uma tradição. E nós não vamos nos amedrontar por causa de um maníaco qualquer. Tiffany, Mei e eu vamos ajudá-la a monitorar tudo. — Scarlett assentiu, e Dahlia continuou: — Mei, volte para a casa comigo. Quero conferir nossos feitiços de proteção. Tiff, Scarlett, por favor, digam às outras para se manterem alertas.

Enquanto Mei e Dahlia voltavam para a Casa Kappa, Scarlett se virou para Tiffany.

— Posso mandar uma mensagem no grupo da casa alertando... — Ela parou abruptamente ao ver de relance um vulto de cabelo escuro sob um poste de luz no fim da rua.

Gwen.

Os olhos da garota se estreitaram, e sua boca parecia um corte vermelho e raivoso. Assim que Scarlett a viu, ela se afastou da luz e desapareceu escuridão adentro.

— Tiff. — Scarlett agarrou Tiffany pelo braço.

— Eu sei, também vi — disse Tiffany, apreensiva.

Scarlett sentiu um frio na espinha.

— Você tem que admitir que é uma coincidência bem estranha. A Gwen aparece de volta no campus depois de todos esses meses, bem quando coisas esquisitas começam a acontecer.

Tiffany arqueou a sobrancelha.

— O que você está sugerindo? Acha que ela está por trás disso tudo?

— É tão difícil assim de acreditar? — perguntou Scarlett.

— Mas nós jogamos um feitiço de proteção na casa; ela não pode botar os pés na propriedade sem se sentir andando sobre brasas ou seja lá qual for a tortura que Dahlia colocou no feitiço...

Scarlett sabia o que a amiga estava fazendo: tentando negar a única explicação que fazia sentido. A única explicação que as tornava culpadas. Mas Scarlett sabia, lá no fundo, que de alguma forma Gwen havia conseguido burlar o feitiço e feito tudo aquilo.

— Ontem à noite, eu usei um feitiço para procurar pessoas mal-intencionadas no campus.

Tiffany inspirou com força, e sua expressão ficou séria.

— O que ele lhe disse?

— Bom, nada muito específico — confessou Scarlett. — O feitiço meio que explodiu, mas eu sei o que senti. Era tudo muito... *sombrio*.

Havia outro tipo de magia, mais sinistra e perigosa do que a praticada pelas Ravens. O tipo de magia que envolvia morte e dor.

O tipo de magia que poderia matar outras pessoas.

Mas, em vez de refletir o mesmo terror crescente que Scarlett sentia, a expressão de Tiffany se suavizou.

— Isso parece bastante assustador, mas, como você mesma disse: o feitiço não funcionou. E a Gwen nem é mais uma bruxa. Nós nos certificamos disso.

— Estou falando sério. A Gwen voltou por algum motivo — argumentou Scarlett. — E se ela estiver por trás disso tudo? E se ela estiver querendo uma vingança doentia por ter perdido seus poderes? Porque, se for isso mesmo, a culpa é nossa.

Tiffany pegou Scarlett pelas mãos. Em seu rosto estava claro que achava que Scarlett havia perdido completamente a cabeça.

— Eu te amo, e você sabe disso, mas, mesmo *se for* a Gwen, o que exatamente você pensa que ela pode fazer com a gente? Ela não passa de uma aspirante a bruxa nervosinha que perdeu a chance de estar em um coven incrível. Se nós pararmos de cair no jogo dela, uma hora ela vai embora.

Scarlett balançou a cabeça.

— Não sei. Eu tenho um pressentimento horrível. E se ela descobriu como recuperar seus poderes? E se estiver tentando machucar as pessoas que a machucaram, então estamos todas em perigo. Precisamos impedi-la.

Tiffany cerrou os olhos.

— O que exatamente está propondo?

Scarlett mordeu o lábio.

— Acho que precisamos contar o que aconteceu para a Dahlia. O que realmente aconteceu.

— Você sabe que não podemos fazer isso — afirmou Tiffany com severidade. — Se contarmos, quem sabe o que a Dahlia poderá fazer? No melhor dos casos, seremos penalizadas; no pior, ela nos expulsaria e tiraria nossos poderes. Não podemos arriscar. Somos bruxas, e *ninguém*, nem a Dahlia, nem a Gwen, pode tirar isso da gente. Nós éramos jovens e estúpidas quando cometemos aquele erro terrível. Sou a primeira a admitir. Mas pense no que está dizendo.

Scarlett esfregou os braços, tentando dissipar os calafrios.

— Ei. — Tiffany apoiou as mãos nos ombros de Scarlett e a olhou diretamente nos olhos. — O que aconteceu foi um acidente. Vai ficar tudo bem, Scar. Eu prometo. Nós somos as melhores bruxas daqui. Não vai acontecer nada, nem com a gente, nem com as nossas irmãs. Não vamos permitir. E, se for preciso, eu e você lidaremos com a Gwen por nossa conta. Mas você viu com seus próprios olhos: ela não recuperou os poderes. O feitiço de amarração funcionou. A Gwen não pode nem mesmo *falar* a palavra *magia*, que dirá usá-la para matar alguém. Não a deixe fazer com que você perca seus poderes também.

Scarlett olhou para sua amiga, sua irmã, cujos olhos estavam arregalados e sérios. Ela precisava admitir que havia verdade nas palavras de Tiffany. Perder a magia era um risco que não poderia correr. Scarlett não sabia o que seria dela sem seus poderes.

— Você tem razão. — Scarlett soltou um longo suspiro. — Estou sendo ridícula. — Por mais que tentasse, porém, não conseguia ignorar a sensação irritante de que estava deixando alguma coisa passar despercebida. Algo dolorosamente óbvio.

Algo que poderia fazer com que mais uma das suas irmãs morresse.

Capítulo
Dezessete

Vivi

Vivi esfregou os braços, nem tanto por causa do frio, mas para espantar os arrepios causados pelos eventos desagradáveis dos últimos dias. Tanto seu encontro assustador com Gwen quanto a história dos espantalhos em chamas a deixaram com um sentimento gélido e deprimente que nem o sol de Savannah era capaz de dissipar, e a sensação só aumentara desde que entrara no Cemitério Bonaventure naquela noite.

Naquela parte do famoso cemitério, as árvores cresciam tão juntas umas das outras que os galhos formavam uma redoma que bloqueava quase toda a luz do luar. O musgo-espanhol que pendia dos carvalhos dava a impressão de que usavam véus, como se estivessem em luto perpétuo pelos corpos enterrados sob suas sombras. Até mesmo as flores que cresciam desordenadas entre os túmulos pareciam oprimidas pelo luto. Suas folhas caídas e pétalas pálidas evidenciavam a diferença gritante com a flora luxuosa que Vivi associava a Savannah.

As novatas traçavam seu caminho entre as sepulturas em silêncio. Elas deveriam encontrar as veteranas no chamado

"Túmulo do Deus de Chifres". Fosse lá o que isso significasse. Pesquisar na internet não tinha ajudado em nada.

— Olha aquela ali — sussurrou Ariana.

Vivi seguiu seu olhar até a estátua de uma garotinha em um gramado rodeado por cerca de ferro. Todos os detalhes da estátua eram esculpidos com primor, desde o laço nos cabelos cacheados até as fivelas do sapato. Tudo, exceto os buracos grandes e vazios dos olhos, que pareciam seguir Vivi e Ariana enquanto corriam para alcançar as outras novatas.

— Será que é aqui? — perguntou Bailey, apontando para um mausoléu enorme ao lado de um bosque de carvalhos. Uma tocha reluzia ao lado da entrada, no meio de um aglomerado de figuras.

— Bom trabalho — comentou Vivi, embora não estivesse particularmente empolgada para descobrir o que lhes esperava. Ela não havia feito muita coisa para impressionar Scarlett durante a Semana do Trote, e isso a deixava cada vez mais preocupada em não passar no teste.

Ao se aproximarem do mausoléu, encontraram Dahlia, Scarlett, Tiffany e Mei segurando velas e vestidas com mantos pretos, o rosto coberto pelos capuzes abaixados. Elas estavam de pé sob o pórtico do mausoléu, que trazia entalhada a careta distorcida de um homem com dois chifres protuberantes nas têmporas.

— Bem-vindas, novatas — anunciou Scarlett, dando um passo à frente. — Nós as trouxemos aqui esta noite para explicar a importância da irmandade e contar o que acontece quando esses votos não são levados a sério. — Ela apontou para uma tumba simples de mármore, cuja altura batia em seus joelhos e na qual estava cravado o nome WATERS. — Essa é a Evelyn Waters. Ou melhor, o túmulo vazio dedicado à sua memória.

Ela fez uma pausa dramática.

— Por que está vazio? — perguntou Bailey finalmente, mordendo a isca.

— Porque Evelyn desapareceu em seu último ano, e seu corpo nunca foi encontrado. — Scarlett apoiou uma das mãos com suas unhas perfeitas no topo do túmulo. — Evelyn foi presidente da Kappa. Ela comandou a irmandade por um ano antes do seu desaparecimento. Naquela época, o coven era ainda mais poderoso, ainda mais importante do que é hoje. Alguma de vocês já ouviu falar sobre o talismã de Henosis?

Vivi negou com a cabeça, assim como Ariana, Reagan e Bailey. Apenas Sonali arregalou os olhos, reconhecendo o nome.

— *Henosis* basicamente quer dizer "unidade" ou "harmonia". O talismã foi forjado na Grécia Antiga e descoberto em uma escavação no final do século 19. Westerly o adquiriu para o departamento de História, e uma Kappa decifrou a tabla que foi enterrada junto ao talismã. Era um feitiço. Ele ensinava não apenas como compartilhar o poder com outras bruxas, mas também como *roubar* permanentemente o poder delas.

Vivi estremeceu só com a ideia de que alguém roubasse sua magia. Embora ela tivesse conhecimento dos seus poderes há pouco tempo, era assustador imaginar a sensação de vazio e perda que teria se eles fossem tomados. Porque era isso que tornava a descoberta tão extraordinária; não que as Kappas tivessem dado poderes a Vivi ao mexer uma varinha de condão — elas simplesmente a tinham ajudado a controlar as forças que já existiam dentro dela por toda a vida.

— Como isso é possível? — perguntou Bailey. — Não...

— Eu achava que a magia precisava nascer com a pessoa — interrompeu Reagan. — Sempre me disseram que uma bruxa só poderia ter a mesma quantidade de magia com que tinha nascido.

— É verdade — disse Scarlett. — Naturalmente. Mas se estamos falando de algo *fora* do normal... — Ela deixou as palavras pairando no ar. Tiffany se enrijeceu, tão imóvel como as estátuas ao seu redor, enquanto Mei alternava o peso do corpo entre um lado e o outro. A única veterana que não parecia desconfortável era Dahlia. Seus olhos refletiam as chamas dançantes da vela, o que os deixava quase vermelhos.

— O feitiço não é fácil — continuou Scarlett. — Também não é permanente, pelo menos sem o talismã de Henosis. Este é o único objeto na face da Terra que permite permanecer com magia roubada. Com o talismã, é possível roubar os poderes de outra bruxa para sempre. Sem ele, trata-se de uma corrida contra o tempo. Além do mais, o roubo custa um grande preço. — Scarlett e Vivi se entreolharam. Sob a luz do luar, Vivi poderia jurar que os olhos de Scarlett pareciam diferentes. Mais escuros, quase pretos. — Para roubar o poder de outra bruxa, é necessário matá-la.

Vivi estremeceu enquanto o vento sussurrava através das árvores, deixando sua nuca arrepiada.

Da floresta, veio um barulho de estalo, como o de um galho se quebrando. Ela girou o pescoço para seguir o som. Dahlia e Mei não se moveram, mas Vivi pensou ter visto uma pontada de medo no rosto de Scarlett e de Tiffany.

— Então... Vocês acham que alguém matou Evelyn Waters? Para roubar seus poderes? — perguntou Reagan, impaciente, claramente sem se preocupar com o barulho.

— Tudo que sabemos é que, na primavera antes de se formar, Evelyn desapareceu da Casa Kappa — respondeu Scarlett, raspando o topo do túmulo com a ponta do dedo. — O talismã desapareceu junto com ela.

— Por isso, quando dizemos que irmãs devem proteger umas às outras... — Foi a vez de Mei falar pela primeira vez.

— Queremos dizer que devem fazer isso com a própria vida — completou Scarlett.

Suas palavras ficaram soltas no ar enquanto todas permaneceram em silêncio. Mas, no momento seguinte, a tocha na entrada do mausoléu explodiu em chamas com um estalo barulhento. As novatas se assustaram e se afastaram.

— Esta noite será a primeira oportunidade de trabalharem em equipe e provarem até onde estão dispostas a ir para protegerem umas às outras — disse Scarlett. Ela levantou as mãos, e mais tochas ganharam vida, iluminando a escadaria que levava para as entranhas do enorme mausoléu abaixo delas. — Isto faz parte do sistema de túneis que conecta a parte antiga de Savannah com o campus de Westerly. Assim que entrarem, nós as trancaremos lá dentro.

— Deixamos pistas para vocês em cada galeria — avisou Mei. — Terão que trabalhar juntas se quiserem encontrar o caminho de volta para a Casa Kappa.

— Sob o risco de ficarem presas debaixo da cidade para sempre — interveio Tiffany, com a voz carregada de um prazer mórbido.

— Celulares, por favor. — Dahlia estendeu a mão para recolher o aparelho de todas. Vivi entregou o dela com receio. Ela mal conseguia chegar aos lugares *com* seu celular.

Scarlett entregou a Vivi um pingente de prata desgastado com símbolos estranhos entalhados.

— Isso ajudará a encontrar o caminho. Boa sorte.

— Vocês vão precisar — disse Tiffany, trocando sorrisos com Scarlett.

Reagan e Bailey adentraram a tumba primeiro. Sonali hesitou por um instante antes de marchar atrás delas.

Vivi seguiu Ariana através da entrada sombria do mausoléu e mal havia descido os primeiros dois degraus quando escutou um ruído alto. Ela se virou para ver a porta pesada sendo fechada atrás de si. Por um milésimo de segundo, seus olhos encontraram os de Scarlett. Vivi achou que a garota parecia quase *preocupada*, mas, antes que pudesse analisar a expressão de sua Mais Velha com mais calma, a porta se fechou, e elas se afundaram na escuridão total.

Enquanto esperava seus olhos se ajustarem, Vivi se esgueirou até a parede para se guiar. Ela fez uma careta ao tocar algo úmido e gosmento. O caminho era inclinado para baixo e, embora a parte racional do cérebro de Vivi soubesse que havia oxigênio de sobra ali embaixo, sua reação natural foi respirar de forma curta, em pânico. Ela não conseguia parar de pensar nos sinos enferrujados que tinham visto ao lado de alguns túmulos, uma relíquia de tempos anteriores aos monitores cardíacos e sensores de atividade cerebral, quando algumas pessoas ocasionalmente acordavam de um coma e descobriam terem sido enterradas vivas.

— Estamos fodidas — declarou Reagan.

— Concordo — disse Ariana. — Haverá mais túmulos vazios se a gente se perder aqui embaixo.

— Não sei — comentou Bailey, e sua voz ecoou pelas paredes. — Isso é provavelmente uma história que inventaram para nos assustar. Aposto que Evelyn Waters nem sequer era uma Raven.

— Era, sim — afirmou Sonali, tão baixinho que Vivi quase não conseguiu escutá-la. — Minha mãe a conheceu. Ela desapareceu de verdade.

Ninguém respondeu. Os únicos sons eram o de respirações irregulares e um constante ruído de gotas pingando em algum lugar à distância.

— Vamos tentar encontrar a saída ou ficaremos paradas aqui a noite inteira? — perguntou Ariana, finalmente.

— Seria mais fácil se pudéssemos enxergar o caminho — disse Vivi. — Acredito que ninguém tenha uma vela para tentarmos acender.

— Não, sinto muito, deixei minha coleção de velas na outra bolsa — disse Reagan.

— Talvez eu não precise de uma vela — sugeriu Bailey, suavemente. — Venho praticando isso. Esperem um minuto. — Ouviu-se um breve sussurro e, então, ela disse: — A Rainha de Paus eu vou invocar. Use seu poder para iluminar.

A última palavra mal acabara de sair de sua boca quando duas chamas brilhantes e alaranjadas apareceram na escuridão, flutuando sobre a palma das mãos de Bailey.

— Muito bem — parabenizou Ariana. — Você trouxe suas cartas?

Bailey negou com a cabeça cuidadosamente, como se tivesse medo de apagar as chamas.

— Acho que valeu a pena ter praticado.

— Isso dói? — perguntou Sonali.

— Não, nem um pouco — respondeu Bailey, um pouco surpresa.

— É preciso muito mais do que isso para queimar uma bruxa — disse Reagan com um sorriso, criando duas chamas em suas mãos também.

A luz das quatro chamas era o bastante para formar um círculo tremeluzente em volta das garotas enquanto elas continuavam a descer a escadaria estreita, esbarrando nas paredes úmidas que pareciam estar se fechando contra elas.

Depois do que pareceram eras, elas chegaram ao fim da escada e toparam com um pilar de pedra com desenhos que pareciam hieróglifos esculpidos. Mais adiante, três caminhos se espalhavam em direções diferentes.

— Acho que é um encantamento — disse Sonali, passando a mão pelos desenhos. — Olha só, os símbolos não estão esculpidos de verdade na pedra. É uma ilusão. Deve ser uma das pistas sobre as quais a Mei comentou.

Bailey deu um passo à frente e ergueu as mãos para que a luz das chamas alcançasse o pilar.

— São símbolos alquímicos. — Ela apontou para um triângulo virado para cima e atravessado por uma linha. — Esse representa o Ar. O triângulo apontando para baixo com a linha atravessada à esquerda é a Terra. O triângulo de baixo é o da Água e o da direita simboliza o Fogo. Aprendi isso no curso de História da Ciência que fiz ano passado.

— E o que isso significa? — perguntou Ariana. — São coordenadas?

Sonali balançou a cabeça.

— Se fosse uma bússola, o símbolo da Terra deveria estar no topo, apontando para o norte.

Vivi levantou o pingente que Scarlett havia lhe dado.

— Bailey, o que é esse símbolo? — perguntou, apontando para o glifo que parecia o símbolo de feminino com uma lua crescente no topo.

— Acho que é o de Mercúrio, mas não tenho ideia do que significa nesse contexto.

— E se for alguma coisa relacionada à mitologia grega? — sugeriu Reagan. — Talvez... — Ela parou de falar quando um chiado baixinho começou a preencher o ar, como um som de chuva caindo à distância. — Que diabos é isso?

Vivi se virou para procurar a origem do barulho e sentiu seu estômago se contorcer. Repentinamente, uma das passagens havia sido inundada por uma corrente de água agitada, que agora estava indo em direção a elas.

— Ah, merda — disse, dando meia-volta e empurrando suas amigas para a frente. — Vamos! Temos que correr. Agora!

O chiado ia se transformando em rugido conforme a água se aproximava.

— Mercúrio era o deus mensageiro alado — ofegou Sonali. — O deus da velocidade. O símbolo estava... nos... mandando... correr.

As chamas de Bailey e Reagan se apagaram enquanto elas corriam, fazendo a escuridão retornar ao túnel. Vivi tropeçou em uma pedra saliente, torcendo o tornozelo de forma dolorida. Logo em seguida, porém, sentiu a água respingando em seu pescoço e foi tomada por um impulso de adrenalina. Ela continuou correndo atrás das outras até ouvir Ariana gritar:

— O caminho está bloqueado. Tem uma parede.

As cinco derraparam até parar. Vivi fechou os olhos e se preparou para ser engolida pela onda, mas, num piscar de olhos, o bramido da correnteza cessou, e a água começou a retroceder, como cães de caça aos quais tivesse sido ordenado que voltassem. A umidade ainda pairava no ar, mas agora os túneis estavam silenciosos.

Vivi expirou lentamente pelo nariz, tentando acalmar seu coração acelerado. Tinha que haver um jeito de voltar para a Kappa sem precisar atravessar um rio subterrâneo a nado.

— Alguém conhece um feitiço de localização?

— Existe um que encontra o dono de um objeto — disse Sonali, também ofegante. — Poderíamos usar no colar para encontrarmos a Scarlett, mas é um feitiço de arcano maior. Não deveríamos tentar um desses até sermos Ravens completas, depois de dominarmos o poder dos quatro naipes.

— Eu topo tentar — disse Reagan. — Qualquer coisa é melhor que perambular pela escuridão esperando outro ataque sorrateiro.

— Então vamos fazer isso — disse Ariana com convicção. — Sonali, explique o que precisamos fazer.

— Primeiro temos que dar as mãos. — Houve uma confusão até que, aos tropeços, as quatro conseguissem se encontrar no escuro. Finalmente, elas fizeram um círculo. Vivi segurava as mãos de Ariana e de Bailey. — Vivi, o colar está com você?

— No meu pescoço.

— Certo, todas vocês, repitam comigo: "Eu invoco o Hierofante Estrelar. Dê-nos sabedoria para, de longe, rastrear".

Vivi fechou os olhos.

— Eu invoco o Hierofante Estrelar. Dê-nos sabedoria para, de longe, rastrear. — Sua voz saiu trêmula, hesitante, mas, conforme as outras garotas se juntavam, ela foi ficando mais alta, imponente. Logo, suas vozes ecoavam através dos túneis de maneira encorpada e ressoante, como se os mortos adormecidos tivessem se juntado ao coral.

— Eu invoco o Hierofante Estrelar. Dê-nos sabedoria para, de longe, rastrear.

Primeiro, Vivi só sentiu um formigamento na ponta dos dedos, o agora familiar sinal de que sua magia estava em ação. Mas, depois de alguns segundos, a vibração agradável começou a se transformar. Solavancos dolorosos de eletricidade atravessavam seu peito, e seu sangue pulsava com tanta força que ela pensou que suas veias iriam explodir. O chão começou a tremer sob seus pés, derrubando poeira e detritos do teto.

— *Vivi* — gritou Ariana. — Contenha-se um pouco. Você está dando muito poder ao feitiço.

Vivi rangeu os dentes e tentou imaginar sua magia retrocedendo, mas era como tentar conter um tornado.

— Não consigo. — Ela ofegou, respirando com dificuldade. O estrondo ficou mais violento e pedras maiores começaram a cair. Vivi tentou levantar as mãos para se proteger, mas ela não conseguia mover os braços, nem mesmo quando algo gelado e pontudo arranhou sua bochecha.

— Você precisa conseguir! — berrou Sonali enquanto todo o túnel sacudia. — Ou seremos soterradas. Todo mundo, continuem entoando!

Vivi apertou as mãos de suas amigas com mais força e resistiu o máximo que conseguiu, esforçando-se como se tentasse levantar um trator sozinha. Quando pensou que estava prestes a explodir, a pressão em seus membros começou a desaparecer e o som estrondoso diminuiu.

— Eu invoco o Hierofante Estrelar. Dê-nos sabedoria para, de longe, rastrear. — As palavras ecoavam pelo túnel.

Depois de um momento, Vivi sentiu um puxão no colar em seu pescoço.

— Eu invoco o Hierofante Estrelar. Dê-nos sabedoria para, de longe, rastrear.

O pingente se levantou do peito de Vivi e flutuou à sua frente. Então, com um puxão violento, ele rodou em seu pescoço e a puxou para retroceder em direção ao túnel mais à esquerda. Ela ofegou, sufocada, enquanto a corrente se afundava em sua pele.

— Vivi? O que houve? — chamou Ariana em meio à escuridão quando Vivi soltou sua mão.

Ela tentou responder, mas nenhum som saiu de sua boca. Desesperada, Vivi puxou a corrente quando começou a enxergar estrelinhas. Usando a última gota de força que lhe restara, ela conseguiu tirar a corrente por cima da cabeça e tomou um bocado de ar, segurando o colar nas mãos.

Chamas voltaram a cintilar sobre as mãos de Bailey, revelando a preocupação no rosto das novatas.

— Está tudo bem com você? — perguntou Sonali, de olhos arregalados.

Vivi assentiu e respirou fundo, estremecendo com o esforço.

— Por aqui.

Ela as guiou aos tropeços com o colar estendido à sua frente, como se fosse puxado por uma corda invisível. Finalmente, ela escutou uma batida quando o pingente colidiu com algo sólido. Ariana pôs-se ao lado de Vivi e começou a tatear a parede.

— É uma porta. — Ela encontrou a maçaneta e a abriu com tudo, enchendo o túnel de luz.

Vivi estremeceu e protegeu os olhos enquanto Ariana a puxava pelo braço e gargalhava de alívio.

— Chegamos — disse, comemorando.

— Chegamos aonde? — perguntou Vivi enquanto se arrastava em direção ao que parecia um porão cercado de garrafas empoeiradas. Algumas possuíam rótulos estranhos: ADÃO E EVA, ATRAÇÃO, BONS NEGÓCIOS, ENGANAÇÃO. Outras garrafas, como as de vinho, eram mais reconhecíveis.

Com mais um puxão repentino, o colar apontou para uma escada no momento em que alguém abriu a porta do porão.

— Vocês já chegaram? — Tiffany apareceu no topo da escada com Scarlett, que observava as novatas com desconfiança.

Vivi soltou a corrente, que saiu voando através do cômodo.

Scarlett pegou o objeto antes que ele batesse nela. Ela virou o pingente para elas.

— Vocês usaram um feitiço de localização nisso aqui?

— O que mais podíamos fazer? — perguntou Vivi, olhando para suas amigas novatas.

— Os símbolos nele eram pistas para as instruções que pintamos no túnel. Não esperávamos que alunas do primeiro ano fossem usar um feitiço de localização.

— Bom, foi ideia da Vivi e deu certo — disse Ariana, com um tom de provocação, enquanto segurava a mão de Vivi.

Sonali contou-lhes como os túneis tinham estremecido e quase desabado.

— Eu nunca vi tanto poder assim.

— Uau — exclamou Tiffany, parecendo impressionada. Mas Vivi estava prestando atenção em Scarlett, que a encarava perplexa.

Vivi se preparou para uma bronca, mas, para sua surpresa e alívio, Scarlett apenas sorriu.

— Bom trabalho, irmãzinha. Agora vamos comemorar.

Capítulo Dezoito

Scarlett

Um pequeno símbolo de bruxaria escondido entre os floreios da caligrafia na placa era a única indicação explícita de que aquele pequeno lugar na parte velha de Savannah era muito mais do que uma simples loja de plantas. A calçada era uma explosão de suculentas e orquídeas, ervas e pequenas árvores frutíferas. Mas, dentro, se alguém soubesse qual porta escondida abrir...

— Uau.

Scarlett mal conseguiu segurar o sorriso para a expressão maravilhada da novata ao entrar pela primeira vez na Caldeirão e Candelabros. Ervas secas se balançavam, penduradas no teto. Havia cristais alinhados de um lado, e velas de todas as cores e tamanhos de outro. As duas paredes restantes estavam tomadas por estantes lotadas de todos os tipos de livros, desde tomos antigos até os mais modernos e populares livros para bruxas.

— É como um lugar mágico e oculto de todos — exclamou Vivi.

No centro da sala, repousavam estantes com os equipamentos maiores para rituais: vassouras, altares, estátuas de deuses e deusas de todos os panteões que se pudesse imaginar. E, é claro, os caldeirões e candelabros que davam nome à loja.

— Para que servem esses? — perguntou Vivi, apontando para uma fileira de cristais.

— Quartzo rosa para abrir o coração; obsidiana para aterrar; lápis-lazúli para abrir o terceiro olho. As pessoas carregam cristais para influenciar o humor e também como talismãs de proteção. — Scarlett apontou para as ervas penduradas no teto. — Todas as coisas carregam uma energia própria. Algumas ervas e cristais emprestam sua energia para os feitiços que realizamos, tornando-os mais fortes. — Então, gesticulou para os caldeirões. — Itens de ritual ajudam a nos concentrarmos no objetivo, tornando-nos mais poderosas.

Essa era uma atividade obrigatória entre Irmãs Mais Velhas e Mais Novas. Alguns dias haviam se passado desde que os espantalhos tinham sido queimados no quintal, e elas precisavam de mais ingredientes para fortalecerem os feitiços de proteção, mas Scarlett precisava admitir que ir às compras com Vivi até que era divertido. Ela não tinha inibição alguma. Impressionava-se com todas as novidades, como um bebê provando açúcar pela primeira vez. Era bem engraçado.

Também tinha que admitir que sua Mais Nova era muito mais poderosa do que acreditara. De acordo com Sonali, Vivi quase provocara um terremoto nos túneis. Aquele tipo de poder era raro — e, nas mãos erradas, perigoso. Mas Vivi estava dando duro para aprender a controlá-lo. Durante uma aula naquela manhã, ela conseguira encantar a estufa inteira para que se parecesse com uma floresta tropical.

— Então é disso aqui que estamos precisando? — Vivi segurou um punhado de zimbro.

— Isso. Pegue pelo menos uns cinco. Isso vai que nem água. — Scarlett estendeu o cesto. — É meio que uma erva faz-tudo.

Sempre que um feitiço pede folhas de louro ou cedro, pode-se substituir por zimbro.

— Como você sabe tudo isso? — perguntou Vivi enquanto empilhava os ramos secos no cesto.

— Minha mãe me ensinou.

— Você é muito sortuda — disse Vivi, melancolicamente. — Minha mãe nem mesmo me contou que eu era uma bruxa.

— Eu não acho que *sortuda* seja a palavra certa. Quer dizer... Não me leve a mal, gosto de ser uma bruxa. Mas isso gera muitas expectativas... — Ela parou, incerta de quanto gostaria de compartilhar. — Minha mãe põe muita pressão em mim.

— Acho que eu preferiria que fosse assim comigo. — Vivi passou a mão sobre uma fileira de cristais. — Ela nunca me explicou nada disso. Nós mudávamos de cidade o tempo todo, num piscar de olhos. Tipo, quando estávamos morando em Las Vegas, um dia encontrei todas as minhas coisas encaixotadas no carro quando cheguei em casa. Ela disse que estávamos indo para San Diego naquele instante porque havia encontrado "uma perversidade" na borra do chá.

— E você nem *suspeitou* de que talvez fosse uma bruxa? — indagou Scarlett.

— *Touché*. — Vivi soltou uma risada. — É, acho que os sinais estavam por todos os lados. Mas passei a maior parte da minha infância achando que minha mãe era uma fraude. E talvez ela seja. Ainda não sei muito bem se ela conhece magia de verdade ou se apenas é muito boa em convencer mulheres desesperadas de que seus maridos caloteiros estão prestes a ter uma onda de sorte.

Scarlett arqueou as sobrancelhas. Ela não esperava aquilo. Por algum motivo, sempre havia imaginado que a infância de Vivi fora... bem, *normal*. Livre de toda a pressão do mundo mágico. Livre da constante necessidade de ser a melhor, a mais inteligente, a mais forte.

— Provavelmente ela é uma bruxa de verdade. Magia como a sua não pula gerações.

Vivi inclinou a cabeça para o lado, pensativa.

— Ela escondeu tudo isso de mim a vida inteira? De alguma forma, parece muito pior.

— Está achando ruim? No meio da minha festa de formatura do ensino médio, minha mãe fez um discurso sobre como tinha orgulho... da minha irmã.

— Sempre que eu me sentia atrasada em relação ao resto da turma, minha mãe ameaçava os professores. Alegava ter visto coisas sobre eles nas cartas. Uma vez, ela atacou um diretor e anunciou que ele fazia parte de um esquema de compra de vagas em faculdades. E decidiu fazer isso enquanto eu me apresentava no show de talentos da escola.

Scarlett riu.

— Tenho certeza de que você ficou superpopular depois disso.

— Com certeza, soterrada por tantos pedidos de amizade. É claro que acho que minha mãe estava certa sobre todas aquelas coisas. Eu apenas não acreditava nela — comentou Vivi. — E, bem, olha onde estou agora. Prestes a me juntar à irmandade mais poderosa do campus. *Se* vocês deixarem, claro — completou rapidamente.

— Coisas estranhas têm acontecido — confessou Scarlett, selecionando mais alguns cristais para o estoque da casa. — Sendo sincera, não tive muita confiança em você no começo.

— Muito estimulante esse discurso, Irmã Mais Velha.

Scarlett a encarou.

— Me deixe terminar. Eu tive sorte. Não fui criada apenas pela minha mãe. Também tive Minnie, minha babá.

— É claro que você tinha uma babá.

— Ela era muito mais do que isso. Viveu com minha família por duas gerações. Era uma bruxa, embora nunca tivesse pertencido a nenhum coven. Preferia praticar sua magia sozinha, de acordo com as próprias regras. Bruxas independentes sempre existiram; algumas evitam covens a qualquer custo e outras escolhem guiar e ensinar, como Minnie fez comigo. Bruxas independentes são essenciais. Elas são imparciais e não tomam partido de nenhum coven. Sua maior preocupação é com a bruxaria de forma geral. E são uma defesa extra caso um coven inteiro se dê mal.

— Você acha que minha mãe é uma bruxa independente?

Scarlett deu de ombros.

— Talvez. Já tentou perguntar para ela?

— Fazer minha mãe me dar uma resposta direta requer um pouco de magia de Espadas — suspirou Vivi. — A Minnie parece ser uma pessoa incrível, aliás.

— Ela era. Não era minha parente e também não era uma Kappa, mas foi uma professora muito mais gentil do que minha mãe. Ela me dava todo o apoio de que precisava. E não apenas em relação à magia. — Scarlett sentiu um nó na garganta. — Ela faleceu ano passado.

— Sinto muito, Scarlett — disse Vivi, delicadamente.

— Embora Minnie praticasse magia sozinha, sempre dizia que "Uma bruxa é poderosa. Um coven é imbatível". Você é poderosa, Vivi. Provavelmente a Bruxa de Ouros mais poderosa que já tivemos em anos. Se eu consigo enxergar isso, Dahlia também consegue.

Vivi abriu um sorriso tímido, porém sua expressão ficou séria.

— Scarlett, tudo o que tem acontecido... Os bonecos de bruxas queimados no quintal... As Ravens vão ficar bem, certo?

— Mas é claro — respondeu Scarlett de imediato. — As Ravens existem há séculos. Somos o coven mais poderoso do país. Nada vai nos deter.

Se ao menos ela conseguisse acreditar nas próprias palavras...

Ela apontou para uma das estantes de livros no canto da loja.

— Se você quiser se adiantar, recomendo pegar *O compêndio das ervas*. Vamos estudá-lo na próxima aula.

Vivi praticamente pulou até a estante em resposta.

O que fez Scarlett ganhar tempo para pegar o que realmente viera buscar ali. Sim, os feitiços de proteção da casa tinham que ser renovados. Mas ela também precisava de algo muito específico para si mesma.

Espiou por sobre o ombro para garantir que Vivi estaria com a cara enfiada no livro. E caminhou até os fundos da loja.

Até uma prateleira com aspecto de abandono que continha um crânio sorridente.

Scarlett apertou o casaco junto ao corpo. Seu celular vibrou na bolsa.

Mason: Pausa nos estudos?

Scarlett: Não posso. Reunião oficial da Kappa.

Mason: Ah, por favor. Estou com saudade, Scar.

Scarlett: Também estou. Te chamo + tarde.

Ela guardou o celular de volta na bolsa, sentindo uma pontada de culpa. Era a terceira vez que dispensava Mason nos últimos dias, mas ser a líder da comissão consumia todo o seu tempo. Ela havia dado horas de aulas às novatas sobre as fases da lua, fizera com que praticassem leituras de tarô umas com as outras e inspecionara o guarda-roupa delas para eliminar peças que não fossem adequadas para uma Raven, o que significava, praticamente, metade das roupas de Vivi. Mas ela não estava trabalhando nas tarefas das novatas agora... Checou duas vezes para ter certeza de que o anel estava no bolso de seu casaco. O anel de prata que Gwen havia deixado cair quando aparecera na Casa Kappa.

O feitiço de localização de Vivi dera uma ideia a Scarlett. Tinha modificado um pouquinho o feitiço, para que ele apontasse o lugar de onde o anel viera, e não Gwen especificamente. Ela esperava que a joia a levasse aonde quer que a garota estivesse vivendo, porque, depois de enfeitiçar o arquivista, descobrira que Gwen não estava em nenhum dos dormitórios ou irmandades.

Scarlett já havia especulado e se preocupado o bastante. Se Gwen tivesse recuperado seus poderes, se seu retorno ao campus estivesse relacionado a todas as coisas estranhas que vinham acontecendo, Scarlett precisava descobrir.

Mas naquele momento, enquanto caminhava em um quarteirão caindo aos pedaços cheio de casas abandonadas nos arredores de Savannah, ela se perguntava se, no fim das contas, aquela tinha sido uma boa ideia.

O anel a puxara em direção a uma loja de ferragens decadente. Uma placa vermelha agressiva de FECHADO estava pendurada ao lado de uma porta telada estreita, com dobradiças tão gastas que pareciam prestes a quebrar. Perto da porta, havia um cinzeiro cheio de bitucas de cigarro, uma delas ainda acesa.

Respirando fundo, Scarlett bateu no batente da porta. Através da tela, conseguia enxergar um corredor que dava em uma escada.

— Olá? — chamou depois de um momento. — Tem alguém em casa?

De acordo com as informações que tinha obtido do arquivista, sabia que Gwen deveria estar um seminário de História Medieval, mas o que era matar aula para uma garota que estava envolvida com magia perversa? Ela bateu novamente.

Ninguém respondeu.

Com o coração acelerado, olhou por cima do ombro. Ninguém à vista. Ela girou a maçaneta da porta telada. Estava aberta.

Entrou pelo corredor e hesitou. O anel a puxou escada acima, até uma porta marcada com um número três torto. Ela bateu de novo, mais alto dessa vez, contando até vinte, e então sussurrou um feitiço:

— Eu invoco a Sacerdotisa e sua Força para me ajudar. Por favor, permita-me passar.

Ela havia aprendido esse feitiço no primeiro ano, quando Dahlia, sua Irmã Mais Velha na época, pedira que invadisse a sala da diretora de Westerly e mudasse os móveis de lugar durante a Semana do Trote.

Aquela porta fora muito mais difícil de abrir do que esta. A fechadura mal resistiu. A porta rangeu ao se abrir; parecia que a ferrugem era a única coisa que a mantivera fechada. Scarlett engoliu em seco, olhou em volta pelo corredor sujo e mal iluminado e entrou no apartamento. Ela não sabia o que esperar. Animais esfolados, um altar de sacrifício ainda sujo de sangue, talvez alguns ossos ou pegadas de terra de cemitério. Em vez disso, eis o que encontrou: uma sala de estar normal.

Havia um sofá perdendo alguns pedaços de enchimento. Uma tevê de tubo que parecia ter sido resgatada de 1998. Um tapete surrado e uma estante vazia, a não ser por alguns livros de Philip Pullman.

Ela avançou pelo apartamento na ponta dos pés. Encontrou um banheiro pequeno com um box apertado e xampu barato. Um quarto com uma cama de solteiro bagunçada e um armário simples com metade das gavetas abertas e roupas pretas saindo delas.

Nada. Além de não haver sinal de magia perversa, também não havia nenhum sinal de magia, ponto-final. Nada de velas, ervas, incensos. Nem mesmo cristais de proteção.

Scarlett encontrou na mesa de cabeceira um livro com a lombada destruída de tanto ser lido: *Como combater a solidão*. Ao lado, uma fotografia em um porta-retratos barato: Gwen em seu vestido de formatura ao lado de um casal de idosos, provavelmente seus pais, mas, possivelmente, seus avós. Eles a abraçavam, e os três sorriam para a câmera.

Scarlett não via Gwen sorrir daquele jeito desde antes do acidente.

Com uma pontada de culpa, Scarlett deu meia-volta e estava prestes a sair do quarto quando seu olhar caiu sobre outra foto. Esta não estava emoldurada, apenas encaixada no canto de um espelho, vincada e amassada pelo tempo. Mas os rostos foram imediatamente reconhecidos. Gwen, rindo. E, ao seu lado, com os braços envolvendo seu pescoço em um abraço...

Harper.

Scarlett desviou o olhar bruscamente e voltou para a sala de estar. Jogou sua bolsa no chão e a vasculhou até encontrar os ingredientes de que precisava. Posicionou a tigela de ônix no centro do tapete desfiado de Gwen. Então, com uma careta, pegou o saco plástico com os ingredientes que havia adquirido na Caldeirão e Candelabros.

— Sinto muito, Minnie, mas eu tenho que fazer isso — sussurrou ela em meio à escuridão.

Bile subiu por sua garganta quando abriu o saco. O cheiro de formol misturado com sangue invadiu suas narinas. Um odor que, por si só, já fazia seus olhos lacrimejarem e arderem. Na magia, porém, os iguais se atraem. Para detectar magia perversa, é preciso se envolver um pouco com ela. Scarlett prendeu a respiração e despejou o conteúdo da sacola dentro da tigela de vidência, que caiu com o som horrível de algo sendo esmagado.

Ela abaixou as mãos sobre a tigela, o mais perto que teve coragem. Então fechou os olhos. Concentrou-se. A magia se reunia e cintilava pelo ar. As luzes se acendiam e se apagavam sem parar. O vento farfalhava na janela.

— Coração perverso, ouça meu comando — sussurrou Scarlett, incapaz de falar mais alto. Ela nunca havia feito nada parecido. Sua mãe a esfolaria viva se descobrisse. Expulsou os pensamentos ansiosos da mente. Precisava se concentrar. Prestar atenção no feitiço. — Olho por olho, dente por dente, revele a magia perversa à minha frente.

Silêncio. Uma batida. E, então, quando começou a se perguntar se tinha dito as palavras de forma errada... *Tudum. Tudum. Tudum.*

Ela abriu um dos olhos, com o coração acelerado. Na tigela de vidência, o coração de coelho que havia utilizado começou a bater. *Tudum, tudum. Tudum, tudum.* Ela observou, horrorizada, o sangue viscoso que emanava dele encher o recipiente.

Rapidamente, esticou a mão e soltou o anel de prata de Gwen na tigela. Ele caiu no líquido grosso, afundando lentamente, como se estivesse sendo engolido. O estômago de Scarlett se queixou, nauseado, e ela fechou os olhos novamente, repetindo o encantamento.

— Revele a magia perversa à minha frente.

Sua voz ficava mais forte, mais firme a cada repetição. A pulsação do coração na tigela a acompanhava, ficando cada vez mais rápida. *Tudum-tudum. Tudum-tudum-tudum.*

Finalmente, ao sentir sua energia se esgotando, desesperada por alívio, seus olhos se abriram mais uma vez.

— Me mostre — ordenou, em uma voz mais grave e ríspida do que o normal.

O sangue, que agora preenchia toda a tigela, cintilou e se mexeu. Enquanto Scarlett observava, uma imagem se formou em meio à substância. Era o rosto de Gwen — não o registrado nas fotos sorridentes em seu quarto, mas com a aparência que tinha quando Scarlett a vira pela última vez. Magra e pálida, com a pele e os cabelos maltratados.

O feitiço deveria revelar qualquer má intenção, qualquer prova de que Gwen estava metida com o tipo de magia perversa pela qual demonstrara interesse quando era uma novata. Mas o rosto na tigela permaneceu imutável. Após um momento, um leve brilho amarelo cobriu a imagem. Ele se espalhou até que toda a tigela de vidência estivesse iluminada pela luz dourada, tão brilhante que Scarlett mal conseguia ver o coração dentro dela.

Ela olhou em volta da sala. Nada. Nenhuma nuvem de fumaça, nenhuma aparição se esgueirando pelos cantos. Nenhum sinal de qualquer tipo de magia. Apenas o brilho amarelo e constante.

Gwen não havia usado magia perversa. Não havia amaldiçoado ninguém. Tudo o que os objetos em seu apartamento indicavam era que ela não possuía poder algum.

Scarlett se sentou sobre os calcanhares, sem saber se estava mais aliviada ou chateada. E foi aí que escutou uma batida à distância, na porta telada.

— Merda. — Scarlett levantou e pegou o saco plástico onde havia carregado o coração. Ela entornou todo o conteúdo da tigela dentro dele, torcendo o nariz. Teria que se livrar daquilo em algum lugar no caminho para casa. Não havia tempo para isso agora.

Segurando sua bolsa e a sacola com os restos do feitiço, apressou-se para sair do apartamento, mas, antes, pressionou o ouvido contra a porta para escutar. Nenhum passo ou qualquer barulho do outro lado. Devia ter sido um vizinho. Respirando fundo, ela abriu a porta lentamente e a fechou atrás de si. Desceu as escadas sem fazer barulho e se esgueirou para fora da porta telada, tomando cuidado para não fazer barulho ao fechá-la.

— O que você está fazendo aqui? — disse uma voz atrás dela.

Scarlett quase pulou de susto. Ela se virou e deu de cara com Jackson recostado no muro de tijolos ao lado da entrada. *Merda.* Por que ele estava em *todos os lugares* ultimamente? Ela precisou de um tempo para que sua pulsação se acalmasse.

— Eu? O que *você* está fazendo aqui? Me seguindo? — respondeu quando se recuperou, cerrando os olhos.

— Não se iluda. Sei que isso pode parecer chocante, mas nem tudo gira em torno de você, Scarlett.

— Você mora aqui? — Scarlett empregou o máximo possível de escárnio em sua voz.

Ele sorriu.

— Por quê? Estava me procurando?

Ela fez questão de encará-lo de cima a baixo, mantendo sua expressão o mais neutra possível. Ele vestia jeans rasgados e uma camiseta azul desbotada. Deteve-se por um segundo a mais do que deveria a observar a pele morena sob o rasgo propositalmente localizado acima do joelho. Quando seus olhos voltaram a subir, Jackson passou a mão sobre o cabelo curto raspado, e ela se pegou encarando os olhos castanhos do rapaz, parecendo um pouco maliciosos acima de suas maçãs do rosto invejáveis. Tinha que admitir que ele não era feio — mas é claro que não estava nem um pouco interessada. Ela já tinha Mason.

— Até parece — disse, de cabeça erguida. — Eu estava procurando Gwen.

— Ela não está em casa agora.

— Vocês estão saindo ou qualquer coisa assim? — Scarlett arqueou a sobrancelha.

Jackson inclinou a cabeça, com aquele sorriso insuportável ficando cada vez maior.

— Está com ciúmes? — O olhar feio de Scarlett deve ter sido uma boa resposta. O sorriso de Jackson diminuiu um pouquinho.

— A Gwen e eu temos uma pessoa importante em comum. Talvez você se lembre dela.

Jackson se aproximou e Scarlett sentiu seu perfume. Amadeirado e forte.

Ela deu um passo para trás.

— Quem? Outra amante abandonada?

Jackson cerrou os olhos, e todos os rastros de alegria desapareceram de seu rosto.

— Minha meia-irmã, na verdade. Harper Wilson.

Scarlett perdeu o fôlego. *Ah, merda.*

Jackson deve ter lido o pensamento em seu rosto.

— Sim. Ela mesma. — Ele cruzou os braços. Seu maxilar estava cerrado. — Ela era uma Kappa. E, dois anos atrás, você e suas irmãs a mataram.

Capítulo
Dezenove

Vivi

Vivi estava gostando de todas as aulas até o momento mas, para sua surpresa, a de História da Arte era sua favorita. Ela nunca sentira uma afinidade particular por arte quando era mais nova. Fazia anos desde que vivera em uma cidade com museus ou galerias, e pessoas tagarelando sobre os símbolos escondidos em borrões de tinta a lembravam dos clientes de Daphne buscando um propósito em meio à crueldade e aos acasos do mundo.

No entanto, durante a aula de História da Arte em uma igreja do século 19, Vivi não conseguia evitar se sentir maravilhada enquanto assistia à apresentação do professor Barnum sobre o uso de contraste nas obras de Caravaggio. Estudar magia havia mudado sua opinião a respeito de basicamente tudo. O mundo era muito menos aleatório do que ela imaginara; havia forças invisíveis trabalhando e significados escondidos por toda a parte. A arte era um reflexo disso.

Apesar da recém-descoberta paixão pela arte, as tarefas da Kappa tinham prioridade sobre as leituras acadêmicas, e Vivi sabia que não estava totalmente preparada para a aula do dia, o que era um grande problema, levando em conta a tendência levemente sádica do professor Barnum de interrogar os calouros. Tiffany havia pedido que a ajudasse com um encantamento para o Baile de Boas-Vindas no fim de semana, e na noite anterior ficara acordada até quase quatro da manhã para terminar uma tarefa para Scarlett: escrevendo um feitiço para que objetos pesados se tornassem leves como uma pluma, outro para invocar uma tempestade e um para fazer as unhas do pé de outra pessoa caírem. Ela se imaginou usando este último em Zoe na próxima vez em que sua colega de quarto convidasse suas amigas para uma festinha do pijama às duas da manhã.

Tudo era maravilhosamente estranho e fascinante, é claro, mas em partes Vivi queria que suas irmãs gastassem menos tempo com unhas do pé e mais tempo com as coisas estranhas que andavam acontecendo na Casa Kappa ultimamente. Vivi era apenas uma caloura, mas, ainda assim, conseguia perceber que algo não estava certo. Seu encontro com Gwen no pátio a havia deixado tão abalada como quando soubera dos espantalhos em chamas, mas Scarlett não parecia disposta a conversar sobre nada daquilo.

— Vivian, você poderia responder?

Assustada, ela se aprumou no assento e deu de cara com o professor Barnum à sua frente, antipático como sempre. Havia boatos de que ele havia reprovado um aluno que perdera uma prova bimestral por conta de uma cirurgia de emergência.

Ao seu lado, Sonali encarava Vivi com olhos arregalados, como se tentasse se comunicar com ela.

— Perdão. — Vivi olhou para o slide projetado. Mostrava uma pintura a óleo dramática de um garoto enrolado em um lençol e segurando uma taça de vinho. — Pode repetir a pergunta? — pediu na tentativa de ganhar mais tempo.

— Eu perguntei por que Baco era uma figura tão popular entre os patronos do século 16. Entretanto, talvez a pergunta não devesse ser relegada a tal contexto histórico, levando em conta sua aparência fatigada e a falta de interesse pela minha aula. Recomendo deixar de lado as atividades da irmandade realizadas até tarde da noite e concentrar-se no verdadeiro motivo pelo qual está aqui: a vida acadêmica.

Vivi sentiu o rosto ficar vermelho como um pimentão. Algumas pessoas no fundo da sala deram uma risadinha, até que o professor lançou um olhar severo em direção a elas também.

Foi quando, como um bote salva-vidas, a voz de Sonali ecoou em sua mente. *Os patronos costumavam encomendar retratos de Baco para simbolizar suas próprias riquezas e conquistas.*

Sem nem parar para pensar em qual feitiço Sonali acabara de usar, Vivi lançou um olhar de gratidão para ela e, então, voltou-se para o professor Barnum.

— Desculpe. Não tinha escutado da primeira vez — disse e, em seguida, repetiu a resposta de Sonali. Ela estava prestes a relaxar novamente, mas continuou falando quando Sonali lhe enviou outro pensamento. — Esse retrato, em particular, encomendado pelo cardeal Del Monte, também faz alusão à sexualidade presumida tanto do patrono como de Caravaggio. Ele possui conceitos pagãos reformulados com símbolos cristãos.

O professor encarou Vivi por um momento e assentiu.

— Muito bem. Agora, em contraposição, vamos falar sobre *Baco e Ariadne*, de Ticiano... — Ele seguiu com a aula.

Obrigada. Vivi disse sem emitir sons para Sonali, com um sorriso, fazendo uma anotação mental para pedir que lhe ensinasse aquele feitiço.

Não tem de quê.

O peito de Vivi foi tomado por um calor que, desta vez, não tinha nada a ver com constrangimento. Sonali a havia ajudado sem hesitar nem por um segundo. Por boa parte de sua vida, Vivi não conseguira fazer amigas de verdade, mas agora ela tinha uma casa inteira cheia delas. Mais do que amigas, na verdade. Irmãs.

Ele está precisando de um bacanal, disse Sonali em sua mente. *Talvez assim ele relaxasse um pouco.*

Uma ideia maquiavélica e atípica para Vivi se formou em sua cabeça. Ela abriu um novo documento de Word em seu notebook e digitou: *Talvez nós possamos ajudá-lo com isso,* e inclinou a tela para a amiga.

Os lábios de Sonali se curvaram em um sorriso. *Pode crer.*

Vivi espiou as outras pessoas em sua fileira para se certificar de que ninguém estava olhando. Então fechou os olhos e sussurrou o feitiço de encantamento que vinha praticando, cuidando para que sua voz fosse abafada pelo tom vigoroso do professor Barnum.

No momento seguinte, o slide projetado na parede se transformou em uma foto de ninguém menos que o próprio professor Barnum, bebendo vinho na beira de uma jacuzzi com uma toalha estrategicamente posicionada em seu colo. Algumas pessoas se assustaram. Barnum se virou para trás para olhar a imagem e ficou vermelho como o fogo. Ele xingou e pegou seu computador, passando os slides freneticamente, mas a imagem encantada teimava em continuar na tela.

Vivi e Sonali trocaram um sorriso de satisfação enquanto risadas abafadas e chocadas tomavam conta da sala.

— Claramente estão ocorrendo dificuldades técnicas. Sala dispensada por hoje — ordenou Barnum, e então murmurou algo sobre como a equipe de t.i. havia mexido em seu computador e que apresentaria uma reclamação formal para a administração.

Vivi conseguiu se segurar até estarem fora da sala de aula, então as duas se apoiaram uma na outra, rindo tanto que começaram a chorar.

— Isso foi demais — disse Sonali, secando os olhos.

— *Você* é demais — respondeu Vivi. Seu celular tocou dentro da bolsa. Ela pegou o telefone, e toda a alegria evaporou quando viu a mensagem na tela.

Preciso falar com você imediatamente. Me encontre na floresta atrás da Casa Kappa. Venha agora.

O coração de Vivi ficou tão pesado que despencou até as lindas botas marrons que ela havia encantado naquela manhã para esconder seu All Star. Independentemente do que fosse, não parecia ser coisa boa. Ao olhar para o lado, viu Sonali perplexa, encarando o próprio celular.

— Você também recebeu? — perguntou Vivi, mostrando a mensagem para a amiga.

Sonali assentiu.

— Acabou de chegar, da Mei. — Sua testa se enrugou de preocupação. — Você acha que elas descobriram sobre... — Ela olhou por sobre o ombro, apontando com a cabeça em direção à sala de aula.

— Não sei... — Vivi perdeu o fio da meada enquanto uma nova onda de pânico a atingia. Usar sua magia na frente de todos daquela forma havia sido arriscado, especialmente porque elas ainda não haviam se tornado irmãs por direito. Talvez as Irmãs Mais Velhas possuíssem alguma forma de monitorá-las para que não usassem magia de forma inapropriada.

Vivi não sabia exatamente como funcionava o processo de reprovação na seleção. Será que havia uma cerimônia em que todas se reuniam? Ou talvez Scarlett pudesse chamá-la a qualquer momento para dizer que ela não havia passado? O que mais "preciso falar com você imediatamente" poderia significar além de "tenho más notícias"? E depois, o que aconteceria? Scarlett apagaria suas lembranças, reduzindo as melhores duas semanas de sua vida a nada além de uma leve sensação no fundo de sua mente? Pela primeira vez ela tinha amigas, tinha um propósito. Será que estava prestes a perder tudo?

— Melhor irmos logo — disse Vivi com um suspiro. — Seja lá o que elas querem, só vamos piorar tudo se nos atrasarmos.

O sol estava se pondo quando Vivi e Sonali chegaram à Casa Kappa. Em vez de entrarem, elas a contornaram em direção ao aglomerado de árvores atrás do jardim dos fundos. A temperatura havia caído drasticamente, e Vivi esfregava seus braços, desejando poder pegar um casaco antes de passar sob a sombra melancólica das árvores.

— Acha que devemos esperar aqui? — perguntou Sonali. Tinham passado boa parte da caminhada pelo campus em silêncio, preocupadas demais para falarem qualquer coisa.

— Elas nos disseram para encontrá-las *na* floresta, por isso talvez seja melhor continuarmos andando.

Sem mais nenhuma palavra, as garotas adentraram a floresta. Era como entrar em outro mundo — o emaranhado de galhos bloqueava a maior parte do pôr do sol, embora vez ou outra se fizesse uma piscina de luz sobre o chão musgoso.

— Acho que é por ali — disse Sonali, apontando para a direita.

— Como você sabe?

Sonali riu e indicou uma trepadeira florida na qual botões rosados desabrochavam de forma peculiar, formando as palavras *Novatas, por aqui*. A ponta da planta havia sido transformada em uma seta. Embora estivesse nervosa, Vivi também riu. As Ravens podiam ser insuportavelmente enigmáticas, mas certamente faziam tudo com estilo.

Vivi e Sonali caminharam até as árvores começarem a se espaçar, revelando pedaços do céu índigo sobre elas. À frente, conseguiam escutar o murmúrio de vozes. As duas seguiram o som até chegarem a uma pequena clareira. A irmandade inteira estava lá, todas vestidas com mantos pretos, exceto Dahlia, que portava um vermelho-sangue. As irmãs formavam um grande círculo, que se abriu assim que Vivi e Sonali se aproximaram para que entrassem onde as outras novatas esperavam. Ariana olhava em volta com olhos arregalados, enquanto Bailey parecia firme e rígida, embora o olhar inquieto denunciasse sua ansiedade. Até Reagan, que geralmente mantinha um ar de indiferença irônica, mexia os dedos de forma nervosa.

Sem dizer uma palavra, as Mais Velhas das candidatas deram um passo à frente, aproximando-se de suas Mais Novas. Scarlett tinha uma expressão difícil de ler quando se aproximou de Vivi e, primeiro, colocou um manto preto sobre seus ombros e, depois, uma tiara de flores brancas sobre sua cabeça. As outras Mais Velhas fizeram o mesmo, embora com tiaras de cores diferentes, e retornaram aos seus lugares no círculo.

Dahlia, que até o momento estava parada ao lado de uma grande pilha de madeira, deu um passo em direção ao centro do círculo.

— É chegada a hora, bruxas. Bem-vindas, Vivi, Bailey, Reagan, Ariana e Sonali. Vocês entraram na floresta como candidatas, mas sairão como irmãs. Esta é a sua iniciação na Kappa. Agora, por gentileza, tomem seu lugar de direito no círculo.

Apesar da solenidade do evento, Vivi não conseguiu reprimir o sorriso enorme que tomava conta do seu rosto. Ao seu lado, Sonali soltou um longo suspiro e murmurou um "Graças a Deus", enquanto Ariana gritava de alegria e batia palmas.

— Então, só para confirmar — disse Bailey lentamente. — Isso significa que...

Dahlia riu.

— Sim, vocês conseguiram. Todas vocês. Estão aqui para se tornarem irmãs por completo.

Vivi precisou se controlar para não pular enquanto se juntava ao círculo, que se espaçou para acolher as novas irmãs. Ela havia conseguido. Pela primeira vez na vida, um sonho havia de fato se realizado. Nada mais seria igual. Agora era uma bruxa com poderes mágicos e, ainda melhor, era uma Raven.

— Estamos reunidas aqui para estreitarmos os laços de nossa irmandade e para recebermos as novas iniciadas em nossa família. Mas, antes, gostaria de agradecer a Scarlett, nossa líder da comissão. — Dahlia se virou para Scarlett. — Essa é a primeira vez em muitos anos que todas as candidatas foram aceitas por direito na irmandade, graças ao seu treinamento.

Scarlett sorriu, com os olhos brilhando de orgulho.

— Agora podemos começar. — Dahlia pegou um galho do chão musgoso e, no instante seguinte, uma de suas pontas explodiu em chamas. — Deem as mãos, e vamos limpar esse espaço.

Vivi sorriu ao segurar as mãos de Mei e Scarlett antes de observar Dahlia jogar o galho sobre a pilha de madeira, acendendo uma fogueira. As chamas dançavam ao redor do grupo, lutando contra a invasão das trevas. Vivi poderia jurar ter visto nelas imagens de pássaros voando e garotas dançando.

As irmãs entoaram um murmúrio, produzindo um som que a deixou arrepiada. Uma brisa adentrou o círculo nos pontos onde as mãos estavam conectadas e, por um momento, Vivi sentiu como se todas elas fossem um único ser, respirando juntas, vibrando em sincronia. Na luz do fogo, o coven parecia espectral, como espíritos da floresta, os cabelos soltos e esvoaçando com o vento.

— Pela minha vontade — entoou Dahlia —, formo este círculo. Pela minha palavra, está conjurado.

Mei e Scarlett soltaram as mãos de Vivi. Juntas, as irmãs se viraram para a mesma direção, de braços erguidos. Vivi fez o mesmo, seguindo as outras garotas.

— Nós invocamos a Rainha de Espadas, espírito do Leste — gritou Dahlia. — Aclamada e conhecida.

Elas se viraram para o sul. Vivi e Ariana se entreolharam por um segundo e trocaram sorrisos.

— Nós invocamos a Rainha de Paus, espírito do Sul — continuou Dahlia. — Aclamada e conhecida. — O vento ficou mais forte. O cabelo de Vivi rodopiava na cabeça como um pequeno tornado.

Elas se viraram mais uma vez.

— Nós invocamos a Rainha de Copas, espírito do Oeste. Aclamada e conhecida.

Em unidade, o círculo de irmãs virou para o norte. Vivi as acompanhou com as mãos erguidas.

— Nós invocamos a Rainha de Ouros, espírito do Norte. Aclamada e conhecida.

Uma pontada de energia percorreu todo o corpo de Vivi, começando em seus pés e se espalhando até a palma de suas mãos.

— Eu invoco a Imperatriz e a Suma Sacerdotisa, espíritos da magia, da bruxaria e do divino feminino — chamou Dahlia. Sua voz ficara mais grave, como se o ritual tivesse lhe concedido um pouco de seu poder. — Rogamos que vos juntais a nós esta noite para a iniciação destas novas irmãs em nosso seio. Olhai por elas e as abençoai com vossa força, vosso conhecimento... *vosso poder*.

Vivi estremeceu conforme a vibração de energia ficava mais forte, eriçando os pelos de seu braço. Embora grande parte da lenha já tivesse se tornado cinzas, as chamas queimavam ainda mais brilhantes e altas do que antes.

— Quem receberá a Iniciada Sonali em nossa irmandade? — perguntou Dahlia.

Mei deu um passo à frente. Naquela noite, seu cabelo estava curto e cinza, com algumas mechas pretas. O visual a deixou com mais cara de bruxa do que nunca. Especialmente porque, mesmo sem maquiagem, seus olhos pareciam artificialmente grandes e seus lábios, perfeitamente contornados.

— Eu receberei.

— Quem receberá a Iniciada Vivi em nossa irmandade?

Scarlett deu um passo à frente.

— Eu receberei — disse com seriedade.

Uma a uma, Dahlia chamou as iniciantes e suas Mais Velhas, até que todas estivessem dentro do círculo.

— Ajoelhem-se, iniciadas — comandou Dahlia. — Deste momento em diante, o ritual está selado. Quando se levantarem, serão membros oficiais da irmandade, com todos os direitos e deveres a ela associados. Vocês aceitam as leis da Kappa e concordam em cumpri-las a partir de hoje?

— Sim, aceito — Vivi disse ao mesmo tempo que Bailey, Ariana, Sonali e Reagan.

— Preparem-se para receber o poder de suas irmãs. — Dahlia olhou para o círculo à sua volta. — Agora iremos invocar nossa magia e direcioná-la para as iniciadas. Scarlett, se a magia se tornar forte ou intensa demais, você deve intervir e ajudar as iniciantes a aterrar o excesso de energia. Está de acordo?

— Sim — respondeu Scarlett.

Vivi se arrepiou com a frase *"Se a magia se tornar forte ou intensa demais"*, lembrando-se do que havia acontecido no cemitério, de quando quase fizera o túnel desabar. Algo assim poderia acontecer naquela noite? A magia não se tratava apenas de feitiços e encantamentos — era um sistema conectado às forças mais poderosas do universo e tinha potencial para dar muito, muito errado, como acontecera com Evelyn Waters.

Dahlia sorriu, e todas as irmãs no círculo levantaram as mãos, encarando as palmas enquanto começavam.

— Imperatriz e Suma Sacerdotisa, concedei-lhes o nosso poder — entoou Dahlia.

— Imperatriz e Suma Sacerdotisa, concedei-lhes o nosso poder. — As outras se juntaram, e as vozes foram ficando mais altas a cada repetição.

Vivi sentiu seus dedos formigarem e depois a sensação começou a se espalhar, passando por seus braços e escorregando lentamente pelo corpo, como gotas de chuva. O coro ficou ainda mais alto, até o ponto em que Vivi pôde sentir as vozes vibrando em seu peito.

— Imperatriz e Suma Sacerdotisa, concedei-lhes o nosso poder.

Começou de repente, uma onda incontrolável sobre seu corpo. Era como dar o primeiro beijo no meio de uma tempestade de relâmpagos. Perigoso e eletrizante ao mesmo tempo.

Vivi abriu os braços, aceitando a magia de suas irmãs. Seu cabelo se levantou, afastando-se de sua cabeça como se ela estivesse submergindo em água. Seu corpo inteiro se ergueu, flutuando a alguns centímetros do chão. Pelo canto do olho, viu o mesmo acontecer às outras garotas, mas não precisava vê-las para poder senti-las. Uma linha as conectava agora, e ela a notava a cada batida de seu coração. Conseguia sentir o orgulho de Sonali, a empolgação atordoada de Ariana, a mistura de agitação e prazer de Bailey e, para sua surpresa, o profundo alívio de Reagan.

— Imperatriz e Suma Sacerdotisa, concedei-lhes o nosso poder. — A voz das Ravens se tornou um coro arrebatador. — Imperatriz e Suma Sacerdotisa, concedei-lhes o nosso poder.

Quando Vivi pensou que não conseguiria mais suportar, que iria explodir por conta da onda de energia que percorria seu corpo, Dahlia gritou acima de todas:

— Nas alturas, nas profundezas. Que assim seja!

O vento cessou. As chamas pararam de dançar em direção às estrelas e Vivi despencou como uma boneca de pano, caindo desamparada até que algumas Ravens a segurassem instantes antes de chegar ao chão.

Uma delas era Scarlett, dando o sorriso mais genuíno que Vivi já vira desde que as duas haviam se conhecido.

— Bem-vinda à Kappa, irmã.

CAPÍTULO VINTE

Scarlett

Tiffany havia se superado.

Todo ano, a Casa Kappa organizava o Baile de Boas-Vindas. Como chefe da administração social, Tiffany havia organizado o baile do ano em curso e, a partir do momento em que Mason abrira a porta da limusine que tinham alugado com outros casais formados por integrantes da PK e da Kappa, Scarlett não conseguira parar de admirar tudo ao redor.

Depois do grande agradecimento de Dahlia na cerimônia de iniciação das candidatas, Scarlett acreditava já ter garantido a indicação à presidência. No entanto, precisava admitir que aquilo era impressionante.

— O que você achou? — Sua melhor amiga apareceu para receber Scarlett e Mason com beijos na bochecha. Ela usava um vestido dourado justo e acinturado, que contrastava com o preto intenso do vestido de Scarlett. Ela parecia um céu sem luar ao lado do sol brilhante e reluzente que era Tiffany.

A roupa da amiga combinava com os arbustos cintilantes atrás dela. Ela havia decidido realizar o baile no Jardim Botânico da Costa da Geórgia. Uma escolha perfeita. As Ravens eram seres glamorosos, mas nunca se esqueciam da origem de seu poder: a terra. E vir ao jardim com seus vestidos de festa era como voltar para casa.

Scarlett já havia visitado o jardim de dia, mas tudo era diferente à noite. Iluminado pela lua e pelas luzes delicadas que pendiam de cordões, parecia o tipo de bosque que existe apenas nos contos de fada.

Pena que não sabia como aquele conto iria terminar. Ela era a fada madrinha ou a bruxa malvada? Talvez dependesse de quem respondia à pergunta. Ela olhou em volta, procurando Jackson, embora garotos como ele geralmente não frequentassem eventos assim.

Ela não o vira mais desde que deixara o apartamento de Gwen. Havia negado as acusações dele, é claro, e ido embora. Mas não se sentia muito bem desde então. O que ele sabia? O que ele *achava* que sabia?

A única coisa que a consolava era saber que Gwen não havia recuperado sua magia. Isso e o fato de que nenhum incidente estranho ocorrera desde os espantalhos no quintal. Tiffany tinha razão: apesar da rixa de Gwen com as Ravens, pelo menos ela não tinha magia alguma para ameaçá-las. Ela que se atrevesse. Uma reles garota não era páreo para um coven inteiro.

E aí?, a voz de Tiffany soou em sua mente. A irmã piscou, claramente esperando elogios. Scarlett então se deu conta de que ainda não havia dito nada.

— Amiga, estou morrendo de inveja por não ter sido eu que fiz tudo isso — disse.

Tiffany sorriu em resposta.

— Ficou incrível, Tiff — comentou Hazel, juntando-se a elas.

Os cordões de luzes enfeitiçados entre os galhos de carvalho cintilavam no alto enquanto se moviam como serpentes douradas e brilhantes. Velas tremeluzentes demarcavam o caminho principal, que, graças a Tiffany, em vez de terra comum, agora consistia de uma camada sólida de gelo, transparente como vidro, que refletia as luzes do alto — um feito impressionante levando em conta o calor de quase trinta graus.

— Pena que não trouxe meus patins — disse Mason com um sorriso.

— Não precisa se preocupar. — Tiffany caminhou até o gelo com seu salto agulha superalto e apontou para o chão. — É um tipo especial.

Magia, obviamente. E havia muito mais.

As folhas no topo das árvores se transformavam o tempo todo, mudando de cores brilhantes e outonais — amarelo, vermelho e laranja — e então caindo como se fossem neve, para depois renascerem em pequenos botões que desabrochavam como na primavera. Era como se toda a floresta passasse pelas quatro estações a cada poucos minutos.

— Esses projetores devem ter custado uma fortuna — disse Mason enquanto caminhavam sobre o gelo, que parecia um pavimento firme como asfalto.

— Mas *como* você conseguiu fazer tudo isso? — Scarlett sussurrou para Tiffany.

Tiffany deu de ombros.

— A Mei ajudou bastante. A Dahlia e a Etta também, é claro. Consegui convencer até a Juliet e algumas segundanistas a aparecerem. Sua Mais Nova ajudou bastante, na verdade. Ela é muito poderosa.

— Você não precisou de mim? — Scarlett arqueou a sobrancelha. Estivera tão ocupada com a Semana do Trote e o reaparecimento de Gwen que mal tivera tempo de conversar com Tiffany. Ainda assim, doía descobrir que Tiffany pedira a ajuda de todo mundo, menos a dela.

— Você estava muito ocupada com as novatas.

Scarlett percebeu o que estava implícito: *Você já tinha tido muitas oportunidades para ficar em evidência.*

Mason acompanhou toda a conversa com o olhar distante, indecifrável.

Ela apertou a mão dele.

— Está tudo bem? — Mason estivera um pouco calado na limusine. Ela não havia dado importância, mas o rapaz parecia distraído.

— Claro — disse ele, seguindo em frente.

Uma banda tocava jazz em frente a uma pista de dança com piso de madeira. Mesas cercavam o perímetro, e garçons de smoking circulavam servindo aperitivos. Estudantes de Westerly usando vestidos e ternos interagiam com os ex-alunos e membros da diretoria da universidade. Luzes piscavam do alto das árvores, de cujos galhos pendiam musgos-espanhóis.

À esquerda, Scarlett avistou sua mãe, que usava um vestido de cetim azul-safira deslumbrante. Ao seu lado estavam o pai de Scarlett e Verônica, mãe de Tiffany. Marjorie e Verônica passaram apenas um ano juntas na Kappa. Não eram próximas naquela época, mas se tornaram amigas por conta de suas filhas.

Marjorie acenou para que Scarlett se aproximasse com um sorriso tenso — o mesmo que dava quando precisava interagir com advogados de firmas rivais. Scarlett ficou surpresa em reconhecer aquele sorriso agora, já que o Baile de Boas-Vindas era o evento social favorito de sua mãe.

— Oi, mãe. Oi, senhora Beckett. — Scarlett abraçou a mãe de sua amiga. — Tiffany não me disse que a senhora viria.

Scarlett não conseguiu evitar reparar em como a sra. Beckett estava magra. Havia um lenço amarrado firmemente em sua cabeça. Suas olheiras estavam profundas; suas bochechas, cadavéricas. Scarlett conseguiu sentir cada vértebra da mulher quando se abraçaram e seu coração ficou pesado, enchendo-se de culpa. Como podia se preocupar em ter sido deixada de lado nos trabalhos de decoração quando deveria ter perguntado a Tiffany sobre a mãe dela?

Ela se virou para sua amiga. *Ah, Tiffany... por que você não me contou?*, perguntou silenciosamente.

Não tem nada para contar. Ela é mais forte do que você imagina, respondeu Tiffany.

Scarlett assentiu, entrando no jogo, mas ambas sabiam que não era bem assim.

— Verônica e eu estávamos lembrando dos velhos tempos — interveio Marjorie, com um tom de falsa empolgação.

— Sim, estávamos falando sobre a importância da irmandade. Quando vamos nos aproximando do fim da vida, fica absurdamente claro o que, e quem, realmente importam. — As palavras da sra. Beckett eram calorosas, mas seu tom era frio. Scarlett olhou para as duas mulheres, reparando na tensão entre elas.

— Tenho certeza de que Tiffany está feliz porque a senhora pode estar presente e ver tudo isso. Ela fez um trabalho incrível — disse Scarlett, tentando melhorar o clima.

— Sem dúvida — disse uma voz familiar atrás dela.

Scarlett se virou lentamente, abrindo um sorriso forçado para Eugenie e se inclinando para dar um beijo na bochecha dela. Sua irmã estava de braços dados com um desconhecido, o que não a surpreendia. Eugenie trocava de namorado como uma debutante trocava de vestido.

— Sabia que isso era coisa sua — Eugenie disse para Tiffany. — A Scar nunca teria tanta criatividade.

Scarlett se enrijeceu. Sua melhor amiga apoiou a mão sobre seu braço a fim de apaziguá-la.

— Na verdade, Scarlett esteve muito ocupada este semestre iniciando cinco novas Ravens. É mais do que nos dois anos em que esteve no comando, não é, Eugenie? — O sorriso de Tiffany seria capaz de cortar um diamante.

Scarlett resistiu ao impulso de beijar sua melhor amiga. Mesmo nos momentos mais difíceis, Tiffany sempre a protegia.

— Você tinha que ter escutado Dahlia durante a cerimônia — continuou Tiffany. — Ela não parava de falar sobre o excelente trabalho de Scarlett com as candidatas. A presidência já está garantida.

— Essa é a minha garota — disse Marjorie com um sorriso de aprovação.

Scarlett lançou um olhar de gratidão para Tiffany.

— Bem, boa sorte na corrida, irmãzinha — sussurrou Eugenie depois que Marjorie pediu licença para conversar com o diretor da universidade. — Ainda aposto na Tiffany.

Antes que Scarlett pudesse responder, Mason fez um sinal para ela. Tinha sido sutil, apenas mexendo um pouco a cabeça e levantando um único ombro. Eles haviam criado aquele sinal muito tempo atrás, durante uma festa na Epsilon Omega Tau, a fraternidade mais besta de todo o campus, quando Scarlett não conseguia se livrar de um novato falando sobre *beer pong* por uma hora inteira. O sinal significava: *Me tire daqui, agora.*

— Não se preocupe, Eugenie — disse Scarlett antes de se afastar. — Qualquer dia desses você vai conseguir segurar um homem por mais de três encontros. — E, com isso, retirou-se para salvar Mason, com a risada suave de Tiffany em seus ouvidos.

Ela caminhou com ele em direção ao bar, soltando um longo suspiro quando já estavam longe o suficiente. Mas parte dela ainda pensava em Tiffany. Sentia-se uma completa babaca por ter se incomodado com o fato de que Tiffany não a incluíra na decoração da festa quando a amiga tinha preocupações maiores.

— Obrigada por me salvar — murmurou Scarlett. — Estava precisando.

— Na real, fiz isso por mim mesmo. — Mason contraiu os lábios. — Odeio o jeito como elas falam com você. Sendo família ou não, ninguém deveria tratá-la assim.

— Diga isso para gerações e gerações da família Winter. Ser passivo-agressiva está no sangue — comentou Scarlett sarcasticamente, esperando uma risada em resposta. Mas Mason parecia sério.

— Você pode escolher que tipo de Winter quer ser — disse ele, gentilmente.

Antes que Scarlett pudesse questionar o que ele queria dizer com aquilo, a multidão que tentava chegar ao bar se abriu de repente, como sempre acontecia quando uma Raven chegava, graças ao sutil controle mental.

Mason, entretanto, acenou para que um outro casal passasse à frente deles.

— Por que você sempre faz isso? — perguntou Scarlett, ficando mais irritada. Ela precisava de uma bebida depois daquela conversa com Eugenie.

— Eu só não gosto de passar na frente o tempo todo. — Ele apontou para a fila que havia se formado novamente. — Nós deveríamos esperar a nossa vez, como todo mundo.

Scarlett riu. Mas parou ao perceber que ele não sorrira de volta.

— O que deu em você hoje?

— Nada.

— Eu não sou idiota, Mason. Nos conhecemos há dois anos. Sei quando tem algo de errado. Você está estranho desde o começo da noite — rebateu Scarlett. Ela deu um passo na direção dele, que, como um reflexo, também deu um passo para trás.

— Scarlett, estamos em uma festa. Vamos apenas tentar nos divertir e, mais tarde, conversamos direito — respondeu ele, olhando para o bar, para um casal na pista de dança, para qualquer coisa que não fosse ela. — Não quero fazer isso agora.

O coração dela parou por um momento, enquanto o medo se espalhava por suas veias. Vagamente, percebeu algumas Thetas os observando de soslaio, aproveitando o show. *Vão se foder*, pensou com raiva, e, quase no mesmo instante, todas as pessoas em um raio de três metros deram as costas para eles.

— Olha, eu sei que as coisas não estão totalmente normais entre a gente — disse ela, tentando manter a calma e ser racional. Conseguiria lidar com aquela situação. Ela era Scarlett Winter, afinal. — Você esteve longe durante todo o verão, e eu estive distraída com as novas integrantes. Mas nós vamos consertar tudo. Somos ótimos juntos. Você *sabe* disso.

Mason respirou fundo, passando a mão pelos cabelos. Seu tique nervoso. Sempre o entregava. Um gesto que sempre achara adorável até aquele exato momento. Porque, quando ele fez aquilo, ela soube.

Um gesto tão simples, capaz de partir seu coração ao meio.

Ele se aproximou, e ela não desviou o olhar embora a garganta dela estivesse se fechando pelo pânico, como uma mulher se afogando em busca do último fôlego antes de afundar. Muito gentilmente, ele apoiou as mãos sobre os ombros dela. Como se ela fosse algo frágil, fácil de quebrar. Como se ela fosse uma desconhecida.

— Eu me importo com você, Scar. Sempre vou me importar. Isso não mudou. Mas eu mudei.

Aquilo estava realmente acontecendo. Ele estava usando todas as expressões e frases de uma comédia romântica ruim. Estava a um passo de dizer *Não é você, sou eu...*

Ele balançou a cabeça.

— Não acho que nosso futuro seja tão compatível quanto nosso passado. E, lá no fundo, acredito que você também saiba disso.

Não, Mason. Eu não sei. Me explique, ela queria gritar. Queria sacudi-lo até que ele dissesse algo que fizesse sentido. Mas sabia que ele já havia decidido. Talvez há um bom tempo, e ela estivera ocupada demais, distraída demais para perceber.

— Não sabe o que está dizendo, Mason. Você me ama e eu amo você. Nós temos que ficar juntos.

O semblante dele se entristeceu. Ela sabia o que ele estava pensando — não acreditava mais em "ter que" fazer nada. Mas não importava quais palavras usasse. Sabia dizer pela expressão firme e pela postura ereta dele. Não podia usar um feitiço que, com as palavras certas e as cartas adequadas, faria alguém amá-la do jeito que quisesse. Existiam feitiços de amor, sim, e seria possível reconquistá-lo com magia, forçá-lo a agir como alguém apaixonado. Mas não seria nada além disso: encenação. É possível dobrar um coração à sua vontade, mas, lá no fundo, ele ainda irá bater no seu próprio ritmo. Nada poderia mudar isso.

— Pensei muito sobre isso — continuou ele. — E, eu sinto muito, não queria fazer isso aqui, agora. Eu amo você, Scar, mas acho que é melhor sermos apenas amigos.

As lágrimas represadas formaram um nó em sua garganta. *Amigos*. Vai se danar. Ela deu um passo trôpego para trás.

— Scarlett, espere. — Ele começou a segui-la.

Ela levantou a mão para afastá-lo, imobilizando-o com sua magia.

— Por favor. Eu... — *Merda*. Iria começar a chorar, bem ali. — Até mais — foi tudo o que conseguiu dizer, praticamente correndo para fora da festa.

Precisava sair dali. *Rápido*. Antes que perdesse a cabeça, antes que arruinasse a festa para todo mundo.

Ela se espremeu entre as pessoas na pista de dança, empurrando os outros com o cotovelo e com a mente para abrir caminho. A festa pulsava ao seu redor, todos empolgados, rindo, dançando, trocando beijos, admirando maravilhados a decoração. Para qualquer pessoa, exceto Scarlett, aquela era apenas mais uma noite incrível em Westerly.

Quando Scarlett finalmente avistou a saída, sua mãe e Eugenie apareceram em seu campo de visão. *Merda*. Ela não conseguiria lidar com elas naquele momento. Não estando tão vulnerável. Não teria estômago para lidar com a decepção de sua mãe ou com o olhar de desprezo que sua irmã mal conseguia disfarçar. Ela não conseguia nem imaginar como daria a notícia para sua mãe. Estava andando apressada de volta para a festa, procurando outra saída, quando alguém a pegou pelo braço.

Jackson. Por Deus. Ela não iria aguentar.

— Jackson, você poderia, por favor, gritar comigo uma outra hora? — disse ela, secando com raiva uma lágrima que havia escapado e escorria por sua bochecha.

A expressão de Jackson mudou instantaneamente, perdendo a aspereza de sempre. Ele a olhou com um semblante que beirava a compreensão, como se soubesse como era perder o controle no pior lugar possível. E, levando em conta que Harper era sua meia-irmã, provavelmente era verdade. Scarlett sentiu um aperto no peito por um motivo que não tinha nada a ver com Mason.

Até poucos dias antes, ela não fazia ideia de que Jackson era meio-irmão de Harper. Ela sempre gostara da garota, mas elas nunca tinham sido muito próximas. Depois da morte dela, Scarlett nunca mais se permitira pensar sobre sua família ou sobre as pessoas que ela deixara para trás. O dano colateral do que tinha acontecido era muito maior do que ela imaginara.

Agora Jackson a segurava pelo cotovelo e a guiava através da multidão rumo a uma saída lateral que ela não havia notado antes. Dava para um caminho sinuoso em direção à floresta sombria, em paralelo com a entrada principal.

— O caminho vai dar em um beco no quarteirão ao lado da entrada principal — disse ele. — Da última vez que conferi, havia uma fila de táxis esperando. Tenho certeza de que um deles a levará aonde quer que queira ir.

Por um momento, ela apenas o encarou.

— Por que você está me ajudando?

Ele deu de ombros, parecendo tão desconfortável quanto ela.

— Como você mesma disse, eu posso gritar com você uma outra hora. Vá para casa e descanse um pouco.

Scarlett deu alguns passos em direção ao beco e então se virou para agradecê-lo. Mas ele já havia ido embora.

Capítulo
Vinte e Um

Vivi

Tendo agora participado de um total de três festas, Vivi podia dizer com confiança que o Baile de Boas-Vindas fora a melhor de sua vida. Não apenas pela música animada e romântica da banda de jazz, pelo clima festivo da multidão glamorosa ou pelo jeito como a brisa quente do fim de setembro acariciava sua pele enquanto ela rodopiava pela pista de dança com Ariana. Era pela sensação de encontrar alguém que ficaria feliz em conversar com ela em qualquer lugar, desde as suas novas irmãs até seus incontáveis admiradores.

Parecia que a universidade inteira havia comparecido à festa. Alguns colegas da aula de História da Arte fofocavam perto do bar. Uma ruiva bonita com a qual ela conversara certa vez no refeitório estava dançando sozinha debaixo de um limoeiro. Etta bailava lentamente com uma pessoa de visual andrógino, com as maçãs do rosto angulosas e um sorriso de derreter o coração. Juliet e Jess se beijavam sob as luzes cintilantes e Tiffany dançava com um rapaz bonito que Vivi reconheceu da festa na PK. Até o professor Barnum estava lá, sozinho em um canto, bebericando um uísque. A única pessoa que ela não tinha visto era Scarlett; sem dúvida, ela devia estar em algum lugar no meio daquele emaranhado de gente, julgando os outros alunos com seu olhar imponente, que já assustava Vivi um pouco menos agora que ela havia observado o lado mais carinhoso de sua Mais Velha.

— Já volto — gritou Vivi para Ariana no meio da multidão suada que se movia no ritmo da música. — Ainda não aprendi um feitiço que bloqueie a minha vontade de fazer xixi a cada meia hora quando estou bebendo.

Ela se espremeu para fora da multidão e caminhou até o banheiro. A fila estava grande, mas Vivi puxou conversa com uma estudante de Antropologia que havia retornado recentemente de um intercâmbio de um ano no Peru. Apenas algumas semanas antes, Vivi se sentiria muito intimidada para bater papo com veteranos, ainda mais com uma garota mais velha tão serena que acabara de receber uma bolsa de estudos da *National Geographic*. Ter se tornado uma Raven de verdade, porém, havia ajudado a moderar seu medo de humilhação e rejeição. E daí se alguém não gostasse dela? Ela tinha uma casa cheia de amigas a aguardando.

Vivi era finalmente a primeira da fila quando Tiffany chegou caminhando em sua direção, aos tropeços e segurando uma bebida em cada mão. Ela parecia levemente zonza, mas, de alguma forma, surpreendentemente elegante em seu vestido de festa dourado.

— Quer uma? — ofereceu para Vivi. — O barman insistiu em me dar uma a mais "para trazer sorte", seja lá o que isso quer dizer.

— Estou de boa — respondeu Vivi com um sorriso. — Se eu beber mais uma gota, não vou aguentar.

— Nós não gostaríamos que isso acontecesse — riu Tiffany. — Não podemos deixar nossa nova superestrela fazer xixi nas calças.

— Superestrela? — repetiu Vivi. — Acho difícil.

— Não, me escuta, Vivi. — Tiffany deu um passo à frente, quase colando o rosto com Vivi. — Senti seu poder durante a cerimônia. E sei o que aconteceu na tumba. Quero que você saiba que está tudo bem. Tudo bem ser poderosa. Me entende?

— Hum, sim. Entendo — disse Vivi, afastando-se levemente.

A expressão de Tiffany ficou séria.

— Você nunca deve pedir desculpas por ser poderosa.

— Não vou... Prometo.

— Certo, muito bem. Porque precisamos de bruxas como você. Todo mundo vai querer que você aprenda a controlar seu poder, mas nunca esqueça o que sentiu naquela noite. Aquilo é magia *de verdade*.

Depois disso, Tiffany deu meia-volta, tombou um pouco para o lado quando seu salto afundou no gramado, aprumou-se e foi embora.

— Beba um pouco d'água! — gritou Vivi para ela.

Quando Vivi saiu do banheiro, seus pés começaram a doer devido ao tempo que passara de salto alto. Ela analisou o ambiente e avistou alguns bancos de madeira espalhados em um canto mais afastado, perto de um grande lago. Vivi arrancou os saltos e, aproveitando a sensação da grama gelada sob seus pés, caminhou até os bancos. A música retumbava à distância, e as luzes cintilavam como vaga-lumes. Ela não sabia como alguém poderia olhar para tudo aquilo e *não enxergar* a magia.

Ainda não acreditava que aquela era sua vida. Naquela manhã, havia se mudado para um quarto pequeno no quarto andar da Casa Kappa. Ele tinha um papel de parede rosa alegre e móveis folheados a ouro, incluindo uma escrivaninha que parecia ter saído de um palácio francês, uma cama de solteiro com dosséis dourados e uma pequena bola de cristal preta sobre cada um deles. Dahlia havia dito que ela poderia redecorar o quarto como quisesse, mas Vivi já o achava perfeito daquele jeito. Pela primeira vez, *tudo* em sua vida estava perfeito. Ela tinha amigas. Irmãs. E também poder. *Se minha mãe me visse agora...*

Alguém tossiu e uma sombra se moveu em um banco a alguns metros. Vivi se assustou, surpresa ao perceber que não estava sozinha.

— Olá? — chamou com a voz levemente trêmula. *Você é uma bruxa*, ela lembrou a si mesma. *As coisas que encontra pela noite é que deveriam ter medo de você.*

— Vivi? — O vulto se levantou e caminhou em direção à luz fraca da clareira.

— Ah, Mason — disse Vivi aliviada, embora seu coração continuasse a bater forte, mas por um motivo diferente. O cabelo dele estava desgrenhado e a gravata-borboleta com o nó desfeito pendia ao redor de seu pescoço. Ele cheirava levemente a cigarro. O copo em sua mão não tinha mais nada além de gelo.

— O que você está fazendo aqui, sozinha? — perguntou ele. O tipo de pergunta que deixaria a Antiga Vivi envergonhada, uma evidência de como ela era sem jeito e não tinha amigos, mas aquilo não afetava a Nova Vivi de forma alguma. Ela se tornara o tipo de garota que poderia se sentar sozinha em um banco na floresta e parecer reflexiva e misteriosa em vez de solitária.

— Só pegando um ar fresco. E você? — Uma coruja piou nas proximidades. Houve o leve farfalhar de um animal se movendo atrás dos arbustos. O ruído da festa não passava de um murmúrio à distância. — Cadê a Scarlett?

Mason abriu um sorriso abatido.

— Acabamos de terminar.

— O quê? Tipo, *hoje?*

Mason assentiu.

— Merda. Quer dizer, sinto muito. Você está bem?

— Sim, estou. — Ele apontou para o lugar perto de Vivi.
— Posso? — Quando ela assentiu, Mason se jogou ao seu lado,

o tecido grosso da sua calça esbarrando na perna dela. Vivi sentiu um calafrio apesar do ar noturno quente. — Eu amo a Scarlett e sempre irei me importar com ela, mas, para ser sincero, nós nunca demos certo juntos.

— Olhando de fora, vocês pareciam o casal perfeito — comentou Vivi. Mas é claro que ela, mais do que qualquer pessoa, sabia muito bem que as coisas nem sempre eram o que pareciam.

— Eu também achava isso — disse ele, virando-se para encarar Vivi. A luz do luar iluminava metade de sua face, dando profundidade às suas maçãs do rosto. — Mas as coisas simplesmente... mudaram para mim este ano.

Vivi prendeu a respiração quando os olhares se encontraram. Os olhos castanhos de Mason brilhavam sob o luar enquanto investigavam os dela. O ar entre os dois parecia carregado de eletricidade e, por um momento fugaz e desesperado, ela quis perguntar se o término tinha alguma coisa a ver com ela. Mas sabia que aquilo era besteira. Ela e Mason mal haviam se falado direito. Ela apenas sentira alguma conexão com ele. Era uma paixonite, só isso.

— Fiquei sabendo que você é uma Kappa agora — disse Mason com um sorriso, como se estivesse desesperado para mudar de assunto.

— Os rumores são verdadeiros — respondeu ela, tentando manter o tom brincalhão e leve, embora seu coração estivesse acelerado. Batia tão alto que Vivi ficou tentada a lançar um feitiço silenciador para que Mason não percebesse o que a presença dele lhe causava.

Ele se virou novamente, seus joelhos tocando os dela. Nunca estivera tão perto assim dele, próxima o bastante para tocá-lo, se ela ousasse.

— Que pena — suspirou ele.

— Por quê?

Mason a olhou com um sorriso melancólico.

— Porque isso significa que não posso me oferecer para ser seu tutor de waffles. Seria por puro altruísmo, claro, mas acho que... não ia pegar muito bem.

Vivi gelou no banco enquanto o significado daquelas palavras atravessavam suas defesas. *Ai, meu Deus... ele gosta* mesmo *de mim.* Ela queria se levantar e gritar, dar uma pirueta, mandar uma mensagem para Ariana. Tudo que fosse preciso para dar vazão à alegria borbulhante em seu estômago. Ou então poderia bancar a Nova Vivi e se inclinar para beijá-lo. Pela primeira vez em toda a sua vida, um garoto do qual estava a fim gostava dela também. Ainda assim — sua ficha caiu e ela voltou à realidade —, não poderia fazer nada a respeito.

As coisas haviam mudado para ela este ano também. A magia havia virado sua vida de cabeça para baixo. Concedera-lhe poder para alterar sua aparência, mudar a direção do vento, invocar as forças mais antigas e misteriosas do mundo. O poder de ser recebida, uma filha única, em uma família de mulheres incríveis. Mas não conseguia mudar o fato de que Mason era o ex de uma de suas novas irmãs.

Ele tinha razão. Vivi era uma Kappa agora. E, se ela tivesse que escolher, a resposta era clara...

— Sim, provavelmente não seria uma boa ideia.

Mason apoiou as costas no banco e soltou um suspiro pesado antes de se virar para Vivi com um sorriso triste.

— A união das Kappas é muito forte, né?

— É, sim... E eu tenho muita sorte de fazer parte disso.

Mason assentiu e ficou em silêncio.

— Cuide bem dela por mim, pode ser? — disse ele, finalmente.

— Vou cuidar. — Vivi respirou fundo e se forçou a se levantar. — Tchau, Mason — disse, voltando para a festa e desejando saber um feitiço para curar um coração partido.

Capítulo
Vinte e Dois

Scarlett

— De novo, não — sussurrou Scarlett. Ela cruzou os braços e se abraçou, tremendo de frio em seu vestido de festa fino. Estava no corredor do segundo andar da Casa Kappa. A porta do quarto de todas as irmãs estava fechada. Ainda assim, conseguia escutar as trovoadas e ver a tempestade se formando lá fora através da janela no fim do corredor.

As arandelas nas paredes balançaram. Ela escutou uma risada grave e rouca vindo de trás de si. Mas, quando se virou, não encontrou ninguém.

As fotos, pensou. As fotografias nas paredes estavam rindo dela. Fileiras e fileiras de retratos, Ravens de tempos antigos, apontando o dedo para Scarlett e rachando de rir. Embora estivesse horrorizada, seus olhos procuraram os rostos que ela conhecia melhor para conferir se estavam rindo também. Sua mãe. Sua irmã. Dahlia. Mei. Gwen. E, por fim, Harper.

Ela cambaleou. Começou a correr. As risadas ficaram mais altas. Mais cruéis.

Chegando ao fim do corredor, deu de cara com a madeira maciça. Nenhuma porta. Era um caminho sem saída. Deu meia-volta e estacou em completo terror. Havia outra pessoa na casa. Vindo em sua direção. Vestindo uma capa — uma vestimenta longa e esvoaçante com as mangas rasgadas, de onde saía uma mão que tentava alcançá-la, as unhas parecendo garras sangrentas. Ela tinha o cabelo comprido e escuro, olhos brilhantes. Sob o capuz, uma boca vermelha cheia de dentes se abriu. Era Harper. Sempre era Harper.

Scarlett acordou assustada com o próprio grito. *Foi só um pesadelo. Só mais um pesadelo.* Agarrou os lençóis, encharcados de suor, embora, finalmente naquela noite, a temperatura estivesse abaixo de vinte graus. Do lado de fora, os relâmpagos faiscavam enquanto nuvens carregadas começavam a se juntar. Seu coração continuou a bater forte contra o peito, em um ritmo incessante que se recusava a deixá-la voltar a dormir. Ela se perguntou se a tempestade era culpa dela ou apenas o clima perfeito para uma noite de merda.

Esticou as mãos trêmulas para pegar a água que sempre deixava ao seu lado durante a noite, mas não havia nada na mesa de cabeceira. Demorou um pouco para se lembrar por quê. As memórias voltaram todas de uma vez. A volta solitária para casa no táxi depois do Baile de Boas-Vindas. A chegada aos tropeços na casa vazia. O choro de soluçar no banheiro e, finalmente, o desmaio na cama, sem nem se importar em remover a maquiagem.

Provavelmente, estaria parecendo um desastre agora. A julgar pelas manchas pretas no travesseiro, seu rímel estava todo borrado.

Ela se forçou a sair da cama, tremendo com o vento gelado da noite. No banheiro, ignorou o espelho e jogou água no rosto. Esfregou até que sua pele começasse a arder e enterrou a cara na toalha. Quando finalmente deu uma espiada no reflexo, seus olhos estavam vermelhos e inchados, e veias vermelhas tingiam a parte branca.

Outra trovejada lá fora. Mais alta. A tempestade estava se aproximando.

Ela voltou para o quarto e pegou o celular. Já passava das três da manhã. Com um grunhido, jogou-se novamente na cama, cobrindo a testa com o braço.

Não adiantava. Ela não conseguiria dormir pelo resto da noite. Seus dedos coçavam para continuar olhando o celular. Novas mensagens. Redes sociais. Talvez Mason tivesse enviado uma mensagem. Ou ligado. Ou postado alguma coisa.

Nenhuma das três.

Scarlett se arrastou para fora da cama e vestiu um roupão. Então, rastejou pelo longo corredor em direção à cozinha. Talvez devesse fazer um chá. Algum que tivesse efeito sonífero. Ao passar pelo quarto de Tiffany, escutou um barulho alto do lado de dentro, pareciam passos. Scarlett hesitou. A casa estava em silêncio, todas dormiam.

Ela pressionou o ouvido contra a madeira.

— Tiffany? — sussurrou. Ninguém respondeu, embora pensou ter escutado *alguma coisa* em resposta: um *tap-tap, tap-tap* seguido de um som arrastado, como mobília sendo trocada de lugar. Ela bateu à porta levemente e pegou na maçaneta.

A tranca se virou facilmente. Ela empurrou a porta.

— Tiff?

A cama estava bagunçada, por fazer... e vazia. Com o cenho franzido, Scarlett acendeu a luz. E gritou a plenos pulmões.

Sangue. Por toda a parte.

Nos lençóis amarrotados. Respingando das paredes, como tinta. Empoçado no carpete. Espalhado pelo espelho rachado. As portas da sacada estavam abertas, balançando nas dobradiças, ruidosas e batendo contra a parede devido ao vento da tempestade. E, bem ao lado do peitoril, encontrou a marca sangrenta de uma mão no papel de parede creme.

Scarlett gritou novamente.

Desta vez, os passos vieram de todos os lados. Portas se abrindo, pessoas gritando, perguntando o que havia acontecido. Mas Scarlett não conseguia ouvi-las direito por conta das batidas de seu coração. Mal reparou nos rostos que encheram o corredor atrás dela, nos outros berros que ecoavam o seu próprio grito.

Foi aí que ela percebeu. Delicadamente posicionado sobre o travesseiro, como se fosse um convite, havia um envelope vermelho. *Para as Ravens*, estava escrito em letra cursiva. Uma caligrafia que não reconhecia.

Ela pegou o envelope e o abriu no momento em que a voz de Dahlia soou atrás dela.

— Pessoal, para fora. Scarlett, venha. — Dahlia apoiou a mão, quente e firme, sobre seu ombro. — Vamos sair daqui.

Mas Scarlett estava paralisada, lendo a carta:

Se quiserem rever a irmã de vocês, encontrem o talismã de Henosis. Sem a ajuda de ninguém. Sem chamarem a polícia. Eu o buscarei na próxima noite de lua nova. Se falharem, sua irmã morrerá. Se falharem, raptarei outra e depois outra — até conseguir o que quero.

— O que é isso? — perguntou Dahlia, pegando o papel das mãos de Scarlett. As irmãs no corredor se aquietaram enquanto Dahlia lia a carta em alto e bom som, com a voz firme e os ombros rígidos. Apenas as mãos trêmulas entregavam seu nervosismo.

A casa ficou quieta, mas estava muito longe de ser o silêncio pesado de um sono profundo. O ar parecia seco, como se os gritos tivessem consumido todo o oxigênio, dificultando a respiração.

Jess foi a primeira a falar.

— Apenas uma bruxa poderia fazer algo assim. Ninguém mais conseguiria ultrapassar nossos feitiços de proteção.

Hazel assentiu, os olhos arregalados e assustados.

— A lua nova é daqui a dois dias — disse, com a voz rouca.

Juliet e Etta se entreolharam intensamente.

— Precisamos fazer alguma coisa — disse Mei do corredor.
— Chamar a polícia ou...

— Não — interrompeu Dahlia, estreitando os olhos para a carta. — Ninguém vai chamar a polícia.

— Mas nós precisamos, Dahlia — retrucou Scarlett de imediato. Tiffany havia sido sequestrada de forma claramente violenta. Não havia tempo para se preocupar com protocolos mágicos, não quando sua melhor amiga poderia estar sangrando mortalmente.

— E o que vamos dizer, Scarlett? Que uma bruxa sequestrou nossa irmã bruxa usando bruxaria?

— Podemos não mencionar a magia. Só precisamos encontrá-la. — Scarlett tentou afastar a imagem do rosto de Tiffany coberto de lágrimas de dor. Ou pior, seu rosto rígido e quieto enquanto a vida escapava de seu corpo.

— Não tem como não mencionar a magia. A magia é a motivação, a arma e a vítima. E, com sorte, a magia é o que irá salvá-la — insistiu Dahlia. — Se chamarmos a polícia, vamos passar as próximas vinte e quatro horas respondendo perguntas sem sentido em vez de estar procurando Tiffany.

— Dahlia tem razão. A polícia não pode nos ajudar, e não podemos arriscar nos expormos tanto. Pelo menos, não por enquanto — completou Juliet.

Scarlett hesitou e soltou um longo suspiro, largando o celular, que, até o momento, agarrava dentro do bolso.

— O que faremos, então?

Todas ficaram em silêncio novamente. O único som era o da chuva batendo contra as janelas.

Dahlia analisou o quarto de Tiffany, considerando a cena caótica. Seus olhos caíram sobre uma poça de sangue no chão e, por um momento, sua rigidez pareceu sucumbir. Seu rosto se contorceu e ela deixou um soluço escapar. Scarlett havia visto a presidente chorar apenas uma vez, quando sua avó falecera. De certa forma, aquilo deixava a noite, que já estava horrível o bastante, ainda mais desesperadora. Mas o choro de Dahlia cessou tão rápido quanto começou. A presidente retomou o controle, enrijeceu o maxilar com determinação, respirou fundo e olhou para o coven: Juliet e Jess se abraçavam. Vivi, branca como uma folha de papel, estava ao lado de Ariana, cujas lágrimas escorriam pelo seu rosto. Scarlett sabia que Dahlia deveria estar sentindo o peso da ansiedade de cada uma delas sobre seus ombros.

— Vamos encontrar o talismã de Henosis, como nos estão pedindo. — Dahlia dobrou a carta cuidadosamente. — Não temos outra escolha.

— Mas o talismã é um mito — disse Mei, olhando de Dahlia para o rosto assustado de suas irmãs.

— Bruxas também. E, ainda assim, aqui estamos — respondeu Dahlia.

— Mas só temos dois dias. — Scarlett pressionou os dedos contra as têmporas. — E se não o encontrarmos... — Ela mal conseguia traduzir seus pensamentos aterrorizantes em palavras.

— Nós, Ravens, já fizemos o impossível antes. Passamos as últimas centenas de anos superando nossos inimigos em inteligência. Nem mesmo a magia mais sombria pode bater de frente com a combinação de nossos poderes. Tiffany é nossa irmã. E nós vamos encontrá-la juntas. — Dahlia ergueu o queixo e encarou cada uma de suas irmãs.

Hazel pressionou os lábios e assentiu. Vivi tinha o semblante pálido, porém determinado. Sonali mantinha a severidade no olhar.

— Juntas — repetiu Mei, estendendo o braço para segurar a mão de Scarlett.

— Juntas. — A palavra ecoou como uma canção pelo corredor. *Juntas.*

Scarlett se forçou a sorrir para as irmãs e, então, virou-se para Dahlia.

— Quero realizar uma vidência em busca de Tiffany. Só para garantir que ela está bem. A carta diz para não pedirmos ajuda de ninguém, mas não fala nada sobre não podermos usar nossa magia.

— Talvez possamos tentar encontrar quem escreveu a carta — sugeriu Vivi. — Deve existir um feitiço para isso.

— Vou preparar a cozinha — disse Etta, sinalizando para que Hazel e Juliet a seguissem.

— Vou checar o grimório — comentou Mei, virando-se para sair.

— Me encontrem na estufa em quinze minutos. — Dahlia segurou as mãos de Scarlett enquanto as outras irmãs saíam para fazer os preparativos. — Scar, você está comigo nessa?

— Dahlia, não consigo senti-la — sussurrou Scarlett.

Dahlia apertou as mãos de Scarlett com mais força.

— É da Tiffany que estamos falando. Ninguém mexe com ela. Se lembra daquela vez em que ela ficou presa em um caixão durante a Semana do Trote? Ela não conseguia sair de lá usando um feitiço, mas se libertou na garra, sem usar um pingo de magia que fosse. Ela é uma guerreira.

Scarlett balançou a cabeça.

— Olhe todo o sangue. Teremos sorte se ela ainda estiver consciente, que dirá forte o bastante para reagir. É como dizemos para todas as candidatas: "Só porque estão cheias de magia, não significa que não possam machucá-las".

— A Tiffany é corajosa, Scarlett — rebateu Dahlia. — E, agora, ela precisa da sua força.

— Precisamos salvá-la, Dahlia.

— E nós *vamos*. Mas se essa pessoa está procurando o talismã de Henosis... bem. Todas sabemos o que aconteceu com

Evelyn Waters. Precisamos ser cuidadosas, Scar. Se alguma coisa der errado...

— Daí, juntas, seremos fortes o bastante para enfrentar o perigo — respondeu Scarlett, soando muito mais confiante do que realmente estava. Precisariam ser fortes para encontrar sua melhor amiga.

Capítulo
Vinte e Três

Vivi

O som da chuva batendo sobre a estufa parecia o de milhares de pássaros com o bico afiado tentando quebrar o vidro. Ainda faltavam algumas horas para o amanhecer e, lá fora, o céu estava profundamente escuro, com as nuvens carregadas de chuva escondendo as estrelas. E, embora a maioria das Ravens tivesse sido acordada repentinamente, não havia nenhuma sonolência na expressão das garotas enquanto formavam um círculo contornado por velas brancas. Algumas pareciam assustadas, outras mais irritadas, mas a maior parte das integrantes mais velhas permanecia firme e destemida, juntando a força e a concentração necessárias para a tarefa que tinham em mãos — encontrar Tiffany.

Vivi estava ao lado de Ariana, que apertava sua mão com força, fazendo seus ossos doerem.

— Apenas algumas horas atrás, ela me ensinou como aperfeiçoar algumas habilidades de arcanos menores nesta estufa. E agora… ela se foi — disse Ariana, segurando as lágrimas.

— Ela não se foi. Só precisamos encontrá-la — afirmou Vivi.

Tiffany era a Mais Velha de Ariana, e as duas haviam se aproximado bastante durante o processo de seleção. Mas a preocupação de Ariana mal se comparava à da Mais Velha de Vivi, de pé do outro lado do círculo, visivelmente trêmula enquanto observava Juliet acender as velas.

Vivi gostaria que alguém encantasse as velas para que elas produzissem mais luz, já que as chamas iluminavam pouquíssimo a escuridão além das paredes da estufa. Apesar de estar cercada por um coven de bruxas poderosas, ainda se sentia exposta e vulnerável ao lado de uma parede de vidro. Alguém havia conseguido invadir a Casa Kappa, apesar dos inúmeros feitiços de proteção. E aquilo significava que quem quer que fosse poderia invadir a residência de novo. Teria sido aquilo que sua mãe vira semanas atrás? Ou ainda haveria mais — algo pior — por vir?

A decisão de não chamar a polícia a preocupava. Ela entendia os motivos de Dahlia para seguir as instruções da carta. Além do mais, quem quer que tivesse raptado Tiffany o havia feito usando magia perversa, tornando a ajuda policial praticamente inútil. Mas uma garota havia desaparecido, e a pessoa que a sequestrara estava à solta. Alguém que havia prometido voltar para buscar mais Ravens.

Dahlia caminhou até o centro do círculo e se ajoelhou em frente ao caldeirão que Etta havia enchido com uma mistura de vinho — de uvas colhidas em um cemitério da Borgonha —, artemísia e cedro para aguçar as visões.

— Irmãs — disse Dahlia ao se levantar — , juntem-se a mim.

As garotas se moveram até ficarem o mais perto possível de Dahlia. Acima delas, a tempestade maltratava o vidro de maneira frenética.

— Esta noite, buscamos aquela que nos foi roubada. — Dahlia ergueu a mão, revelando algo em seu punho fechado. O estômago de Vivi se revirou. Era um retalho do lençol de Tiffany, o tecido branco com manchas quase pretas de sangue seco. — Buscamos notícias de nossa irmã, de quem fez isso com ela, e também se ela ainda está em perigo.

Dahlia abriu a mão e deixou o tecido flutuar para dentro do caldeirão. As partes imaculadas do material ficaram vermelhas assim que o vinho tocou o cetim.

As outras garotas começaram a murmurar, e Vivi sentiu a energia tangente vibrando em seu peito. Pela primeira vez, tinha medo de deixá-la se espalhar por seu corpo. Naquela noite, havia visto o lado sombrio da magia, e não estava disposta a se abrir para algo que poderia ser tão perigoso. Mas, enquanto segurava a mão de Ariana, Vivi lembrou a si mesma de que encontrar Tiffany valeria o risco.

— Eu invoco todas as Rainhas, anciãs como a manhã — sussurrou Dahlia. — Revelai-nos o paradeiro de nossa amada irmã.

A chuva apertou e o murmúrio quase foi abafado pelo assobio do vento balançando os painéis de vidro da estufa. Então o caldeirão começou a brilhar enquanto o líquido fervia e borbulhava. A mistura de vinho tinto se tornou espessa e escura como o breu. Uma imagem surgiu na superfície inquieta e, embora o rosto estivesse distorcido pelo movimento do líquido, não havia dúvidas de quem era.

Scarlett soltou um grito angustiado ao ver sua melhor amiga. Arranhões vermelhos cortavam os dois lados do rosto de Tiffany, e sangue escorria de suas têmporas até o queixo. Ela estava amordaçada, com os olhos arregalados de medo enquanto se debatia contra algum tipo de amarração invisível.

— Ai, meu Deus — sussurrou Ariana enquanto as lágrimas escorriam pelo seu rosto. — Precisamos ajudá-la. *Agora*.

— Mostrai-nos quem fez isso — ordenou Dahlia. Havia uma pontada de desespero em sua voz grave e sonora.

Uma nuvem de fumaça saiu do caldeirão, e um fedor podre e pungente atingiu Vivi com a força de uma onda. Ela cobriu o rosto e tropeçou para trás enquanto algumas das garotas tossiam.

A fumaça ficou mais espessa até que, com o som de tímpanos estourando, o caldeirão explodiu, molhando parte do círculo com o líquido escaldante. Dahlia gritou e estremeceu enquanto murmurava um feitiço de cura; ao seu lado, Mei fez o mesmo por Jess, que tinha os punhos cerrados ao se contorcer de dor. Vivi se virou para ajudar Hazel e Reagan a apagarem as velas que haviam caído e poderiam incendiar algumas das plantas secas.

— O que foi isso? — perguntou Vivi quando todas as velas já estavam apagadas.

— Isso — a voz rouca de Dahlia ecoou pela escuridão — é magia perversa.

Capítulo
Vinte e Quatro

Scarlett

— Tiffany, onde quer que você esteja... Vamos te achar...

Scarlett encarou a luz radiante da manhã que atravessava a porta da sacada. Ela a havia trancado bem quando chegara ao quarto, depois de realizarem o feitiço. Ou tentarem realizá-lo, no caso. Dahlia tinha razão — a magia perversa havia interferido na feitiçaria, assim como acontecera quando Scarlett tentara adivinhar as intenções de Gwen.

Scarlett abraçava o elefante de pelúcia da loja de antiguidades. Ele não tinha uma perna. Poderia dar um jeito naquilo com um simples encantamento, mas ela e Tiffany gostavam dele daquele jeito, já tendo sido amado por tanta gente que estava praticamente se desintegrando. Ela queria que houvesse um feitiço que fizesse o elefante levá-la até Tiffany. Mas, como o feitiço da noite anterior não havia funcionado, não sabia mais o que funcionaria. Quem quer que tivesse sequestrado Tiffany havia erguido uma barreira forte de proteção mágica ao seu redor — algo que nem as Ravens conseguiam romper.

Mei estava dormindo ao seu lado na cama; nenhuma das garotas quis dormir sozinha. Não depois do que acontecera com Tiffany. Toda vez que Scarlett fechava os olhos, a mesma imagem aparecia. Os respingos vermelhos brilhantes no papel de parede. Sangue por toda parte. O suficiente para tornar difícil acreditar que Tiffany ainda estava viva, mesmo depois de o feitiço ter revelado que sim.

E agora precisavam encontrar um talismã místico que talvez nem existisse. Scarlett não fazia ideia de por onde começar a procurar. Ela só sabia que as bruxas estavam em perigo.

E era tudo culpa sua.

Tudo que se joga para o mundo, volta em triplo. E o que ela e Tiffany tinham feito no primeiro ano — e escondido por tanto tempo — finalmente havia retornado para as duas. E, talvez, Tiffany pagasse o preço com a própria vida.

Silenciosamente, Scarlett se esgueirou para fora da cama. Mei se mexeu, e Scarlett guardou o animal de pelúcia de volta no armário. Ela desceu na ponta dos pés até a cozinha. A casa estava quieta. Perguntou-se quantas garotas haviam usado um feitiço para dormir e quantas tinham feito o mesmo para se manter acordadas e garantir que estariam prontas caso alguma coisa acontecesse durante a noite. Pela primeira vez, Scarlett não queria usar sua magia; estava preservando-a para o que estava por vir. Ela e suas irmãs precisariam de força total para resgatar Tiffany.

Na cozinha, pegou uma caneca e ligou a máquina de expresso. Enquanto o aparelho apitava e estalava, Scarlett olhou pela janela. O campus estava começando a acordar. Alunos passavam de bicicleta ou vagarosamente a pé com seus fones de ouvido e mochilas penduradas nos ombros. Era quase surreal como o mundo seguia normalmente enquanto Tiffany era mantida em algum lugar, torturada, esperando que Scarlett e suas irmãs a salvassem.

— Oi — disse uma voz, dissolvendo seus pensamentos. Vivi estava parada à porta, com o cabelo levemente armado e olhos inchados e vermelhos. — Como você está?

— Como você acha? — respondeu Scarlett, servindo o café em sua caneca. Gotas respingaram para fora, queimando seu dedo, mas ela aceitou a dor. Merecia aquilo e muito mais.

Vivi piscou.

— Sinto muito. Foi uma pergunta idiota. Posso ir embora se preferir ficar sozinha...

Scarlett balançou a cabeça.

— Não, desculpe. Eu estou muito nervosa.

— E com razão. — Vivi hesitou e então surpreendeu Scarlett totalmente ao envolvê-la em um abraço. — Sinto muito que isso tenha acontecido. Sei como a Tiffany era importante para você. É importante para você — corrigiu rápido, enquanto o coração de Scarlett se apertou dolorosamente. — E tenho certeza de que isso nem se compara com a situação da Tiffany, mas também sinto muito por você e Mason.

Meu Deus, Mason. Scarlett não havia nem sequer pensado nele desde que encontrara o quarto de Tiffany coberto de sangue. Ela se sentou à mesa com a caneca na mão, olhando para o nada como se pudesse encontrar as respostas em algum lugar. Em uma noite, Scarlett havia perdido as duas pessoas com as quais mais se importava no mundo.

— Mason fez certo em terminar comigo — admitiu Scarlett. Ela não merecia ser feliz, seguir em frente com sua vida ao lado de um garoto incrível. Harper nunca mais teria uma chance como aquela. E, agora, talvez Tiffany também não tivesse. — Ele vai encontrar alguém melhor do que eu.

Vivi pareceu surpresa.

— Scarlett, ele nunca vai conseguir alguém melhor. Você é... perfeita — disse, finalmente.

— Não precisa fazer isso.

— Isso o quê?

— Me bajular. Agora você já é uma Raven — respondeu Scarlett.

— Acredite, não é bajulação.

Scarlett abafou uma risada fraca.

— Bem, Mason consegue encontrar alguém melhor. E ele vai. E eu vou ter que aceitar. — Scarlett botou as duas mãos em volta da caneca. — Não sou uma pessoa boa, Vivi. Fui horrível com você, talvez até além do que era necessário.

Vivi se sentou à mesa e balançou a cabeça.

— Você me ajudou. Me treinou mesmo sem *gostar* de mim. E quer encontrar sua amiga, custe o que custar. Mesmo que isso signifique se colocar em perigo.

— É claro que eu preciso encontrá-la — respondeu Scarlett. Ela nem sequer havia considerado uma alternativa. — Sou a culpada por isso ter acontecido com ela.

— Scarlett, isso não é culpa sua de nenhuma forma. — Vivi se inclinou para abraçá-la novamente, mas Scarlett recusou.

— É, sim — insistiu Scarlett, ficando nervosa. Não com Vivi, mas consigo mesma. — É minha culpa, *sim*.

— Mas como poderia ser? — argumentou Vivi. — Você não...

— Nós matamos uma pessoa, Vivi — confessou Scarlett.

Vivi se aprumou na cadeira e seu rosto ficou pálido.

— O quê?

Scarlett enterrou o rosto nas mãos, esfregando os olhos, finalmente se permitindo admitir a verdade depois de tanto tempo. Finalmente se permitindo lembrar daquela noite por completo.

Era março de seu primeiro ano de faculdade, e o clima estava começando a esquentar. Todo mundo estava na festa da Psi Delta Lambda, que estava mais intensa do que de costume. Todos bêbados e esparramados no quintal, onde os irmãos da fraternidade haviam deixado os barris de cerveja. Dahlia, que em seu segundo ano já era da administração de novas candidatas, estava dançando com Sadie Lane, a presidente da época, e algumas garotas mais velhas enquanto um grupo de caras da Psi Delta incentivavam alguém a virar um barril inteiro. Gwen estava em uma sacada do segundo andar olhando para as garotas com uma leve expressão de nojo.

— Olha só para ela. Aquela bruxa pensa que é melhor do que todo mundo — disse Tiffany para Scarlett. — Ela está literalmente acima da gente. Acho que deveríamos abaixar a bola dela um pouquinho.

— Não sei, não, Tiff — respondeu Scarlett. Gwen e Tiffany haviam brigado de novo recentemente. Scarlett nem sabia o motivo, e Tiffany ainda estava remoendo.

— Ah, vamos, vai ser divertido — argumentou Tiffany, com os olhos brilhando enquanto pegava Scarlett pela mão.

Scarlett hesitou. Ela também não gostava de Gwen, agora que tinha visto com seus próprios olhos como a garota conseguia ser cruel com Tiffany, mas fazer qualquer coisa assim, na frente de todo mundo, com suas irmãs e os caras da Psi Delta por perto parecia arriscado.

— Preciso lembrá-la de que na semana passada mesmo ela nos chamou de piranhas fúteis que não conseguem nem mesmo controlar a própria magia para realizar um feitiço de invocação? — questionou Tiffany.

Scarlett sentiu uma pontada de raiva; *ninguém* tinha o direito de ofender suas técnicas de feitiçaria.

— Ah. Ela é a pior. Nossos feitiços são impecáveis — disse Scarlett. Talvez fosse o álcool, ou o jeito como Gwen desdenhava delas naquele momento, mas, mesmo sabendo que era errado, Scarlett finalmente aceitou. O sorriso de Tiffany era contagiante, e Scarlett precisava admitir que já estava cansada da hipocrisia de merda de Gwen. — E aí, o que está pensando em fazer?

Tiffany continuou sorrindo e mexeu os dedos como se fossem patas. Scarlett riu. É claro. O único ponto fraco da armadura de Gwen era seu medo paralisante de aranhas. Elas haviam obtido a informação quando precisaram caçar aranhas para um feitiço durante a tarefa do cemitério na Semana do Trote. Gwen havia gritado e chorado como uma garotinha de três anos de idade.

— Sua bruxinha perversa — disse Scarlett, sem conseguir segurar o riso enquanto elas davam as mãos e sussurravam o encantamento.

Por um momento, nada aconteceu. Então Gwen soltou um grito arrepiante e começou a correr pela sacada jogando os braços no ar. Ninguém mais conseguia enxergar mas, para Gwen, havia aranhas por toda parte, subindo por seu corpo, caminhando sobre todas as superfícies. A festa inteira se virou para observá-la.

— Tirem elas daqui! — gritou Gwen.

— O que diabos está acontecendo? — perguntou Dahlia enquanto alguns garotos caíam na gargalhada. Um deles pegou o celular e começou a filmar Gwen se contorcendo e se revirando.

Tiffany deu uma risada longa e alta, que se destacou na multidão. Gwen fixou o olhar nela e em Scarlett. Quando compreendeu o que estava acontecendo, seus olhos se estreitaram e ela começou a mover os lábios rapidamente, de punhos cerrados, realizando seu próprio feitiço. Mas Scarlett e Tiffany estavam preparadas. Assim que sentiram a magia de Gwen vindo em sua direção, Scarlett a rebateu, com força, quase derrubando Gwen no chão.

Gwen encarou Scarlett de um jeito que a paralisou, com um olhar de pura repulsa. Em seguida, cerrou os punhos com mais força, acessando sua magia novamente. Tiffany e Scarlett deram as mãos e enviaram outra onda de poder em direção a Gwen para contra-atacar seu próximo feitiço. E foi aí que Harper apareceu na bancada e tocou o ombro de Gwen, sem dúvida tentando acalmá-la. Harper se importava com Gwen e, acima de tudo, importava-se com a imagem pública das irmãs.

Scarlett nem sabia como descrever o que aconteceu em seguida. Gwen devia ter se desconcentrado no meio do feitiço, e a magia saiu de seu corpo como um maremoto, colidindo com o novo feitiço de Scarlett e Tiffany. As magias se encontraram e explodiram, atingindo tudo e todos que estavam ao redor.

Antes que qualquer pessoa pudesse se mexer, antes que Scarlett tivesse a chance de recuperar o fôlego, o som do metal se partindo invadiu o ar, e a sacada despencou, descolando-se da casa e atingindo o solo com um barulho estrondoso. Gwen e Harper foram jogadas no chão como duas bonecas de pano.

Harper morreu instantaneamente por conta do impacto. Scarlett conseguia ver a poça de sangue se formando ao redor dela no pátio de concreto e havia levantado a mão para estancar o ferimento, mas Tiffany a puxou para baixo.

— Alguém pode acabar vendo — sussurrou Tiffany com os olhos abertos e em alerta.

— Precisamos ajudá-las — disse Scarlett, sem se importar com as aparências ou com qualquer outra coisa além de suas irmãs feridas. Ela levantou a mão novamente e começou a entoar um feitiço bem baixinho, mas Tiffany a empurrou para baixo mais uma vez.

— Elas se foram — sussurrou Tiffany, abraçando a amiga.

Naquele momento, um garoto que checava o pulso de Gwen soltou um grito.

— Ela ainda está respirando! — exclamou.

Gwen foi levada às pressas para o hospital em um estado crítico.

Scarlett ficou aflita e frenética, sentindo-se culpada. Só conseguira se manter firme por causa de Tiffany; ela nunca havia visto sua amiga tão abalada. Mais tarde naquela noite, antes da reunião geral da casa, Tiffany lhe confessou:

— Scarlett, você sabe o motivo das minhas brigas com a Gwen? — começou. — Eu encontrei um coração de cervo e um grimório perverso no quarto dela. Ela não queria que eu contasse para a Sadie, e, por mais que eu não gostasse dela, não queria dedurar uma irmã. Mas ela estava mexendo com magia perversa. Se a Harper não tivesse se interposto, quem sabe o que a Gwen poderia ter feito? — Tiffany desabara, aos prantos.

Scarlett se sentiu enjoada e começou a chorar também. Em sua mente, havia um oceano de outras realidades. Se ao menos Tiffany tivesse lhe contado antes sobre o coração. Se ao menos não tivessem inventado aquela pegadinha estúpida... Mas agora já havia acontecido. Eram as bruxas mais poderosas do país, mas não conseguiam trazer Harper de volta.

— Nós nos demos mal, Scar. Não fomos nós que começamos, mas temos que acabar com tudo isso. Precisamos deter a Gwen — disse Tiffany.

— A Gwen não pode mais machucar ninguém — respondeu Scarlett, pensando na garota inconsciente sendo carregada em uma maca pelos paramédicos.

— Ela é uma bruxa. Mais forte do que eu. O que você acha que ela vai fazer com *a gente*? — apontou Tiffany. Scarlett abriu a boca para protestar, mas Tiffany estava tremendo, e o ar ao redor delas se agitava cada vez mais por causa de suas emoções. — Não podemos contar toda a verdade. E não vamos deixar que ela machuque mais ninguém!

A janela do quarto se fechou com a força do vento causada pelos sentimentos de Tiffany.

Scarlett acabou cedendo.

— Não vamos contar toda a verdade. E não vamos deixar que ela machuque mais ninguém — repetiu.

A ventania cessou imediatamente, e Tiffany desabou na cama, exausta.

Depois da reunião, elas contaram para Sadie e Dahlia o que Tiffany havia encontrado no quarto de Gwen, e tudo que aconteceu depois saiu exatamente de acordo com o plano. As irmãs selaram os poderes de Gwen naquela mesma noite. A administração colocou a culpa do acidente em uma falha na construção e passou o resto do verão reforçando a estrutura de todas as sacadas do campus. E ninguém questionou o *porquê* de Gwen ter surtado e lançado aquele feitiço.

Por dois anos, Scarlett repetiu para si mesma que a culpa não era sua. Não exatamente. Fora Gwen que havia perdido o controle. Era Gwen a bruxa má que estava seguindo por um caminho perigoso. Ela e Tiffany haviam feito o certo ao impedi-la. Mas, lá no fundo, ela sabia o que tinham feito.

Agora ela recontava todos os acontecimentos para Vivi em um tom apático. Quando terminou, encarou sua Mais Nova.

— Entendeu? Nós botamos a culpa em Gwen, mas fomos nós. A Harper morreu por nossa causa. Se não tivéssemos feito aquela pegadinha estúpida...

— Ah, Scarlett. — Vivi parecia arrasada. — Isso é horrível. Muito horrível. Mas vocês não *mataram* a Harper. Você mesma disse que era para ser uma pegadinha inofensiva.

— Mas *não foi*. Na época, tentamos nos convencer de que estávamos protegendo as Ravens da Gwen. Mas nós criamos tudo isso — argumentou Scarlett. — Se não tivéssemos feito nada disso, a Harper ainda estaria viva. E a Gwen...

— A Gwen ainda teria seus poderes — completou Vivi, finalmente se dando conta. — Você acha que ela quer recuperá-los?

— Você não faria o mesmo? — instigou Scarlett.

— E agora ela está de volta ao campus. — Vivi apoiou as costas na cadeira por um momento, como se estivesse deixando as novas informações se assentarem.

— E agora Tiffany foi sequestrada — disse Scarlett. — Por alguém que quer um talismã mágico poderoso. — Ela lançou um olhar aguçado para Vivi. — O tipo de item que poderia provavelmente quebrar um feitiço de amarração...

Vivi soltou um suspiro.

— Scarlett, eu acho que você deveria contar a verdade para a Dahlia. Toda a verdade.

Scarlett balançou a cabeça abruptamente. Já havia pensado naquilo, no doce alívio de finalmente tirar aquele fardo das costas. Mas ainda não poderia fazê-lo. Não para se proteger, mas para proteger Tiffany.

— A Dahlia me expulsaria. Selaria meus poderes. E agora eu preciso deles mais do que nunca. — A respiração de Scarlett se acelerou. — Preciso encontrar a Tiffany. *Preciso*. Ela é a minha melhor amiga; não posso simplesmente dar as costas para a bruxaria na hora em que ela mais precisa de mim. A culpa é minha. Você não percebe? A Gwen está se vingando, e a culpa é minha por deixar isso acontecer. Você precisa me prometer que não vai contar nada, Vivi.

— Ei! — Vivi apoiou a mão no braço de Scarlett. — Respire fundo. — Esperou que Scarlett inspirasse lentamente antes de voltar a falar. — Ninguém vai selar a sua magia, tá bem? Prometo. Não vou contar nada. — Ela apertou os lábios. — E esse tal talismã de Henosis? Se o encontrarmos, salvaremos a Tiffany.

Scarlett soltou uma risada fraca e sem graça, perplexa pela ironia de ser tratada com tanta gentileza por alguém com quem havia sido tão cruel. Se ela era a bruxa má dessa história, Vivi com certeza era a boa.

— O que foi, Scarlett?

— Não temos chance de encontrar esse talismã. Ninguém o viu mais desde que ele desapareceu da casa *décadas* atrás. Isso se ele existir, para começo de conversa.

— Existem vários tipos de feitiços para encontrar objetos perdidos — ressaltou Vivi.

— Feitiços que nossas antecessoras já tentaram, sem dúvida. — Era em momentos assim que Scarlett mais sentia falta de Minnie.

Ela sabia cada detalhe da história da bruxaria, feitiços esquecidos e coisas que não foram escritas em lugar nenhum, na esperança de que *fossem* esquecidas. Entretanto, ela queria Minnie de volta por um motivo mais egoísta. Queria conversar com ela. Queria seus abraços, suas xícaras de chá e seus conselhos, palavras que não eram feitiços, mas que, ainda assim, faziam com que ela se sentisse melhor. Mas Minnie não estava mais ali; Vivi estava. E, de algum jeito, precisariam resolver tudo aquilo sozinhas.

Vivi deu de ombros.

— Talvez tenham passado batido por algo. Podemos conferir o acervo, sem falar em todos aqueles tomos antigos na coleção de livros raros da biblioteca. Você não disse que, inicialmente, o talismã pertencera à universidade? — Vivi encarou Scarlett nos olhos firmemente. — Vamos encontrá-lo, Scarlett. Custe o que custar. Vamos encontrar o talismã e usá-lo para trazer a Tiffany de volta para casa.

Scarlett assentiu. Ela admirava a determinação de Vivi, mas uma nova ideia estava se formando em sua mente. Talvez elas não precisassem encontrar o talismã.

Talvez só precisassem encontrar a pessoa que o estava procurando.

Capítulo
Vinte e Cinco

Vivi

— Isso é ridículo — disse Ariana enquanto ela, Vivi e Sonali completavam uma terceira volta pelo museu de esquisitices e curiosidades no primeiro andar da Biblioteca Hewitt. — É óbvio que o talismã não está aqui. Por que estaria? Não acham que alguém já teria percebido se um dos objetos mágicos mais poderosos do mundo estivesse em exibição no campus?

— Duvido que as Ravens tenham passado muito tempo aqui — comentou Sonali, torcendo o nariz para uma cabeça enrugada e encolhida em uma vitrine. — É meio bizarro, né?

Vivi tinha que concordar. Embora a coleção tivesse parecido misteriosa e romântica durante seu passeio com Mason em uma tarde ensolarada, os itens macabros pareciam muito diferentes sob a luz da noite enquanto as três procuravam desesperadamente uma pista que salvaria a vida de uma de suas irmãs.

— Você nunca viu as pernas de sapo desidratadas na despensa da Casa Kappa? — perguntou Ariana.

— É diferente. Elas têm uma função prática. Não são chamadas de curiosidades.

— Que seja — disse Ariana. — Estamos perdendo nosso tempo aqui. Por que o talismã estaria no campus?

— Scarlett comentou que, segundo os rumores, ele tem algum tipo de conexão com Westerly — respondeu Vivi. — Vamos checar o acervo. Você tem razão, se o talismã estivesse à vista de qualquer um, a pessoa que sequestrou Tiffany não teria causado tudo isso. — Estava prestes a mencionar o que Mason lhe havia dito sobre apenas dez por cento da coleção estar em exibição ao público, mas não saberia explicar muito bem como ela acabara em um passeio com o namorado de Scarlett.

Doze horas já haviam se passado desde o ritual de vidência, e elas não pareciam nem perto de encontrar Tiffany... e tinham apenas dois dias para localizar o talismã antes que a ameaça da carta se cumprisse. Já haviam feito três feitiços em grupo para localizarem o talismã e, em todos eles, terminaram de mãos vazias. Depois disso, Jess, Juliet e Mei passaram o dia inteiro examinando registros de inventário de bibliotecas e museus ao redor do mundo, enquanto Dahlia, Hazel e Etta pediram que bruxas amigas e confiáveis pesquisassem pistas, embora precisassem tomar muito cuidado. Se a informação de que a Kappa estava procurando o talismã vazasse, o ato poderia ser interpretado como uma agressão por outras pessoas da comunidade mágica. Era óbvio que as novatas haviam sido encarregadas da tarefa menos importante: procurar fisicamente o talismã, na hipótese improvável de ele estar no campus.

Ainda assim, embora fosse um tiro no escuro, seria estupidez ir embora sem examinar cada canto do prédio, incluindo o acervo. Vivi lançou um olhar cauteloso para a bibliotecária atrás da recepção, que fingia ignorá-las quando, na verdade, estava observando-as o tempo inteiro. Era a mesma mulher de quando Vivi estivera ali com Mason, a que ele chamara de srta. Irma.

Vivi se aproximou da mesa com um sorriso amigável, canalizando seu Mason interior.

— Com licença, senhora — disse. Apenas algumas semanas em Savannah já haviam deixado claro quanto as boas maneiras eram valorizadas ali. — Desculpe o incômodo, mas estamos fazendo uma pesquisa para um trabalho e gostaríamos de saber se é possível darmos uma olhada no acervo.

A bibliotecária arqueou a sobrancelha enquanto olhava diretamente para o relógio de metal na parede.

— A biblioteca fecha em quinze minutos. A última entrada no acervo deve ser solicitada uma hora antes do fechamento.

Vivi abriu a boca para protestar, mas Sonali segurou seu braço e sussurrou algo bem baixinho. No momento seguinte, o sorriso gelado da bibliotecária se suavizou, tornando-se mais genuíno, e seus olhos começaram a brilhar.

— Você poderia, por gentileza, nos levar ao acervo? — disse Sonali com doçura.

— Sim, é claro — murmurou a bibliotecária. — Me sigam, por favor.

— Que merda! — sussurrou Sonali, olhando para seu celular. Era a primeira vez que Vivi a ouvia praguejar. — Reagan precisa de ajuda para encantar o arquivista da coleção de manuscritos raros. Preciso ir. Encontro vocês em casa?

Vivi assentiu enquanto Ariana segurava sua mão e a puxava para que seguissem a bibliotecária, que havia apertado o passo apesar de sua expressão atordoada.

Por mais que a magia de Espadas fosse útil, Vivi não sabia muito bem como se sentia em relação a ela. Agora que era uma irmã por completo, poderia usar o poder daquele naipe, mas ainda não havia tentado. Havia uma linha muito tênue entre influenciar e controlar a mente, mas, se aquilo as ajudaria a encontrar o cativeiro de Tiffany, então valia a pena se aventurar em uma zona cinza da ética.

Vivi ainda estava processando tudo que Scarlett lhe contara. O que tinha acontecido com Gwen e Harper era horrível, e Vivi não tinha certeza se seria capaz de viver se soubesse que causara a morte de alguém. Ao mesmo tempo, ninguém poderia ter previsto como aqueles feitiços iriam interagir. Scarlett nunca tivera a intenção de machucar ninguém; ela não era uma assassina. Mas Vivi sabia, sem dúvida, que Gwen era.

Elas seguiram a srta. Irma pelo corredor em direção ao elevador.

— Então, como o acervo é dividido? — perguntou Vivi.

— Sinto informar que é meio bagunçado — respondeu a srta. Irma. — É para qual matéria?

Houve um longo silêncio.

— Religião e Misticismo através dos Séculos — disse Ariana, finalmente. — É, hum, meio que um estudo independente.

Vivi se contorceu mas, por sorte, a srta. Irma não pareceu se incomodar com a resposta vaga.

— É um tópico fascinante. Rezas e feitiços nos dão um panorama muito interessante sobre a mente dos penitentes. Podemos usá-los para deduzir o que as pessoas queriam, seus maiores objetivos de vida, os grandes desastres ou as mudanças sociais que tiveram que encarar na época.

O elevador apitou e as portas se abriram, revelando o que poderia ser um cofre, sem janelas e isolado do mundo exterior. Luzes fracas projetavam sombras pelo ambiente e, no centro, havia uma série de estantes de metal com rodinhas para que pudessem ser locomovidas de um lado para o outro. Nas paredes, vitrines exibiam uma grande variedade de objetos, incluindo estátuas de bronze, pratos de cerâmica e diversos livros empoeirados.

Investigar tudo levaria horas.

— Você se lembra de um item chamado talismã de Henosis? — perguntou Vivi.

A srta. Irma franziu o cenho.

— Não, mas você não é a primeira pessoa que me pergunta sobre ele. Alguém veio aqui algumas semanas atrás procurando o mesmo objeto.

Todo o ar pareceu ter sido sugado do ambiente enquanto Ariana e Vivi se entreolhavam.

— Que coincidência engraçada — disse Vivi, esforçando-se para manter um tom descontraído. — Você lembra o nome dessa pessoa?

— Ou a aparência dela? — perguntou Ariana rapidamente.

— Não tenho muita certeza... Acho que... — A cabeça da srta. Irma pendeu para o lado.

— Está tudo bem, srta. Ir... — Vivi engasgou quando a bibliotecária se virou para encará-las. Seus olhos estavam inteiramente pretos.

— Ninguém — murmurou ela. — Não vejo ninguém.

— Que diabos? — sussurrou Vivi, olhando da srta. Irma para Ariana.

— Quem quer que tenha perguntado a ela sobre o talismã deve ter tentado apagar sua memória — disse Ariana, encarando a srta. Irma com seus olhos arregalados e apavorados. — Precisamos falar sobre isso com alguém. Vou ligar para Dahlia.

Vivi assentiu.

— Vamos levá-la de volta lá para cima para ficarmos de olho nela até que Dahlia nos diga o que fazer.

— Eu faço isso. Fique aqui e procure o talismã. Não temos mais tempo a perder. — Ariana olhou apreensiva para a srta. Irma, claramente desconfortável por ter de ficar sozinha com uma bibliotecária enfeitiçada com olhos assustadoramente dilatados. Gentilmente, ela a pegou pelo cotovelo e a levou de volta até o elevador.

— Venha comigo — disse. — Vamos procurar ajuda.

Quando as portas do elevador se fecharam, Vivi se virou e caminhou até a primeira fileira de estantes. Ela nem sabia direito o que procurar. Nenhuma das Ravens tinha ideia da aparência do talismã.

Por sorte, a maioria dos itens nas vitrines estavam etiquetados: VASO FUNERÁRIO (301 AEC); BONECO DE FEITIÇARIA (75 AEC). O último item, um boneco de argila com pregos de metal atravessando seu pescoço e coração, provocou um formigamento gélido que a fez tremer enquanto se espalhava por seus membros. Parecia a sensação oposta de controlar seus poderes, um torpor em vez de um despertar. Lembrou-se de como havia se sentido quando tinham tentado o feitiço para localizar Tiffany — a inconfundível sensação de magia perversa. Vivi se perguntou até onde Gwen estaria disposta a ir para conseguir o talismã e quantas Ravens machucaria no processo.

O fato de que a pessoa que sequestrara Tiffany já havia estado ali fazia com que a ideia de encontrar o talismã de Henosis no campus se tornasse um pouco mais provável, embora Vivi ainda não tivesse ideia de por onde começar. Scarlett havia lhe ensinado um feitiço para revelar rastros de magia, mas ele só seria útil se o talismã estivesse no prédio. De qualquer maneira, não custava nada tentar.

— Rainha de Paus, ouça minha invocação — sussurrou. — Revele os sinais de magia e amarração.

Por um momento, parecia que nada havia acontecido. Mas então Vivi avistou um leve brilho no punho de uma adaga próxima a ela. Dando um passo em direção à vitrine para observar de perto, viu o que pareciam ser impressões digitais brilhantes, como se sua magia tivesse revelado os rastros da última pessoa que havia empunhado o objeto.

— "Adaga, século quinze" — Vivi leu a etiqueta. — "Acredita-se ser uma arma usada para matar".

Aquilo significava que uma bruxa a havia usado para assassinar alguém?

Vivi continuou inspecionando os itens, porém não encontrou mais nada até chegar à segunda fileira e dar de cara com uma tigela brilhando tão intensamente que parecia que alguém havia colocado uma lâmpada dentro dela.

— "Tigela cerimonial, século 3 AEC. Encontrada no Templo de Apolo" — Vivi leu em voz alta.

No meio do corredor, outra coisa brilhava em uma vitrine. Era uma almofada vermelha como aquelas usadas para exibir joias em museus, mas não havia nada sobre ela, apenas o contorno desbotado de um colar.

O contorno brilhava.

Vivi se virou para ler a etiqueta com as informações ao lado da vitrine.

— "Colar com pingente decorativo. Origem incerta. Também conhecido como talismã de Henosis. Desaparecido desde 1997, tido como roubado". Ai, meu Deus — sussurrou Vivi enquanto seu coração começava a acelerar. A etiqueta incluía a fotografia de um pequeno pingente oval de vidro azul, com outros círculos menores dentro. Parecia um olho grego, exceto pelo fato de que o círculo do meio não era preto. Em seu lugar, havia uma estrela de sete pontas, pequena e vermelha. Vivi pegou seu celular para tirar uma foto e estava prestes a mandar uma mensagem para Ariana quando se assustou com o som distante de uma risada.

— Ariana, é você?

Nenhuma resposta além de outra gargalhada.

As luzes no teto começaram a piscar.

Liga-desliga.

Liga-desliga.

Liga-desliga.

— Ariana? — Vivi chamou novamente. Sentiu de novo o mesmo arrepio que tivera ao olhar para o boneco, mas, desta vez, não parecia emanar de um objeto específico; parecia vir do próprio ar, cercando-a, invadindo-a a cada respiração. Ela correu até a parede para procurar o interruptor, mas, em vez da esperada sensação de gesso gelado, seus dedos tocaram algo rígido, irregular e pulsante. A parede estava *se mexendo*. Vivi recolheu a mão com um grito.

— Mas que p...

Ela apontou a lanterna do celular para a parede e gritou.

A parede estava coberta de baratas, enormes e marrons. Elas deslizavam umas sobre as outras, escorrendo das prateleiras mais altas. Havia centenas — não, milhares — delas, formando uma onda em direção a Vivi, uma massa escura tingindo o chão de preto.

A cabeça de Vivi se afogou em horror enquanto ela recuava, buscando desesperadamente uma explicação. Outra risada distante ecoou sobre o farfalhar dos insetos. *Nós a fizemos alucinar com aranhas*, Scarlett havia dito sobre Gwen. Talvez isso também fosse magia.

Vivi começou a correr em direção à risada, seu estômago se revirando enquanto os pés escorregavam nos insetos. *Não são reais. Não são reais. Não são reais*, repetia para si mesma, torcendo para que estivesse certa.

Concentrou toda a sua energia nas luzes do teto, repetindo um encantamento para ligá-las novamente e, depois de algumas tentativas, as lâmpadas ganharam vida. Ela apertou os olhos contra o brilho e conseguiu brevemente enxergar uma figura de cabelos escuros desaparecendo no canto da sala.

Uma figura que se parecia exatamente com Gwen.

CAPÍTULO
VINTE E SEIS

Scarlett

S carlett conseguia sentir os olhares dos colegas de classe enquanto corria pelo pátio, porém não sabia se o motivo da surpresa era sua pressa nada característica de uma dama ou seu figurino incomum. Desde que chegara em Westerly, Scarlett nunca vestira jeans no campus e não usava sapatos baixos desde que as sapatilhas saíram de moda, mas, pela primeira vez na vida, ela estava ocupada e cansada demais para se preocupar com sua aparência.

Trinta e seis horas haviam se passado desde que Tiffany fora sequestrada, e as Ravens ainda não tinham encontrado nada. Elas reviraram os arquivos, tentaram realizar diversos feitiços, ligaram para várias ex-alunas — incluindo a mãe de Scarlett —, mas nada adiantara. De sua parte, Scarlett vinha secretamente tentando rastrear Gwen, mas fazia dias que a garota não voltava para o seu apartamento. E, quando tentou encontrá-la em uma sessão de clarividência, Gwen não aparecera em *lugar nenhum*, o que era extremamente preocupante. Significava que ela estava morta... Ou conseguira cobrir seus rastros de alguma forma mágica. Scarlett sentia cada segundo passando com as batidas do próprio coração.

Cada minuto perdido era mais um em que Tiffany estava sozinha, consumida pelo medo e pela dor.

Scarlett não estava acostumada a se sentir tão incapaz e não gostava daquela sensação, mas estava desesperada o bastante para fazer algo do qual gostava ainda menos: pedir ajuda. Esse era o motivo por que estava atravessando o campus, a passos largos e decididos. Faltavam poucos minutos para o fim da aula dele, e ela não queria perdê-lo de vista.

Assim que as portas da sala de aula se abriram, ela o avistou cerrando os olhos ao longe, o olhar sério e intenso que sempre o fazia parecer levemente deslocado em meio aos estudantes despreocupados de Westerly.

— Venha comigo — instruiu ela, pegando Jackson pelo braço e puxando-o para um caminho afastado que dava a volta nos prédios acadêmicos.

— Está me sequestrando? — perguntou ele com uma mistura de tédio e divertimento, como se ela fosse um filhotinho de cachorro que não conseguia largar do seu pé.

Scarlett estremeceu com a escolha de palavras dele, e a expressão de Jackson se suavizou um pouco.

— O que houve?

O tom inesperado de preocupação na voz dele foi quase suficiente para que ela desabasse e, para seu desespero, sentiu os olhos começando a lacrimejar. *Recomponha-se,* ordenou a si mesma. Chorar em público não era uma opção, muito menos na frente de Jackson.

— Olha, eu sei que você não gosta de mim e, particularmente, eu também não gosto de você. Mas acho que podemos nos ajudar agora.

— Ei, eu nunca disse que não gostava de você — interrompeu Jackson, levantando as mãos. — Eu só não confio nas Kappas. Em *nenhuma* Kappa.

Ela não perguntou o motivo. Não precisava. A culpa que a acompanhara constantemente pelos últimos dois anos borbulhou em seu peito mais uma vez, e sua atitude ríspida e defensiva desabou.

— Sinto muito, Jackson. Sobre o que aconteceu com a Harper. Sinto mais do que sou capaz de expressar — disse, forçando-se a olhar nos olhos dele apesar da dor estampada em seu rosto. — E você tem razão... o que aconteceu foi um acidente terrível. E, se ela não tivesse se juntado à Kappa, ainda estaria aqui. — Aquilo era tudo que ela poderia dizer.

Jackson ficou em silêncio por um longo tempo, o maxilar cerrado. Quando finalmente decidiu falar, sua voz parecia dura, como se estivesse contando com todo o seu autocontrole para não gritar.

— Não é apenas o jeito como ela morreu, Scarlett. Mas tudo o que aconteceu antes disso. Nós éramos muito próximos. Ela era minha família. Nunca tivemos segredos entre nós. E então ela se juntou à sua irmandade e, de repente... — Seu olhar ficou distante, perdido. — Foi como se ela tivesse virado outra pessoa. Havia um monte de coisas sobre as quais ela não podia me contar. Segredos, tradições, encontros no meio da madrugada que ninguém mais tinha permissão de frequentar. O jeito como ela falava sobre a irmandade, para ser sincero, parecia que havia se juntado a um culto ou qualquer coisa assim.

O já familiar nó de culpa em sua garganta aumentou, sufocando-a de um jeito que tornava desconfortável respirar. Entrar para o universo das Ravens havia deixado seu mundo muito maior e mais brilhante, mas nunca havia parado para pensar nas pessoas que haviam sido empurradas para as sombras.

— A gente é meio que uma panelinha mesmo.

— É mais que isso, e você sabe. O jeito como vocês se fecharam depois que ela morreu... até mesmo a Gwen, que era a melhor amiga dela, mal falava comigo. — Jackson balançou a cabeça.

— É por isso que eu estudo aqui, sabia? Isso pode te deixar um pouco chocada — disse em um tom seco, apontando para os jeans desgastados e a camiseta do Jimi Hendrix —, mas essa universidade sulista pomposa não era exatamente minha primeira opção. Eu estava prestes a ir para a Columbia quando a Harper morreu. Mas eu sabia que precisava vir para cá se quisesse ficar em paz com tudo o que aconteceu.

Sua expressão sarcástica de sempre desapareceu e, por um momento, Scarlett conseguiu vislumbrar o garoto assustado e confuso que abrira mão dos próprios sonhos para se apegar às lembranças da irmã. Para seguir um fantasma. Então, uma nova pontada de medo a atingiu.

— A Gwen lhe disse alguma coisa?

Jackson negou, balançando a cabeça.

— Nós conversamos uma vez. Mas ela só... sei lá, ficava engasgando ou qualquer coisa do tipo. Eu nunca a tinha visto daquele jeito. Sei que foi traumático para ela também. Quer dizer, ela *estava lá*. Quase morreu também. Mas eu a conheço, e sei que queria me contar alguma coisa. Mas estava tão aterrorizada, tão assustada... O que poderia tê-la deixado assim? — disse.

Scarlett vasculhou seu cérebro em busca de uma desculpa até perceber que ele não estava esperando uma resposta dela; só estava perdido nas próprias lembranças.

— Depois disso ela começou a me evitar...

— E aí você começou a segui-la — comentou Scarlett.

Jackson cruzou os braços na defensiva.

— Foi você quem invadiu o apartamento dela.

— Tudo bem, você me pegou. — Scarlett levantou as mãos para o alto. — É só que... bem... — Hesitou, sem saber se aquela era a coisa certa a fazer. Confiar em alguém de fora ia contra todos os princípios da Kappa. Mas ele era a única pessoa no mundo inteiro que talvez soubesse onde Gwen estava, e encontrar Tiffany era mais importante que qualquer tradição ou protocolo. — Olha, isso é um segredo...

— Uau, que surpresa — interrompeu Jackson.

— Eu sei, mas é muito sério. — Scarlett inspirou fundo e em seguida soltou um longo suspiro. — Uma das minhas amigas está em perigo. Ela desapareceu depois do Baile de Boas-Vindas. Não podemos chamar a polícia porque havia um bilhete muito específico, e eu acho que a Gwen pode estar por trás disso. Sei que você a vem observando também e, se encontrou ou viu qualquer coisa estranha, preciso que me diga.

— Você acha que a Gwen sequestrou sua amiga? — perguntou Jackson com uma incredulidade que beirava o desdém. — Por que ela faria isso? O que vocês fizeram com ela?

Scarlett se forçou a manter a compostura. Até onde Jackson sabia, Gwen era uma garota assustada e frágil que havia sofrido um grande trauma. Ele não fazia ideia do que ela era capaz.

— É... complicado. Mas eu prometo, não quero machucar a Gwen. Só quero ajudar a minha amiga.

— Você vai precisar me contar *muito* mais do que isso. Se ela está se escondendo de você, provavelmente tem um grande motivo para isso.

Os dedos dela coçaram, formigando em antecipação para a magia. Por respeito a Harper, daria a Jackson uma chance de colaborar, mas estava preparada para usar magia se fosse necessário. Interferir no livre-arbítrio de uma pessoa era contra as regras, mas não era hora de se preocupar em bancar a certinha.

— Ela não está em segurança sozinha. Acho que existe a possibilidade de que machuque a si mesma e quem quer que esteja com ela.

— Por que ela faria isso? — A voz de Jackson ainda era firme, mas o olhar desafiador em seu rosto começou a se desfazer.

— Não tenho muita certeza, mas não posso correr o risco de perder outra irmã.

Jackson fechou os olhos e, por um instante, Scarlett entrou em pânico, achando ter passado dos limites. Por mais que as Ravens fossem unidas, sua perda nem se comparava à de Jackson. Por fim, ele suspirou.

— Tem uma cabana na ilha Skidaway — disse com um tom seco. — Eu já a segui até lá. Ela vai lá pelo menos uma vez a cada duas semanas.

Scarlett vasculhou sua bolsa em busca das chaves do carro.

— Acha que consegue encontrar esse lugar de novo?

— Acabo de me dar conta de que estamos fazendo exatamente o oposto de tudo que aprendemos com os filmes de terror — disse Jackson depois de alguns minutos mexendo no rádio do carro e dando direções de forma ríspida.

— Isto não é um filme de terror. E nós estamos em dupla, enquanto ela está sozinha — argumentou Scarlett.

— Para você é fácil. Você é a garota que sobrevive e eu sou o pobre coitado no banco do passageiro. Pelo que eu me lembro, as coisas não terminam muito bem para o meu personagem.

— Depende. Em alguns, o garoto também sobrevive.

— Cite um.

— Cary Elwes em *Jogos mortais*, Bruce Campbell em *A morte do demônio*, Corey Feldman em...

— *Sexta-feira 13: O capítulo final.* — Ele soltou um assovio baixinho. — Scarlett Winter entende de filmes de terror. Estamos no Mundo Invertido agora?

— Você não me conhece, Jackson. Apenas acha que conhece.

— Me conte mais, então.

Ela suspirou, sem muita vontade de entrar naquela conversa. Mas ele havia concordado em ajudá-la e ela estava em débito com ele. Um débito muito maior do que ele imaginava.

— A mulher que ajudou a me criar amava filmes de terror. Ela gostava de gritar para a tela, mandando os personagens serem mais espertos quando, inevitavelmente, faziam coisas estúpidas só para fazer a história andar, tipo se dividir em grupos ou se beijar quando sabiam que havia um assassino à solta.

Jackson riu.

— Eu sempre quis escrever o roteiro de um filme de terror. Achava que eu seria o próximo Stephen King ou qualquer coisa assim, mas aí rolou um *plot twist* na minha vida.

— Você escreve? — perguntou ela. Ficou surpresa num primeiro momento, mas, pensando bem, até que fazia sentido. Ele era inteligente (a única pessoa na sala de aula com respostas tão bem construídas quanto as dela) e, certamente, sagaz.

Ele deu de ombros.

— Não mais.

— Tenho certeza de que a Harper não gostaria que você deixasse de fazer o que ama.

A expressão de Jackson se enrijeceu.

— O que a Harper gostaria é de estar viva. Mas, já que não está, gostaria que eu encontrasse a pessoa responsável por isso ter acontecido com ela e garantisse que ela ficaria atrás das grades pelo resto da vida. Isso é o que ela gostaria.

— Você está certo. Não tenho o direito de presumir do que a Harper gostaria — admitiu Scarlett. Ela ficava brava toda vez que alguém tentava lhe dizer como se sentir em relação à morte de Minnie.

— Sempre pensei que, quando desse um jeito nisso, quando descobrisse o que realmente aconteceu, eu voltaria a escrever. Mas o que era importante para mim no passado importa muito menos agora.

Scarlett assimilou aquelas palavras. Seus planos. Mason. Ser presidente da Kappa. Tudo aquilo parecia inútil sob a sombra do que acontecera com Tiffany. E do que elas haviam feito com Harper.

— Sinto muito, Jackson.

Ele deu de ombros novamente.

— Não é culpa sua. Tudo o que você está fazendo é lutar pela sua irmã. Eu não deveria descontar em você o fato de ter perdido a minha.

Scarlett engoliu a culpa. Parte dela — a parte boa, a parte que viera de Minnie — gostaria de contar toda a verdade para ele. Ao mesmo tempo, sua pior parte — a que a havia feito guardar esse segredo horrível por dois longos anos — estava aliviada por não poder contar. Agradecida por estar amarrada pelo segredo da magia. Pelo voto que fizera a suas irmãs. Ela sabia que estava escolhendo o caminho mais fácil, mas como poderia contar sem ter que explicar quem — *o que* — ela era de verdade?

Quando olhou novamente para Jackson, ele encarava a janela, pensativo. Não falaram mais nada pelo resto do caminho.

— Talvez a gente devesse bater à porta — a voz de Jackson soou fraca, instável.

Eles estavam no meio da floresta em uma ilha próxima a Savannah, a passos da porta de uma das cabanas mais destruídas e com cara de filme de terror que Scarlett já havia visto. Na densidade da floresta, parecia que o sol já havia se posto. As árvores sombreavam a trilha de cascalho e a varanda de madeira detonada à frente.

A luz do crepúsculo só fazia com que a cabana parecesse mais ameaçadora. Um feixe de espinhos estava pregado sobre a porta. As janelas estavam sujas de marcas escuras. Pedaços da tinta se descolavam das laterais de madeira. Uma mancha na varanda parecia sangue. *Você está aí, Tiff?* As palavras eram mais uma prece do que uma pergunta. Scarlett fechou os olhos, tentando encontrar qualquer rastro de magia, mas o ar parecia seco e rarefeito — o oposto de como ele ficava na presença de Tiffany.

Scarlett se deu conta de quão longe estavam de qualquer ajuda — ou de uma rota de fuga. Haviam parado o carro em uma pequena encruzilhada a dez minutos de caminhada da cabana. Não tinham passado por uma mísera casa no caminho até o local. As árvores eram secas e enrugadas; a grama, alta e descuidada. Os únicos sinais de vida eram os cacos de garrafas de cerveja e as bitucas de cigarro no chão. Havia um círculo perfeito deixado por uma marca de queimado na grama. Carbonizada, escura e sem nenhuma vegetação, quase como se a terra em si tivesse sido amaldiçoada.

A cabana parecia igualmente sem vida. Não havia nenhum carro estacionado na entrada de cascalho, nenhuma luz acesa do lado de dentro.

— Bater e dizer o quê? — perguntou Scarlett. — Oiê, você viu uma garota estranha por aí, provavelmente arrastando uma prisioneira?

Nada a impediria de encontrar Tiffany. Ela precisava entrar. Naquele momento.

— Você tem algum plano melhor? — questionou Jackson, olhando mais uma vez os arredores. — Acho melhor irmos embora. Estou com um mau pressentimento sobre este lugar, Scarlett.

Scarlett também, e ela possuía muito mais magia sensorial.

— Se você não quiser entrar comigo, espere aqui — disse e seguiu em frente, dando passos firmes em direção à porta, antes que pudesse mudar de ideia.

Sua cabeça coçava. Seus pés formigavam como se estivessem pisando em milhares de agulhas. Já havia sentido aquilo antes. Era um feitiço de proteção tentando fazer com que desse meia-volta e fugisse. Sombras dançavam em sua visão periférica, como aranhas se arrastando pelos cantos, assim que pisou na varanda.

Não é real, disse a si mesma. É apenas um feitiço para expulsar visitantes indesejados. Nada além disso. Nada que pudesse de fato machucá-la.

As ripas de madeira no chão da varanda rangeram atrás dela e Scarlett tomou um susto, virando-se imediatamente. Mas era apenas Jackson subindo os degraus.

— Não posso deixá-la encarar uma casa mal-assombrada sozinha — disse.

— Acredite, eu sei me cuidar — respondeu Scarlett enquanto analisava a porta. Uma fechadura simples. Ótimo.

— Não tenho dúvida disso — comentou Jackson, recostando-se, de braços cruzados, na parede da cabana.

Scarlett tirou um grampo do cabelo e se ajoelhou diante da porta, tomando cuidado para que ele não visse o que ela estava fazendo. Concentrou-se enquanto fingia estar cutucando o buraco da chave. A fechadura fez um *clique* suave. Ela o encarou para receber seu olhar de aprovação e então testou a maçaneta, que girou sob sua mão. Scarlett torceu para que ele acreditasse em suas habilidades de abrir fechaduras com grampos de cabelo — habilidade esta que ela *não tinha*. Era pura magia. E um pouco de atuação. Respirou fundo e empurrou a porta.

Levou um tempo até que seus olhos se ajustassem. Todas as janelas estavam cobertas por persianas escuras. A luz fraca que entrava através da porta iluminava uma mesa bamba de madeira e duas cadeiras, a única mobília no cômodo. No canto, havia uma cozinha fora de uso e coberta por teias de aranha, com um espaço vazio onde, provavelmente, ficava o fogão. Ela avistou um pequeno quarto nos fundos, onde não havia nada além de caixas vazias. Havia também um pequeno átrio com um sofá laranja desbotado que parecia ter tido boa parte do seu enchimento devorado por ratos.

Escondida em um canto, entre o sofá e a parede, estava uma caixa de papelão. Parecia mais nova do que os outros objetos, menos empoeirada e deteriorada. Scarlett atravessou o cômodo rapidamente e deu uma olhada no que ela guardava. Seu coração acelerou ao ver o conteúdo: uma capa preta de poliéster barato e um chapéu de bruxa, iguais aos dos espantalhos em chamas. Abaixo deles repousava um baralho de tarô espalhafatoso. Scarlett analisou as cartas rapidamente. As Rainhas de Espadas, Paus, Ouros e Copas estavam faltando. Para sua surpresa, a carta da Morte também.

Um sopro de triunfo percorreu seu corpo. Estava certa. Gwen era a culpada pelas ameaças. Mas sua satisfação se esvaiu no momento seguinte, substituída pela percepção impiedosa de que ainda não sabia seu paradeiro e de que Tiffany ainda estava em perigo.

A casa estava silenciosa. Não havia ninguém.

Ela levantou uma das persianas e olhou pela janela. A mais ou menos uns cem metros de distância, quase invisível no meio das árvores, havia outra construção, levemente maior do que um banheiro externo.

— Jackson — sussurrou ela. Ele assentiu de forma sombria.

Juntos, os dois andaram em silêncio para fora da casa, atravessaram a grama alta e, mantendo-se às sombras, caminharam até o galpão. As árvores cresciam aos montes ali, e o solo arenoso era coberto com folhas secas. Um esquilo pulou em um galho e um pássaro soltou um piado alto e agudo. O coração de Scarlett batia forte em seu peito conforme se aproximavam do galpão.

A construção, feita de tábuas de madeira cheias de farpas presas por pregos enferrujados, já estava detonada pelo tempo. A porta se dependurava nas dobradiças tortas e uma janela suja e de vidros quebrados se abria à esquerda.

Foi aí que ela escutou um baque abafado.

Ela se virou, segurou o braço de Jackson e pressionou o dedo indicador sobre os lábios, andando na ponta dos pés até a janela.

Scarlett sentia o bafo quente da respiração de Jackson em sua nuca enquanto ele se arrastava atrás dela.

Daquele ângulo, ela só conseguia enxergar parte do cômodo — mas já era o bastante.

O galpão estava iluminado por uma vela tremeluzente. Havia um pentagrama desenhado no chão com uma substância ressecada e marrom-avermelhada — algo que se parecia terrivelmente com sangue. Velas circundavam o pentagrama. E, ajoelhada no centro, levantando em suas mãos algo pequeno que se contorcia...

Gwen. Scarlett seria capaz de reconhecer aqueles cabelos escuros e esvoaçantes em qualquer lugar.

A coisa nas mãos de Gwen se revirou novamente, e Scarlett sentiu uma ardência no estômago. Ela notou um rabo longo se balançando e vislumbrou os olhos vermelhos e assustados. *Um rato.* Então, com um som que parecia o de um galho se partindo, Gwen quebrou o pescoço do animal.

Naquele momento, uma onda de energia explodiu do galpão, vibrando como um alto-falante no volume máximo, seguida de um estridor intenso e raivoso. Era quase como se as moléculas do ar estivessem gritando.

Magia.

Mas ela nunca tinha sentido uma magia assim, furiosa, violenta, bruta e *faminta*. Que lhe provocou um frio na barriga e fez seus pulmões se contraírem. Era tão forte que arremessou os cacos de vidro restantes da janela — e Scarlett — para longe. Ela desabou sobre Jackson, e os dois caíram com força no chão.

— Quem está aí? — gritou Gwen. Talvez fosse porque Scarlett ainda não havia escutado a garota falar desde o seu retorno, mas algo em sua voz parecia mais profundo, mais ameaçador do que antes, quase como se ela estivesse falando em dois tons ao mesmo tempo — o seu próprio e outro mais baixo, mais grave.

Scarlett não se deteve para pensar. Agarrou Jackson, levantou-o e correu o mais rápido possível até a estrada. Jackson também não perdeu tempo fazendo perguntas. Corria ao lado dela, de olhos espantados, enquanto atravessavam a trilha de cascalho através da floresta, com galhos atingindo seus rostos e roupas.

Apenas quando chegaram na estrada principal ele decidiu perguntar, ofegante:

— Que... porra... foi essa?

Scarlett não podia responder. Ela mal conseguia admitir a verdade para si mesma.

Seu maior pesadelo havia se tornado realidade. Gwen conseguira sua magia de volta. Magia perversa.

Capítulo
Vinte e Sete

Vivi

Vivi olhava pela janela do West Tower, uma lanchonete que parecia aqueles clubes de campo exclusivos dos quais sua mãe costumava zombar durante o breve momento em que elas moraram na Nova Inglaterra. O lugar ficava no ponto mais alto do campus, na cobertura da torre do relógio, e oferecia uma vista completa de todo o pátio através das enormes janelas salientes. Ela passara boa parte da tarde acampada em uma das poltronas de couro, lendo página por página dos arquivos da *Gazeta* em seu notebook, torcendo para encontrar qualquer menção ao talismã. Mais de vinte e quatro horas haviam se passado desde sua descoberta no acervo, e Jess, a extraordinária jornalista investigativa, assumira o controle, entregando às Ravens mais novas um determinado número de edições para que revisassem enquanto as irmãs mais velhas continuavam a analisar os rastros de magia. Agora tinham menos de um dia para encontrar o talismã e, tirando a pista de que ele fora roubado de Westerly, ainda não tinham encontrado nada.

Depois de ler sobre basicamente todos os roubos de joias ocorridos em Savannah no último século, Vivi observava a paisagem da janela segurando uma caneca de café. Estava começando a sentir que havia chegado em um beco sem saída e sabia que não era a única a se sentir assim. Dahlia começara a murmurar baixinho enquanto andava pelos corredores da Casa Kappa, demorando-se por longos momentos em frente ao quarto de Tiffany. Mei, que não usava encantamentos em sua aparência há dias, havia roído suas unhas até o sabugo, e Scarlett parecia estar à beira de um colapso nervoso. Vivi nunca a vira tão acabada — ela havia saído de casa naquela tarde vestindo apenas jeans e camiseta. Vivi nem sabia que Scarlett possuía calças jeans.

Scarlett ficara horrorizada quando Vivi lhe contara o que tinha acontecido na biblioteca e concordara que aquilo parecia algo que Gwen faria. Por outro lado, também levantara outra questão importante: se Gwen queria encontrar o talismã, por que tentaria assustar as pessoas que o estavam procurando? Será que ela sabia que não havia nada mais no acervo?

— Tem um óvni lá fora ou alguma coisa assim? — disse uma voz grave, assustando tanto Vivi que ela entornou o café nojento e gelado que passara as últimas horas bebericando.

A expressão de Mason se entristeceu quando Vivi o olhou.

— Desculpe. Não queria apavorar você.

Apesar do cansaço e do café escorrendo pela manga da camisa, Vivi sorriu. Havia algo exótico no jeito como ele usava a palavra *apavorar*, quando a maioria das pessoas diria *assustar* ou *surpreender*. Toda vez que ela e Mason conversavam, ele revelava algo charmoso, inesperado e peculiar que contrastava com sua aparência de garoto de fraternidade.

— Você não é exatamente apavorante — respondeu. *Especialmente se comparado com as merdas que têm acontecido ultimamente.*

Ele passou a mão pelos cabelos, parecendo excepcionalmente confuso.

— Quer dizer, quero respeitar aquilo que você disse naquela noite, ou o que você meio que disse, sobre não querer estragar sua relação com a Scarlett. Não quero que pense que eu não sei ouvir um "não".

Vivi tentou ignorar a pontada em seu coração.

— Está tudo bem. Ainda quero ser sua amiga. De verdade.

— Muito bem. — Ele sorriu. — Neste caso, me mostre o óvni que você estava observando, porque, se eu postar uma foto no Reddit, vão me transformar em um deus imperador.

— Infelizmente, não tem óvni nenhum. Só estava encarando o nada. — Ela lhe lançou um olhar curioso. — Você usa muito o Reddit?

— Gosto das postagens sobre História. Estou há três anos em uma guerra contra um professor no Alasca que acredita que os Confederados venceram a Guerra Civil Americana.

— Isso me parece um excelente uso do seu tempo.

Ele abriu um sorriso e apontou para o lugar vazio ao lado dela.

— Tudo bem se eu me juntar a você?

— Seria uma honra. Mas por que você está aqui e não em alguma festa por aí?

— Você parece tão desconfiada! — Mason riu enquanto se sentava. — Acha que eu vim até aqui para importunar alunas desavisadas?

— Não! Não o acho tão esquisito assim! — Ela mordeu o lábio. — Desculpe, isso não soou muito bem.

— Ah, sem problemas — disse Mason, assentindo de modo solene. — "Não o acho tão esquisito assim" é, provavelmente, uma das coisas mais gentis que alguém já me disse. — Ele tomou um gole do café e puxou o computador de sua bolsa transversal. — Respondendo à sua pergunta, minha orientadora está escrevendo um livro sobre as mulheres da Savannah colonial. Tenho lido diversas cartas e diários em bibliotecas diferentes espalhadas pela cidade e preciso resumir os conteúdos para ela. O prazo é segunda-feira.

— Você cursa História?

— Exatamente. Por que a surpresa?

Vivi pensou a respeito. Sabia que ele gostava da matéria, mas nunca imaginaria que aquele era o curso que ele havia escolhido. Vergonhosamente, o real motivo era porque, na cabeça dela, historiadores usavam coletes de lã e falavam sozinhos; Mason parecia um modelo da Ralph Lauren de folga, com sua camiseta branca justa e bermuda social de sarja verde.

— Você parece muito extrovertido para um estudante de História — disse ela, embora não soasse nada convincente. — Não deveria estar estudando alguma coisa tipo relações públicas ou, sei lá, marketing esportivo?

— *Marketing esportivo?* A universidade nem oferece esse curso!

— Desculpe se não decorei a lista completa de cursos — disse Vivi, levantando as mãos e se rendendo.

— Marketing esportivo — repetiu Mason enquanto balançava a cabeça com um desdém fingido. — Você sabia que Westerly tem um dos melhores cursos de História do país? Faça um favor a si mesma e se inscreva na eletiva de História dos Cemitérios. Toda semana tem uma viagem de campo para um cemitério diferente. Sei que parece mórbido, mas é realmente fascinante. — Fez uma pausa. — Estou importunando você de novo, não estou?

— Não, de forma alguma — insistiu Vivi, embora já tivesse passado mais tempo do que gostaria em um cemitério local.

Vivi olhou Mason sob uma nova perspectiva. Ela nunca havia escutado um garoto atraente falar de forma tão apaixonada sobre História. Nunca havia escutado *ninguém* falar de forma tão apaixonada sobre História. Por um momento, imaginou-se em um vestido de verão branco, andando de braços dados com Mason em um cemitério coberto de musgos-espanhóis, e então corou e balançou a cabeça levemente para afastar aquela fantasia ridícula. Já havia tentado seguir este caminho e sabia que encontraria uma placa enorme dizendo NÃO ENTRE.

— Sério mesmo, por que você está escondida aqui em vez de estar curtindo com suas irmãs? — perguntou ele. — Acho que somos as únicas pessoas no campus inteiro trabalhando a uma hora dessas.

— Estou trabalhando em um projeto pessoal de historiografia — disse ela, virando a tela do computador para Mason. — Estou rastreando ex-Kappas ao longo dos séculos. — Decidiu que contar uma meia-verdade era seguro o bastante.

— Ah, uma das minhas atividades favoritas.

— Agora, *isso* soou esquisito.

Ele riu e se reclinou na cadeira.

— Desculpe, você tem razão. Vou só abrir meu notebook aqui e podemos passar o resto da noite trabalhando juntos em silêncio. A não ser que prefira ficar sozinha.

— Não, vou adorar ter companhia. — Depois de todo o caos e a angústia, ela achou que seria agradável estar ao lado de alguém que não estivesse envolvido em um sequestro mágico. Esperou que ele respondesse com um tom leve e brincalhão, mas ele a observou com uma expressão séria.

— Está tudo bem? Você parece um pouco... — Ele hesitou, claramente pensando na maneira mais diplomática de completar a frase. — Esgotada.

— Estou bem — disse ela. — Só um pouco atrasada por causa da seleção e agora estou tendo que correr atrás para alcançar o resto da turma.

— Tem certeza de que não aconteceu nada? Você pode conversar comigo, sabe.

Ela tentou imaginar como seria poder tê-lo como confidente, ouvindo em silêncio e com compreensão enquanto ela lhe contava tudo a respeito do pesadelo do desaparecimento de Tiffany e da busca pelo talismã. Enquanto historiador e pesquisador, ele até poderia ser útil. Mas contar aquilo a Mason não era uma opção.

Contar os segredos do coven para alguém de fora só colocaria as Ravens em um risco ainda maior.

— Não é nada, prometo. Acho que estudar muito não combina com as minhas feições delicadas — disse Vivi, forçando um sorriso.

— Não quis dizer de forma negativa — Mason respondeu rapidamente. — Desculpe, só achei que você parecia um pouco cansada. Mas continua linda.

Vivi notou que ele se arrependeu no mesmo momento em que a palavra saiu de sua boca. Ele ficou levemente vermelho e balançou a cabeça.

— Certo, com certeza não estou mandando muito bem nessa coisa toda de "apenas amigos". Vou deixar você em paz agora.

Ele se colocou em pé e começou a guardar o notebook de volta na bolsa.

— Mason, espere — disse Vivi, tocando seu braço. Aquela palavra havia pousado em seus ouvidos como uma borboleta que ela tinha medo de tocar para evitar que saísse voando. Ninguém, exceto sua mãe, nunca a havia chamado de linda antes. — Está tudo bem. Você não precisa ir.

Ele parou e deslizou de novo na cadeira com um suspiro.

— Tem certeza de que eu não a deixei desconfortável?

— Muito pelo contrário. — Sem pensar direito, ela apoiou a mão sobre o braço dele. — Foi legal da sua parte ter dito aquilo.

— Não estava contando nenhuma mentira — respondeu ele, fingindo parecer sério. Então ficou em silêncio, seus olhos fixos nos dela, e inclinou-se levemente para a frente. Ela conseguia ver as luzes douradas refletindo nos olhos dele, os cílios pretos como azeviche, a pequena cicatriz na sobrancelha esquerda.

Ela deveria se mexer. Afastar-se. Porém ficou exatamente no mesmo lugar. Incapaz de respirar, incapaz de fazer seus músculos se moverem nem um centímetro. Sentiu um calafrio enquanto ele tocava sua bochecha com suavidade e, em seguida, foi se aproximando até que seus lábios tocassem os dela.

Um raio de eletricidade a atravessou, destruindo todos os pensamentos que não fossem como era bom sentir os lábios dele e como queria se entregar àquele beijo.

Mas, em vez disso, ela se afastou.

— Mason, não podemos fazer isso. Sinto muito. — Ela não poderia beijar o ex de sua Irmã Mais Velha, especialmente naquele momento, quando Scarlett já tinha tantos problemas.

Ele se virou e afundou a cabeça nas mãos.

— Eu sei. Você tem razão, Vivi. Eu só queria que... — As palavras se perderam e, aprumando-se, ele a olhou com um sorriso triste. Respirando fundo, disse com uma animação forçada: — Tudo bem, então. De volta ao trabalho. — Ele espiou a tela do notebook dela e franziu o cenho. — Ei, é impressão minha ou essa garota parece familiar?

— Que garota? — Vivi levou um segundo até encontrar de quem ele estava falando em meio a todas as abas de pesquisa abertas. No canto da tela havia uma foto colorida, levemente desfocada. A legenda dizia: *Integrantes da Kappa no Baile de Boas-Vindas.* Parecia ter sido tirada no salão do prédio administrativo. A foto mostrava sete garotas lindas, todas usando vestidos pretos atemporais. Uma era Evelyn Waters; Vivi já tinha visto um retrato dela na casa e reconheceu seu cabelo loiro-avermelhado e as maçãs do rosto acentuadas.

Mas foi a garota no centro da foto que chamou a atenção de Vivi. Era a única que olhava para a câmera. Abraçava Evelyn pela cintura e, em seu pescoço, levava um pingente oval parecido com um geodo. Era azul, translúcido, com uma série de círculos e um desenho que só poderia ser descrito como um olho grego. No rosto da garota, destacava-se um meio sorriso, como se ela soubesse de algo que as outras não sabiam. Vivi reconhecia aquele sorriso. Ela o havia visto quase todos os dias de sua vida.

— Sua mãe também estudou em Westerly? — perguntou Mason.

Vivi não respondeu. Só conseguia encarar a jovem Daphne Devereaux, sorrindo para ela diretamente do passado.

Sua mãe não era apenas uma bruxa — também fora uma Raven.

E estava usando o talismã de Henosis.

CAPÍTULO
VINTE E OITO

Scarlett

Já estava escuro quando Scarlett estacionou o carro na frente da Casa Kappa. Ela desligou a ignição e olhou para a frente, observando as luzes dos postes piscarem uma a uma.

— Scarlett, precisamos conversar sobre o que aconteceu — disse Jackson.

Scarlett continuou olhando para a frente. Ela não havia conseguido dizer uma única palavra durante todo o caminho de volta. Não tivera energia para inventar uma mentira elaborada que explicasse o que Gwen estava fazendo. Tinha precisado de toda a força que restara para manter o carro na estrada e não deixar o imenso vazio dentro dela se transformar em lágrimas. Scarlett havia falhado, o que significava que Tiffany iria passar mais uma noite terrível se perguntando a cada fôlego se aquele seria o último.

Isso se ainda estivesse viva. As mãos de Scarlett clamavam por suas cartas e os livros da biblioteca da casa. Ela precisava de um feitiço, um feitiço de prova de vida, qualquer coisa que lhe dissesse que o coração de Tiffany ainda batia. Precisava de uma prova de que ainda não era tarde demais, porque Gwen não apenas havia recuperado seus poderes, mas sua magia parecia ainda mais sombria e potente. Ela já desejava ferir Tiffany antes do acidente — quem sabe do que seria capaz agora?

Parte de Scarlett queria ter invadido o galpão, confrontado Gwen ali mesmo, obrigando-a a revelar onde Tiffany estava. Mas como poderia ter feito aquilo? Fazendo chover sobre Gwen? Algumas gotas d'água não seriam páreo contra a crueldade que sentira emanando da garota. Ela precisaria dos poderes de suas irmãs como reforço.

— Você já viu alguma coisa parecida com aquilo? Sabe o que Gwen estava fazendo? — questionou Jackson.

— Não, claro que não — mentiu Scarlett. — Era algum tipo de merda que *serial killers* fazem.

— Não acho que pentagramas e velas sejam coisas de *serial killers* — respondeu Jackson. — Aquilo parecia uma espécie de ritual. Parecia... — Pausou por um longo momento, como se estivesse buscando a palavra correta. — Parecia *bruxaria*.

Scarlett se virou para ele. Seu rosto estava apavorado e os olhos, ligeiramente avermelhados. Ela já o havia visto nervoso e com um semblante de deboche. Já o havia visto sendo gentil. Mas nunca o vira assustado. Apoiou sua mão na dele. Estava quente.

— Essa coisa de bruxaria não existe. — Sua voz soava fraca até mesmo para ela. Scarlett nunca precisara pronunciar aquelas palavras. A maioria das pessoas levava sua vida insignificante em um estupor de ignorância, estúpidas ou perdidas demais para sentirem a magia pairando a um toque de distância. Ela sempre tivera pena dessas pessoas, vivendo em um mundo preto e branco quando existia uma variedade deslumbrante de cores logo atrás do véu. Mas, naquele momento, trocaria de lugar com qualquer uma delas em um piscar de olhos se aquilo trouxesse Tiffany de volta. De que adiantava ter magia se não conseguisse proteger as pessoas amadas?

— Sem essa, Scarlett. — Jackson balançou a cabeça. — Você sabe o que nós vimos. Sabe o que *sentimos*. Aquela onda que a empurrou para trás, como você explica uma coisa daquelas?

Scarlett deu de ombros e se inclinou para trás.

— Não teve onda nenhuma. Só perdi o equilíbrio quando a vi.

— Não minta para mim, Scarlett. — Ele se virou no banco de passageiro para segurá-la pelo ombro, virando o corpo dela em sua direção. Ela cerrou o maxilar. Mas apenas um vislumbre da expressão dele foi o bastante para acabar com sua resistência. Ela reconhecia muito bem. Era desespero. Do tipo que estava apenas começando a entender, com o desaparecimento de Tiffany.

— Venho observando a sua casa por um ano inteiro — confessou Jackson. — Há algo diferente em vocês, Kappas. Algo estranho. E eu vi sua expressão hoje. Não era *surpresa*. Era preocupação. — Ele parou, franzindo o cenho. — A Gwen era uma de vocês. Minha *irmã* era a melhor amiga dela. E encontrei coisas depois que ela morreu. O pentagrama no chão? Ela desenhou aquele símbolo em vários cadernos. Então... Só me diga no que ela estava metida.

O desespero na voz dele foi quase suficiente para desarmá-la. Jackson havia sofrido tanto quanto elas. De certa forma, até mais, porque ele não tinha ninguém em quem confiar. Ninguém com quem pudesse compartilhar os pensamentos perturbadores que haviam se formado com os fragmentos de seu luto. Mas ela não poderia lhe contar a verdade sem colocar todas as Ravens em perigo.

— Somos apenas uma irmandade — disse com a voz rouca.

— *Por favor*. Ela era uma... bruxa? *Daquele* tipo? — Ele parecia horrorizado. — Quer dizer, ela matava bichos, comia bebês, que diabos...

— Não! Claro que não! A Harper não era assim. Isso é magia perversa. Nós não somos assim. — As palavras escaparam da boca de Scarlett antes que pudesse impedi-las.

Jackson a soltou e se largou com força no assento.

— Puta merda. Então ela era *mesmo* uma bruxa. Vocês todas são.

Scarlett o encarou, paralisada e em choque com o que havia acabado de fazer. Aquilo ia contra todas as regras do livro, contra tudo que sua mãe e Minnie tinham lhe ensinado, contra tudo que havia jurado quando fora iniciada na Kappa. Elas eram proibidas de contar para qualquer pessoa sem habilidades mágicas a verdade sobre a Kappa. Sobre o que realmente eram.

Ela protegera seu segredo ferozmente por anos, escondendo a verdade até mesmo de Mason. E, se havia alguma pessoa de fora da Kappa para quem contaria, era ele. Mas ali estava ela agora, contando tudo para Jackson, um garoto que, algumas semanas atrás — horas atrás, até —, ela mal suportava. Talvez estivessem *mesmo* no Mundo Invertido. Nada estava como deveria estar.

Ela agarrou o volante do carro e recostou a testa nele.

— Você não pode dar um pio, Jackson. Se isso vazar, as coisas não vão terminar bem nem para mim, nem para você.

Ele permaneceu imóvel e silencioso, mas Scarlett sabia que o cérebro dele estava trabalhando a mil para processar a informação que ela revelara por acidente. Por fim, ele engoliu em seco e perguntou:

— Foi a Gwen... foi a Gwen que matou a Harper?

Uma série de memórias passou pela mente dela: a expressão de repulsa no rosto de Gwen quando se virou para encará-la ao lado de Tiffany da sacada. O cheiro pungente de magia perversa flutuando pelo ar. A pontada de horror no rosto de Harper enquanto o prédio começava a desabar a seus pés. O sangue em sua pele pálida. Scarlett balançou a cabeça lentamente.

— Não de propósito. Mas tenho certeza de que foi a Gwen quem sequestrou a Tiffany. Até onde sei, a esta altura ela já pode ter matado a Tiffany. Ela a odiava. E fomos nós que a fizemos ser expulsa da Kappa... — Scarlett parou por um instante enquanto um choro entalado subia pelo seu peito. — Não sei o que vou fazer se a Gwen a machucar, Jackson. Realmente não sei. Queria que fosse eu que tivesse sido levada no lugar dela.

Ao se reclinar novamente no assento, sentiu o toque suave dos dedos de Jackson em sua bochecha.

— Não vou deixar que ela machuque você.

Ele entrelaçou seus dedos nos dela, apertando com força, e, por um instante, aquela pressão quente foi o bastante para manter o pânico à distância. Mas o que Jackson diria quando descobrisse que Tiffany e Scarlett haviam provocado Gwen — e que tinham sido as culpadas pelo descontrole da garota na sacada?

Ela sorriu em meio às lágrimas.

— Sem ofensa, mas você é a última pessoa que seria capaz de impedi-la.

— O quê? Você está duvidando dos meus poderes de garoto normal? — Ele abriu um pequeno sorriso.

— Tenho certeza de que serão muito úteis quando a Gwen usar um feitiço de controle da mente em você.

Jackson arregalou os olhos.

— Peraí. Vocês usam feitiços de *controle da mente*?

De repente, houve uma batida aguda na janela do carro, tão próxima e alta que Scarlett se engasgou de susto. O medo não foi embora quando, ao se virar no assento, encontrou Dahlia do lado de fora, de braços cruzados.

— Merda — Scarlett praguejou baixinho. *Será que ela sabe que eu contei?* Rapidamente, secou as lágrimas e abaixou o vidro. — Oiê! — disse, forçando uma voz normal.

Dahlia olhava diretamente para a mão direita de Scarlett. Ainda entrelaçada com a de Jackson, Scarlett notou tarde demais. Soltou a mão com força e abriu um sorriso inocente.

— Por onde andava? — A veterana cerrou os olhos. — Preciso de você na casa agora, Scarlett, é sobre um assunto sério da irmandade. Que ótimo momento para fugir com... alguém.

— *Alguém como ele*, ela sabia que Dahlia queria dizer. Scarlett conseguia ouvir o desdém respingando do tom de voz dela.

— Desculpe. Tive que resolver uma coisa. Uma coisa importante. — Scarlett se virou para Jackson. — Obrigada mais uma vez pela ajuda. Suas informações serão muito úteis — disse, forçando um tom casual e desdenhoso.

Jackson assentiu num piscar de olhos.

— Tudo certo. Bem, caso precise de qualquer outra coisa, fique com isso. — Ele pegou um pedaço de papel, rabiscou seu número de telefone, entregou-o para Scarlett e saiu do carro. De costas, mandou um aceno de despedida para as duas e caminhou rapidamente pela estrada até a floresta, desaparecendo noite adentro.

— O que foi isso que acabou de acontecer? — perguntou Dahlia, prendendo uma mecha de cabelo loiro atrás da orelha. — Você está mesmo de pegação no meio do nosso funeral, Scar?

— Não, claro que não. Conto tudo dentro de casa — respondeu Scarlett, saindo do carro e batendo a porta com força. Ela deu uma olhada rápida para a rua, tentando evitar um calafrio, apesar do ar quente da noite. — E nós ainda não estamos mortas. — Não se pudesse evitar. Ela só conseguia pensar em Gwen, que recuperara seus poderes. Gwen, que poderia estar em qualquer lugar. Fazendo qualquer coisa. Gwen, que poderia estar vindo atrás de todas elas naquele exato momento. — Mas precisamos conversar dentro de casa — concluiu. Ela queria toda a força dos feitiços de proteção das Ravens entre suas irmãs e a garota que tentava destruí-las.

Capítulo
Vinte e Nove

Vivi

Vivi atravessou o campus às pressas, ignorando os olhares zombeteiros ou confusos dos festeiros que cruzavam seu caminho. Passou por um grupo de garotas risonhas cambaleando em saltos, garotos grosseiros que haviam abusado da loção pós-barba e casais à vontade andando de mãos dadas ou sentados sob a luz romântica das lamparinas a gás.

Sua vergonha por ter beijado Mason, tão urgente e intensa apenas minutos atrás, havia sido banida por uma mistura intensa de adrenalina e fúria. Finalmente tinha avançado em sua busca pelo talismã e encontrado uma pista de verdade. Sem contar o fato de que a pista a levava diretamente para sua mãe, o que significava que ela havia mentido para Vivi durante a vida toda.

Ainda correndo, Vivi pegou o celular e ligou para a mãe pela terceira vez desde que saíra da lanchonete. Desta vez, Daphne atendeu.

— Está tudo bem, meu docinho? — perguntou a mãe. — Estou no meio de um ritual com cristais, mas vi suas chamadas perdidas e achei que era melhor atender.

Vivi diminuiu a velocidade para passos rápidos.

— Está com o talismã de Henosis? — questionou, ofegante.

Daphne ficou calada um segundo a mais do que o normal antes de responder:

— Do que você está falando, meu amor? Que talismã?

— Vi uma foto sua com ele. Por que continua mentindo para mim? Eu sei que foi uma Raven e sei que o talismã está com você.

— Eu nunca *menti* para você, Vivi. Tudo o que fiz foi para protegê-la.

— Bem, você fez um trabalho bem ruim, então, porque agora tem uma psicopata ameaçando matar as Ravens, uma por uma, até entregarmos o talismã para ela.

— Você precisa sair daí — comandou Daphne com um tom de urgência. — Agora. Vou encontrar um lugar para você ficar em Savannah, e depois vou buscá-la.

— O quê? Está falando sério? Não vou abandonar minhas irmãs. Só preciso do talismã. Ele está com você? Não vou contar a ninguém que foi você quem o roubou, prometo.

— Eu não *roubei* nada. — Uma frieza invadiu a voz de Daphne. — É uma situação complicada demais para você entender...

— Isso não é desculpa! Esconder informações de mim não me deixará mais segura. Por que não entende isso? Onde você está agora? Me deixe buscar o talismã. Daí pode me explicar tudo pessoalmente.

Houve uma longa pausa.

— Não posso fazer isso, Vivi. Sinto muito.

— Tudo bem... Traga-o para mim, então. É questão de vida ou morte. Minha amiga Tiffany vai *morrer* se não encontrarmos o talismã.

— Sinto muito — repetiu Daphne, de forma mais suave desta vez. — Mas isso está além dos meus poderes. Por favor, cuide-se, certo? Amo você.

A linha ficou muda.

Vivi praguejou e atirou o celular no chão, depois se agachou para pegá-lo com um gemido. Ótimo, Daphne queria bancar a misteriosa. Então Vivi só precisava encontrá-la.

Antes mesmo de entrar, Vivi percebeu que a casa estava muito movimentada. Ela parou para recuperar o fôlego ao lado de Mei, que estava de pé na calçada balançando um punhado de ervas na frente do próprio rosto. Do outro lado do jardim, Etta plantava um arbusto de flores brancas. Ela usava luvas de jardinagem grossas e parecia tomar cuidado para não deixar que as flores tocassem sua pele.

— O que está acontecendo? — perguntou Vivi, ainda ofegante devido à corrida pelo campus.

— É a Gwen — respondeu Mei, sem desviar os olhos das ervas. — Scarlett a encontrou realizando magia perversa para desfazer o feitiço de amarração.

— Então é verdade? — disse Vivi, sentindo um calafrio, apesar do calor causado pelo esforço físico.

— Sim, aparentemente ela conseguiu recuperar seus poderes. E, depois do que aconteceu com Tiffany, não dá mais para arriscar. Dahlia disse que não podemos deixar Gwen se aproximar de nenhuma de nós, por isso estou reforçando os feitiços de proteção e Etta está plantando *Heracleum mantegazzianum* no gramado. A planta ajuda a esconder a presença de magia, tornando mais difícil que Gwen, ou qualquer outro intruso, identifique os feitiços que usamos.

— Entendi. E onde está Scarlett? — perguntou Vivi, secando sua testa suada com as costas da mão. — Preciso falar com ela.

— Acho que está no escritório da Dahlia.

Agradecendo às pressas, Vivi correu para dentro da casa, listando mentalmente tudo que precisava fazer. Contar para Scarlett e Dahlia sobre sua mãe e o talismã. Em seguida, encontrar Daphne.

E confessar para Scarlett que você acabou de beijar o ex dela, uma voz a relembrou. No momento, aquela possibilidade parecia quase tão assustadora quanto enfrentar magia perversa.

Ela subiu as escadas correndo até o quarto andar, atravessou o longo corredor e parou bruscamente ao escutar vozes exaltadas vindo do escritório de Dahlia.

— ... irresponsável. Contar com a ajuda de alguém de fora em vez das próprias irmãs. — Dahlia parecia *furiosa*.

— Eu já disse, ele vinha seguindo a Gwen. E tinha informações úteis. — A voz de Scarlett estava mais delicada, quase com um tom de arrependimento.

— Mas ele não chegou a ver nada, né? Você não contou nada sobre nós para ele, contou?

Scarlett hesitou por uma fração de segundo.

— Claro que não — respondeu com um tom arrogante que não conseguia esconder muito bem uma pitada de preocupação.

A julgar pela longa pausa que se seguiu, Dahlia também percebera. Para a surpresa de Vivi, no entanto, depois de um momento, Dahlia apenas suspirou.

— Scarlett, esta não é a postura de uma presidente. Eu espero que nossa futura líder coloque as necessidades da Kappa acima de qualquer outra coisa. Especialmente acima dos próprios hormônios. E você pode parar de espiar aí no canto, Vivian — avisou Dahlia mais alto. — Pode entrar.

O rosto de Vivi queimou de constrangimento, e a sensação apenas se intensificou quando Scarlett abriu a porta.

— O que houve? Você está bem? — perguntou ela com uma preocupação tão genuína que o constrangimento logo deu lugar à vergonha.

Não, eu não estou bem, porque minha mãe mentiu para mim a vida inteira, mas nem mesmo isso é pior do que aquilo que acabei de fazer com você.

— Acho que tenho uma pista — disse Vivi ao entrar no escritório, um cômodo pequeno, porém maravilhosamente decorado com uma escrivaninha ornamentada com detalhes esculpidos em madeira, papel de parede vinho e estantes cheias de livros, velas e esqueletos de animais.

— Sério? Ótimo. O que você descobriu? — perguntou Scarlett ansiosa, sua empolgação em contraste gritante com as feições de Dahlia, que encarava Vivi com uma expressão difícil de decifrar. — O que aconteceu? — questionou, olhando de Dahlia para Vivi.

— Pergunte à sua Mais Nova — respondeu Dahlia friamente. — Embora esteja surpresa que ainda não tenha descoberto. Os pensamentos dela estão tão altos que praticamente estão gritando.

— Você sabe que não sou boa em ler mentes. Será que vocês podem, por favor, me dizer o que está acontecendo antes de continuarmos? — Scarlett cruzou os braços e fechou a cara.

Dahlia arqueou a sobrancelha para Vivi.

— Acho que é melhor deixar Vivi explicar.

Não tem como ela saber, pensou Vivi, desesperada. Existiam feitiços de leitura de mente, porém achava que nem mesmo Dahlia era poderosa o bastante para ler seus pensamentos à distância, sem nem precisar tocá-la.

— Está bem. — Dahlia perdeu a paciência. — Vivi está com medo de que você descubra o que acabou de acontecer com o Mason.

Scarlett tropeçou para trás, como se as palavras de Dahlia fossem um vendaval.

— Do que está falando? — perguntou Scarlett em uma voz frágil demais para ela. Prestes a quebrar. — Vivi? — disse, analisando sua Mais Nova.

— Eu... — Seu cérebro procurou rapidamente uma desculpa, uma explicação ou até mesmo uma mentira, mas ela não conseguia. Não tinha certeza se era por culpa ou magia, mas as palavras saíram todas de uma vez. — Não foi minha intenção, juro. E nunca mais vai acontecer de novo. Me desculpe.

— *O que* não vai acontecer de novo? — questionou Scarlett, não mais em um tom frágil de voz.

— Eu... nós não estávamos pensando... e foi um acidente. Só um beijo estúpido...

— Você *acidentalmente* beijou o meu namorado? — A voz de Scarlett estava fria, mas ela irradiava calor, enchendo o ar de fúria e magia.

— Foi uma besteira, e parei imediatamente. Sinto muito, muito mesmo.

— Ah, então *você* parou imediatamente — cuspiu Scarlett. — Quer dizer que o Mason não conseguiu se controlar perto de você?

— Não, claro que não. Sinto muito, Scarlett. Eu...

— Deixe de conversinha. Você já estava de olho nele desde que botou os pés aqui. E se aproveitou de um momento em que ele estava vulnerável, porque, sejamos sinceras, você sabe que em outras circunstâncias ele não ficaria com você nem aqui, nem no inferno — zombou, forçando uma risada de deboche. — Calouras desajeitadas não são exatamente o tipo do Mason.

Embora Vivi soubesse que Scarlett só estava descontando a raiva — uma raiva mais do que justificável —, ainda assim as palavras a machucaram. Vivi sabia que não fazia o tipo de Mason. Não fazia absolutamente nenhum sentido que ele terminasse com uma pessoa glamorosa, sofisticada e talentosa como Scarlett para ficar com alguém como ela. Provavelmente, ele ainda estava se recuperando do término e precisava de uma distração fácil. E o que era mais fácil do que uma caloura ingênua tão desesperada por atenção que bastara ser chamada de linda para que perdesse toda a razão e autocontrole?

— Tudo bem, Scarlett, já chega — disse Dahlia com um sorriso maldoso, como se estivesse gostando da briga. A atitude parecia estranha, não sendo do feitio da normalmente rígida, porém gentil, presidente. Mas talvez a pressão estivesse fazendo todo mundo agir de forma esquisita. — Temos coisas mais importantes para discutirmos.

— Eu não vou discutir nada na frente *dela*. É como sempre digo: um pouco de magia não pode esconder todos os seus defeitos. — Scarlett abriu um sorriso duro e cruel para Vivi. — Nós duas sabemos que seu lugar não é aqui, então por que não volta a ler a sorte dos outros no mercadão decadente de Reno?

Antes que Vivi pudesse responder, Scarlett passou correndo por ela em direção à porta.

Vivi quase a deixou ir embora. Não conseguiria ficar no mesmo ambiente que Scarlett por nem mais um segundo. Tudo o que queria era se aninhar na cama e tentar esquecer as palavras que, ela sabia, continuariam ecoando em sua cabeça: que seu lugar não era ali. Que torná-la uma Raven tinha sido um grande erro. Mas não poderia deixar Scarlett sair sem contar o que havia descoberto.

— Espere. Preciso contar uma coisa para você. Minha mãe foi uma Raven. Encontrei uma foto dela com a Evelyn Waters e acho que...

— Por que não vai lá contar tudo isso para o Mason, então? — Scarlett gritou por sobre os ombros. — Talvez ele possa ajudá-la. Ou talvez vocês possam se beijar mais um pouco enquanto a minha melhor amiga está sendo mantida em cativeiro por uma psicopata.

Vivi recuou enquanto Scarlett saía batendo a porta. Como poderia dar um jeito naquilo tudo? Mesmo que encontrassem o talismã e salvassem Tiffany, as coisas jamais voltariam ao normal. Vivi passara a vida inteira querendo ser parte de algo e, quando finalmente encontrara um grupo incrível de garotas que tinham lhe oferecido não apenas amizade, mas também *magia*, arruinara tudo em um ato de total estupidez e egoísmo.

Dahlia apoiou a mão sobre seu ombro.

— Daqui a pouco ela esfria a cabeça. Agora me conte o que descobriu sobre sua mãe.

Vivi respirou fundo e tentou se recompor. Estava apenas um pouquinho menos ansiosa sobre as consequências dessa descoberta do que pelo fato de ter beijado Mason. O que as Ravens diriam quando descobrissem que sua mãe *roubara* o talismã de Henosis? Que ela também fora uma Raven e nunca contara nada daquilo para a filha? Tudo era sombrio demais e, definitivamente, afetaria Vivi tanto quanto o beijo com o ex-namorado de Scarlett.

— Puta merda — exclamou Dahlia, arregalando os olhos quando Vivi terminou de contar toda a história. — Você já conversou com ela sobre isso? Ela tem alguma ideia de onde o talismã pode estar agora?

Vivi balançou a cabeça.

— Nós conversamos, mas ela não quis me contar nada. Tudo o que disse foi que estou correndo perigo e preciso tomar cuidado.

— Sim, bom, sabemos que estamos correndo perigo. Onde ela mora? Será que podemos fazer uma visitinha e procurar o talismã?

— Eu nem sei em qual estado ela está agora. Ela se recusou a me contar. — Vivi sentiu uma pontada de vergonha. Sua mãe não apenas havia roubado um objeto mágico inestimável, mas também era uma fugitiva. Fosse de um modo ou de outro, Dahlia não parecia preocupada.

— Tente de novo. Diga que está envolvida nisso até o pescoço e que precisa de ajuda.

— Já fiz isso. Não funcionou.

— Então é hora de subir o nível — concluiu Dahlia. — Busque sua Jennifer Lawrence interior e faça uma performance digna de um óscar.

— Tudo bem... — disse Vivi, desconfortável. Diferentemente de sua mãe, Vivi nunca fora uma boa atriz, e Daphne sempre descobria quando ela estava mentindo. — E o que acontece se eu conseguir encontrar o talismã? Nós vamos mesmo entregá-lo para a pessoa que sequestrou Tiffany?

— Quando tivermos o talismã verdadeiro, consigo fazer um feitiço de duplicação para criar um falso. Assim, a magia dele não cairá em mãos erradas. — Dahlia parou por um momento. — Nas piores mãos possíveis.

Vivi assentiu, pegou o celular e ligou para a mãe. Por um momento, depois de alguns toques, Vivi temeu que Daphne não atendesse para não ser obrigada a falar sobre o talismã de novo. Mas, quando Vivi achou que a ligação cairia na caixa-postal, ouviu um "alô" cansado.

— Mãe, sou eu. Escute, sei que não quer falar sobre isso, mas é muito, muito importante. Preciso ver você. — Ela tentou adicionar o máximo de urgência possível à voz, mas não sabia se era possível soar mais desesperada do que já estava. Encontrar o talismã era literalmente uma questão de vida ou morte para Tiffany.

Daphne ficou em silêncio por um momento.

— Há uma pousada antiga perto do campus chamada Rosa e Espinho — disse, por fim. — Vejo você lá daqui a uma hora.

Ao seu lado, Dahlia começou a murmurar um feitiço.

— A Torre e a Lua eu vou invocar, fonte das sombras que vão devorar.

— Mãe, eu não posso ficar em Savannah — disse Vivi, dando um passo para longe da veterana. — Você não está entendendo, não é seguro para...

Ela se engasgou enquanto falava. Havia vislumbrado seu reflexo no espelho de moldura dourada atrás da mesa de Dahlia. Mas não era ela, não de verdade. Sua pele estava pálida e tomada por um tom esverdeado, e seu rosto estava inchado e deformado, como um corpo apodrecendo embaixo d'água. Ela emitiu um som que era metade choro, metade grito quando uma minhoca se rastejou para fora de sua orelha no reflexo.

— Vivi? — disse Daphne, alerta. — Você está bem?

Vivi deu as costas para o espelho e respirou fundo.

— Vivi? — repetiu Daphne, com mais urgência dessa vez. — Me diga o que aconteceu.

— Você estava certa. Eu não estou a salvo aqui. — A voz saiu trêmula quando Vivi finalmente a recuperou. — Por favor, por favor, mãe, preciso sair daqui. Me diga onde você está.

Desta vez, sua mãe não hesitou.

— Estou na ilha Jekyll, ao sul de Savannah. Rua Wisteria, número trinta e oito. Você estará segura aqui, prometo.

— Vejo você em breve — disse Vivi. Ela encerrou a chamada e, ao se virar, encontrou Dahlia sorrindo.

— Bom trabalho — disse ela.

— Aquilo foi mesmo necessário? — Vivi apontou para o espelho, onde, felizmente, seu reflexo havia voltado ao normal. Embora tenha respirado fundo, ela ainda tremia, o coração ainda acelerado pela imagem do próprio corpo sem vida.

Dahlia deu de ombros.

— Funcionou, não foi? Agora, está pronta para uma pequena viagem de carro?

Capítulo Trinta

Scarlett

— Estamos tentando deter a Gwen, não fazer chá — resmungou Scarlett enquanto saía pela porta da frente, assustando Mei, que estava espalhando zimbro, patchuli e camomila nos degraus de entrada como medida preventiva contra magia perversa. Quando os aromas a atingiram, tudo o que Scarlett conseguia pensar era em Gwen quebrando o pescoço do rato no galpão. Algumas ervas não seriam o bastante para protegê-las.

— Aonde você vai? Temos que ficar juntas — gritou Mei de trás dela. Scarlett não disse mais nada enquanto andava apressadamente pelo caminho de tijolos. Pela primeira vez desde sua chegada em Westerly, sentia que o mundo exterior era mais seguro e acolhedor do que a Casa Kappa.

Enquanto marchava pela rua das fraternidades, passou pela Casa PK e suas colunas imponentes. Seu coração se apertou e sua mente, solícita, ofereceu-lhe várias imagens de tudo que seu ex — o cara que, até dois dias atrás, ela acreditava ser o amor de sua vida — poderia ter feito com sua Irmã Mais Nova.

Pelos últimos dois anos, Scarlett tivera uma visão de seu futuro. Ele se estendia à sua frente de maneira tão detalhada e clara, parecendo quase real, como se aquela parte da sua vida já estivesse estabelecida, apenas aguardando que ela e Mason a alcançassem. Com o sumiço de Tiffany, Scarlett não tivera a chance de lamentar o futuro que perdera com Mason — no momento, seu futuro parecia um grande ponto de interrogação —, mas naquele instante, enquanto corria pela calçada, pisando sobre as raízes retorcidas das árvores que quebravam o concreto, seu corpo era tomado em partes iguais pelo luto e pela raiva.

Como aquele primeiro encontro na Pikiki poderia ser apenas uma anedota de um relacionamento fracassado? Como tudo o que eles tinham construído durante os últimos dois anos — todas as piadas internas, todas as conversas, todos os "eu amo você" — poderia simplesmente desaparecer, desmoronando sobre a terra como poeira? Como poderia ignorá-lo como se fossem meros desconhecidos quando o avistasse do outro lado do pátio? Como haviam dado o último beijo sem que ela ao menos soubesse que seria o último?

Por fim, pensou enquanto secava com raiva uma lágrima, como ele poderia já estar apaixonado por outra pessoa? Como ele poderia ter feito isso com ela — e ainda com sua Mais Nova? Como Vivi pudera fazer isso com ela?

E Vivi não fora a única Raven que a traíra. Em vez de castigar Vivi, Dahlia havia praticamente feito piada da situação. Aquilo não era de seu feitio. Dahlia sabia quanto Mason era importante para ela. Sabia há quanto tempo estavam juntos. Quão devastador era ser traída por uma irmã.

Scarlett não tinha mais certeza de quase nada, porém, sabia que duas coisas eram verdade: iria resgatar Tiffany e faria isso sem a ajuda das que diziam ser suas irmãs.

Pegou o pedaço de papel dobrado em seu bolso. O que Jackson lhe havia entregado. Ela discou o número e prendeu o fôlego.

O telefone tocou apenas uma vez antes de ele atender.

— Scarlett?

Ela arqueou a sobrancelha.

— Como você sabia que era eu? — perguntou, já que não havia passado seu número para Jackson.

— Só um palpite de sorte, acho. — Ele pausou e emitiu um suspiro. — Isso, e também o fato de eu estar esperando sua ligação. Não sabia muito bem o que fazer. É meio difícil ir tranquilamente para uma festa ou qualquer coisa assim logo depois de descobrir que bruxas existem e que há uma má delas à solta.

Algumas horas atrás, aquelas palavras teriam enchido Scarlett de culpa e medo. Por séculos, nada fora mais arriscado para as bruxas do que a ameaça de serem descobertas. Por conta do medo dos mortais, bruxas haviam sido queimadas, afogadas, domesticadas e presas. Aquelas histórias eram verdadeiras, e sua mãe e Minnie haviam se certificado de que Scarlett conhecesse a história da bruxaria de cor e salteado.

Mas naquele momento era quase reconfortante saber que havia alguém com quem compartilhar aquele fardo, alguém em quem, talvez, pudesse de fato confiar. Mesmo sendo um reles humano.

— Neste caso, o que acha de me ajudar a encontrar essa tal bruxa má?

— Parece perigoso.

— Extremamente.

— O que suas irmãs acham disso?

— Sei lá — disse Scarlett, espiando por sobre os ombros, embora a Casa Kappa já estivesse longe do seu campo de visão, coberta pelo véu de musgos-espanhóis pendurado nos carvalhos que cercavam a rua. Lá no fundo, sabia que Dahlia tinha razão. Boas líderes não faziam coisas como partir em uma missão clandestina. Mas, ao mesmo tempo, as Ravens deveriam colocar a Kappa em primeiro lugar. Tiffany era sua melhor amiga, uma irmã em grande perigo. Que se danasse o comportamento de uma candidata a presidente exemplar. Antes de qualquer outra coisa, Scarlett era uma boa amiga. E agora precisava agir como uma. — Tem uma irmã que não pode se dar ao luxo de esperar.

A linha ficou silenciosa por um momento. Scarlett não culpava Jackson por hesitar. Na verdade, respeitava-o por entender tão rapidamente a seriedade da situação.

— Você pode me buscar? — disse ele por fim. — Podemos verificar se ela voltou para o apartamento ou se ainda está naquela cabana bizarra.

— Tem certeza de que não é um bruxo? — perguntou Scarlett enquanto pegava a chave do carro na bolsa. — Porque você acabou de ler a minha mente.

Quando entrou no apartamento de Jackson, ficou surpresa com a falta de móveis e a presença de um mural de investigação. E pelo fato de que ele estava sem camisa.

— Um segundo — disse Jackson por cima do ombro enquanto pegava uma camiseta para cobrir o peito surpreendentemente esguio e musculoso. Ele sumiu em um quarto nos fundos.

— Suspeita número um, hein? — comentou ela enquanto observava uma foto sua no mural. Estava presa sobre um mapa de Savannah, ao lado de fotografias de outras Ravens, todas conectadas por uma série de barbantes que se entrelaçavam. Sobre a Casa Psi Delta, havia uma foto de Harper. Scarlett perdeu o fôlego ao ver o sorriso da garota. Ela parecia tão... viva. Ao seu lado, o rosto de Scarlett estava circulado em caneta vermelha.

— Desculpe, obviamente preciso atualizar isso aí — disse Jackson, voltando do quarto vestido com um moletom.

— Sem problemas — respondeu ela, sentindo a onda de culpa novamente. O mapa, o apartamento quase vazio. Aquele era o rastro de caos que ela e Tiffany haviam deixado.

— Posso te perguntar uma coisa?

— Acho que você tem todo o direito — anunciou, esperando mais questionamentos sobre ser uma bruxa. Mas a pergunta de Jackson a surpreendeu.

— Quando nos encontramos no Baile de Boas-Vindas... tinha a ver com a Gwen? Ela havia feito alguma coisa naquela noite?

Scarlett balançou a cabeça.

— Tinha a ver com o meu namorado me dando um pé na bunda.

Ele soltou um longo assovio.

— No Baile de Boas-Vindas?

— Obviamente, isso não é nada comparado com o que está acontecendo agora — disse ela na defensiva, sentindo-se magoada e envergonhada ao mesmo tempo.

— Acho que estamos mesmo no Mundo Invertido se alguém terminou com você.

— Alguns dias atrás você teria achado que fiz por merecer — rebateu ela.

— Ninguém merece levar um pé na bunda em uma festa, na frente de familiares e amigos.

— Nem mesmo uma bruxa de irmandade? — disse ela baixinho.

— Bem, talvez *algumas* bruxas de irmandade. Mas você é diferente do que eu imaginava.

— Não diga isso. É ofensivo. Não sou como as outras garotas, certo? Diferente do resto da minha irmandade? — comentou ela, novamente na defensiva pela ideia de ver Jackson diminuindo outras garotas só para elogiá-la.

Ele arqueou a sobrancelha.

— Levando em conta que acabamos de ver a Gwen fazendo um sacrifício meio *Ratatouille*, diria que isso é um elogio. Mas não foi bem o que quis dizer. Quando a vi pela primeira vez na aula, não sabia que você era uma Kappa. Só sabia que era inteligente e intocável. Você se mantinha a uma certa distância das pessoas. É bom estar do lado de dentro.

— Mesmo que o lado de dentro seja cheio de bruxas e caçadores de bruxas?

— Ninguém é perfeito — disse ele com um sorriso.

— Você é diferente do que eu imaginava — admitiu ela.

— Mais bonito de perto, mais espirituoso, mais inteligente… — brincou.

— Nem tão babaca assim — ela rebateu. Mas, mentalmente, acrescentou: *Mais engraçado, mais gentil, mais compreensivo.* — E até que corajoso — completou em voz alta. Ela não conhecia muitos caras, nenhum cara, que aceitariam a existência de bruxas com tanta naturalidade, muito menos que topariam ajudar a acabar com uma delas. — Como conseguiu não surtar com tudo isso?

Jackson pensou por um momento.

— Só para constar, estou surtando um pouco, sim. Mas acho que uma parte de mim sempre soube. Eu apenas não me permitia acreditar.

— Como assim? — perguntou Scarlett.

— Acredite ou não, quando era pequeno e a Harper veio morar com a gente, eu não era exatamente o espécime masculino cheio de confiança que você está vendo agora. Eu era meio nerd.

Scarlett fingiu surpresa e se pegou sorrindo pela primeira vez em dias.

— Havia uns garotos que faziam de tudo para me infernizar, e um dia a Harper os encurralou depois da aula. Minutos depois, eles apareceram com os olhos roxos. Ela jurou não ter encostado um dedo neles, mas eu lembro de como eles pareciam assustados.

E, quando perguntei como ela tinha conseguido meter tanto medo neles, ela respondeu que tinha sido com magia. — Ele soltou uma gargalhada alta. — Agora eu entendo que era isso mesmo. E não foi só dessa vez. Havia um monte de coisinhas. Portas que abriam e fechavam sozinhas. Tempestades repentinas. Algumas coisas eram pequenos detalhes, outras eram mais uma sensação do que qualquer outra coisa. Quando era criança, acreditava apenas em partes. Agora sei que deveria ter acreditado em tudo, desde o começo.

Scarlett respirou fundo. Já havia traído seu coven, sua irmandade, ao compartilhar o segredo de todas. Ir mais fundo naquele caminho era errado. Mas, olhando para Jackson, percebendo quanto ele amava Harper, quanto ele queria compreender, e sabendo que ela era a única pessoa que poderia fazer isso por ele...

— Ela era uma Bruxa de Copas, como eu. Seus poderes emanavam da água. Mas ela conseguia fazer outras coisas também. Todas conseguimos. Só que somos mais fortes juntas. Ao menos era o que eu achava... — A voz dela se perdeu, pensando no que Dahlia havia dito, no que Vivi havia feito.

— A Gwen está agindo por conta própria e me parece bem forte — comentou ele.

— Sim, porque está usando magia perversa. Nós, Ravens, nunca fazemos isso. Nunca. Foi por isso que a expulsamos e selamos seus poderes, pra começo de conversa.

— E agora ela os recuperou. Todos e mais um pouco.

— Exatamente — concordou Scarlett com um tom sombrio.

Jackson parou um momento para assimilar tudo aquilo.

— Obrigado — disse. — Obrigado por me contar.

— Acho que você não vai me agradecer quando isso tudo acabar — respondeu Scarlett.

— Falando nisso — aproveitou ele, pegando as chaves e abrindo as portas para ela —, primeiro as bruxas. Posso ser corajoso, mas não sou idiota.

A fachada do prédio de Gwen parecia sombria quando estacionaram. Cortinas fechadas, luzes apagadas. Mas, de qualquer forma, a cabana também parecera abandonada à primeira vista.

Scarlett desligou o motor.

— Consegue ver algum sinal de vida? — perguntou, sem saber qual resposta gostaria de ouvir.

Ele balançou a cabeça.

— Nem o vizinho do andar de cima, nem o cachorro barulhento que mora na loja ao lado. Isso aqui está uma zona morta.

— Talvez ela ainda esteja na cabana — Scarlett comentou, incerta. A última coisa que queria era voltar àquela casa de horrores, mas iria em um piscar de olhos se isso a levasse até Tiffany.

— O carro dela está aqui. — Jackson apontou para um sedã acabado, estacionado na calçada.

Scarlett franziu o cenho.

— Eu não vi o carro perto da cabana.

— Talvez ela tenha estacionado em algum lugar mais perto da estrada, como nós fizemos.

Scarlett se afundou no assento, mantendo o olhar no prédio.

— Alguma coisa aqui não faz sentido. Concorda? Quer dizer, ela recupera os poderes, o que é algo grandioso. E, depois, simplesmente… Volta para casa e vai dormir?

— Talvez toda aquela magia perversa a tenha deixado cansada. — Jackson levantou as mãos em resposta ao olhar severo de Scarlett. — Ei, eu não sei como essas coisas funcionam. Essa é a sua especialidade. Só estou dizendo… já faz o quê, umas três ou quatro horas desde que a vimos em Skidaway? É tempo de sobra para que ela, ao menos, voltasse para cá.

Ou tempo de sobra para ir até o lugar onde está mantendo a Tiffany e torturá-la, Scarlett pensou enquanto uma mistura arrepiante de horror e asco corria por suas veias. Já haviam se passado mais de dois dias. Quanto tempo mais Tiffany seria capaz de aguentar? Scarlett estremeceu ao imaginar o rosto de sua melhor amiga retorcido em desespero, com os olhos arregalados de medo enquanto observava Gwen se aproximar com uma adaga nas mãos e um feitiço cruel nos lábios. Havia feitiços capazes de fazer alguém sentir como se sua coluna estivesse se partindo ao meio. Encantos que tornavam cada respiração ardente como fogo. Cantos que partiam as juntas e decepavam os membros. Será que Gwen estava louca o bastante para usar um deles e conseguir o que queria de Tiff?

— Tudo bem com você? — perguntou Jackson, olhando-a com preocupação.

Ela se remexeu no assento.

— Sim, tudo. Acho que vou entrar e dar uma olhada. Só para garantir.

— Claro, isso deu muito certo da última vez.

— Ei, da última vez eu não estava contando com uma emboscada. Agora já estou preparada.

Ele levantou as mãos, rendendo-se.

— Longe de mim questionar a sua bruxaria. Estou apenas comentando. Talvez a gente não queira que a bruxa má descubra que estamos aqui e nos frite em um segundo.

— Ela não vai fritá-lo — resmungou Scarlett. — Vou entrar sozinha.

— Sinto muito, mas não posso permitir isso — respondeu Jackson. — Não seria cavalheiresco da minha parte.

— Ninguém nunca lhe disse que cavalheirismo é apenas misoginia com uma roupagem bonitinha? Além do mais, só um de nós conseguiria revidar um possível ataque.

— Mais um motivo para me levar junto, assim eu posso limpar a bagunça quando você terminar.

Ela revirou os olhos.

— Esse é o seu jeito de me dizer que gosta de assistir?

Seu olhar subia e descia enquanto ele a encarava. Ela não estava arrumada naquele dia, o que não era muito a sua cara. Usava apenas uma calça jeans e camiseta. A roupa mais casual que havia usado em público em anos. Ainda assim, pelo jeito como ele a encarava, ela se sentia como se estivesse com um vestido bem justo.

— Só quando é alguém que vale a pena assistir.

Ela expulsou uma série de pensamentos inapropriados da mente. Adrenalina estúpida. Misturava todos os sinais. Prejudicava o bom senso.

— Bom, só... tenha cuidado. Se você perceber qualquer coisa esquisita acontecendo, o melhor a fazer é sair do caminho. Protegê-lo vai deixar meu trabalho ainda mais difícil.

Ele bateu continência, forçando um sorriso metido apenas para provocá-la. Ela o encarou por um longo segundo. Não o havia julgado da maneira correta. Ele tinha passado por tudo aquilo — descobrir que existia magia, invadido o covil de uma bruxa má — e, ainda assim, continuava sorrindo, mesmo que aquele sorriso fosse puro fingimento para tentar ajudá-la.

Ele endireitou a postura e abriu a porta do carro, encerrando de vez a discussão. Scarlett sentiu desejo de tocá-lo, mas impediu a si mesma. Eles saíram do veículo, atravessaram a rua vazia e caminharam até a porta da casa de Gwen.

Ele desviou os olhos dela, e seus lábios se apertaram. Ela seguiu a direção do olhar dele.

Scarlett observou um filete de fumaça saindo pela porta. Era uma fumaça espessa de um vermelho vibrante, quase inacreditável. Seus olhos se arregalaram. Enquanto observava, a fumaça tomou a forma de um enorme X em frente à porta, como uma placa mágica e gigantesca dizendo NÃO ENTRE.

Eles trocaram um olhar de canto de olho.

— Última chance para voltar atrás — murmurou Scarlett.

Surpreendendo-a, Jackson pegou sua mão e entrelaçou os dedos nos dela.

— Não vou deixá-la enfrentar isso sozinha, Scarlett.

Por um segundo, eles se encararam. A mão dele estava quente, e o coração dela batia forte pelo pico de adrenalina. A cabeça dela vibrava com a explosão de eletricidade entre os dois. Mas não havia tempo para pensar naquilo.

Ela desvencilhou sua mão e caminhou em direção à fumaça carmesim. Era um tipo de magia perversa. Sabia pela forma como seus dedos coçavam e sua garganta arranhava.

Apoiou a palma da mão na porta. Fechou os olhos e acessou o poço de poder em seu peito, o poder que suas irmãs compartilhavam umas com as outras durante as cerimônias mensais. Imaginou emanando de si uma luz dourada que derrotaria o mal.

Jackson exclamou baixinho atrás dela. Quando ela abriu os olhos, a porta estava escancarada.

Scarlett cruzou a soleira com cuidado e subiu as escadas. O corredor estava escuro, e ela não viu nenhuma luz saindo pela fresta da porta do apartamento de Gwen. Mantendo-se firme, Scarlett pressionou o ouvido contra a porta, tentando escutar qualquer movimentação do lado de dentro.

Nada.

Ela girou a maçaneta. Estava destrancada. Olhou para Jackson por cima do ombro. O olhar dele mostrava tanta preocupação quanto o dela.

Ela prendeu a respiração e, gentilmente, abriu uma fresta da porta.

Mais fumaça flutuou para fora, espirais cinza e vermelhas entrelaçadas. Não cheirava a fumaça comum. Fedia a podridão, morte, ruínas e pesadelos. Era como acordar no meio da noite sem conseguir respirar. Scarlett começou a engasgar no momento em que foi envolvida. Jackson começou a tossir descontroladamente.

— O que é isso? — perguntou ele com a voz rouca por causa da fumaça.

Ela não sentia calor. Se aquilo era causado por fogo, não era um fogo normal.

— Não faço ideia — respondeu Scarlett, ainda engasgada.

Seria um tipo de mecanismo defensivo? Ou um veneno? Scarlett escorregou quando deu um passo adiante. Conseguiu se apoiar pouco antes de dar de cara com o chão, encostando a mão em algo pegajoso. Sentiu um pouco de bile subindo pela garganta enquanto encarava a poça.

Sangue. Uma enorme poça de sangue. Como a que encontrara no quarto de Tiffany, porém maior, mais feia.

Scarlett engoliu um grito e levantou seu olhar para seguir o rastro. Havia um corpo caído de bruços no chão, a apenas alguns passos de distância. Imóvel. Sua respiração saiu como um gemido fraco. *Que não seja a Tiffany, meu Deus, que não seja a Tiffany.*

Ao seu lado, Jackson praguejava. Ele se moveu mais rápido, abaixando-se para segurar os ombros da garota — era uma garota, Scarlett percebeu pela calça de ginástica e pela camiseta justa. Mas era difícil enxergar seu rosto através da fumaça espessa.

Fumaça que, agora percebia, parecia estar emanando *da* garota. Ao menos, do lugar onde seu rosto estava apoiado no chão de madeira.

Jackson virou o corpo da garota para cima. Scarlett se preparou para ver o rosto da melhor amiga, o medo dominando seu corpo.

Mas eram os olhos vazios de Gwen que os encaravam. Filetes de fumaça cinza saíam em ondas do nariz, da boca aberta e até das orelhas dela.

— Gwen? — sussurrou Jackson com a voz carregada de emoção.

Scarlett mal conseguia se mover. Não conseguia falar. Observou Jackson tentando encontrar o pulso da garota, depois o escutou xingar novamente, mais alto dessa vez. Ele tentou pegar seu celular. Só aí Scarlett o segurou pelo punho.

— Não podemos ficar aqui — sussurrou. — Quando a encontrarem, a polícia...

Jackson assentiu com firmeza. Ele pegou Scarlett pela mão e a ajudou a se levantar.

— Vamos. — Ele a guiou para fora do apartamento. Ela não conseguia parar de tremer enquanto olhava para sua mão, manchada de vermelho pelo sangue de Gwen.

E, durante todo o tempo, um único pensamento ecoava em sua mente, dando voltas e voltas.

Se Gwen está morta... Quem está com Tiffany?

Capítulo
Trinta e Um

Vivi

Enquanto Vivi segurava o volante do carro que pegara emprestado de Dahlia, perguntava-se se existia um feitiço calmante forte o bastante para tranquilizar a ansiedade que pulsava em seu peito. No momento, não sabia se havia alguém a quem pudesse perguntar. A esta altura, as fofocas sobre seu ato de traição com Mason já deviam ter se espalhado entre as irmãs, oralmente, por mensagens de texto e nas comunicações silenciosas que algumas Ravens conseguiam manter com facilidade.

Vivi gemeu e pisou no acelerador. Passara a vida inteira desejando ter amigas, desesperada por fazer parte de algo, e, em um instante, tinha jogado tudo fora. Só porque um estudante de História fofo com um sotaque adorável a havia feito se sentir especial. Ela era melhor do que isso, não era?

Se Vivi estivesse de passageira, poderia inspirar com calma a brisa aromática do mar enquanto corria pela costa. Mas estava dirigindo — sozinha em um carro pela terceira vez na vida. Por conta das mudanças constantes, nunca tinha tempo de completar a autoescola, e tirara sua carta de motorista há apenas alguns meses.

— Tudo bem... tudo bem — murmurava enquanto um caminhão a ultrapassava na faixa ao lado, como se estivesse acalmando um bichinho assustado em vez de falando consigo mesma.

Mas sobreviver à viagem era apenas meio caminho andado. Quando chegasse, teria que dar um jeito de procurar o talismã na casa da mãe. Isso se ele estivesse lá. Daphne tinha tido algumas horas para escondê-lo em algum outro lugar.

Vivi tinha pensado que Dahlia viria com ela, mas a veterana acabou ficando para preparar o complicado feitiço de replicação de que precisariam para produzir o talismã falso. Não sabia o que parecia mais perigoso: entregar um item mágico poderoso para quem havia sequestrado Tiffany ou, possivelmente, arriscar provocar sua fúria.

Vivi exalou enquanto a voz do GPS a mandava pegar a próxima saída para a ilha Jekyll, uma pequena porção de terra ao sul de Savannah. Depois de tudo o que Daphne dissera sobre como Vivi iria odiar Savannah e o jeito como ficara furiosa quando a filha decidira estudar em Westerly, parecia que ela havia se mudado para perto. Era típico de sua mãe a proibir de fazer algo que ela mesma faria sem nenhum problema.

Tipo se juntar à Kappa.

Minutos depois, Vivi estacionou em frente a um bangalô com porta azul e persianas amarelas, a poucos quarteirões da praia. A casa estava coberta por uma neblina espessa, e os sinos de vento na varanda enchiam o ar com uma melodia estranha e atonal. Ela desligou o motor e saiu do carro, olhou em todas as direções e então seguiu por um caminho curto cercado de rosas-rugosas que cresciam em desalinho.

Antes que chegasse à casa, a porta se abriu e Daphne apareceu na entrada. Tinha mais mechas grisalhas no cabelo e olheiras mais profundas do que da última vez em que Vivi a vira, mas, no geral, Daphne Devereaux parecia igual a quando Vivi se despedira dela em Reno.

— Ah, Vivi, graças a Deus! — Daphne a puxou para um abraço apertado antes de dar um passo para trás a fim de examinar a filha. — As cartas disseram que você estava bem, mas não consigo nem explicar como estou feliz de vê-la com meus próprios olhos.

Agora que Vivi sabia o verdadeiro poder do tarô, os instintos de Daphne não lhe pareciam mais tão bobos.

— Posso entrar?

Daphne hesitou, espiando por sobre os ombros.

— Agora não é uma boa hora, querida. A casa ainda está uma bagunça, há caixas por toda parte. Por que você não dá uma volta pela cidade? Tem uma cafeteria adorável que acho que vai adorar.

— Há caixas por toda parte, é? Por acaso o talismã está em alguma delas?

— Vivi, por favor, eu...

— Uma de minhas irmãs foi sequestrada, e quem a levou disse que, se não entregarmos o talismã, ela vai morrer.

Daphne ficou pálida enquanto levava a mão ao peito.

— É exatamente por isso que você não pode voltar para aquele lugar. A Kappa é um para-raios de perigo. — Ela deu um passo para o lado, ainda incerta sobre o que fazer. Depois suspirou e escancarou a porta. — É melhor você entrar.

Dando um passo para dentro, Vivi esperou enquanto Daphne trancava a porta, usando a fechadura comum e todos os cadeados extras que Vivi sabia que a mãe instalara depois de sua chegada, como era de costume. Daphne não sabia como trocar um pneu ou instalar um ar-condicionado, mas sua paranoia a tornara uma especialista em fechaduras. Embora agora sua paranoia não parecesse tão estranha quanto antes.

— Então as coisas não deram certo em Louisville? — O sorriso doce de Vivi não combinava com seu tom provocador.

Uma chaleira apitou na cozinha.

— O Kentucky tem uma energia ruim — disse Daphne, passando por Vivi. — Quer chá? Estou trabalhando em uma nova mistura de fortalecimento. Camomila e manjericão...

— Você ia me contar que se mudou para um lugar que fica a uma hora de distância de mim? — interrompeu Vivi, seguindo a mãe até a cozinha. Era pintada de um amarelo brilhante, com um alegre piso de azulejos pretos e brancos, mas era tão estreita que seus cotovelos se esbarraram enquanto Daphne servia o chá.

— Eu não queria atrapalhar seus estudos. — Ela empurrou uma caneca para Vivi, que aceitou, apesar de estar irritada.

— Então você decidiu ignorar todas as minhas mensagens e ligações, basicamente me deserdou por estudar em Westerly, mas acabou se mudando para o mesmo lugar?

— Queria estar por perto. Só para prevenir. — Daphne deu de ombros com uma indiferença forçada enquanto enchia outra caneca para si mesma.

— Prevenir o quê? Que eu me metesse em encrenca? — Vivi soltou uma risada curta e amarga. — As Ravens estão em perigo porque você roubou um objeto de valor anos atrás e se recusa a devolvê-lo. Eu sei que nunca se importou com ninguém além de si mesma, mas uma garota vai *morrer* amanhã se você não me entregar o talismã.

Daphne fechou os olhos por um segundo, com uma expressão de dor.

— É melhor nos sentarmos para termos essa conversa — disse baixinho, levando Vivi até a pequena sala de estar, um espaço desconhecido repleto de coisas conhecidas. O cobertor de tricô favorito de sua mãe estava jogado sobre um baú de veludo azul que Vivi nunca havia visto antes. A única prateleira na parede guardava os livros cuidadosamente selecionados que a mãe carregava em todas as mudanças. E em uma tigela de vidro estava a mistura de lavanda e cedro que Daphne sempre deixava na mesinha de centro. Por um momento, tudo o que Vivi queria era inalar aquele aroma reconfortante dos itens que a haviam cercado durante toda a vida, a única fonte de estabilidade que ela tivera ao crescer.

Daphne se sentou no sofá e apontou para o lugar ao lado dela, mas Vivi a ignorou e sentou-se em uma poltrona amarela e arranhada.

— Por que você nunca me contou nada sobre isso? — perguntou Vivi. — Não faz sentido.

— Eu nunca escondi quem sou — respondeu a mãe, soando repentinamente exausta. — Mas não podia *obrigá-la* a acreditar em mágica, Vivi. Você precisava experimentar por conta própria.

— Então por que tentou me impedir de ir para Westerly?

— Você não precisa ser uma Kappa para ser uma bruxa. Essas garotas não são o que parecem. Não sabe do que elas são capazes para se tornarem mais poderosas.

— Tipo roubar o talismã de Henosis?

— Quem lhe contou isso?

— Ninguém precisou me contar. Eu vi uma foto sua, usando o talismã, nos arquivos da *Gazeta*. Uma foto sua com Evelyn Waters, a garota que desapareceu. — Daphne segurou sua caneca com tanta força que as juntas dos dedos se esbranquiçaram. — O que aconteceu com ela?

— Ela morreu, Vivi. Porque se envolveu com algo que não compreendia. O mesmo tipo de coisa em que você está se metendo agora.

— Isso é algum tipo de ameaça? — perguntou Vivi, incrédula.

— Não seja ridícula. — Sua mãe apoiou a caneca na mesa de centro, causando um tinido. — Tudo o que fiz foi para protegê-la.

— Proteger me mantendo no escuro? Parece mesmo um ótimo plano.

— Sim, se for preciso.

Vivi se levantou da poltrona, tremendo de raiva e frustração.

— Nós passamos a vida inteira fugindo de quê? Nada ruim nunca aconteceu com a gente.

— Porque ninguém nunca o encontrou — sua mãe rebateu.

A infância frenética de Vivi veio à tona em sua memória. As partidas repentinas, os encaixotamentos à meia-noite, as longas viagens noite adentro, sua mãe pegando estradas tortuosas para lugares desconhecidos. Quando Vivi era pequena, tudo parecia uma brincadeira. Como se elas fossem espiãs fugindo de um grande inimigo malvado, escapando para seu próprio mundinho por todo o país. Mas se tornou doloroso conforme foi crescendo. Sempre deixando amigos, paqueras, todo mundo para trás. Sendo arrastada para longe toda vez que começava a se sentir em casa.

Tudo por causa disso, ela se deu conta. Tudo por causa de Westerly, por causa do que havia acontecido na Kappa.

— Então é verdade — disse Vivi, lentamente. — Você *está* com o talismã.

Daphne assentiu.

— É minha responsabilidade impedir que ele caia nas mãos erradas, um trabalho que levei muito a sério em todos esses anos.

— Então, esse tempo todo, todas as fugas, todas as mudanças... foram por causa do que aconteceu com a Evelyn?

— Você não entende...

— Você a matou? — As palavras escaparam dos lábios de Vivi antes que seu cérebro pudesse processá-las.

Várias emoções passaram pelo semblante de Daphne. Choque. Mágoa. Indignação. E, depois, seu rosto voltou a estampar tristeza, um tipo de tristeza profunda que instantaneamente a fez parecer dez anos mais velha.

— Como você pode pensar uma coisa dessas? — perguntou.

— Não sei — disse Vivi. — Não sei mais no que acreditar. Tudo o que sei é que preciso desse talismã para salvar a vida de uma amiga, mas, por algum motivo, você parece não se importar.

— É claro que eu me importo, mas você não está olhando para a situação como um todo. Você realmente quer que quem a sequestrou fique com o objeto mágico mais poderoso do mundo? Não faz ideia de quantas vidas estariam em risco.

— Então devo simplesmente deixar minha amiga *morrer*?

— Essa é a realidade da magia, Vivi. Não é tudo encantamentos, festas e máscaras faciais mágicas com suas amigas da irmandade. Era disso que estava tentando protegê-la.

A raiva que já fervilhava no peito de Vivi começou a borbulhar.

— Bem, você pode ter conseguido brincar com a minha vida, mas não vou deixar que faça o mesmo com a da Tiffany. — Seus poderes vieram à tona. Ela era uma Bruxa de Ouros, o naipe ligado à magia da terra, da saúde e dos bens materiais, por isso encontrar um objeto altamente cobiçado não exigiria tanto esforço. *Encontre o talismã*, pensou.

Sua magia respondeu prontamente, quase como se estivesse esperando isso. Seus dedos tremeram. Um formigamento percorreu suas mãos, subindo pelos braços. Agitada como Vivi estava, a magia lhe parecia uma lufada de ar fresco para os pulmões. Um alívio. Enfim, algo que poderia controlar. *Encontre-o*, ordenou, e a magia fluiu facilmente através de seus dedos.

— Pare, Vivian — sua mãe ordenou, e Vivi sentiu o estalar da magia rival no ar. Sua mãe também estava lançando um feitiço.

— Me mostre o talismã de Henosis — comandou Vivi. Houve uma rajada de vento: papéis voaram de uma mesa, quadros com fotografias tremeram nas paredes e o bangalô inteiro pareceu balançar.

— Pare — repetiu Daphne. Os papéis pararam, os quadros voltaram ao lugar, as janelas rangeram. — Você não vai conseguir encontrá-lo desse jeito. Já me certifiquei disso.

Vivi vasculhou o cérebro, tentando imaginar quais proteções sua mãe poderia ter usado. Ela analisou o cômodo à sua volta, e o olhar caiu sobre um par de luvas de jardinagem ao lado da porta, parecidas com as que Etta havia usado para plantar *Heracleum mantegazzianum*. Sem dizer uma palavra, Vivi deu meia-volta, arrancou os cadeados da porta e correu para fora. Como esperava, no contorno do gramado havia um arbusto com flores brancas. O solo parecia fresco, como se tivesse sido revirado recentemente. Era por isso que o feitiço de Vivi não funcionara — o arbusto havia impedido que sua magia encontrasse o talismã. Mas, agora que ela sabia onde concentrar seus poderes, a planta não ficaria mais em seu caminho, não quando tinha a magia da terra de uma Bruxa de Ouros a seu dispor.

Quando Vivi levantou os braços, a terra começou a tremer levemente.

— Vivi, pare — gritou Daphne, correndo em direção a ela.

A terra continuou a se mexer, revelando raízes, rochas e algumas minhocas retorcidas.

Daphne apoiou a mão no ombro de Vivi e se afastou com um grito. Sua palma havia ficado vermelha, Vivi percebeu, como se tivesse sido escaldada pela energia que atravessava a filha.

Vivi sentiu uma pontada de culpa e começou a abaixar os braços, mas pensou em todas as pessoas que contavam com ela: Dahlia, Scarlett e, acima de tudo, Tiffany. Ela cerrou o maxilar e levantou ainda mais alto os braços, lutando contra uma pressão invisível. O chão começou a tremer e o pingente oval de vidro surgiu do meio da terra. O vidro era mais azul do que na foto; o olho grego, mais intenso.

— Você corre perigo em Westerly — Daphne sussurrou, segurando sua mão. — Tirei as cartas para você. Estou tentando protegê-la.

— Vou lhe dar uma sugestão. — Vivi pegou o talismã no ar e o guardou em seu bolso. — Quer me proteger? Saia do meu caminho.

Capítulo
Trinta e Dois

Scarlett

O celular de Scarlett vibrou em seu bolso: era Vivi. Ela ignorou a chamada. *Se toca, irmãzinha*. Estava meio ocupada. Ocupada demais para lidar com a culpa de Vivi em relação a Mason. Sem falar que, só de ver aquele nome na tela do celular, a ferida se reabriu. Mason terminando com ela. Mason e Vivi juntos. Mason e Vivi se beijando.

Scarlett fechou os olhos, esforçando-se para expulsar da mente a dor pela traição. Ela era uma Winter. Era uma bruxa. Era mais forte do que seu coração partido. E tinha assuntos muito mais importantes para resolver. Deu uma olhada em Jackson, que, do outro lado da rua, estava espremido dentro da cabine de telefone que finalmente haviam encontrado depois de procurarem por meia hora.

Uma sensação de surrealismo pairava sobre a noite, como se aquilo fosse apenas mais um dos pesadelos de Scarlett, que continuava torcendo para acordar... mas era tudo real. Os carros passando, suas rodas quicando na rua esburacada, eram reais. O bar no fim do quarteirão, com seu neon piscante, era real. O arrepio em seus braços era real. O pavor crescendo em seu estômago era real. E também era real o fato de Gwen estar morta e de Tiffany estar...

Pare, Scarlett ordenou a si mesma, não se permitindo pensar naquilo.

O céu estava profundamente escuro. Era noite de lua nova, e a Terra, o Sol e a Lua estavam alinhados de um jeito que deixava o satélite completamente invisível no céu. Minnie havia lhe ensinado que, antigamente, essa era a chamada lua velha. Independentemente do nome, o simbolismo era o mesmo. Era um momento de magia destrutiva, de maldições poderosas, um momento para abraçar sua própria crueldade.

Não era de surpreender que a pessoa que sequestrara Tiffany havia escolhido aquela noite para realizar um ritual perigoso. E agora Scarlett só tinha algumas horas para impedir que isso acontecesse — apenas algumas horas para salvar sua irmã.

Seu olho captou um movimento, e ela instintivamente ficou tensa. Mas era apenas Jackson desligando o telefone. Ele atravessou a rua vazia correndo, as mãos enfiadas nos bolsos do jeans.

— Deu certo? — Scarlett se inclinou sobre o teto do carro, observando o rapaz com preocupação.

— Fiz minha melhor imitação do Batman, só por precaução.

Ela abriu um pequeno sorriso. Sabia o que ele estava fazendo — tentando manter as coisas leves o bastante para que ela não entrasse em desespero por causa de Tiffany.

Eles haviam decidido que não seria seguro ligar para a polícia dos seus celulares. Se o fizessem, teriam de explicar o que estavam fazendo na cena do crime — e o que eles diriam? *Invadimos o apartamento dessa garota para descobrir se era a bruxa cruel que sequestrou minha irmã, foi mal, sr. Policial.*

Era melhor deixar uma pista anônima. Jackson só havia dito que sentira cheiro de gás saindo do apartamento de Gwen. Seria o bastante para que alguém fosse até a porta. Para que encontrassem...

o que precisava ser encontrado. Scarlett havia limpado todos os rastros de magia e dos dois — tudo que poderia fazer a polícia os procurar com muitas perguntas. Em seguida, ligaram o forno e saíram.

Scarlett se forçava a apagar da memória a imagem dos olhos vidrados de Gwen, de sua boca aberta. Só conseguia pensar em Tiffany. *Ela não pode estar morta, não pode.* Scarlett não conseguia imaginar encontrar sua melhor amiga naquele mesmo estado, sem vida.

Jackson tocou o ombro de Scarlett gentilmente. Ela se assustou. Não tinha percebido que ele havia contornado o carro para chegar ao seu lado.

— Quer que eu dirija? — perguntou, e ela lhe entregou a chave, cansada demais para discutir. — Você pode ficar no meu apartamento, se quiser. — Ela o encarou enquanto dava a volta em direção ao banco do passageiro e entrava no carro. Ele entendeu errado. — Não nesse sentido. Quer dizer, você fica com a cama. Eu durmo no sofá — disse, parecendo um pouco envergonhado.

Ela continuou a encará-lo. Não estava imaginando coisas; ele também sentia a mesma coisa. No meio de tanta coisa ruim, algo havia mudado entre eles. Ver Jackson Carter abobado por causa dela era algo que Scarlett nunca teria imaginado antes daquela noite. E embora se sentisse destruída por dentro, o sorriso tímido dele aliviou suas preocupações por um breve segundo antes que elas voltassem com tudo.

— Obrigada pela proposta, Jackson... mas eu preciso ficar com as minhas irmãs hoje.

Precisava contar-lhes o que havia acontecido. Elas precisavam bolar um novo plano. Se Gwen estava morta, ou era a sequestradora, e tinha matado Tiffany antes de... *Antes de quê, Scarlett? Amaldiçoar-se com a própria morte?*

A nuvem de fumaça e a ausência de marcas no corpo de Gwen, além do mar de sangue ao seu redor, não deixavam dúvidas. Alguém havia feito aquilo com ela. Alguém a amaldiçoara.

O que significava que Gwen não era a sequestradora. O que levava as Ravens de volta à estaca zero.

Quem está por trás disso?

Scarlett vasculhou seu cérebro atrás de uma resposta. Era uma pessoa poderosa. Outra bruxa. Talvez uma das garotas que haviam sido rejeitadas pela Kappa tivessem recuperado suas memórias de alguma forma. Talvez fosse uma bruxa que nunca se candidatara. Mas por que alguém perseguiria as Ravens? Gwen era a única pessoa com motivos para machucá-las, e agora ela estava morta. Scarlett e Tiffany costumavam brincar que algumas garotas morreriam para entrar na Kappa, mas ela nunca havia imaginado que alguém mataria por isso. Não fazia sentido.

Scarlett precisava de toda a força das Ravens para ajudá-la. Juntas, talvez conseguissem realizar outro feitiço de vidência como o que tinham feito na manhã do desaparecimento de Tiffany. Alguma coisa, qualquer coisa.

Ela olhou para o céu. Procurou a lua que, assim como Tiffany, sabia que estava em algum lugar, embora não a conseguisse enxergar. Ela sentia tanto a falta de Tiffany que doía. Sempre se sentira muito conectada com sua amiga; às vezes elas nem precisavam de palavras para se comunicar. Mas a conexão havia desaparecido, como se bloqueada por uma barreira mágica. Se ao menos as duas pudessem conversar. Se ao menos Tiffany pudesse dizer onde estava.

Ela deu um pulo no assento conforme uma ideia tomava forma em sua mente. Talvez *pudesse* fazer uma pergunta a Tiffany...

— Tem certeza de que estará segura lá? — perguntou Jackson, interrompendo seus pensamentos. — Quer dizer... Se a pessoa que fez isso está caçando bruxas...

Ela o interrompeu com um olhar feio. Sentiu uma pontada de impaciência, embora soubesse que ele só falava por bem. Jackson tinha um jeito irritante de sempre apontar a verdade.

— Devo simplesmente fugir para um lugar seguro e deixar que machuquem minhas irmãs no meu lugar? É isso que você está sugerindo?

— Não foi o que eu disse. Talvez *todas* vocês devessem sair daquela casa. Ir para um lugar seguro, para a casa dos pais de vocês ou...

— Não antes de encontrar Tiffany. — Scarlett cerrou os punhos com tanta força que suas unhas se enterraram na palma das mãos, embora só tenha percebido quando Jackson se esticou para pegar sua mão. Forçou-se a relaxar.

O olhar dele dizia a Scarlett que ele queria continuar argumentando. Mas, depois de alguns segundos de silêncio, assentiu e ligou o carro.

— Acredite em mim, Jackson. Sei me cuidar. Quem quer que esteja fazendo isso, mexeu com a bruxa errada.

Quando chegaram na Kappa, as luzes da casa já estavam apagadas. Ela sentiu uma pontada de culpa por abandonar Jackson com suas novas descobertas a respeito de como o mundo era estranho — sem contar os tipos de monstros que habitavam nele. Mas precisava ficar com suas irmãs agora.

E, sinceramente? Jackson estaria muito mais seguro longe dela.

Scarlett destrancou a porta da frente e prendeu a respiração ao cruzar a soleira. Tudo parecia quieto. Quieto demais para uma casa cheia de garotas enfrentando uma crise. Seu coração começou a martelar no peito, e sua mente continuava visualizando Gwen.

E se a assassina tivesse ido para lá em seguida?

Sem fazer barulho, Scarlett fechou a porta atrás de si e adentrou o corredor, prendendo a respiração. Os rangidos do assoalho velho de madeira pareciam mais altos do que nunca. Cada passo parecia anunciar sua presença aos berros. *Venha me pegar!*

Ela chegou à sala de estar, escura e silenciosa, e apertou os olhos em direção à escada. Uma única luz brilhava no topo.

— Scarlett?

Ela quase pulou de susto. Deu meia-volta e encontrou Mei, franzindo o cenho e de braços cruzados, atrás dela.

— Cadê todo mundo? — perguntou Scarlett. Sua voz soou extremamente alta em meio ao silêncio.

A carranca de Mei se fechou ainda mais, como se fosse Scarlett quem estava agindo de forma estranha.

— Dormindo. Ou pelo menos tentando dormir. Mas acho que a Sonali está com algumas outras irmãs no último andar, revirando alguns arquivos antigos.

— E a Dahlia? Preciso falar com ela.

— Está preparando um feitiço novo e precisou ir buscar um último ingrediente.

Scarlett se conteve para não soltar um palavrão. Dahlia acreditava mesmo que, se juntassem o número adequado de objetos mágicos, dessem as mãos e cantassem, conseguiriam sobreviver. Foi quando se lembrou da chamada perdida em seu celular.

— E a Vivi?

— Ela saiu mais cedo. Alguma coisa envolvendo a mãe dela. — Mei hesitou e depois se aproximou para tocar levemente o braço de Scarlett. — Ei, falando nisso, acho que a Vivi passou dos limites com o Mason.

— Obrigada — Scarlett assentiu. Enquanto sentia uma onda de dor causada pela imagem de Mason e Vivi juntos, desta vez vinha acompanhada de um sentimento de gratidão por ter Mei ao seu lado, especialmente sabendo quanto Mei gostava de Vivi, pelo simples motivo de ela ter sido um excelente "Antes" em sua transformação inevitável. Mas a pessoa se oferecendo para acabar com Vivi deveria ser Tiffany, não Mei.

— Está tudo bem? — perguntou Mei. — Talvez seja melhor tentar descansar um pouco. Você parece exausta.

— Não posso. — Scarlett respirou fundo e prendeu o ar por um segundo, esperando que aquilo diminuísse os batimentos cardíacos. — Mei... A Gwen morreu. Acabei de encontrar o corpo dela. Parece ter sido amaldiçoada.

As sobrancelhas de Mei subiram tão alto que desapareceram por trás de sua franja reta. Scarlett observou o rosto lindo da amiga passar por um ciclo intenso de emoções: Negação. Aceitação. Que--porra-é-essação.

— Nossa, meu Deus... ela era cruel, mas, ainda assim... isso é horrível. Sendo assim, ela não poderia ter...

— Sequestrado Tiffany? Não. Parece que não foi ela. — Scarlett cruzou os braços. — Tenho uma ideia de como podemos encontrar Tiffany. Mas vou precisar da ajuda de todo mundo.

Mei hesitou, olhando por um momento além de Scarlett, em direção à porta de entrada.

— Dahlia não está aqui.

— Mas, se estivesse, tenho certeza de que concordaria comigo. Acorde as Kappas. Mande todas as bruxas me encontrarem na estufa. Agora.

— O que está acontecendo? — Juliet apertou os olhos sonolentos para observar a estufa, segurando a mão de Jess. No escuro, com apenas metade das velas acesas, as árvores lançavam sombras assustadoras sobre o rosto cansado das garotas.

Scarlett nunca havia guiado um feitiço da irmandade como aquele. Ela sentia o peso da tarefa em seu corpo. *Me ajude, Minnie,* pensou ela enquanto olhava para suas irmãs. Esperava que elas estivessem dispostas a aceitar o desafio.

— Irmãs, preciso da ajuda de vocês. Tiffany precisa da ajuda de vocês. Mas não posso dar ordens. Estou apenas pedindo. Quem não quiser ajudar, pode se retirar agora.

Scarlett olhou para as irmãs, todas desarrumadas de um jeito diferente. Nenhuma delas se moveu.

— Certo, então. Isso é magia de alto nível. Precisamos de toda a concentração possível. Vamos fazer um feitiço para encontrar Tiffany. Reagan, pode nos dar um pouco de luz? — Scarlett gesticulou em direção à vela no meio do chão. Reagan deu um passo à frente e tocou a base de cera. Alguns segundos depois, uma chama ganhou vida na ponta do pavio. Scarlett lançou um sorriso de gratidão para a garota e a deixou acender as velas restantes.

— Vamos esperar a Dahlia e a Vivi? — perguntou Jess, pegando seu celular enquanto Scarlett dava um passo para dentro do círculo das Ravens. — Precisaremos dos poderes delas também?

— Não temos tempo. Dahlia quer encontrar Tiffany tanto quanto nós. — Scarlett cruzou os braços e analisou as garotas alinhadas ao seu redor, uma por uma. — Na Kappa — começou Scarlett —, colocamos nossas irmãs em primeiro lugar. E, agora, uma delas corre um grave perigo. Se podemos ajudar, temos o dever de tentar. Ainda estão comigo?

Por um momento, sua voz ecoou pela estufa. Nesse momento, Mei deu um passo à frente, com os olhos vidrados em Scarlett.

— Eu confio em você — disse.

Etta acenou com a cabeça em seguida.

— Eu também.

Ao longo do círculo, algumas apenas assentiam, outras confirmavam verbalmente que estavam de acordo. Por fim, até Juliet, depois de trocar olhares com Jess, assentiu grosseiramente. Jess entrelaçou seus dedos com os de Juliet e apertou a mão da namorada.

— Eu estava olhando para o céu agora há pouco — explicou Scarlett —, pensando que, mesmo que não enxergasse a lua esta noite, não significava que ela não estaria ali. A lua ainda existe; isto é apenas uma sombra. — Algumas garotas assentiram. Um sorriso lento se espalhou pelo o rosto de Etta; sem dúvida entendera aonde Scarlett queria chegar. — Quando algo desaparece, essa coisa não some da face da Terra. Deixa uma história. Deixa um rastro. Uma sombra.

Quando Scarlett era criança, Minnie sempre falava sobre magia antiga, a forma como as coisas eram antes que a bruxaria pudesse ser formalizada em grimórios e covens, com feitiços escritos. Feitiços ajudavam a concentrar a magia, mas aquela precisão prejudicava uma coisa: o *sentimento* por trás de tudo, os desejos que não poderiam ser expressos em palavras. Tudo no mundo possuía uma energia, uma essência, e as pessoas deixavam um pouco de si em tudo o que tocavam. Quem quer que tivesse raptado Tiffany havia bloqueado todos os feitiços comumente usados pelas Ravens para localizar o corpo dela, mas talvez tivesse se esquecido dos feitiços capazes de procurar sua energia. A coisa metafísica e intangível que fazia Tiffany ser Tiffany. De fato, Scarlett estava apostando naquilo.

Ela abriu a bolsa que carregava e espalhou os itens pelo chão. Um par de botas. Uma saia de *tweed*. Uma camisa de seda creme. E um colar de rubi com corte esmeralda que pegara da mesa de cabeceira de Tiffany. Era um de seus colares favoritos. *Ainda é um de seus colares favoritos*, Scarlett se corrigiu.

Ela organizou tudo no chão, formando a silhueta de uma garota, do mesmo jeito que Minnie costumava colocar suas roupas na cama quando ela era criança, e em seguida despejou sal preto em volta do perímetro para gerar proteção e força.

— Nesta noite, nós buscamos nossa irmã perdida — disse, erguendo a voz. Ela sentiu um arrepio nos braços, o sopro do vento, embora a estufa estivesse fechada. — Com as Bruxas de Copas, nós a chamamos. — As Copas ecoaram o grito de Scarlett. — Com as Bruxas de Paus, nós a chamamos. — As Bruxas de Paus se seguiram, as calouras se guiando pelas mais velhas. — Com as Bruxas de Ouros, nós a chamamos. — E, por fim, o naipe de Tiffany. — Com as Bruxas de Espadas, nós a chamamos.

Ao redor dela e de suas irmãs, Scarlett sentiu a rajada de magia invocada por seus poderes.

— Ravens, me emprestem sua força — comandou Scarlett. Com a força de um raio, ela foi atingida por poder de todos os lados, de todos os naipes, que fluíam através dela. Precisou cerrar os dentes para se manter firme o bastante para continuar falando. — Revele as sombras, nos dê um sinal — recitou Scarlett. — Mostre o que está desaparecido, afinal.

As outras se juntaram a ela. Por fim, acreditou terem conseguido. Com a magia percorrendo suas veias, Scarlett não conseguia se concentrar em nada além da sensação de segurar as mãos de Juliet e Etta. Ela *implorava* para que a magia fizesse uma revelação. Implorava para que fosse guiada até Tiffany.

— Revele as sombras, nos dê um sinal. Mostre o que está desaparecido, afinal.

As roupas no chão farfalharam, como se estivessem se movendo no mesmo ritmo do vento. Elas começaram a balançar de um lado para o outro até se expandirem, como se abrissem espaço para um corpo. Algo que parecia uma fumaça preta começou a invadir o ambiente, espiralando pelas rachaduras do chão, invadindo o local pelas janelas, sussurrando através das plantas. Rodeando as irmãs, roçando tornozelos e envolvendo as pernas delas.

— Revele as sombras, nos dê um sinal — sussurrou Scarlett. — Mostre o que está desaparecido, afinal.

No chão, o colar se estilhaçou. A fumaça chicoteava o ar, tornando-se tão densa que Scarlett mal conseguia enxergar as roupas espalhadas; mal conseguia ver o rosto de suas irmãs no círculo.

A fumaça se tornou pungente, fazendo-a se engasgar, assim como havia acontecido no apartamento de Gwen. Foi aí que a magia começou a arder em suas veias. Scarlett conseguia sentir uma força sob a sua, competindo com ela. Algo — ou *alguém* — não queria que terminassem o feitiço.

Tarde demais. Era a vontade de um indivíduo contra a força combinada de todas as Kappas. Scarlett estreitou os olhos e revidou.

Me mostre a minha irmã, ordenou, e a fumaça se agitou em um rodopio, girando como algodão-doce em um funil no centro da estufa. De repente, ela atingiu o teto com a força de um gêiser e voltou a cair em direção ao chão.

Hazel gritou. Scarlett se preparou para o impacto. Mas, segundos antes de atingir o solo, a fumaça parou, flutuando a um centímetro do chão como a névoa da manhã. Depois caiu gentilmente sobre as roupas, preenchendo-as, esculpindo o corpo translúcido de uma pessoa. Então Scarlett se deu conta de que aquilo não era fumaça: era uma sombra.

A garota feita de sombras se sentou. Era um sopro de gente, uma imagem trêmula da irmã que havia desaparecido duas noites atrás.

Scarlett se engasgou. Juliet apertou sua mão com tanta força que sentiu os dedos estalarem. Os olhos de Reagan brilharam de admiração.

— Tiffany? — sussurrou Scarlett.

A garota de sombras levantou a mão, apontando diretamente para as portas da estufa, em direção ao pátio nos fundos da Casa Kappa.

Para dentro da floresta. Scarlett ergueu a cabeça, encontrando as expressões confusas de Mei e Etta. Tremendo, ela compreendeu o significado daquele gesto.

Tiffany estava *ali*. Em algum lugar bem ao lado da casa.

Capítulo
Trinta e Três

Vivi

Pela primeira vez na vida, Vivi quebrou a regra de não usar o celular ao volante. Porque, pela primeira vez na vida, literalmente não podia perder sequer um momento. Tomando cuidado para não tirar os olhos da estrada, ligou para Scarlett. A relação delas poderia não estar no melhor momento possível, mas ela ainda era a Mais Velha de Vivi e a melhor amiga de Tiffany. O telefone tocou algumas vezes antes de a chamada cair na caixa-postal.

— Merda.

Vivi desligou e bateu a cabeça no recosto do assento, então deu seta e pegou a saída em direção a Savannah.

Claro que Scarlett não iria atender. Vivi não a havia magoado, simplesmente — ela a traíra. Depois de toda a conversa sobre como valorizava as Ravens e a irmandade, Vivi apunhalara sua Irmã Mais Velha nas costas. Mas teria que encontrar a melhor forma de se desculpar e consertar tudo mais tarde. Naquele momento, tudo o que importava era devolver o talismã e resgatar Tiffany.

Mantendo um olho na estrada, Vivi pegou o celular de novo e discou um número diferente.

Ao contrário de Scarlett, Dahlia atendeu no primeiro toque.

— E aí, como foi?

— Peguei o talismã — disse Vivi, indo direto ao ponto.

Do outro lado da linha, Dahlia, que costumava ser sempre serena, bufou com violência.

— Então estava com a sua mãe?

— Aparentemente foi ela quem o roubou da Kappa, para começo de conversa. — Vivi se contorceu de vergonha. — Explico melhor quando chegar em casa.

— Não há tempo para isso.

— Sem tempo para explicações? — Vivi arriscou lançar um olhar confuso para a tela do celular.

— Não, não tenho tempo para voltar para casa. Estou pegando os ingredientes dos quais vamos precisar para o feitiço de replicação. Vou ligar para as outras irmãs agora.

Algo no jeito como ela falava fez o coração de Vivi bater mais forte, e as palavras de sua mãe ecoaram em sua mente: *Você não tem ideia de quantas vidas podem estar em risco.*

— Nós não vamos *dar* o talismã de verdade para a pessoa que raptou a Tiffany, certo?

— Claro que não. — Dahlia pareceu ofendida pela pergunta. — Com o talismã, teremos poder de sobra para encontrarmos Tiffany sozinhas. Acredite em mim.

Vivi acreditava nela; acreditava em todas as Ravens. Elas a haviam presenteado com a coisa que mais desejara por toda a vida, a coisa de que sempre sentira falta: um lar, um lugar só dela e uma família de verdade — uma família que não a tinha enganado por anos.

— Aonde precisa que eu vá?

— Vou mandar o endereço por mensagem. Por favor, venha rápido. Estamos correndo contra o tempo.

Desta vez, Vivi não tivera nenhum problema em dirigir na rodovia. A magia que conjurara para encontrar o talismã ainda corria em suas veias, fazendo com que se sentisse poderosa e confiante enquanto corria rumo ao endereço que Dahlia lhe passara. Vivi tinha conferido mais de uma vez a marcação no mapa enviado pela veterana. Mas, não importava quantas vezes recarregasse a página, a localização ainda era a mesma. No meio de uma floresta, o que parecia estranho. Talvez o feitiço precisasse ser feito em um lugar como aquele?

Ela pegou a saída indicada, entrando em um caminho estreito de mão dupla ladeado por árvores. Parecia que Dahlia a estava mandando de volta para a Casa Kappa, porém a marcação apontava para o meio da floresta, atrás da residência. Ela continuou dirigindo por mais alguns metros, até que o asfalto deu lugar a uma trilha de cascalho onde as árvores cresciam tão próximas que bloqueavam a fraca luz das estrelas.

A estrada terminava do nada em um estacionamento pequeno e abandonado. Não havia nenhum outro carro, e, por um momento, Vivi considerou esperar Dahlia ali. Mas a marcação no mapa que ela lhe enviara ficava a uns oitocentos metros do estacionamento. Vivi não tinha como saber se Dahlia havia estacionado em outro lugar e se já a esperava na floresta. Olhou para o celular para conferir se tinha recebido mais alguma mensagem de Dahlia, mas o aparelho estava sem sinal. E não havia tempo a perder.

Vivi correu em direção a uma encosta íngreme, pisando com cuidado entre pedras e raízes enquanto se aproximava do lugar marcado por um pequeno ponto na tela do celular. A noite já havia caído ao seu redor; num primeiro momento, conseguia vislumbrar pequenos retalhos do céu estrelado através dos galhos das árvores, mas, conforme adentrava a floresta, o céu parecia desaparecer.

O talismã de Henosis pesava em seu bolso. Sentia o objeto batendo contra sua coxa a cada passo. Um lembrete constante do que estava fazendo ali.

Westerly não é um lugar seguro, não para pessoas como você.

Você não sabe o que o poder faz com as pessoas. Não pode confiar em nenhuma dessas tais bruxas de irmandade.

Seu cérebro parecia estar tocando uma sequência constante dos maiores sucessos de Daphne Devereaux, todas as coisas que dissera para desmotivar Vivi, para fazer com que Vivi duvidasse de si mesma, de suas irmãs, de suas amigas.

No entanto, fora Daphne quem decepcionara a todas, quem traíra as irmãs e roubara o talismã da Kappa anos atrás.

Bastava. Vivi iria desfazer os erros da mãe.

O pontinho azul que era Vivi no mapa estava quase em cima do ponto vermelho enviado por Dahlia.

— Olá? — chamou Vivi, sentindo-se levemente tola enquanto sua voz ecoava pela floresta. — Dahlia? Você está aí?

Agora que tinha parado de se mover, deu-se conta de como o lugar estava estranhamente silencioso. Nenhum pássaro cantava, nenhuma brisa balançava as folhas.

Vivi se virou devagar, observando as árvores. A lanterna fraca do celular não iluminava muita coisa.

— Dahlia? — voltou a chamar, tentando eliminar da voz o traço de medo crescente. Seu celular ficaria sem bateria em breve.

Na segunda volta, avistou uma clareira à distância. O chão estava coberto de folhas vermelhas e marrons. O outono mal começara, mas as folhas já pareciam mortas, como se fosse o fim do inverno. Vivi guardou o celular já quase sem bateria e sussurrou:

— A Rainha de Paus eu vou invocar. Use seu poder para iluminar.

No momento seguinte, uma chama pequena e trêmula apareceu sobre sua mão. Com o braço estendido, caminhou em direção à clareira e sentiu um calafrio conforme a temperatura parecia cair de modo drástico. Havia suado durante toda a caminhada pela floresta, mas agora a umidade se agarrava desconfortavelmente à sua pele molhada.

Conforme se aproximava, notou que a clareira fora preparada para um ritual, conforme Dahlia havia dito. Entretanto, Vivi não reconhecia a maioria dos itens ali. Havia velas, mas, em vez das finas que as Ravens usavam para feitiços, velas altas, grossas e cilíndricas rodeavam a manta de folhas secas.

Havia um caldeirão como o que Etta guardava na cozinha, mas os detalhes talhados nele não pareciam pentagramas — ou qualquer outro símbolo que conhecesse. Eram pontiagudos e chanfrados, como letras de um alfabeto estrangeiro.

Ela se arrepiou mais uma vez, tomada repentinamente pelo calafrio estranho que sentira quando olhara para aquela boneca no acervo do museu.

— Dahlia? — Sua voz não passava de um sussurro agora. — Cadê você?

Deu mais um passo, triturando as folhas sob seus pés. Folhas e algo mais rígido, quebrando-se como galhos. Vivi olhou para baixo e congelou. *Ossos.* Estava andando sobre pilhas e pilhas de ossos. Pequenos, como os de ratos ou de coelhos, e grandes. Fêmures grandes demais para terem pertencido a um animal pequeno. Grandes demais...

Crack.

Outro osso se quebrou atrás dela, e o corpo inteiro de Vivi se enrijeceu, exceto seu coração, que batia como um animal selvagem, tentando escapar de dentro do peito.

— Vivian — disse Dahlia atrás dela —, que bom que você chegou.

Vivi se virou a tempo de vislumbrar o sorriso perverso da veterana.

Foi quando um feitiço a atingiu bem no meio do peito, e o mundo caiu em escuridão.

Capítulo
Trinta e Quatro

Scarlett

Scarlett não conseguia tirar os olhos da garota de sombras à sua frente, que se balançava ligeiramente enquanto espirais de sombras esfumaçadas formavam-se e reformavam-se. O pingente de rubi brilhava em sua garganta.

Scarlett já sentira sua magia explodir como uma onda antes, mas, tirando o momento em que quase perdera o controle enquanto tentava prever as intenções de Gwen, nunca sentira algo tão poderoso. E encarando o que ela e suas irmãs haviam realizado, olhando para aquela criatura feita de magia e força de vontade, sentiu uma grande admiração.

Respirando fundo, ela se permitiu ter esperanças de que o próximo passo funcionaria tão bem quanto o anterior.

— Vou com você — anunciou Mei antes que Scarlett pudesse dizer qualquer coisa. Quando Scarlett abriu a boca para protestar, Mei se posicionou ao seu lado. — A Tiffany também é minha irmã.

Scarlett e Mei eram as únicas estudantes do terceiro ano na Kappa no momento. Scarlett entendia por que ela queria ir também. Embora não gostasse da ideia de mais uma pessoa se arriscando.

As outras Ravens continuaram em círculo, de olhos atentos, encarando a garota de sombras, que continuava apontando para as portas. Apontando para Tiffany.

— Eu também — ofereceu-se Etta. Mas Scarlett balançou a cabeça.

— *Todas nós* deveríamos ir. Ravens permanecem juntas. Não é isso que vocês nos ensinaram? — Reagan cruzou os braços, carrancuda.

— Vocês precisam ficar aqui e continuar realizando o feitiço — disse Scarlett. — Não sei por quanto tempo ele irá durar e preciso continuar seguindo-o até encontrar Tiffany.

— Pessoalmente, eu acho que *ninguém* deveria ir até lá — opinou Sonali. — Vamos pelo menos esperar a volta de Dahlia.

— Estou indo encontrar Tiffany. Agora. — Scarlett encarou Reagan. — Preciso fazer isso por mim, não apenas pela Kappa.

Em algum lugar no fundo de sua mente, ela conseguia ouvir a voz de Dahlia: *Esta não é a postura de uma presidente.* Não era mesmo. Fugir no meio da noite, deixando suas irmãs sem orientações? Mas ela não se importava com a presidência ou em fazer o que era adequado.

Importava-se muito mais com fazer o que era *certo*.

Ela e Mei se entreolharam. A outra garota assentiu, solenemente.

— Sombra, acredite em mim. Me leve até Tiffany — disse Scarlett.

Mei repetiu as palavras, e as outras garotas a imitaram até que a voz delas enchesse o ar.

As portas se escancararam como se tivessem vontade própria, e a sombra começou a se mover em direção à saída. O feitiço estava funcionando.

— Fique aqui, tranque as portas e não deixe ninguém que não seja uma Raven entrar — Scarlett disse para Mei, sentindo seu tom de urgência se intensificando. Aquilo tinha que dar certo. A garota de sombras precisava encontrar Tiffany.

Scarlett saiu pela noite, seguindo a criatura pelo quintal. Ela escutou a porta se fechando atrás de si com um clique.

Nuvens de tempestade, baixas e espessas, começaram a se agrupar no céu. O ar abafado parecia uma sopa. Scarlett praticamente nadava através dele, seguindo a sombra pelo quintal, passando pelo labirinto de arbustos cuidadosamente cultivados até a entrada da floresta que cercava todo o campus de Westerly.

Os carvalhos farfalhavam ao vento. Os galhos se esfregavam, soando como violinos quebrados. Um trovão retumbou à distância. A chuva ainda não se aproximara, embora o ar quente implorasse por ela.

A garota de sombras acenou para que Scarlett seguisse adiante, apontando para a frente, em direção à escuridão que se formava sob as árvores. Nuvens espessas de neblina pairavam sobre o solo da floresta. Scarlett não conseguia enxergar a trilha tão bem a ponto de evitar que seus pés se enroscassem na vegetação rasteira e nas raízes retorcidas. Ela seguiu a figura sombria, que flutuava à sua frente, com o colar de rubi brilhando como um farol.

Depois de alguns passos, Scarlett olhou para trás por cima do ombro. As luzes da Casa Kappa já haviam desaparecido, engolidas pelas árvores. Era impossível enxergar qualquer coisa. Pegou o celular, ligou a lanterna e iluminou o chão em busca de... o que mesmo?

O corpo de Tiffany?

Scarlett nem conseguia pensar direito nessa possibilidade. Parecia uma traição. *O feitiço de vidência teria nos mostrado. Teria nos dado um sinal de que ela já estava morta.* A não ser que a garota das sombras estivesse apenas guiando Scarlett para o corpo de sua dona.

Ela está bem. Ela tem que estar bem. Entretanto, Scarlett não conseguia apagar da mente a imagem de Gwen. O vazio horrível de seus olhos. A fumaça que emanava de seus lábios.

A neblina se tornou mais espessa, transformando-se em um nevoeiro branco-acinzentado. Sua camiseta estava encharcada de suor, colando em suas costas e no peito.

Ainda assim, a criatura com o pingente brilhando continuava se movendo cada vez mais rápido rumo às profundezas da floresta.

Scarlett não conseguia mais distinguir a figura que pairava no ar à medida que a sombra ia se misturando com o nevoeiro. Sua lanterna se refletia nas nuvens de neblina, impossibilitando enxergar através delas, como faróis altos durante uma tempestade. Que inferno, ela mal conseguia enxergar a própria mão.

A única coisa que a mantinha seguindo em frente era o pingente brilhante, movendo-se em uma única direção, cada vez mais fundo nas entranhas da floresta. Seu coração batia acelerado.

E, de repente, o pingente desapareceu também. Scarlett xingou baixinho. Por que o feitiço deixara de funcionar?

— Tiffany! — gritou o mais alto que ousava. A floresta não respondeu.

Ela tentou chamar a amiga mentalmente. *Por favor, Tiff.*

Como a sombra voltara a aparecer, chamou por Minnie em sua mente, sem esperar uma resposta, mas querendo uma mesmo assim, precisando desesperadamente de sua mentora. *Por favor, me ajude a encontrá-la.*

Ela rodopiou de um lado para o outro. Não se lembrava mais de onde tinha vindo. E agora não havia como voltar.

Onde estava a sombra? Onde estava sua amiga? Scarlett permaneceu perseverante, escutando. Mas não conseguia ouvir nada. Nenhum passo ou sussurro. Quanto mais permanecia escutando, mais claros foram ficando os sons da floresta. O rangido das árvores e mais um estrondo de trovão, longo e faminto.

Por uma fração de segundo, uma luz brilhante iluminou a floresta. Um raio. Desde o momento em que saíra de casa e adentrara o nevoeiro, perguntava-se se seria ela mesma quem estava causando o temporal. Seria o raio uma resposta ao seu pedido de ajuda? Ou ela estava perdendo o controle? De repente, Scarlett vislumbrou algumas luzes à distância, bem longe.

Outro clarão iluminou o caminho através da floresta em direção às luzes distantes. *Uma fogueira*, adivinhou, pelo jeito como tremeluzia e dançava, as chamas vermelhas e douradas atravessando a escuridão.

Havia alguém ali. Alguém saudável o bastante para produzir fogo. *Tiffany*. Seu coração praticamente explodiu de esperança.

Estou chegando, Tiffany, ela jurou, torcendo para que a amiga conseguisse sentir sua presença. Concentrou-se nisso em vez de no medo que começava a tomar conta dela. A sensação incômoda de que havia *algo muito, muito errado acontecendo.*

Ela continuou adiante através das árvores e em direção à chama dançante. Cada vez mais fundo rumo ao desconhecido, porém mais perto de sua amiga.

Ou do que restara dela.

Capítulo
Trinta e Cinco

Vivi

A primeira coisa que Vivi percebeu foi a sensação de algo pontiagudo cutucando a lateral de seu corpo, como se tivesse caído no sono em cima do celular. Então veio o frio. Ela começou a tremer, mas o movimento fazia sua cabeça zumbir de dor.

Um raio de pavor a atingiu assim que levantou a cabeça, repentinamente alerta e frenética, mas algo a impedia de ficar de pé. Era como se tivesse pesos invisíveis presos em seus braços e pernas.

Vivi virou a cabeça para o lado e sentiu a grama seca arranhando-a. Ela ainda estava na clareira, mas o céu estava muito escuro. A única luz vinha das velas tremeluzentes que haviam sido posicionadas em um círculo ao seu redor. Deveria ser uma visão reconfortante, mas, diferente das velas finas e baixas com as quais havia se acostumado, aquelas eram grossas e altas, espalhadas em um padrão desigual, como dentes sangrentos. Todos os ossos que havia avistado antes agora estavam cuidadosamente posicionados ao redor do círculo, dando o efeito de uma coroa medonha.

Dahlia estava ajoelhada a alguns metros de distância, espalhando alguma coisa sobre a grama. Mesmo com a pouca luz, Vivi conseguiu vislumbrar suas mãos manchadas de vermelho. Seu fôlego fraco se prendeu no peito ao perceber o que Dahlia estava fazendo. Ela pintava um pentagrama. Com sangue.

E Vivi estava bem no meio dele.

Com o coração acelerado, Vivi lutou para se sentar, mas seus pulsos e tornozelos estavam amarrados por uma força invisível. Murmurou um feitiço de fuga que Scarlett lhe ensinara, mas, quando tentou acessar sua magia, os dedos não sentiram a vibração familiar. Tentou novamente, mas o gesto parecia sem sentido e inútil, como tocar a tela de um celular sem bateria.

— Ah, você acordou — disse Dahlia empolgada, como se Vivi tivesse descido as escadas para tomar café da manhã na Casa Kappa em vez de ter retomado a consciência no meio de uma floresta.

— Dahlia? O que está acontecendo? — Perguntar parecia uma estupidez, mas uma pequena parte de Vivi ainda acreditava que poderia haver uma explicação lógica para tudo aquilo. Um ritual de brincadeirinha que havia passado um pouco dos limites. Mas nesse momento seus olhos pousaram na garganta de Dahlia, e ela foi tomada por uma onda de medo.

O talismã de Henosis balançava no pescoço da veterana.

— Você queria o talismã para si mesma — disse Vivi, sem forças, enquanto a descrição do talismã feita por Scarlett voltava à sua mente. *Para tomar o poder de outra bruxa, você deve matá-la.*

Dahlia deu de ombros.

— Espero que saiba que não é nada pessoal. Não do jeito como foi com a Gwen. Os espantalhos... As cartas de tarô... Ela simplesmente não queria parar. Sempre encontrando maneiras de causar confusão, mesmo com a boca costurada. Precisei me livrar dela antes que destruísse a Casa Kappa, junto a todas nós.

— Você *matou* a Gwen? — Vivi soube que era verdade no mesmo momento: ainda assim não conseguia conter a surpresa em sua voz. Dahlia, a presidente da Kappa, havia *assassinado* outra bruxa.

Dahlia se abaixou para pegar algo do chão e então levantou uma adaga enferrujada com folhas secas coladas na lateral.

— Sim, e eu gostei bastante. Mas com você é diferente, acredite. Eu não *quero* fazer isso.

— Então não me mate. Você não precisa fazer isso. — Vivi se esforçou para parecer racional, embora sentisse que um apelo desesperado não afetaria alguém que já havia matado antes.

— Sinto muito, Vivi — disse Dahlia com tristeza. — Mas você é a Bruxa de Ouros mais forte que já conheci. — Ela deslizou o dedo pela faca, limpando-a das folhas secas, e deu um passo à frente, posicionando a ponta da lâmina na garganta de Vivi. — Preciso da sua magia. Mas prometo que vou fazer tudo da maneira mais rápida e indolor possível. — Fez uma pausa e franziu o cenho. — Bem, que vai ser rápido, eu posso garantir. Mas não acho que seja possível remover o coração pulsante de alguém sem causar *um pouquinho* de dor.

O pânico que Vivi estava lutando para conter a percorreu completamente com um grito. Sua voz ecoou pela floresta vazia até ser abafada por uma rajada de trovão.

Dahlia suspirou e afastou a faca.

— Pode gritar à vontade. Ninguém vai ouvi-la daqui.

Faça-a continuar falando, pensou Vivi, desesperada. Quanto mais Dahlia falasse, mais tempo as Ravens teriam para encontrá-la.

— Para que você precisa dos meus poderes?

— Preciso da magia dos quatro naipes para realizar certos feitiços. Sem ter que esperar aqueles rituais malditos de lua cheia. Sem precisar pegar emprestado ou implorar pela força de outras pessoas.

— Então tudo o que você disse sobre irmandade é papo--furado? Você não acredita que somos mais fortes juntas?

— Irmandade? — A boca de Dahlia se curvou com escárnio. — Quando eu mais precisei daquelas que se diziam minhas irmãs, ninguém me ajudou. Quando implorei pela magia delas, todas me deram as costas. Elas me deixaram sem escolha.

— As Kappas a adoram. E mesmo se não adorassem... isso não é desculpa para fazer uma coisa dessas com *ninguém*. E quanto a Tiffany? — perguntou Vivi, preparando-se para a verdade assustadora. — Você a matou? Tomou os poderes dela? — A ideia de que a magia de bruxas mortas estivesse correndo pelas veias de Dahlia fez o estômago de Vivi se revirar; era como imaginar alguém arrancando os olhos de outra pessoa e os colocando no lugar dos seus.

— Quer saber? Acho que já cheguei no meu limite de conversinha fiada. — Ela estalou os dedos, e os lábios de Vivi se fecharam. A prisioneira tentou gritar, mas isso resultou em uma dor agonizante. Vivi levantou os braços o máximo que conseguia, passando as mãos atadas de forma desengonçada sobre a boca. Seus lábios haviam sido costurados com um fio grosso.

— Agora, relaxe — disse Dahlia quase cantarolando enquanto segurava a adaga sobre uma das velas. — Tudo vai terminar em um minuto. Só preciso segurar seu coração pelo tempo de completar a transferência de poder. Depois vou matá-la o mais rápido possível. Não tenho nenhum interesse em prolongar seu sofrimento. Prometo.

Uma onda de terror e náusea atingiu Vivi enquanto imaginava a si mesma jogada no centro do pentagrama, observando, indefesa, Dahlia afundar a faca em seu peito e remover seu coração ainda batendo. Será que desmaiaria de dor? Ou permaneceria lúcida enquanto sangrava até a morte, sozinha na floresta, abandonada pelas irmãs que decepcionara?

Ela imaginou sua mãe recebendo a ligação de Westerly, um policial dizendo que sentia muito em informar que um incidente havia acontecido. Um soluço subiu pela garganta de Vivi quando vislumbrou Daphne contorcer o rosto, sussurrando "não, não, não" enquanto escorregava pela parede. Passando a noite chorando no sofá, agarrada aos animais de pelúcia que Vivi deixara para trás, a única coisa que sobrara de sua filha.

Ela pensou em suas irmãs, com quem nunca teria a chance de se redimir. E, contra a própria vontade, imaginou o rosto de Mason quando ele escutasse qualquer versão da notícia que a Kappa decidiria contar. Sua mistura de angústia e arrependimento por ter perdido a garota que não havia permitido que ele a amasse.

Dahlia esticou o braço enquanto erguia a cabeça para o céu e começou a entoar um canto em uma língua que Vivi não conhecia.

As chamas cresciam conforme sua voz ficava mais alta, até o ponto em que as velas pareciam tochas liberando fumaça pelo ar. Vivi observou com pavor fascinante as nuvens de fumaça começarem a se juntar e condensar, tomando a forma de três pássaros grandes com olhos escuros e bicos afiados.

Corvos.

Os pássaros levantaram voo e então se viraram e mergulharam em direção a Vivi, deixando um rastro de fumaça das pontas das asas enquanto desciam.

Vivi tentou gritar, mas, novamente, nenhum som saiu. Não podia gritar. Não podia usar sua magia. Não havia esperança... e estava prestes a morrer.

O primeiro corvo pousou em sua barriga com uma força surpreendente e arrepiante. É apenas uma ilusão, Vivi tentou dizer a si mesma. *Isso não vai machucá-la.* O corvo, porém, jogou a cabeça para a frente, afundando o bico em seu peito e beliscando sua pele. Outro pássaro pousou em seu ombro, começando a bicar seu tórax por outro ângulo.

Vivi se debateu de um lado para o outro, tentando assustá-los, jogá-los para longe, mas as bicadas só ficavam mais dolorosas e intensas. A cada movimento, eles perfuravam sua pele mais profundamente.

Iriam rasgar seu peito, deixando o coração exposto.

Eu invoco a Imperatriz e o Imperador, pensou Vivi, gritando as palavras mentalmente. *Me ajudem e me salvem, por favor.* Era um feitiço curinga que Scarlett lhe havia ensinado, uma invocação poderosa que poderia ser usada em qualquer emergência. Mas, sem suas cartas e impedida de falar, não havia mais nada que Vivi pudesse fazer. Era uma bruxa muito inexperiente para realizar magia apenas com a mente. Não havia como se soltar das amarrações mágicas com que Dahlia a havia prendido.

A veterana levantou mais os braços e as bicadas dos pássaros ficaram mais frenéticas. Vivi conseguia sentir o sangue respingando sobre a blusa conforme os bicos perfuravam sua pele. A dor era quase grande demais para suportar.

O canto de Dahlia se tornou um grito constante. Ela jogou a cabeça ainda mais para trás, berrando diretamente para o céu escuro. Um relâmpago alaranjado chiou através das nuvens, e, no momento seguinte, o estalo de um trovão fez o solo estremecer. O ar estava denso e tinha um cheiro azedo, carregado da fumaça inebriante da magia perversa.

Outro relâmpago rasgou o céu, e os dedos de Dahlia começaram a brilhar. Ela riu e se virou enquanto seu cabelo esvoaçava ao redor do rosto.

— À Morte e à Torre vou requerer — gritou enquanto segurava o talismã com força. — Leve embora esta bruxa e me dê seu poder.

Algo começou a se esvair de Vivi. A princípio, ela pensou que fosse mais sangue, mas estava fluindo de lugares onde os corvos não haviam bicado. Tentou levantar a cabeça para enxergar melhor, mas estava fraca demais para se mover.

Agonizava, enquanto Dahlia tomava sua magia.

— À Morte e à Torre vou requerer: leve embora esta bruxa e me dê... — Dahlia ficou quieta quando o brilho alaranjado começou a se apagar de seus dedos. Ela abaixou os braços e se virou, procurando qualquer coisa que explicasse o que havia dado errado na floresta sombria.

Outro relâmpago brilhou no céu, e Scarlett pisou no círculo. Seus olhos escuros queimavam enfurecidos e emanavam magia, e sua pele parecia brilhar de dentro para fora. Ela avançou para enfrentar Dahlia sem se importar com os aparatos sinistros de magia perversa.

— Não acredito que era você esse tempo todo.

Pela primeira vez naquela noite, algo remotamente parecido com medo atravessou o rosto de Dahlia.

— Scarlett, espere...

Scarlett a interrompeu levantando as mãos. O vento imediatamente ganhou força. As árvores estalavam e rangiam conforme batiam umas nas outras, e a chuva começou, leve no começo e, de repente, muito forte, caindo em ondas que apagaram as velas.

No momento seguinte, os pássaros desapareceram, e Vivi exalou aliviada.

— O que você fez com Tiffany? — Scarlett exigiu saber.

Dahlia estendeu as mãos e as velas se acenderam novamente. As chamas agora tinham o dobro, o triplo da altura original. Sob a luz do fogo, seu rosto ganhou sombras estranhas, como se estivesse se retorcendo e moldando-se em um novo formato.

— Você não entende — Dahlia gritou para ser ouvida por cima da chuva e do vento, e havia um tom de desespero em sua voz. — Me deixe explicar.

— *Explicar?* — cuspiu Scarlett, com a boca retorcida em repulsa. — Não existe justificativa para ter matado minha melhor amiga. — Ela flexionou os braços para a frente e Dahlia voou para trás.

No momento seguinte, os membros firmes de Vivi relaxaram e as amarras invisíveis que prendiam seus pulsos e tornozelos desapareceram. Quando conseguiu se levantar, ainda vacilante, Vivi pôde sentir o poder começando a surgir em seu corpo, como água sendo sugada por um tsunami crescente.

Sentiu a terra respondendo ao retorno de sua magia. O chão tremeu sob seus pés e as folhas começaram a vibrar, como se estivessem palpitando de ansiedade para serem invocadas. Mas Vivi não conseguia se concentrar em nada a não ser no rosto de Dahlia, que parecia estar se transformando.

Seu nariz encolheu, seus olhos e cabelos mudaram de cor, seu encantamento foi perdendo a forma, a concentração sendo puxada em direções demais para que continuasse mantendo o disfarce.

Vivi se engasgou e Scarlett tropeçou para trás. No céu, uma nuvem particularmente ameaçadora formou uma ponta, quase como um tornado. Mas nenhuma das duas percebeu — estavam horrorizadas com o que estava à sua frente.

A irmã que as encarava não era Dahlia.

Era Tiffany.

Capítulo
Trinta e Seis

Scarlett

Scarlett não teria acreditado se não estivesse testemunhando tudo com os próprios olhos. Mas não havia dúvidas de quem era a garota loira de rosto estreito à sua frente. Sua melhor amiga.

— Que diabos é isso? Eu achei que você tivesse *morrido*. — Os olhos de Scarlett ardiam, embora não soubesse se era por causa da chuva, das lágrimas ou de ambos.

— Eu sei, e sinto muito. — A voz de Tiffany soava fina, quase contida ao se misturar ao uivo do vento e ao estalar dos galhos das árvores. Folhas molhadas caíram sobre a cabeça das garotas, seguidas de galhos soltos. Um funil de vento similar a um tornado rodopiava sobre elas, sugando os restos do ritual em um turbilhão. — Precisei fingir que tinha desaparecido para que ninguém a encontrasse.

Encontrasse quem? A confusão de Scarlett se transformou em asco conforme se lembrava de todo o sangue no quarto de Tiffany. Se a própria Tiffany passara os últimos dias andando com a aparência de Dahlia, aquilo só poderia significar que…

— Você matou a Dahlia — disse Vivi, aparentemente chegando à mesma conclusão no mesmo instante.

— Eu precisava do poder dela — respondeu Tiffany, ainda encarando Scarlett. — Se ao menos me deixar explicar, você vai entender.

— Entender? — A voz de Scarlett subiu para um tom quase histérico enquanto se dava conta de que sua melhor amiga estava tentando justificar ter *assassinado* uma amiga. A linda e brilhante Dahlia, que colocava suas irmãs acima de tudo. Que viraria noites ajudando alguém a preparar uma poção para acalmar sua ansiedade ou dirigiria por horas se uma delas ficasse presa em uma tempestade de neve intensa, mesmo se a tal tempestade fosse resultado de sua própria estupidez. Dahlia, uma das bruxas mais talentosas e dedicadas de sua geração, morta. Aniquilada sem dó como uma vela no fim de um ritual, sem nenhum remorso. — Não há *nada* que você possa dizer para justificar isso.

— Ah, sério? Tudo bem, que tal isso: passei anos ouvindo todos aqueles discursos sobre como as Ravens colocavam uma irmã em primeiro lugar, mas, quando precisei de verdade de todas vocês, ninguém me ajudou?

— Do que você está falando?

— Eu só queria ajudá-la. — Tiffany se engasgou levemente. — Os médicos não podiam fazer mais nada, daí encontrei um feitiço no grimório. Era de arcano maior, eu não conseguiria fazê-lo sozinha, então perguntei a Dahlia se poderíamos realizar o ritual juntas, a casa inteira.

A mãe de Tiffany. É claro. Scarlett sentiu um arrepio ao se lembrar de como Verônica Beckett estava magra no Baile de Boas-Vindas. Tiffany tentara bancar a corajosa, mas Scarlett sabia que Verônica fora diagnosticada com uma doença terminal e só tinha mais alguns meses de vida.

— Mas Dahlia nem mesmo considerou a ideia — continuou Tiffany. — Disse que era um feitiço datado, criado antes de descobrirmos como as doenças funcionavam e que iria "bagunçar a ordem natural das coisas". Como se isso fosse motivo suficiente para *deixar minha mãe morrer.*

A dor na voz de Tiffany partiu o coração de Scarlett. Ela não conseguia imaginar quanto a amiga — e a família dela — já havia sofrido. Mas existiam certas forças que nem mesmo as bruxas podiam alterar, e a morte era uma delas.

— Sua mãe gostaria que você fizesse isso por ela? Que se tornasse isso por ela? — perguntou Scarlett em voz baixa.

Tiffany estava encharcada, com o cabelo molhado colado em seu rosto, mas ainda irradiava poder. Scarlett conseguia senti-lo emanando dela, enchendo o ar com um cheiro pungente de podridão. Era o que acontecia quando sua magia estava contaminada. Tiffany poderia ter acumulado uma quantidade sobrenatural de poder, mas o preço era alto.

Outro relâmpago rasgou o céu e, por um momento, Scarlett não conseguiu ver nada além da luz branca cegante. Quando seus olhos se ajustaram à escuridão novamente, encontrou Tiffany a encarando com um sorriso triste que congelou seu sangue.

— É tarde demais agora — disse Tiffany, tocando o talismã em seu pescoço. — Eu já coletei o poder de três naipes. O meu. O de Dahlia. E o de uma Bruxa de Copas que conheci durante o verão. Só preciso ainda coletar o poder de uma Bruxa de Ouros e então poderei fazer o que diabos quiser. — Ela se virou, olhando faminta para Vivi.

Scarlett se colocou entre Tiffany e sua Mais Nova.

— Você não vai machucar mais ninguém. Principalmente ela.

Tiffany arqueou a sobrancelha com deboche. Depois abriu os braços e gritou para a chuva.

— À Morte e à Torre vou requerer: leve embora esta bruxa e me dê seu poder.

Scarlett se assustou com as palavras do feitiço, que conhecia muito bem, mas nunca havia escutado sendo pronunciado. Era um dos mais mortais feitiços de arcano maior — exigia um coven inteiro para ser executado. Com certeza, mesmo o poder roubado de duas bruxas não seria o suficiente para que Tiffany o realizasse sozinha. Mas o talismã em seu pescoço começou a brilhar e um cheiro estranho tomou conta do ar. A chuva que caía sobre a pele de Scarlett ficou densa e pegajosa. Ela ofegou ao olhar para o próprio braço, protegendo os olhos antes de se voltar para o céu.

Estava chovendo sangue.

— Tiffany, não!

O trovão abafou o grito de Scarlett enquanto um tufão a atingia, desequilibrando-a. Scarlett cambaleou para o lado bem a tempo de evitar ser atingida por um galho enorme, que caiu com um grande estalo. O tornado que Tiffany havia conjurado tocava a copa das árvores. Se elas não encontrassem um abrigo antes que ele chegasse ao chão, em breve acabariam voando pelos ares, assim como aqueles galhos.

— À Morte e à Torre vou requerer: leve embora esta bruxa e me dê seu poder! — Tiffany berrou.

Scarlett deu meia-volta e encontrou Vivi flutuando, seus membros fracos e indefesos como se ela fosse uma boneca de pano. Ela parecia estar sendo suspensa por uma corda invisível amarrada em seu peito. Não, não era aquilo, percebeu Scarlett com repulsa e horror crescentes enquanto observava a massa escura se formando por baixo da camiseta branca de Vivi.

O coração dela.

— Tiffany, não! — gritou Scarlett, mas seu apelo foi abafado por mais um estalar de trovão. — Eu invoco a Justiça e o Julgamento — anunciou, sem fôlego. — Façam o que é certo, dando fim ao tormento. — Era mais um clamor do que um feitiço, um antigo apelo às duas forças mais poderosas do tarô. Mas também era de arcano maior e exigia a magia de um coven inteiro.

A camiseta de Vivi havia se tornado vermelha de sangue, e Scarlett não tinha certeza se era por causa da chuva... ou pelo fato de que o coração de Vivi estava sendo pressionado contra o peito enquanto Tiffany se esforçava ao máximo para rasgar seu corpo.

Scarlett respirou fundo e gritou com toda a sua força.

— *Eu invoco a Justiça e o Julgamento. Façam o que é certo, dando fim ao tormento!*

Mas a magia se recusava a ouvir seu chamado. Era impossível. Tiffany só conseguia realizar feitiços de arcano maior sozinha por causa da magia roubada que corria em suas veias, ampliada pelo talismã. Scarlett não era páreo para ela e, em alguns minutos, teria que assistir à morte de Vivi.

Algo dentro de Scarlett também morreu. Nunca se sentira tão vazia e impotente em toda a vida. Era o fim. Ela falhara com Vivi. Falhara com Dahlia. Com todo mundo.

Então sentiu uma pressão no ombro, como o peso reconfortante de uma mão. Scarlett não encontrou ninguém ao se virar, mas a pressão aumentou, enviando uma pontada de calor por seu corpo. Ela sentiu sua pele vibrar com o surgimento de uma nova energia, exatamente como se sentia quando lançava feitiços com suas irmãs.

Momentos depois, elas a encontraram. Mei foi a primeira a correr para a clareira, e Juliet a seguia. Uma a uma, as Ravens invadiram o lugar, as expressões confusas e preocupadas imediatamente se tornando destemidas no momento em que puseram os olhos em Scarlett e Vivi.

Tiffany soltou um rosnado nervoso, mas Mei e Hazel seguraram as mãos de Scarlett, e seu medo desapareceu. Ela não sentia mais o ar gelado da noite chuvosa. Não sentia mais nada que não fosse a energia crescente dentro de si, preenchendo-a de todas as direções. Scarlett estava com suas irmãs. Conseguia sentir o poder bruto e sem filtros da magia de Juliet e o fluxo constante da de Jess, discreta porém capaz de uma precisão cirúrgica. Sentia o formigar da magia de Mei, gelada e refrescante como todas as vezes em que lançava um feitiço. Scarlett conseguia até mesmo sentir um rastro de Dahlia e a intensidade de sua magia, que sempre deixava um leve aroma de fumaça, especialmente quando estava carregada de sentimentos.

— Eu invoco a Justiça e o Julgamento. Façam o que é certo, dando fim ao tormento — Scarlett exclamou novamente. Desta vez, sua voz não se perdeu no rugido do vento. Um coral de vozes se juntou a ela, tornando as palavras intensas e encorpadas. Eram as vozes de suas irmãs. — Eu invoco a Justiça e o Julgamento. Façam o que é certo, dando fim ao tormento.

As nuvens de chuva começaram a se desfazer; um relâmpago solitário atravessou o céu. Tiffany foi iluminada pelo clarão, e Scarlett viu seu rosto retorcido em agonia, a boca aberta em um grito silencioso.

Tiffany tentava pegar o talismã que, embora ainda estivesse em volta de seu pescoço, flutuava à sua frente, apontando para Vivi. O colar se afrouxou repentinamente, empurrando Tiffany para trás e derrubando Vivi no chão.

Scarlett direcionou um pouco da magia de suas irmãs para impedir a queda de Vivi, mas ela já flutuava a alguns centímetros do chão. O sangue parecia estar desaparecendo de sua camiseta, e a massa impressionante retornava para dentro do peito.

Vivi abriu os olhos assim que seus pés tocaram a grama. Ela não mostrava nenhum sinal de que estivera a um instante da morte. Na verdade, parecia mais viva do que Scarlett já a vira. Sua pele brilhava e seus olhos escuros pareciam cintilar enquanto ela levantava os braços e dizia algo que Scarlett não conseguia ouvir.

Uma árvore enorme atrás de Tiffany começou a balançar conforme suas raízes eram arrancadas do chão, movendo-se em sua direção como cobras. As raízes se enrolaram em seus tornozelos, puxando-a para baixo. Mas Tiffany mal parecia ter notado; estava ocupada demais se debatendo para recuperar o talismã, que começara a tremer. A corrente em volta do pescoço de Tiffany tornou-se escaldante, e deixava queimaduras em sua pele a cada reviravolta do pingente.

O talismã começou a brilhar ainda mais forte e, com um estalo, partiu-se, fazendo cacos de vidro se espalharem por todos os lados. Tiffany grunhiu, um som mais animalesco do que humano, até seu corpo ficar mole e toda a clareira cair em silêncio. O vento havia parado, o tornado desaparecera na escuridão. O feitiço das Ravens havia funcionado. Elas tinham libertado a magia presa no talismã, fazendo o que era certo e dando fim ao tormento. Mas a força fora intensa demais para que Tiffany resistisse.

Hazel caiu de joelhos, tremendo de exaustão; Jess se curvou e praguejou alto, enquanto Sonali e Ariana correram até Vivi. Ao lado de Scarlett, Juliet ofegava enquanto examinava os dedos cansados, que haviam ficado pretos, chamuscados pela onda de magia. Mas Scarlett permaneceu parada no mesmo lugar, encarando Tiffany, o coração acelerado enquanto tentava recuperar o fôlego. Mesmo à distância, mesmo com o rosto dela coberto pela sombra das árvores, Scarlett sabia sem um pingo de dúvida que sua melhor amiga estava morta.

CAPÍTULO
TRINTA E SETE

Vivi

Scarlett foi a única pessoa a dormir na Casa Kappa naquela noite. Enquanto elas cambaleavam para fora da floresta, encharcadas e cobertas de lama, Scarlett havia desmaiado sobre Mei, que, com um feitiço, a deixara leve como uma pluma para ser carregada de volta para casa. Vivi conseguia andar, apoiando-se em Jess, que tinha uma expressão sinistra, e em Ariana, que parecia apavorada. Enquanto as bruxas caminhavam sobre raízes e galhos quebrados, Reagan explicou que o feitiço que tinham feito para invocar a sombra de Tiffany havia parado de funcionar repentinamente e, temendo o pior, resolveram rastrear Scarlett.

No segundo em que chegaram à Casa Kappa, Scarlett deitou em posição fetal no sofá e, depois de uma boa dose da poção do sono de Etta, dormiu, embora os barulhos ocasionais que fazia e a expressão de dor em seu rosto deixassem claro que não era um sono tranquilo. Vivi se aprumou em uma poltrona e aceitou com gratidão a série de chás que Etta continuava trazendo, porque, a cada gole, Vivi sentia seu choque se desfazer e seu fôlego se recuperar de pouco a pouco.

Assim que Vivi conseguiu voltar a falar, contou para as Ravens a versão resumida dos eventos e compartilhou a notícia horrível que não podia mais esperar — Dahlia também havia morrido.

A irmandade inteira estava espremida na sala de estar, garotas sentadas no chão e apoiadas em todas as superfícies livres, em uma vigília espontânea pelas irmãs que haviam perdido. Jess, normalmente tão firme, caiu no choro nos ombros de Juliet, enquanto recebia um cafuné da namorada. Hazel se perdeu completamente em pensamentos com um olhar distante, enquanto Etta e Mei, que estavam sentadas no sofá, tremiam enquanto sussurravam sobre como dar aquelas notícias horríveis para as famílias de Tiffany e de Dahlia. Sonali e Ariana estavam sentadas no chão à frente de Vivi, observando-a com ansiedade, como se estivessem preocupadas com um novo sequestro da amiga bem ali, debaixo do nariz delas.

Vivi tentou sorrir com confiança, mas sabia que elas não se deixariam enganar. Não havia mais Tiffany nem o talismã de Henosis. O perigo imediato acabara. Mas as perdas tinham abalado as estruturas da Kappa. Embora fosse difícil acreditar, a presidente amada e destemida havia morrido. E embora a dor pela perda de Tiffany fosse bem mais complicada, não diminuía o luto pela irmã que haviam perdido em mais de um sentido.

Marjorie Winter, a mãe de Scarlett, chegou por volta das três da manhã. Vivi não sabia ao certo se uma das Ravens lhe havia telefonado ou se ela tinha recursos mágicos para descobrir quando a filha precisava de ajuda. Talvez fosse a segunda opção, porque logo depois do amanhecer houve outra batida à porta e, desta vez, era Daphne.

De certa forma, Vivi não ficou surpresa em ver a mãe na entrada da casa. E nem se preocupou em perguntar como Daphne sabia o que havia acontecido. Aquele era o jeitinho de sua mãe. Ela sempre sabia. E, pela primeira vez, Vivi achou aquilo extremamente reconfortante.

— Você está bem — concluiu Daphne com um suspiro depois de analisar Vivi por todos os ângulos.

— Mais ou menos. Quer entrar?

Daphne hesitou por um momento e, então, assentiu.

— Acho que faz mais sentido do que ficar parada aqui na entrada até o sol nascer.

Ela deu passos cautelosos pelo saguão, como se esperasse ser ameaçada por algum feitiço. Daphne seguiu a filha até a sala de estar, mas, antes que Vivi pudesse fazer as apresentações, Marjorie pulou da cadeira de onde vigiava Scarlett.

— Daphne Devereaux? — disse, esfregando os olhos.

— Olá, Marjorie — respondeu Daphne. Havia um leve toque de frieza em sua voz, mas, quando seus olhos encontraram Scarlett dormindo, perguntou com delicadeza: — Como está a sua menina?

Marjorie se aproximou de Scarlett e alisou o cabelo dela gentilmente.

— Ela vai ficar bem, em breve.

Scarlett rolou para o lado e, lentamente, abriu os olhos.

— Mãe? — disse, ainda grogue. — O que faz aqui?

Mei e Jess se entreolharam e começaram a guiar as outras Ravens para fora da sala. Vivi e Scarlett contaram às mães o que havia acontecido, revezando-se para preencher as lacunas nas histórias uma da outra.

— Sinto muito que vocês tenham passado por isso — disse Daphne, apertando a mão de Vivi. — Era exatamente disso que estava tentando protegê-la, mas acho que não agi da maneira mais inteligente.

— Você fez o seu melhor — disse Marjorie diretamente, em um tom assertivo que nem Vivi conseguiria rebater. — Depois do que aconteceu com a Evelyn, o que mais poderia fazer?

Scarlett olhou para Marjorie e Daphne, claramente assustada.

— Evelyn Waters? O que tem ela?

— A Evelyn era minha melhor amiga — explicou Daphne. — Nós éramos grudadas uma na outra desde que nos conhecemos na Kappa, no primeiro ano. Nós duas viemos de famílias humildes, diferentemente de muitas das outras garotas da nossa turma de calouras, que eram bruxas de famílias mágicas tradicionais. — Daphne olhou diretamente para a mãe de Scarlett.

Marjorie soltou um longo suspiro.

— Depois de todos esses anos, você ainda está nessa? Você *formou* uma família mágica tradicional, Daphne. Olhe como sua filha é poderosa. Deveria estar orgulhosa.

— Você tem razão. E estou — disse Daphne, corando levemente. — Mas, naquela época, eu não via como poderia competir com uma bruxa como você, com as suas conexões, ou com a Evelyn, com todos os talentos naturais que tinha. Ela foi nomeada presidente, uma conquista grandiosa, mas não demorou muito para que começasse a tomar atitudes questionáveis. Acho que foi muita pressão para ela. Parecia sempre precisar se provar, demonstrar que tinha o necessário para ser levada a sério no mundo da feitiçaria. Mas sua magia não conseguia acompanhar sua ambição. Ela forçava seus poderes ao limite e se frustrava. Foi aí que começou a demonstrar interesse no talismã. Tudo era mais fácil quando o usava e, depois de um tempo, ela se tornou dependente do colar. Quase viciada no poder dele.

— Não sabíamos exatamente o que estava acontecendo — acrescentou Marjorie. — Mas era evidente que algo estava muito, muito errado, e, sempre que tentávamos falar com Evelyn sobre isso, ela ficava furiosa.

— Quando descobriu que seria removida da presidência, ela meio que... surtou. — Daphne estremeceu com a lembrança. — Comecei a suspeitar de que estivesse planejando algo terrível. Ela deixou de se importar em cobrir seus rastros, e senti que seu plano era machucar a garota que havia sido nomeada no lugar dela.

— Evelyn me pediu para encontrá-la na praia certa noite — disse Marjorie baixinho. — Eu não deveria ter ido sozinha, mas ela insistiu, e ainda era nossa presidente. E poderosa, ainda por cima.

— Eu as segui — continuou Daphne. — Ainda bem que cheguei a tempo. Se não estivéssemos em duas, não teríamos conseguido derrotá-la.

As duas bruxas mais velhas ficaram em silêncio.

— E o desaparecimento dela? — perguntou Vivi depois de um longo intervalo.

— Foi apenas a versão que contamos — respondeu Marjorie, cansada. — A Evelyn morreu tentando nos matar. Ela conjurou um maremoto na praia e nós quase não conseguimos escapar antes que a maré engolisse todas nós. Daphne e eu decidimos que era muito perigoso manter o talismã na Kappa. Outra pessoa poderia ser tentada a fazer o que Evelyn fizera.

— Então me ofereci para ficar com ele, sempre em movimento. Longe de qualquer pessoa má. — Daphne apoiou a mão no ombro de Vivi. — Vou admitir… Eu tinha muito medo. Culpava o talismã por ter tornado Evelyn tão perigosa. Pensei que ele poderia fazer a mesma coisa com qualquer uma que entrasse em contato com ele.

— Sinto muito, mãe — disse Vivi, com as bochechas começando a corar de vergonha e arrependimento. — Eu não deveria ter tomado o talismã de você. Talvez nada disso teria acontecido se eu não o tivesse entregado para Dahlia, ou melhor, para Tiffany.

Daphne balançou a cabeça com empatia.

— Não, a culpa é minha. Deveria ter lhe contado tudo isso há muito tempo. Pensei que, se a mantivesse alheia e longe de Westerly, estaria mantendo-a a salvo.

— Já eu quis criar você e Eugenie para serem mais fortes e inteligentes do que eu — disse Marjorie, encarando Scarlett. — Acreditava que, se fossem as bruxas mais poderosas de suas respectivas turmas, nunca cairiam na armadilha de idolatrar a pessoa errada, como eu fiz.

Scarlett fez uma careta.

— Não, eu só fui a garota que não percebeu que a melhor amiga havia se tornado uma assassina.

— Mas, quando percebeu quem ela era de verdade, você fez a coisa certa, não fez?

— Fez, sim — Vivi respondeu por ela. Scarlett arriscara sua vida para resgatar Vivi. Independentemente das diferenças, eram irmãs. De certa forma, sua mãe estava certa: a magia era algo muito mais perigoso do que Vivi compreendia. Mas nem mesmo a magia mais cruel de todas poderia destruir o que Vivi presenciara naquela clareira, uma força mais poderosa do que maldições e tornados, mais poderosa do que o próprio medo: o sentimento de irmandade.

Capítulo
Trinta e Oito

Scarlett

Dois dias — dois longos dias — depois de ver seu mundo inteiro desabar, Scarlett estava sentada à janela do quarto, com os mesmos pensamentos que vinham espiralando em sua mente durante as últimas quarenta e oito horas. Como não percebera o que Tiffany havia se tornado? Como a garota que dançava em cima de mesas com ela, a garota que segurava sua mão sempre que Eugenie a fazia chorar, fora capaz de matar?

E como, depois de tudo o que Tiffany havia feito, ainda sentia sua falta? Ainda a amava?

— Toc, toc. — Vivi estava à porta, hesitante. — Só passando para ver se você está bem.

Scarlett acenou para que ela entrasse.

— Todo mundo já está de pé? Não tenho forças para sair da cama. Deste quarto.

— Scarlett, não consigo nem imaginar… — Vivi assentiu. — Isso era dela?

Scarlett olhou para baixo. Estava segurando o elefante que ela e Tiffany haviam comprado no antiquário um dia depois de se conhecerem.

— Sim. Nem sei por que ainda estou segurando isso.

Ela jogou o elefante na lixeira e voltou a sua atenção para Vivi, que por um momento ficou encarando o cesto de lixo, como se considerasse resgatar o bicho de pelúcia. Como se pudesse desfazer um pouco do dano.

— Quero conversar com você — disse Scarlett. Embora estivesse sendo consumida por seus pensamentos sobre Tiffany, também havia outro peso sobre seus ombros. Não podia deixar as coisas com Vivi permanecerem como estavam antes de Tiffany raptá-la.

Vivi se preparou, como se já soubesse o tema da conversa. Scarlett ficou feliz por ela não ter protestado ou se defendido. Vivi apenas assentiu e puxou uma cadeira para se sentar ao seu lado. Juntas, elas assistiram ao sol da manhã lentamente pintando de amarelo o campus de Westerly.

— É sobre o Mason — começou Scarlett.

Vivi respondeu prontamente:

— Scarlett, não tive a oportunidade de lhe dizer isso antes, mas eu sinto muito. Nunca deveria ter permitido que qualquer coisa acontecesse entre nós dois. Não vai se repetir. Sei que ele é seu ex, e eu nunca faria isso com uma irmã. Não há justificativa.

— Não há mesmo — concordou Scarlett. E, depois, suspirou. — Mas não posso a culpar por ter errado comigo quando o meu erro foi muito pior. — Sua mente voltou a pensar em Tiffany. No jeito horrível e insensível como admitira ter assassinado Dahlia. *Eu precisava do poder dela.* Como se fosse algo simples; como se estivesse simplesmente pegando o que era dela. Os olhos de Scarlett arderam, e ela piscou para afastar as lágrimas.

— Sua mãe tem razão, Scarlett. O que Tiffany fez não é culpa sua.

— Pode ser, mas eu a *amava*. Como pude não perceber quão perdida ela estava?

— As pessoas não são simplesmente uma coisa ou outra. — Vivi deu de ombros. — Não somos apenas santas ou cruéis. Ela fez coisas terríveis, sim, mas fez tudo por amor. Isso não torna nada melhor; ela continua sendo culpada. Mas, só porque nós a culpamos, não significa que não a compreendemos. Descobrir o que ela fez não vai fazer o seu amor por ela desaparecer. O amor é bem mais complexo do que isso.

Scarlett riu.

— Amém! — Ela roeu as unhas, agora que sua mãe não estava mais por perto para dar um tapinha em sua mão. — Sentimentos nunca seguem um manual de instruções, não é?

— Não mesmo. — Vivi abriu um pequeno sorriso.

Scarlett não conseguia deixar de pensar em Jackson, no jeito como ele tinha segurado sua mão antes de arrombarem a porta de Gwen. Antes que tudo saísse do controle, por uma fração de segundo, ela havia pensado *e se...*

Mas sua cabeça estava uma bagunça. O que quer que tenha sentido por ele estava misturado com adrenalina, medo, um coração partido. Ela precisava de tempo para pensar em tudo. Agora, porém, já poderia garantir que outras pessoas não precisassem se sentir tão confusas.

— Olha, Vivi, o que eu quero dizer é... sendo sincera comigo mesma, eu e o Mason já tínhamos acabado quando eu não pude contar a verdade para ele sobre a morte da Harper. O segredo criou um muro entre nós dois. E quando ficamos longe um do outro no verão passado, ele mudou. E eu levei esse tempo todo para entender que também mudei. Nós queremos coisas diferentes. — Scarlett se surpreendeu com sua própria honestidade; e com o fato de que admitir a verdade não doía tanto como imaginara.

Um olhar doce de alívio tomou conta do rosto de Vivi.

— E o que você quer?

— Eu quero ser feliz. Só preciso descobrir o que isso significa para mim. Passei a vida toda tentando seguir as regras. Ser quem minha mãe queria que eu fosse, quem a Dahlia queria que eu fosse, quem eu acreditava querer ser. Mas não tenho o direito de forçar ninguém mais a seguir minhas regras. Nem você e, especialmente, nem o Mason. Por isso, se vocês dois se gostam, bom... têm minha bênção para seguirem adiante. Se for isso que você quer, claro.

— Você não precisa fazer isso — disse Vivi, apreensiva.

— Eu sei. — Scarlett deu uma piscadinha. — Só sou generosa assim mesmo.

Enquanto Vivi sorria aliviada, Scarlett pensou em como detestava Vivi no começo. Era porque ela era uma carta curinga. Agora sentia que conhecia a garota à sua frente quase melhor do que conhecia suas outras irmãs. Para a sua surpresa, estava até começando a gostar dela. Conseguia entender o que Mason e as outras irmãs enxergavam nela. A inteligência, o bom humor, o coração dela. Sua efervescência memorável, apesar de ter sido mantida no escuro sobre sua própria linhagem por tanto tempo e de tudo o que lhe havia acontecido nos últimos dias. Vivi tinha uma certa liberdade, uma ausência de preocupações que Scarlett sabia que atrairia Mason, que queria tão desesperadamente se libertar de tudo o que fora criado para ser.

Ainda assim, mesmo depois de tudo o que tinha acontecido, a Kappa era onde Scarlett queria estar. Era a Kappa que ela queria defender. Era a Kappa que ela queria consertar. De qualquer forma, ainda se sentia um pouco desconfortável de imaginar Mason com outra pessoa. Mas, olhando para Vivi, ao menos conseguia entender. Conseguia enxergar. E poderia, por fim, largar um pouco do pé da pobrezinha.

Scarlett se inclinou e cutucou o braço dela.

— Mas não vai achar que estou ficando frouxa. Você pode ter sobrevivido à Semana do Trote, mas ainda é minha Irmã Mais Nova.

Vivi ergueu o queixo.

— Ninguém nunca vai enxergá-la como frouxa. E eu não vou decepcioná-la. Pode acreditar.

O sorriso de Scarlett se abriu mais ainda.

— Eu acredito — disse. E falava a verdade.

Quando Vivi saiu do quarto, Scarlett tirou o elefante da lixeira e o guardou novamente na cômoda. Tiffany se fora. Mas Vivi tinha razão. Ela não precisava se desfazer do que havia de bom na amiga.

A vida no campus voltou ao ritmo impressionantemente normal. E embora Scarlett já tivesse resolvido as coisas com sua família e com a irmandade, sabia que ainda havia outra coisa a fazer. Uma coisa difícil.

Scarlett e Jackson se encontraram no lugar favorito dela fora do campus, um pequeno banco com vista para o rio Savannah.

— Olá, estranho — disse ela, entregando a Jackson um copo de chá que trouxera como uma oferta de paz.

— Olha só, ela está viva — respondeu ele ao se sentar no banco, pegando o copo.

— Eu mandei uma mensagem para você — protestou ela.

— Acho que eu merecia mais do que uma mensagem de texto, Scar. — Ele pegou o celular. — "Parece que você estava certo. Eu sou a garota que sobrevive, no fim das contas. Ligo quando estiver melhor." — Apontou para a tela do aparelho. — Isso não chega nem perto de uma explicação adequada, senhorita Winter.

Seu peito se encheu de culpa.

— Fiquei sabendo que você passou lá na casa. Sinto muito… Eu… Era muita coisa.

— Fiquei preocupado com que algo ruim tivesse acontecido com você. — Ele deslizou para mais perto. — Sinto muito pela Tiffany.

A história que elas haviam divulgado dizia que Tiffany havia morrido naquele tornado bizarro que passara raspando pelo campus. Quanto a Dahlia, tinha sido dada como desaparecida e provavelmente morrera na mesma tempestade. Afinal, as Ravens não tinham como explicar exatamente como Dahlia estivera de fato desaparecida dias antes, mas parecia estar perambulando perfeitamente pelo campus.

— Quando divulgaram que uma pessoa havia morrido naquele tornado esquisito, pensei que fosse você. Pensei que tivesse acontecido alguma coisa horrível com você — admitiu em tom ríspido.

— A única coisa que aconteceu comigo foi uma passadinha na delegacia. — Ela evitava os olhos dele. — Como pode imaginar, os policiais queriam falar comigo. Sobre muitas coisas.

Jackson olhou em volta para garantir que ninguém os escutava.

— Então, o que aconteceu de verdade? Encontramos a Gwen dois dias atrás e agora... — Ele franziu o cenho, confuso. — A polícia está dizendo que ela morreu por causa de um vazamento de gás.

— Graças a mim. — Scarlett se pegou roendo as unhas e estendeu a palma das mãos contra suas coxas. Bem, graças a ela e a Jess, a melhor Bruxa de Espadas na Kappa agora que Tiffany se fora. Tinha sido bastante fácil para ela plantar algumas sugestões na mente dos policiais, levando-os a fechar o caso. Scarlett não se sentia bem com aquilo, acobertando o que Tiffany fizera, mas era o que precisava ser feito. O segredo das Ravens precisava ser protegido. — Talvez eu os tenha ajudado a chegar a algumas conclusões.

— E? — Jackson se inclinou para a frente, apoiando os cotovelos sobre os joelhos. — Scarlett, você tem noção de como isso tudo tem me deixado maluco? E aí ouvi as notícias sobre o tornado, quer dizer... uma coincidência dessas não pode simplesmente *acontecer*.

— Não — admitiu ela. — Não mesmo.

— Foi tudo... você sabe, *bruxaria?* — sussurrou ele.

Quando ela assentiu, Jackson a olhou intensamente.

— Você vai me contar o que aconteceu? — perguntou. — O que aconteceu *de verdade?*

Scarlett sabia que ele perguntaria e sabia que merecia a verdade. Ele escutou e reagiu a cada detalhe com uma calma surpreendente: como Tiffany havia encantado sua aparência e matado Dahlia e Gwen, e também atacado Vivi. Como as Ravens lutaram contra ela usando magia. Como Tiffany fora derrotada. Como cobriram os rastros.

Quando ela terminou, Jackson pegou sua mão e entrelaçou os dedos nos dela.

— Scar, sinto muito. Entendo por que vocês precisaram acobertar tudo isso, mas tenho que perguntar: o que a Kappa vai fazer agora? Quer dizer, o perigo veio de dentro da casa. E se outra de suas irmãs decidir matar em nome de outro talismã? Ou simplesmente descontar tudo em uma colega de quarto? E se...

— Nada disso vai acontecer. Posso tomar conta de minhas irmãs. Isso nunca mais vai acontecer — afirmou.

— Como você pode ter tanta certeza? — perguntou ele.

— Sou uma bruxa — respondeu Scarlett com um sorriso. — Nós sabemos das coisas.

Ele riu. Não parecia completamente convencido, mas não a pressionou.

— Bom, estou feliz que esteja bem. Eu estava tão preocupado! Não consegui parar de pensar em você. — Seus olhos castanhos envolventes encontraram os dela. E então ele se inclinou em sua direção. Encostou os lábios nos dela rapidamente, com delicadeza. — Esqueci de perguntar: bruxas têm permissão para beijar meros mortais? — brincou. — Ou um de nós vai acabar derretendo?

Scarlett respondeu agarrando a nuca dele com a mão livre e puxando-o contra seu corpo.

— Se quisermos descobrir, temos que fazer direito — sussurrou. E então ele a beijou para valer. Suave e lentamente, o tipo de beijo no qual é possível se afogar.

Mas ela não podia se permitir. Não naquele momento. Talvez nunca.

Havia quebrado a primeira regra para ser uma Raven. Para ser uma bruxa. *Nunca conte a ninguém.* Contar a Jackson sobre a existência da bruxaria era um pecado capital. Tinha feito aquilo porque ele merecia saber sobre Harper. E porque, em algum momento no meio de toda aquela bagunça, desenvolvera carinho por ele. Porque ele a ajudara quando ninguém mais conseguira. Mas ela não podia correr o risco de piorar as coisas.

Supostamente, a crise já tinha acabado. Elas estavam em segurança. Mas, usando as palavras de Jackson, o perigo *veio* de dentro da casa. Gwen. Tiffany. Até mesmo Evelyn, anos atrás. Todas haviam sido Ravens. Quem poderia saber qual seria a reação dele ao descobrir quão poderosa uma bruxa pode ser? Ou que a Kappa já havia abrigado outras assassinas? Jackson já estava fazendo perguntas, e, quando descobrisse toda a verdade sobre aquela história, quem poderia garantir que não iria querer acabar com a casa inteira? Ele se importava com ela; Scarlett conseguia sentir aquilo. Mas a bússola moral dele apontava muito mais para o Norte do que a dela. E por que ele iria querer poupar a casa que matara sua meia-irmã?

Ela não poderia colocar suas irmãs em perigo novamente, não daquele jeito. Suas irmãs eram a coisa mais importante do mundo. Ao menos, era no que sempre acreditara — e não poderia deixar de acreditar agora.

Com um suspiro profundo, Scarlett se afastou. Ela pegou seu chá apoiado no banco e o ergueu para Jackson, quase como se estivesse brindando.

— Beba o seu — disse. — Temos muito a conversar.

Ele abriu um sorriso por cima do copo descartável. Era o maior sorriso que já lhe dera. Fácil. Mostrando que confiava nela. Ele tomou um grande gole do chá, e depois outro.

Ela forçou um sorriso enquanto bebericava sua bebida, lentamente. O chá dela era apenas de ervas, no fim das contas. Camomila para acalmar os nervos.

O dele, entretanto, era uma mistura que Etta passara anos aperfeiçoando. Mais um gole e Scarlett já podia perceber o efeito pelo jeito como as pálpebras dele caíram e sua respiração ficou mais lenta. Ele não estava dormindo, não exatamente. Apenas muito relaxado, com a mente tão aberta que qualquer um poderia influenciá-lo naquele estado.

Até mesmo uma bruxa sem tanto talento com a magia de Espadas como Scarlett. Ela se concentrou, acessando o poder que suas irmãs compartilhavam com ela. Com um sussurro, uma cutucada, acessou a mente dele.

No final, foi mais fácil do que havia sido com os policiais. Aparando algumas arestas, fez com que ele se esquecesse de tudo. O ritual de magia perversa de Gwen, a descoberta do corpo dela, a existência das bruxas...

Até mesmo o beijo deles. Parecia errado, de certa forma, deixá-lo com a lembrança do beijo sem o contexto que cercava aquele acontecimento. Fosse lá o que fosse, a base da relação entre os dois era o fato de que ele conhecera a Scarlett *de verdade*. Deixar qualquer memória daquela conexão seria uma mentira se não houvesse magia. Ela perdera Mason porque nunca fora honesta com ele. Não poderia passar por aquilo tudo de novo com Jackson.

Seu peito doía. De alguma forma, aquilo era mais difícil do que qualquer outra tarefa que fizera antes. Scarlett sabia que estava tomando a decisão correta. Aquele não era o mundo de Jackson. Para estar protegido, ele precisava esquecer.

Ainda assim, olhando em seus olhos, ela não conseguia deixar de desejar mais alguns minutos com ele. A provocação entre os dois. A confiança que tinham construído ao mergulhar de cabeça em direção ao perigo juntos. Ela queria até que ele continuasse chamando-a de "a garota que sobrevive", mesmo que aquilo a lembrasse do terror real que havia enfrentado.

Quando Scarlett era criança, Minnie sempre lhe explicava a história da bruxaria e o poder especial que as Ravens tinham ao compartilhar magia umas com as outras. "É um sacrifício ser bruxa, entregar-se completamente ao seu coven." Scarlett sempre tinha achado que aquilo significava que bruxas abriam mão da autonomia em troca de proteção e força, para que pudessem alcançar coisas maiores juntas. Aquele era o significado de ser parte de um coven, de ser uma Raven. E nunca lhe parecera sacrifício. Ser uma bruxa era o maior presente que ela já recebera.

Mas Scarlett percebeu que não havia entendido o que Minnie estava dizendo. Ainda não tinha conhecido a sensação de ter que sacrificar algo que quisesse muito para se manter leal ao coven. Até aquele momento. *A magia não apenas dá, ela também tira*, Minnie dizia. E era sua vez de pagar.

Ela olhou para o alto enquanto a chuva começava a cair. Não era uma chuva qualquer; era a chuva dela, e cada gota que tocava Jackson estava embebida da magia de Scarlett.

Seu coração batia dolorosamente no peito conforme ela pegava o copo dele, agora vazio. Tudo de que Jackson lembraria quando acordasse de seu transe era de uma longa conversa com Scarlett, na qual ele descobrira a verdade sobre a morte de sua meia-irmã: realmente fora um acidente. E quanto a Gwen, morrera por conta de um vazamento de gás em seu apartamento, como os noticiários tinham dito.

Não era justo. Ele havia passado os últimos dois anos de sua vida procurando respostas, respostas que Scarlett lhe havia dado, para depois simplesmente tê-las apagadas de sua memória. Mas aquilo era o mais próximo de uma resolução que Scarlett poderia dar a Jackson. Ela esperava que, embora as lembranças tivessem sumido, sua paz permanecesse.

Ela se abaixou para apoiar a mão no ombro do rapaz.

— Não se preocupe, vai ser como se nada tivesse acontecido — sussurrou.

Em uma hora ele já estaria bem, no máximo um pouco grogue. Até lá, permaneceria atordoado, encarando a água, sonhando acordado. Ainda assim, ao sentir o toque de Scarlett, ele reagiu, mesmo semiconsciente, entrelaçou seus dedos nos dela e a olhou com uma expressão confusa.

— Ei! Winter, certo? Garota da irmandade?

— Eu mesma — disse ela com um sorriso que a machucava por inteiro, até seu coração.

Sentiu um nó na garganta pelas lágrimas não derramadas. Apertou os dedos dele gentilmente. Precisou de toda a sua força de vontade para largar a mão dele e ir embora.

CAPÍTULO
TRINTA E NOVE

Vivi

— Está pronta? — perguntou Ariana, apertando o braço de Vivi enquanto atravessavam o portão de ferro até o caminho de tijolos arborizado que levava ao pátio principal. A diretoria de Westerly havia oferecido generosamente uma semana de folga às Kappas devido ao luto pelas duas alunas, e aquela era a volta de Vivi ao campus.

— Acho que sim. Sinceramente, acho que vai ser legal poder pensar em outras coisas — disse Vivi enquanto ajustava a bolsa pesada com o logo da Kappa em seu ombro.

Ariana não tinha nenhuma aula naquele dia, mas se oferecera para acompanhar Vivi em sua caminhada pelo campus como forma de apoio moral.

— Se você mudar de ideia, a Mei está organizando uma sessão de purificação em grupo na estufa. Ninguém vai julgá-la se você escapar da aula mais cedo.

Elas chegaram ao pátio, lotado e fervilhante, cheio de alunos animados que, em sua maioria, nunca haviam passado por algo mais traumático do que uma nota baixa em uma prova.

— Parece meio injusto, né? — disse Ariana, aparentemente pensando a mesma coisa que Vivi. — Enquanto estávamos enterrando nossa amiga, eles estavam bebendo, pedindo pizza às duas da manhã, ocasionalmente contraindo uma DST.

— Curtindo a vida adoidados, você quer dizer — respondeu Vivi com um pequeno sorriso.

— Eu pegaria clamídia um milhão de vezes se isso trouxesse a Dahlia de volta.

Vivi estendeu o braço e apertou a mão da amiga.

— Nossa, *isso* é o que eu chamo de irmandade.

Ariana riu e elas continuaram em silêncio por mais alguns minutos. A energia dos outros estudantes era ao mesmo tempo perturbadora e uma mudança bem-vinda, se comparada com o silêncio pesado que se abatera sobre a Casa Kappa na semana anterior. A morte de Dahlia afetara muito todas elas, especialmente as alunas mais velhas, que a conheciam melhor.

Vivi ainda não sabia como se sentia a respeito do que elas haviam decidido fazer. Mentir para a polícia parecia errado, mas as Ravens não poderiam arriscar serem expostas ao contar a verdade — não que muitos fossem acreditar nelas. Talvez Vivi só precisasse se acostumar com tudo aquilo. Com ter uma grande parte da vida que escondia de quase todo mundo.

Ariana acompanhou Vivi até a entrada do prédio de ciências, abraçou-a e em seguida foi buscar doces e café para levar de volta para a casa. A aula de Vivi só começaria em quinze minutos, e, em vez de ficar no auditório, ela decidiu esperar no banco do lado de fora, onde poderia evitar os olhares e sussurros de seus queridos, porém intrometidos, colegas de turma. Àquela altura, todos em Westerly já sabiam que a presidente da Kappa e outra integrante da irmandade haviam morrido de repente, e os rumores estavam à solta.

Ela estava prestes a se sentar quando uma figura passando pela calçada coberta de folhas chamou a sua atenção. Era um garoto alto, de cabelos castanhos, com uma parca bege, a gola xadrez levantada para se proteger do vento gelado de outono que havia finalmente chegado em Savannah. O coração de Vivi batia forte enquanto ela dava mais alguns passos, tentando se aproximar o bastante para chamá-lo pelo nome sem precisar gritar.

— Mason — disse. Ele não se virou, então ela começou a correr de forma desengonçada. — Ei! Mason!

Ele se virou, assustado, mas, quando seus olhos a encontraram, um sorriso atravessou seu rosto.

— Vivi. — A voz familiar dele era quente e encorpada como o café de noz-pecã de que aprendera a gostar desde que se mudara para Savannah, mas havia novas olheiras sob seus olhos. Aparentemente, ele também tivera uma semana difícil. — Como você está?

— Levando. Obrigado pela mensagem do outro dia. — Mason lhe havia enviado uma mensagem curta e carinhosa dizendo que sentia muito pela perda dela e também que ela poderia contar com ele se precisasse de qualquer coisa. Uma mensagem adorável e educada, principalmente considerando que, na última vez em que haviam se visto, ela tinha surtado por causa de um beijo e depois saíra correndo do lugar.

— Sem problemas. Estou feliz de vê-la. Está indo para onde? Posso acompanhá-la? — ofereceu Mason.

— Tenho aula às dez no prédio de ciências, mas fique à vontade para me acompanhar nesses... o que você acha? Nesses próximos dez metros, se quiser.

— O que me diz de vivermos perigosamente e darmos a volta no quarteirão em vez disso?

— E arriscar chegar só cinco minutos adiantada na aula em vez de dez? Não sei, não... — Suas palavras morreram em um sorriso e ela se aproximou para acompanhar o ritmo dele.

— Como tem lidado com tudo isso? Ainda não acredito nas notícias, a Dahlia e a Tiffany...

— É uma merda, mas estou levando.

— Tenho pensado muito em você. — Ele fez uma pausa e, então, continuou: — Também mandei uma mensagem para a Scarlett. Nós temos uma história muito longa, e eu sei quanto ela amava a Tiffany.

— Você fez a coisa certa — disse Vivi com seriedade.

— Certo, tudo bem. Estou feliz que vocês possam contar umas com as outras neste momento. Tenho certeza de que, de certa forma, isso torna as coisas mais fáceis.

— Sim, de certo modo. Mas também deixa a ausência delas muito mais evidente, sabe? — Era estranho se reunir na sala de estar sem a presença bondosa e imponente de Dahlia. Ninguém parecia saber quem devia falar primeiro ou até mesmo o que dizer. A irmandade parecia perdida sem sua líder. — Mas, ao mesmo tempo, isso meio que aproximou todo mundo. Colocou muitas coisas em perspectiva. Para mim, e para Scarlett também.

— Isso é bom... certo?

— Muito bom.

Eles pisaram em uma pilha de folhas vermelhas e douradas, e Vivi ficou rígida por um momento, lembrando-se das folhas secas que cobriam a clareira na floresta. E das velas, dos ossos e do sangue.

— Está com frio? — perguntou Mason, que, sem esperar uma resposta, retirou seu casaco e o colocou sobre os ombros de Vivi. — Melhor agora?

— Muito melhor — disse Vivi, sentindo-se segura e confortável de uma maneira como não se sentia há muito tempo.

— Que bom. Eu só... Eu não quero... — Ele sorriu e balançou a cabeça. — Normalmente eu não sou assim, sabe?

— Assim como? Incapaz de falar a minha língua?

— Sim, normalmente não sou assim.

— Bem, caso isso faça você se sentir melhor, saiba que eu e Scarlett conversamos, e ela me deu sua bênção. Ela *nos* deu sua bênção.

Mason estacou no meio da calçada e encarou Vivi.

— Então... você está dizendo que por ela tudo bem se a gente...

Vivi assentiu e o sorriso dele cresceu o suficiente para revelar aquela covinha que sempre a deixava sem jeito. Ele se conteve, porém, e sua expressão ficou séria.

— E você, Vivi? O que *você* quer?

Ela pensou a respeito. Queria muitas coisas. Queria aprender tudo que era possível a respeito da magia. Queria encontrar algo pelo qual fosse apaixonada na faculdade e se adaptar à vida em Westerly. Queria o tipo de romance com o qual sempre fantasiara: com encontros em cafeterias aconchegantes, passeios em livrarias, andar de mãos dadas pelo pátio ao anoitecer quando as lamparinas a gás em frente aos prédios de tijolinhos brilhavam amareladas como a lua. Mas não queria aquilo com qualquer um; queria com *Mason*. Queria zoar os waffles malfeitos dele, saber mais sobre suas aulas de História e ouvir sobre todas as aventuras intensas que ele vivera na Europa no último verão. Ela queria ficar com ele.

Mas queria suas irmãs também. Queria vê-las felizes, saudáveis, seguras. Queria que estivessem unidas, aconteça o que acontecer.

Ela apoiou a mão no braço dele e disse:

— Uma regra: minhas irmãs vêm em primeiro lugar. Se Scarlett mudar de opinião e decidir que não está de acordo com isso no fim das contas, acabou. Aceita?

Mason se apressou em assentir.

— Claro.

Ela sorriu, incapaz de conter a felicidade por mais tempo.

— Sendo assim, você me perguntou o que eu queria, Mason Gregory. — Ela se aproximou, deslizando a mão por trás da nuca dele e puxando seu rosto em direção ao dela. — Eu quero você.

Desta vez, quando os lábios dos dois se tocaram, nada mais os detinha. As mãos dele passearam pela cintura dela, puxando-a contra seu corpo com tanta força que os pés dela saíram do chão. Vivi conhecia um feitiço que a faria levitar, mas, no momento, aquela era a melhor magia de todas.

CAPÍTULO QUARENTA

Scarlett

Scarlett estava no terraço da Casa Kappa, e as estrelas acima dela pareciam alfinetes espalhados no céu. O ar da noite estava gelado e silencioso. A lua brilhava em um tom de laranja-amanteigado. E, ao seu lado, Tiffany usava um vestido fluido branco que Scarlett nunca havia visto. Scarlett sabia que era um sonho, mas era bom ver a amiga mesmo assim. Tiffany se virou para o aviário, onde os pássaros piavam e farfalhavam suavemente.

— Acho que sempre fui como os corvos engaiolados. Presos — comentou com delicadeza.

— Queria que você tivesse me procurado — disse Scarlett. — Queria que tivesse conversado comigo. Tudo poderia ter sido diferente, talvez.

Tiffany balançou a cabeça.

— Eu sempre a acabaria escolhendo. Seja sincera: você não faria o mesmo pela sua mãe? Pela Minnie?

Scarlett fez uma pausa, pensativa.

— Talvez parte de mim gostaria de fazer o mesmo, mas Minnie me mataria antes que eu pudesse assassinar outra bruxa por causa dela. Minha mãe também. — Uma pontada de raiva surgiu em sua fala conforme as lembranças das atitudes de Tiffany a invadiam mais uma vez. — Você traiu a essência de quem nós somos. Sua mãe não iria querer isso; o preço era alto demais. Não compensava a morte das outras bruxas. Não compensava a *sua* morte.

Tiffany a encarou, como se considerasse com cuidado suas próximas palavras. Por um momento, pareceu profundamente triste, mas depois sorriu.

— Você foi minha melhor amiga, Scar. Mas nunca fomos o mesmo tipo de bruxa.

Tiffany caminhou até o aviário e o tocou. Os corvos saíram voando, espalhando-se noite afora.

— Me promete uma coisa? — Tiffany olhou de volta para a irmã repentinamente.

— Qualquer coisa — respondeu Scarlett, mas parte dela hesitou, esperando que fosse algo que não poderia fazer.

— Me promete que vai sempre ver como ela está.

O coração de Scarlett se contorceu de dor.

— Nem precisava pedir. Vou me certificar de que sua mãe esteja sendo bem cuidada — prometeu.

Os olhos de Tiffany brilharam.

— E mais uma coisa.

— O quê?

— Me promete que não vai deixar o que eu fiz a impedir de se tornar quem está destinada a ser.

Antes que Scarlett pudesse responder, um grunhido ecoou no alto. Scarlett olhou para cima e avistou um corvo de olhos amarelos. Era o seu favorito, Harlow. E quando baixou o rosto novamente para responder Tiffany, sua amiga já tinha ido. No seu lugar, havia um corvo preto como azeviche e olhos azuis empoleirado na mureta. O animal piscou para Scarlett uma vez e, então, com um bater de asas grandioso, saiu voando pelo céu noturno, seguindo Harlow pela escuridão.

Scarlett acordou com o nome de Tiffany em seus lábios e o sol atravessando as janelas. Estava em sua cama na Casa Kappa e, embora soubesse que estivera dormindo, não tinha certeza se aquela conversa com Tiffany fora apenas um sonho. Scarlett esperava que sua amiga tivesse encontrado paz. Que, de alguma forma, estivesse voando alto pela noite como um corvo.

— Adeus, amiga — sussurrou, torcendo para que, onde quer que estivesse, o espírito de Tiffany ainda pudesse escutá-la. E através da janela aberta, jurou ter escutado o piar lamuriante de um corvo.

Depois do jantar naquela noite, houve uma batida à porta de Scarlett.

Vivi esgueirou a cabeça para dentro do quarto.

— Está quase na hora. Pensei que seria divertido se *eu* a ajudasse a se arrumar, só para variar.

— Eu adoraria — disse Scarlett. A garota mais nova se aproximou e espalhou suas cartas de tarô sobre a mesa à frente delas.

— Acho que você já provou não precisar mais das cartas para todos os feitiços — comentou Scarlett.

Vivi sorriu. Apesar de tudo o que haviam passado juntas, Scarlett conseguia enxergar uma Vivi naturalmente mais leve. Mais feliz do que parecera estar nos dias anteriores. Ela se perguntou se Vivi teria visto Mason. Perguntou-se se eles já haviam se beijado. Se estavam oficialmente juntos... E então tirou o turbilhão de pensamentos da frente. Já havia começado a superar Mason, mas seguir em frente nunca era um processo linear, e se apegar a detalhes não ajudava em nada.

— Feche os olhos — comandou Vivi, e Scarlett começou a sentir o toque de magia enquanto Vivi decorava suas pálpebras.

Scarlett entreabriu um olho para espiar pela janela. A lua cheia havia acabado de alcançar o topo das árvores à distância, lançando uma luz aconchegante e amarelada através do campus de Westerly.

— Pare de piscar tanto — ordenou Vivi.

Scarlett fechou os olhos de novo, segurando um sorriso.

— Mil perdões.

— Como vou conseguir fazer um encantamento apropriado para a sua primeira noite como presidente se você não para quieta? — Scarlett conseguia discernir o tom de provocação na voz de Vivi.

Ela fez uma careta.

— Há controvérsias.

Sua Mais Nova zombou. Elas já haviam discutido aquilo dezenas de vezes.

— Até parece. Como se fôssemos votar em qualquer outra pessoa depois de tudo o que aconteceu.

As Kappas não poderiam esperar até o ano seguinte para escolherem a sucessora de Dahlia. Precisavam que alguém assumisse o cargo agora. De preferência antes do ritual da lua cheia daquela noite, porque precisariam de uma bruxa experiente para guiá-las, para comandar o ritual e canalizar a magia das irmãs de forma apropriada.

Antigamente, Scarlett teria agarrado aquela oportunidade sem pensar duas vezes. Já agora...

— Eu nem era presidente e já causei uma confusão terrível. Não percebi que minha melhor amiga estava se tornando uma pessoa má; ignorei você por causa de uma bobagem com meu ex quando deveria ter me concentrado nos problemas da Kappa. — Scarlett já havia se perguntado o que teria acontecido se tivesse atendido a ligação de Vivi naquela noite centenas de vezes. — Sem falar que contei sobre nós para uma pessoa de fora — acrescentou.

— Você disse que já consertou isso.

Em um primeiro momento, Scarlett não havia contado isso para ninguém, nem mesmo para Mei. Mas, algumas noites depois de ter alterado a memória de Jackson (e de várias taças do infame vinho quente de Etta), confidenciara o que havia feito a Vivi. Na verdade, confidenciara várias coisas a Vivi. Mais do que jamais poderia se imaginar fazendo no passado.

— Sim, mas nunca deveria ter acontecido, para começo de conversa — respondeu Scarlett.

Seu estômago deu um solavanco desconfortável quando ela pensou no momento em que encontrara Jackson na aula de Filosofia que os dois tinham juntos agora. Os olhos dele se fixaram nos dela por um longo segundo, e ela se perguntou se, de alguma forma, o feitiço não estava mais funcionando. Mas em seguida ele desviou o olhar e fez um comentário sarcástico sobre a teoria do contrato social. Por mais que Scarlett estivesse aliviada pela eficácia do feitiço, aquele momento foi agridoce. Apesar de tudo, ela queria que ele se lembrasse da conexão que haviam tido de maneira instintiva, mesmo sem as memórias. Mas aquilo era bobagem e ia de encontro às providências que tomara. *Você fez a coisa certa*, lembrou a si mesma. Não havia outro jeito.

— Mas você fez a coisa certa no final — disse Vivi em seguida, fazendo Scarlett pensar se sua Mais Nova possuía certa afinidade com a magia de leitura de mentes das Bruxas de Espadas. — Isso é o que importa. Mas fazer a coisa certa não significa ser uma freira, Scarlett. Por que você não pode recomeçar a história com Jackson? Ele não precisa saber o que aconteceu da primeira vez.

Enquanto Scarlett considerava as palavras de Vivi, deu-se conta de uma coisa. Embora fosse Mason quem havia partido seu coração, era o beijo de Jackson que ela não conseguia esquecer. Eram os lábios de Jackson que ainda sentia nos seus, as lembranças totalmente intactas. Não conseguia esquecer como se sentira com ele. Mas ainda era uma bruxa. E ele ainda era um humano. E não conseguia se imaginar estando com ele sem contar toda a verdade de novo.

Scarlett balançou a cabeça.

— Não seria a mesma coisa — afirmou.

Vivi abriu um sorriso triste, mas assentiu em compreensão. As duas garotas ficaram em silêncio novamente quando Vivi voltou ao trabalho. Por fim, a caloura deu um tapinha no ombro da irmã.

— Certo, pode olhar.

Scarlett entreabriu um olho e então arregalou os dois. A garota no espelho parecia familiar, mas diferente ao mesmo tempo. Ela tinha os mesmos olhos castanhos e a pele escura de sempre. Mas as maçãs do rosto pareciam um pouco mais definidas e proeminentes; seus cílios, mais alongados; e os lábios, um pouquinho mais preenchidos — ou talvez fosse apenas uma ilusão causada pelo vermelho brilhante que Vivi lhes dera.

Seus cachos estavam presos em um coque alto por dezenas de grampos brilhantes com formato de folhas de outono, com tons de laranja-queimado e pedras como granada e peridoto. Os fios caíam em uma cascata de cachos perfeitos por suas costas e pelo vestido de festa preto.

Normalmente, o ritual da lua da colheita era um momento para celebrar os frutos do trabalho árduo antes das preparações para o inverno. Mas, naquela noite, ele seria um pouco mais sombrio, celebrando o ciclo de vida, morte e renascimento.

Parecia adequado, já que os velórios de Tiffany e Dahlia haviam acontecido no início daquela semana.

Também servia exatamente como um lembrete de como Scarlett não era capaz de guiar uma única pessoa, que dirá a Casa Kappa inteira. Por mais que ela parecesse a escolha ideal, não se sentia assim por dentro.

— Não gostou? — Sobre seu ombro, Vivi mordeu o lábio.

Scarlett balançou a cabeça.

— Não, o encantamento ficou perfeito, Vivi. Obrigada!

Ela se levantou e atravessou o quarto até as portas da sacada. Avistou algumas das irmãs já no quintal dos fundos. Juliet acendia a fogueira e, ao seu lado, Jess acrescentava feixes de ervas à lenha de tempos em tempos. Aquelas duas não tinham passado nem um minuto longe uma da outra desde que tudo desabara.

Scarlett estava feliz por elas terem uma à outra. Depois daquelas últimas semanas, gostaria de poder ficar o mais próximo possível das pessoas que amava também.

Especialmente de suas irmãs. Irmãs cuja possibilidade de decepcionar novamente não conseguia nem imaginar.

— E se vocês votarem em mim e eu simplesmente... E se eu arruinar tudo? — O vapor da respiração de Scarlett embaçou o vidro. Ela falava com tanta delicadeza que não tinha certeza se Vivi conseguia escutá-la.

Mas, no momento seguinte, sua Mais Nova surgiu ao seu lado.

— Acho que o fato de estar tão preocupada já mostra que está mais preparada do que nunca para nos liderar.

Scarlett riu.

— Estou falando sério. — Vivi a encarou. — Grandes líderes nascem da necessidade, não só da vontade. Nós precisamos de você, Scarlett. Mais do que nunca. Mas, se você chegasse para mim e dissesse que não tem medo de nada, que tem certeza absoluta de que será a melhor presidente da história das Ravens, *aí sim* eu ficaria preocupada. Afinal, sabemos muito bem o resultado de buscar o poder só pelo poder.

Tiffany.

Scarlett passara bastante tempo nas últimas semanas revisitando seus sentimentos a respeito da melhor amiga. Provavelmente nunca estaria em paz com eles, porque, lá no fundo, uma grande parte dela ainda amava Tiffany. E ter visto o jeito como a mãe da amiga havia desabado, soluçando, no velório deixara

Scarlett de coração partido. Afinal, sabia os motivos que tinham levado Tiffany a fazer o que fizera.

E aquela percepção a assustava. E se, algum dia, o amor a levasse a fazer escolhas erradas também?

Mas não. Acima de tudo, haver testemunhado o que Tiffany tinha se tornado — o final terrível que tivera — havia lhe mostrado o que a esperava do outro lado da perversão, as consequências de ser atraída pelo poder incalculável. Tiffany lhe havia ensinado tudo aquilo. Scarlett só precisava acreditar que nunca esqueceria a lição, que nunca repetiria os erros da amiga.

E enquanto isso... Vivi tinha razão. Suas irmãs precisavam dela. Scarlett ainda não tinha certeza se merecia liderá-las, mas, se pedissem, faria isso por elas.

A Kappa em primeiro lugar, em último lugar e para sempre.

— Estou pronta — disse Scarlett para o reflexo de Vivi.

Sua irmã sorriu e caminhou até a porta.

— Muito bem. Agora vá liderar essas bruxas.

Mei e Etta fizeram a maior parte dos preparativos para o ritual, com a ajuda de Juliet e Jess. As calouras botaram a mão na massa também, assando pães e esquentando a sidra. Mei e Etta haviam montado o altar, transbordando de maçãs e peras, groselhas e amoras, melões e caquis. Era tempo de banquete, de celebração.

Também haviam levado uma cadeira e uma pequena mesa de ferro da estufa, onde apoiaram um prato cheio de comida e uma taça transbordante de vinho. Elas cobriram a cadeira com a capa cerimonial vermelha de Dahlia e adornaram a mesa com velas vermelhas e orquídeas roxas que Etta colhera na estufa. Era um lugar simbólico para Dahlia em meio a elas.

Ao ver aquilo, Scarlett sentiu um aperto no peito. Mas sabia que Dahlia ficaria feliz. Ela amava a Kappa com toda a alma. E, no final, dera tudo por elas.

Scarlett não a decepcionaria.

Ela pegou as cartas de tarô de Minnie, colocou-as sobre a mesa ao lado dos baralhos das outras bruxas e começou a falar.

— Irmãs, obrigada por estarem reunidas aqui esta noite.

Scarlett as observou uma a uma. Todas estavam arrumadas para a ocasião usando vestidos de festa pretos, exceto Juliet, que vestia um elegante terno preto de três peças. A cor preta tinha dois motivos: preto como os corvos. Preto para o luto. E cada mulher usava o pingente da irmandade no colo, preso em uma correntinha simples.

— As últimas semanas foram um momento de desafios para todas nós. Enfrentamos perdas e uma traição. Uma de nós nos foi tirada muito antes da hora. — Todas as irmãs olharam para o assento de Dahlia. — E vimos outra quebrar nossos votos mais profundos e sagrados.

Por um momento, fez-se um silêncio pesado, que Ariana quebrou, fungando suavemente. Vivi se esticou e passou o braço pela cintura da amiga.

— Não vamos nos esquecer dessas irmãs. Dos seus sacrifícios ou dos seus erros. — Scarlett respirou fundo. — Mas a colheita também é um tempo de abundância. Um tempo para celebrar o que ainda nos resta e nos prepararmos para o inverno longo e sombrio que nos aguarda. — Ela estendeu as mãos. Mei se levantou à sua direita, pegando sua mão. Vivi fez o mesmo à esquerda, com o outro braço ainda envolvendo Ariana.

Uma por uma, as Ravens deram as mãos.

— Esta noite, nosso ritual irá renovar os laços de nossa irmandade. Vamos nos colocar à disposição umas das outras, compartilhar nossa magia e lealdade. Mas antes... — Scarlett enrijeceu os ombros. — Precisamos escolher uma nova líder.

Segundo a tradição, a presidente no cargo declararia sua escolha pessoal, e essa escolha quase sempre era aceita por todas as Kappas. Entretanto, desta vez...

— Mei?

Com um aperto tranquilizador, Mei soltou a mão de Scarlett e se ajoelhou para pegar algo junto a seus pés. Eram penas. Mas não as penas brancas que usavam para eleger as novas integrantes da irmandade. Essas eram de um preto lustroso, com um toque metálico de verde e roxo.

Mei distribuiu as penas pelo círculo, entregando uma a cada Raven. Enquanto o fazia, Scarlett explicou:

— Qualquer Raven pode ser nomeada à presidência. Quando tivermos todos os nomes, votamos entre as irmãs escolhidas.

Mei deu uma piscadinha ao entregar a pena para Scarlett, completando a volta.

— Eu indico Scarlett Winter — disse Mei antes que qualquer outra pudesse falar.

— Eu também — disse Vivi à sua esquerda.

Scarlett curvou a cabeça. Sabia que aquilo iria acontecer, afinal.

— Certo. E as outras indicações?

O quintal ficou em silêncio. Ela encarou cada garota no círculo, esperando pelo menos um segundo nome. Talvez Jess fosse indicar Juliet, ou Etta indicasse Mei?

Mas o único som era o vento balançando gentilmente as árvores à distância, esvoaçando os vestidos das garotas e bagunçando seus cabelos.

Scarlett sentiu um nó na garganta. Cada Raven simplesmente a encarava, aguardando. Como se ela já tivesse sido escolhida.

— Mas... — começou Scarlett.

Mei interrompeu.

— Votos a favor — disse, e, no mesmo instante, a pena em sua mão foi puxada para cima e começou a brilhar, farfalhando levemente enquanto, fibra por fibra, filamento por filamento, era tomada por um dourado metálico e cintilante.

Lentamente, por todo o círculo, cada pena começou a fazer o mesmo. Por fim, a pena de Vivi se transformou, e ela sorriu com um brilho de orgulho nos olhos enquanto levantava sua pena dourada em saudação a Scarlett. Todas as outras fizeram o mesmo, até sobrar somente a pena de Scarlett.

As garotas a observavam, claramente confusas com a interrupção do ritual.

Scarlett analisou suas irmãs, pensando em como era complicado ser uma bruxa e uma Raven. Estava conquistando exatamente o que sempre quisera, mas de uma forma diferente da qual sempre imaginara. Não era uma ascensão triunfante, mas uma indicação nascida da dor e da necessidade. Porém, correndo o olhar pelo círculo, com o vazio nos espaços onde as duas outras irmãs costumavam ficar, entendeu ser mais forte do que imaginara, e suas irmãs entenderam o mesmo.

Quando Scarlett estava se preparando para a seleção da Kappa, Minnie havia dito: *Você pode ser a bruxa mais poderosa do mundo se acreditar em si mesma e nas suas irmãs. Mas ser a melhor bruxa não é a mesma coisa que ser a melhor Raven.*

Naquela época, tinha pensado que aquilo era apenas Minnie sendo Minnie. Ela era uma pessoa muito boa. Mas agora Scarlett enxergava a verdade nas palavras dela. Ser uma Raven foi sempre sobre ser a melhor. Entretanto, ser a bruxa mais poderosa e ser a melhor irmã não eram a mesma coisa. As Ravens incentivavam umas às outras constantemente. A pressão da competição interna era o que as tornava melhores, ou pelo menos era o que costumava pensar. Mas e se tivesse parado de se esforçar tanto por um momento para prestar atenção no que estava acontecendo com Tiffany? E se ela tivesse percebido que sua amiga estava machucada e depois a tivesse impedido de machucar qualquer outra pessoa?

Havia uma parte da história delas, uma parte de seus seres, que haviam negligenciado mais uma vez. Quantas outras bruxas teriam que morrer até que finalmente aprendessem com seus erros?

Scarlett olhou em volta para cada uma das suas irmãs.

— Sei que cometi um grande erro. Que coloquei todas nós em risco. Mas, se confiarem em mim, quero que nos tornemos um tipo diferente de irmandade. Uma que valoriza suas irmãs tanto quanto valoriza o poder. Acho que podemos ser melhores. Acho que podemos nos certificar de que tudo o que aconteceu com a Gwen, a Dahlia e a Tiffany, e também com a Evelyn, anos atrás, nunca mais irá se repetir. Mas isso só vai acontecer se mantivermos os olhos abertos. Apenas se admitirmos que a capacidade de fazer o mal existe em todas nós. Vou aceitar o cargo apenas e somente se todas quiserem uma nova Kappa. Uma casa que não ignore o mal, mas o enfrente. Que nos encha de orgulho. Agora, vou lhes dar um minuto, caso queiram mudar suas penas.

Houve uma longa pausa. Jess apertou a mão de Juliet. Bailey trocou olhares com Ariana. Mei apenas encarou Scarlett com uma expressão enigmática. Por fim, Vivi quebrou o silêncio.

— A única pena que estamos esperando mudar de cor é a sua, irmã — disse, rindo. As outras garotas assentiram e sorriram.

Pega desprevenida por uma onda de emoções, Scarlett piscou para conter as lágrimas. Ela deu uma última olhada para o centro do círculo, onde estava o assento de Dahlia.

Não vou decepcioná-la, prometeu em silêncio para sua Irmã Mais Velha. Então Scarlett levantou sua pena e deixou as plumas douradas brilharem sob o céu da noite.

Ela olhou de uma irmã para a outra. Haviam enfrentado o mal e vencido. E não estava escrito em nenhum lugar que teriam que fazer aquilo de novo. A não ser na História.

— Eu aceito — disse, enquanto observava as penas flutuando no ar, subindo do centro do círculo e se entrelaçando para formarem uma coroa. Scarlett baixou a cabeça. Vivi pegou a coroa no ar e, cuidadosamente, a colocou sobre a cabeça da nova presidente. Quando Scarlett ergueu o queixo, seus olhos repousaram nos de Vivi por um segundo antes de buscarem as outras irmãs.

Ela sentiu a magia de todas correndo através dela. Sentiu a magia a envolvendo. E, pela primeira vez, sentiu ter entendido o verdadeiro significado de ser uma bruxa. O poder. O sacrifício. O privilégio. Vivi tinha razão. Ela era capaz de fazer isso.

Era uma bruxa. Uma Raven. E, juntas, ela e suas irmãs poderiam fazer qualquer coisa.

AGRADECIMENTOS

Kass Morgan

Muito obrigada a todos os meus amigos, colaboradores e torcedores da Alloy, que tornaram todos os meus sonhos de escritora realidade: Les Morgenstein, Josh Bank, Sara Shandler, Joelle Hobeika, Viana Siniscalchi e Romy Golan. Um agradecimento superespecial para nossa editora, Lanie Davis, cuja sabedoria, criatividade, gentileza e imensa maestria em contar histórias fazem dela a bruxa mais preciosa de qualquer coven.

Tenho muita sorte de trabalhar com o time fabuloso da HMH, especialmente Emilia Rhodes, cuja visão editorial é a mais afiada do mercado. Você acreditou neste projeto desde o começo, e seu entusiasmo e objetividade nos inspiraram a contar a melhor história possível. E obrigada a Jessica Handelman por ter criado a capa mágica dos nossos sonhos.

Um enorme agradecimento à equipe da Rights People, a todas as editoras que produziram edições deslumbrantes dos meus livros e me permitiram conhecer pessoas de todo o mundo. Um agradecimento especial a Blossom Books, 20/20 Editora e Éditions Robert Laffont pelo apoio e, especialmente, a Fabien Le Roy, pela ajuda com meus feitiços em francês.

Sou muito grata, como sempre, ao meu incrivelmente talentoso e infinitamente apoiador grupo de escrita: Laura Bisberg, Michael Bisberg, Laura Jean Ride, Matt Gline, Nick Eliopulos, Grace Kendall e Gavin Brown.

E um segundo destaque para Grace, e para Emily Clement, por me acompanharem em uma viagem de pesquisa intensa e feita de última hora para Savannah. Não há ninguém no mundo com quem eu prefira beber drinques e explorar cemitérios do que com vocês, mocinhas.

Obrigada à minha família na Scholastic, especialmente Olivia Valcarce, por ter reacendido meu amor pelo tarô; Maya Marlette, por me manter produtiva, sã e por me fazer rir o dia inteiro; e Shelly Romero, por trazer o clima gótico-glamoroso para o escritório e pela leitura prestativa, astuta e sensível. Ellen Goodlett, sou incrivelmente grata por seus feitiços, por sua mente de bruxa e por ser parte da minha irmandade. Você é mágica. E para a minha família de verdade, especialmente meu pai, Sam Henry Kass, por fazerem de mim uma escritora.

Benjamin Hart, obrigada pelo seu apoio inabalável e por trazer tanta magia de verdade para a minha vida.

E o maior agradecimento de todos para Danielle Paige. Obrigada por essa oportunidade incrível e por me ajudar a crescer como contadora de histórias. Ainda não consigo acreditar que escrevi um livro com uma de minhas autoras favoritas, e uma de minhas pessoas favoritas.

AGRADECIMENTOS

Danielle Paige

Para o meu amor, Chris Albers: Você é mágico. Amo você.

Para minha família, Andrea, Papai, Sienna e Josh: Amo tanto todos vocês; vocês são meu coração. Sienna, amo você e toda sua magia!

Para minha afilhada, Fi: Amo você até o infinito. Mal posso esperar para ver os feitiços que você irá criar.

Para Annie, Chris, Fiona e Jackson Rolland, minha segunda família.

Para Lauren Dell, minha eterna amiga.

Para Bonnie Datt: Sou grata a você e a Nanette Lepore para sempre, amiga.

Para Daryn Strauss: Não existem palavras suficientes para agradecê-lo, meu bem!

Para Josh Sabarra: Obrigada pelas quase duas décadas de amor e apoio.

Para Ellen Goodlett: Obrigada por ser uma integrante imensamente talentosa do nosso coven. Você é uma Raven de verdade.

Para Sasha Alsberg: Obrigada por sempre torcer por mim e pela sua amizade. Tenho muito orgulho de você.

Para as minhas garotas, Jeanne Marie Hudson, Megan Steintrager, Lexi Dwyer, Lisa Tollin, Sarah Kagan e Kristin Nelthorpe. E para a próxima geração da noite das garotas — Emma e Eli Brenner, Logan e Jasper Dell, Aidan e Colin Kennedy, Fritz, Julian e Montague Sutton Nelthorpe, Daisy e Clara Muñoz, Connor e Samantha Wynne.

Para o meu time na New Leaf: Obrigada a Hillary Pecheone, Abbigail Donoghue e Jordan Hill.

Jo Volpe e Pouya Shabazian: Obrigada por tudo.

Para a minha assistente, Emily Williams, que mantém tudo nos trilhos e é iluminada.

Para minha família no *Guiding Light*: Vocês me deram um começo e permaneceram ao meu lado por todos esses anos. Jill Lorie Hurst, Tina Sloan, Crystal Chappell, Melissa Salmons, Laura Wright, Jordan's Vilasuso... e muitos outros.

Para Sasha Mote: Obrigada por toda a doçura e apoio que você sempre me traz.

Para Kami Garcia: Não há ninguém mais que eu chamaria para assaltar um banco, e você sabe quanto o amo.

Para Frank Lesser: Obrigada por ser um porta-voz e por ser tão prolífico; você me inspira.

Para Carin Greenberg: Você é minha amiga e meu oráculo.

Para Lanie Davis: Depois de tanto tempo, estou tão feliz por termos encontrado um feitiço para trabalharmos juntas.

Para Joelle Hobeika: Obrigada por todas as orientações na bruxaria.

Para Emilia Rhodes: Obrigada por salpicar a sua magia nas nossas Ravens.

Obrigada, Kass Morgan, por aceitar ser minha irmã bruxa, nas páginas e fora delas. A primeira vez que escutei você contando uma história, me apaixonei pela sua voz e pelo seu espírito. Estou tão feliz por poder fazer magia com você. Adoro você, amiga.